古典与人文 / 现代中国丛稿
CLASSICS & HUMANITY
张源 张沛 主编

从"人文主义"到"保守主义"
学衡派与白璧德
|增订版|

张源 著

商务印书馆
The Commercial Press

古典与人文
CLASSICS & HUMANITY

主　编

张　源　北京师范大学文学院
张　沛　北京大学中文系

学术委员会（按姓氏拼音排序）

陈戎女　北京语言大学人文学院
方维规　北京师范大学文学院
洪　涛　复旦大学政治学系
李　猛　北京大学哲学系
梁中和　四川大学哲学系
林国华　华东师范大学政治学系
刘耘华　复旦大学中文系
唐文明　清华大学哲学系
魏朝勇　中山大学中文系
徐晓旭　中国人民大学历史学院
张　辉　北京大学中文系
张新刚　山东大学历史文化学院

"古典与人文"书系

总　序

古人云，知今而不知古，谓之盲瞽；知古而不知今，谓之陆沉。在我们所处的历史时刻，今人更宜"瞻前"而不忘"顾后"，这并非"遁世无闷""退藏于密"的隐忍退缩，而是必要的"温故知新""鉴往知来"的积极筹划。

出于历史意识的同一性认定，"古人"成了"今人"的自我镜像和本己他者。如果说"古人"是"今人"的他者，那么西方的"古人"对于我们来说就是他者之他者、双重的他者。今天我们惯于以"后见之明"纵论古人的"历史局限性"——这个说法本身就是一种傲慢无知的表现，事实上，这种对古人充满优越感的认识（确切说是缺乏认识）是一种偏见，甚至是无所见。我们首先要倾听古人—他者的声音，才有可能真正进入对话或进入真正的对话，而不是陷入自以为是的自说自话之中。"前不见古人"或将导致"后不见来者"的绝境（ἀπορία），这是需要我们严肃面对的一个"现代问题"。为此，我们回眸古人的世界，与"古代"建立对话关系，作为"现代"的他者参照，此即我们所理解的古典研究的精神实质。

在中西方古典之中，我们首先看重文学。如果说文明意味着个人、民族乃至人类整体的自我教育，那么这种教育的核心和基础——也是最生动和最丰富的一个部分——就是文学。优秀的古典文学作品是历史中持存的最深刻的人性记录，是人类在时间中战胜了时间流变的伟大标记。从现代大学学科设置来看，我国普通大学文学院的课程往往从《诗经》、屈原一路讲到鲁迅和当代,乃至最新的网络文学;而西方各国国文教育和研究(例如英国的英语系、法国的法语系或研究所)只涉及现代语文部分,中古以前的文学一律归入古典学研究。就此一项而言,西方文明的古今断裂和分立似乎更加明显。同时中国也有自己的问题,即在"中国文学"的统一叙事中,作为"研究对象"的文学文本之间的"平等"成为不言自明的前提,文学作品的价值差异随之消弭。我们既不盲目崇古,也不盲目崇今;既承认文学作品的价值差异,也不惮于对这些作品下价值判断。并非"古典的"就是"好的",而是"好的"终将变成"古典的";优秀的现代文学作品经过历史的择选与淘洗,将如耀眼星辰不断加入灿烂群星之中。

古典研究必须和现代生活发生更加广泛的联系,古典注目于现代就不会变得枯燥板滞,现代依托古典则不会流于浅薄浇漓。当前人文学科过分强调"研究方法",这多少导致了思想与学术的分离;而随着专业分工不断细化、深入,"前人之述备矣",有些学者为了出奇制胜,不惜数典忘祖、标新立异,而美其名曰"创新"。人文研究当然重视原创性,但首先要区分什么是真正的创新,什么又只是浅妄的标新立异。人文复兴的希望在于把古今对抗所割裂的人文传统结合起来,只有这样,日趋工具化、技术化的人文研究才有可能得到拯救。

这里谈到的人文传统并非旧人文传统。旧式传统有时会诱发玩乐主义的生活态度,在象牙塔中把玩故纸而心满意足的人文学者不在少数。人文研究要注入新的生命,不可能指望通过重振旧人文传统来完成,而是要在研究中更广泛地应用比较和历史的方法,把经典作品作为古代与现代世界一脉相承的发展链条上的环节,以更加广阔、有机的方式与当代生活联系起来。方法是外在的,贯通古今的人文精神才是问题的本质与核心。

基于以上理念,我们邀约志同道合的朋友,共同发起"古典与人文"书系,以辑为单位设定责任主编,从 2022 年起陆续推出。丛书分为"西方古典丛稿""中国古典丛稿""现代中国丛稿""现代西方丛稿"四个部类,形式包括(但不限于):1. 经典译介(西),2. 经典新刊(中),3. 经典研究(中西),4. 词典手册(中西),等等。以"西方古典丛稿"(第一辑)为例,其中既有经典译介(昆体良的《演说术教育》),也有经典研究(《柏拉图对话二十讲》),还包括工具书(《柏拉图戏剧对话背景手册》)。承蒙商务印书馆信托,编者愿尽心竭力筹划建设这一书系,诚望以此为平台,与同道学人携手培育一方园地:让我们手把青秧,在这里自足耕作,时而抬起头来仰望日月,照见古今一体,心地清净方为道,退步原来是向前。

编者

2021 年 6 月 22 日(辛丑年五月十三)

于京城·海淀

目 录

增订版前言 ………………………………………………………… 1
引言 《学衡》译文：白璧德"人文主义"思想在中国的第一个阐释
　　 形态 ……………………………………………………………… 4

第一章　白璧德及其"人文主义"思想 ………………………… 22
　第一节　白璧德：美国"人文主义"思想奠基人 ……………… 22
　第二节　何为白璧德之"人文主义"？ ………………………… 45
　第三节　白璧德"人文主义"思想的基本概念 ………………… 54
　第四节　白璧德思想中隐含的一个基本问题
　　　　　——"人文主义"与宗教的关系 ……………………… 64

第二章　"人文主义"译入中国：《学衡》徐震堮译文研究 …… 93
　第一节　徐震堮、吴宓与《白璧德释人文主义》 ……………… 93
　第二节　译文文本研究 ………………………………………… 105

第三章　"人文主义"的本土化(中国化)：《学衡》胡先骕译文研究
　　………………………………………………………………… 141
　第一节　胡先骕、吴宓与《白璧德中西人文教育谈》 ………… 141

第二节　文化与政治:白璧德人文教育观的双重面相 …………… 159
　　第三节　译文文本研究 …………………………………………… 188

第四章　从"人文主义"到"保守主义":《学衡》吴宓译文研究 ……… 213
　　第一节　"为我"还是"为他"?
　　　　　　——吴宓译文的双重样态 ………………………………… 213
　　第二节　译文中的译者
　　　　　　——"复古派"还是"古学派"? ………………………… 220
　　第三节　走向"保守主义"
　　　　　　——吴宓译文中"以理制欲"主题个案研究 ……………… 250

结语　《学衡》中的白璧德:"保守"与"自由"之辨 ………………… 271

附录 ……………………………………………………………………… 293
　　附表1　"新时期"白璧德作品中译本列表 ……………………… 293
　　附表2　《学衡》杂志各栏目译文篇目比例表 …………………… 295
　　附表3　《学衡》杂志《通论》栏目译介人物列表 ……………… 296
　　附表4　《学衡》杂志《述学》栏目译介人物列表 ……………… 298

参考文献 ………………………………………………………………… 299
初版后记 ………………………………………………………………… 312
增订版附识 ……………………………………………………………… 314

增订版前言

本书是在笔者博士论文(北京大学中文系,2006年)的基础上完成的,2007年有幸纳入"三联·哈佛燕京学术丛书"第十二辑,于2009年1月出版。本书初版十二年来,获得了一些学术奖项,如北京市第十一届哲学社会科学优秀成果奖一等奖(2010年)、教育部第六届高等学校科研优秀成果三等奖(2013年);也受到了学界持续的关注,如《二十一世纪》《中国现代文学研究丛刊》《原道》等有影响力的刊物相继刊出长篇书评,有关论断得到了《文学评论》《哲学研究》《外国文学》等重要期刊论文的征引,还得到了北京大学、复旦大学、浙江大学、北京师范大学、山东大学、华东师范大学、东南大学、西南大学、苏州大学、江南大学、陕西师范大学、湖南师范大学等数十所高校硕士博士学位论文的参考与引用。来自学术共同体的肯定弥足珍贵,感谢这些素昧平生却心意相通的朋友!

在笔者任教的北师大文学院,在博士生学科方法必修课程"比较文学理论与方法"中,本书所展示的研究范式作为学科方法典型示例,颇受历届年轻学人的认可与欢迎。笔者由此感到,本书的结论与方法或许在今天仍未过时,还有一点可供学友们参考的价值。感谢北师大文学院与商务印书馆的推动与支持,本书的增订工作今年如期完成。在2009年三联版的基础上,根据读者反馈信息以及本人查考,新版相应作了以下几方面的增订：

1. 信息订正。例如豆瓣网站用户"君子攸宁"指出，本书"对徐震堮、缪凤林等毕业于东南大学的时间采用了《吴宓自编年谱》上的说法，其实不然"。笔者经过查证，更正了前此的失误，在此特对读者朋友的指正表示诚挚的谢意！

2. 文本订正。如2009年版第一章介绍白璧德著述时说："白璧德再传弟子George A. Panichas曾编辑出版白氏著作精选本 *Irving Babbitt: Representative Writings*（Lincoln NE：University of Nebraska Press，1981）。有人介绍白氏著述时亦将此书列入，其实该书所录文章均曾载于前此各书，不能算作新著。"经笔者再次查考，发现表述不确，订正为："该书所录文章除《英语与观念的规训》（English and the Discipline of Ideas）一篇外，均曾载于前此各书，不能算作严格意义上的新著。"

3. 信息增补。如2009年版第一章介绍白璧德《法句经——译自巴利文并附论文〈佛陀与西方〉》一书，仅简单说明"《学衡》曾将其中若干英译文转译为汉语"，新版加注增补了《学衡》转译白璧德译文的详细信息，包括白璧德自注出现笔误，吴宓因手边无原本可考、照搬其误等情由，详见本书正文。

4. 译本增补。见本书"引言"中"表2《学衡》白璧德思想译文中译版本一览表"及"附录"中"附表1'新时期'白璧德作品中译本列表"等表格。

5. 格式调整。西方专名、术语及书籍名称在文中第一次出现时，使用中译名加西文原文的格式，如将2009年版写法"George A. Panichas曾编辑出版白氏著作精选本 *Irving Babbitt: Representative Writings*（Lincoln NE：University of Nebraska Press，1981）"调整为"帕尼卡斯（George A. Panichas）曾编辑出版白氏著作精选本《白璧德代表作》（*Irving Babbitt: Representative Writings*，Lincoln NE：University of Nebraska Press，1981）"，当西文名称再次

出现时,正文及注解说明文字使用中译名,注解引用文字使用原文。

本书除在内容上加以增订之外,文字表达方面则大加芟削,拖沓之处精炼压缩,今日看来表述不够到位的文句乃至文段一律义除,全书总计删去四千八百余字。笔者深知再版不易,特勉力整饬以示诚意,并诚邀各方读者惠予指正,不胜感激!

自2009年本书出版之后,笔者再未继续从事有关"学衡派"的研究。然而,这并不意味着遗忘或淡漠,相反,笔者从此自命为"学衡派"真正的精神后裔,自觉追随他们的脚步,加入他们的事业,走上了"融化新知"的道路。十多年来,对于"学衡"诸公,特别是吴宓先生的心愿——向我国系统译介白璧德思想学说——本人日夜念兹在兹,无时或忘。时至2019年,培养多年的译者团队卓然成形,本人主持的国家社科基金重点项目"白璧德全集翻译与研究"顺利启动,"白璧德文集"(九卷本)有幸列入商务印书馆"大师文集系列"出版计划,商务印书馆"古典与人文"大型书系亦于同期策划推出。本书增订版忝为"古典与人文"书系之"现代中国丛稿"第一辑第一册,与"白璧德文集"(九卷本)相配合,隆重纪念《学衡》杂志(1922年1月—1933年7月)创刊一百周年暨白璧德人文主义学说抵达中国一百周年。

回望来时路,笔者感谢自己的选择,更对前人的选择感慨不已。本人坚信,"学衡派"当年的坚持终有意义,他们的老师白璧德大师的坚持终有意义,只要有人在长久地怀念他们,纪念他们,则那些曾经与世皆违、孑孑而行的人,终将在历史中留下不可磨灭的印记。

张源
2021年7月23日(辛丑年六月十四)
于京郊·雾灵山麓

引言
《学衡》译文:白璧德"人文主义"思想在中国的第一个阐释形态

20世纪是中国文化继先秦、魏晋之后第三个重要的转型期。从"新文化运动"时期开始,外来/西方文化不仅承载着为本土文化提供镜像/他者/参照物的职能,而且直接参与了中国新文化身份的建设:从最初的"中体西用"假说,经过在全国范围内开展的中西/古今之辩,发展到今日中国知识分子不得不面对的中西文化之"体用不二"的现实,西方文化在中国经历了一系列渗透与转化的过程,如今早已成为"我"的一部分。①

"新文化运动"后期,美国哈佛大学教授欧文·白璧德(Irving Babbitt,

---

① 中国20世纪90年代中后期发生的关于"失语"问题的讨论,始于"文论失语"(1996年)而迅速扩散到社会生活各个领域,进而发展为关于"文化失语"的论争,至今未衰,这一现象很可说明问题。这场论争的实质,是自"新文化运动"时期西方话语汇入本土语系近一个世纪之后,中国文化主体身份之确认的问题。事实上,这一问题早在"新文化运动"时期便得到了深切的关注,当时"东西文化之论争""学衡派的反攻""科玄之争"与"甲寅派的反动"等等题目均系围绕这一核心问题展开。不过,如果说当时的论争是出于"新文化运动"时期知识分子自觉的忧患意识,那么本世纪之交爆发的这场关于"失语"的讨论本身,则恰恰是彼时知识分子的忧虑不可逆转地实现之后自发产生的症状之一。在此我们不拟对"失语"问题本身加以评论,仅希望由此提请大家注意"新文化运动"时期发生的中西文化的冲突与融合对于延续至本世纪之交的文化转型所具有的发生学意义,而这正是本书论述的基本进路之一。

1865—1933)的"人文主义"(Humanism)学说①通过吴宓、胡先骕、梅光迪、徐震堮、张荫麟、梁实秋等中国学人的译介与阐释进入中国的文化语境,与其他西方观念和思潮一道参与了中国新文化身份的建设,并且通过此后中国本土不断的"重估"工作获得新的阐释形态,从而在中国持续至今的文化身份建设的过程中产生了持久的影响力。

白璧德的"人文主义"学说进入中国之后,伴随着时代语境的变化,人们对之产生了多种理解与阐释,这大致可分为前后两个时期共四种形态。

一、第一期:"新文化运动"后期的两种形态

白璧德的"人文主义"学说于20世纪10年代在美国本土初为人知,当时已引起了在哈佛留学的梅光迪、吴宓、汤用彤、楼光来、张歆海等中国学人的关注与认同。至20年代,这一学说的影响逐渐扩大,进入鼎盛阶段,开始产生世界性的影响,其间吴宓等人于1922年1月在中国创办了《学衡》杂志(1922年1月—1933年7月),并围绕该杂志形成了中国20世纪独树一帜的"文化保守主义"流派——"学衡派",由此白璧德的"人文主义"正式通过"学衡派"的译介进入中国的文化语境,进而与中国传

---

① 西方研究者为避免混淆,通常以humanism指称广义上的人文主义传统,以首字母大写的Humanism一词来特指白璧德的"人文主义",见Malcolm Cowley, "Humanizing Society", *The Critique of Humanism*, edited by C. Hartley Grattan, New York: Brewer and Marrow Inc., 1930, p.63;或直接称之为"白璧德类型的人文主义"(the Babbitt brand of Humanism),见R. P. Blackmur, "Humanism and Symbolic Imagination", *The Lion and the Honeycomb*, London: Methuen and co. Ltd., 1956, p.148;或虽小写而冠之以白璧德之名,如"白璧德之人文主义"(the humanism of Babbitt),见Dom Oliver Grosselin, *The Intuitive Voluntarism of Irving Babbitt: An Anti-Supernaturalistic, anti-Intellectualistic Philosophy*, Latrobe, PA.: ST. Vincent Archabbey, 1951, p.6. 相应地,本书以不加引号的人文主义指代广义上的人文主义传统,而以加引号的"人文主义"指称白璧德的思想学说。

统文化元素相结合，形成了在中国的第一个阐释形态，即"学衡派"所译介—阐释的"白璧德之人文主义"。

《学衡》的译者们对于白璧德学说的理解当然有着不同程度的差异，并且随着外部语境的变化，即便是同一位译者，对于这一学说的解读在历时九年的译介过程中亦会发生微妙的变化。不过，《学衡》译者作为白璧德学说在中国的第一批阐释者，由于具有相近的立场与近似的学历背景，对本土文化资源的选择与取用有着大体一致的倾向，特别是他们采取了共同的语言转换模式，即均以浅近文言作为目的语，从而《学衡》这批译文在世人眼中不免大同而小异。那个特定的时代里，在人们看来，《学衡》译者对语言载体的选择成为左右这一思想命运的决定性因素：须知《学衡》一向是以其文言取向见谤于"新文化派"乃至"新文化派"在新时期之精神后裔的。① 正是出于这个原因，这些译文之间的差别往往为人们所忽视，它们不再具有个性，而是作为"一批"译文从"整体上"对此后的解读发挥着影响。

《学衡》的拟古译文在一定程度上影响了"新文化运动"时期读者对白璧德学说的主动接受；不过，稍后便出现了以白话介绍"人文主义"学说的又一健将梁实秋。梁实秋曾于 20 世纪 20 年代留学美国（1923—

---

① 迄至 2003 年，仍有人对《学衡》的"文言"取向深恶痛绝。如朱寿桐《欧文·白璧德在中国现代文化建构中的宿命角色》（载《外国文学评论》2003 年第 2 期）一文颇具代表性，该文认为，《学衡》的"文言主张"使之"始终处在新文学和新文化的对立面"，"此一旗帜一展，各派旧式文人、守旧势力即以陈词滥调竞相邀集，从而使得《学衡》客观上成了（至少在新文学家看来）群魔乱舞的诗坛、藏污纳垢的文场"，"在锐不可当的新文学潮流面前……呈现着僵死的灰暗，散发着陈腐的霉味"，等等。仅寥寥数语，我们已可看出文中充满了与所谓"学术论文"殊不相称的激情；念及此文发表于 21 世纪，这一现象显得愈发有趣。我们固然不必伴随着当前"保守主义"在全球的"复兴"，便转而对此前备受批判的《学衡》顶礼膜拜，但亦不必坚持将之留在"十八层地狱"。如此看来，哪怕是"新文化派"，经过一定历史时段之后，也会有其"遗老遗少"。这个例子再次生动地表明，一种激进主义，只要坚持下去，就一定会在某个时刻顺利蜕变为保守主义，思想研究者们对此自当会心。

1926),于1924—1925年间选修了白璧德的"十六世纪以后的文艺批评"一课,①由此在白璧德的影响下,一改对浪漫主义的热衷,转而成为在中国宣扬古典主义的巨擘,此后一以贯之,再未发生动摇。②梁实秋用白话文体撰写了大量文学批评作品,从第一部文学批评集的第一篇文章《现代中国文学之浪漫的趋势》③开始,便几乎是在复述或大胆"挪用"白璧德的"人文主义"文学观(这与白璧德美国学生的做法如出一辙),这种传播手法比"学衡派"更加隐蔽,同时效果也更为理想。吴宓最早注意到了梁实秋文学观的转变,④三年之后,双方合作出版了《白璧德及其人文主义》一书。令人颇有兴味的是,吴宓对梁氏这一时期以白话文体所做的推介工作并不排斥,反倒似乎颇为赞赏。⑤ 不过我们要提请大家注意,梁实秋的"白话"传播策略同样未能改变白璧德学说当时在中国的命运,那么,如此看来,人所共识的《学衡》在选取语言载体方面的"失策",或许并非这一

---

① 梁氏赴美之前,曾于1923年3月到东南大学参访,据吴宓记载,"适值宓讲授《欧洲文学史》正至卢梭之生活及其著作"(这可是白璧德最心爱的话题之一),结果"梁君本人,连听宓课两三日",梁实秋返回清华之后,在《清华周刊》中对东南大学的学风以及吴宓溢美一番,吴宓就此发议论说:"此亦与清华1924冬之聘宓往,有关。"见《吴宓自编年谱》,吴学昭整理,生活·读书·新知三联书店,1995年,第242—243页。显然梁氏对吴宓授课内容印象非常之好,这与他赴美后在哈佛选修白璧德讲授的课程可能有着直接的关系。

② 梁氏曾自述:"读了他(白璧德)的书,上了他的课,突然感到他的见解平正通达而且切中时弊。我平凤心中蕴结的一些浪漫情操几为之一扫而空。我开始省悟,五四以来的文艺思潮应该根据历史的透视而加以重估。我在学生时代写的第一篇批评文字《现代中国文学之浪漫的趋势》就是在这个时候写的。随后我写的《文学的纪律》《文人有行》,以至于较后对于辛克莱《拜金艺术》的评论,都可以说是受了白璧德的影响。"见梁实秋,《影响我的几本书》,载《雅舍菁华》,湖南文艺出版社,1990年。

③ 本文于1926年2月作于纽约,载梁氏第一部文学批评集《浪漫的与古典的》,新月书店,1927年。

④ 见吴宓1926年3月29日日记:"梁实秋(治华)在《晨报副刊》所作评论新文学一文,似颇受白璧德师之影响。"《吴宓日记》(III),吴学昭整理注释,生活·读书·新知三联书店,1998年,第163页。

⑤ 见吴宓所记:"对于宣扬白璧德师之学说,尤其在新文学家群中,用白话文作宣传,梁君之功甚大也。"《吴宓自编年谱》,第243页。

学说遭到冷遇的决定性因素。

20世纪20年代末期,"新人文主义运动"(New Humanist Movement)在美国本土进入了巅峰状态,"人文主义"学说随之得到了广泛的认可与传播。但是伴随着1929年经济大衰退,这一运动很快急转直下,于30年代跌入低谷,"人文主义"学说随之销声匿迹。同时,中国《学衡》杂志于1933年白璧德去世当年宣告停刊,《大公报·文学副刊》也在1934年1月1日出版第313期后不再由吴宓担任主编,从而失去了又一个传播白璧德思想的阵地。从此,"学衡派"对白璧德学说的推介工作陷于停顿(此后只有吴宓在清华大学课堂上不时引述或阐发白璧德的学说),梁实秋的推介工作亦主要止于1934年。①

梁实秋对白璧德学说的"挪用"构成了这一学说在中国"新文化运动"时期的又一阐释形态(1926—1934)。这与第一个阐释形态的生成时段部分叠合,但二者选择了不同的语言载体(一者文言,一者白话)与传播策略(一者直接译介并以之为批判武器,一者大胆挪用并据之开展批评实践),从而在中国文言、白话并存的特殊时期,白璧德学说也产生了文言、白话两种并存的阐释形态。

二、第二期:"新时期"的两种形态

"学衡派"与梁实秋就白璧德学说的传播与推介工作均大致终止于

---

① 除1923年自费刊印的《冬夜草儿评论》之外,梁氏共出版了五部文学评论集:《浪漫的与古典的》(新月书店,1927年)、《文学的纪律》(商务印书馆,1928年)、《文艺批评论》(中华书局,1934年)、《偏见集》(正中书局,1934年),以及三十年后在台湾出版的《文学因缘》(台北文星书店,1964年),这五部文集可以说是不同程度上的白璧德"人文主义"文学批评的翻版。最后一部文集收录了梁氏滞留台湾期间所写的文字,与此前文集内容其意相同,因此我们说他的推介工作"主要止于1934年"。

20世纪30年代前期,此后由于人所共知的原因,这一学说连同其传播者在国内长期遭到非学理意义上的批判,从此正面播布的声音湮没无闻达数十年之久。1949年梁实秋选择在台湾定居,而"学衡派"中坚则留在了大陆。白璧德的"人文主义"学说被梁氏带入台湾之后,其阐释与传播工作分别在大陆与台湾以"花开两朵"的模式继续展开,并随之形成了两种新的阐释形态。

台湾较早重提白璧德的名字及其学说。梁实秋赴台后,曾应邀翻译白璧德名作《卢梭与浪漫主义》(*Rousseau and Romanticism*, 1919)一书第五章"浪漫主义的道德:现实层面"(Romantic Morality: The Real)。① 1964年梁氏在台北出版了文集《文学因缘》,其中《关于白璧德先生及其思想》②一文是在台湾发表的关于白璧德及其学说的第一篇文章。此后台湾再无人述及这一学说,直至1973年梁氏的门生侯健开始对白璧德学说进行大量的阐发工作,这一情形乃发生了改变。

需要说明的是,第二期的情况要比前一时期更为复杂。这时除了对白璧德学说本身的译介、研究以及据之展开的阐释实践外,还新增了"影响研究"的项目。第一期的阐释形态经过数十年的积淀与消化过程,开始对新一轮的阐释发挥强大的效用。"新时期"的传播主体对白璧德学说的理解与再阐释不可避免地会受到第一期阐释—阐释者的影响,同时,当新时期的阐释者以研究者的客观姿态,自觉回顾并探究此前传播者对该学说的阐释、接受、传播诸情况,这些研究本身又构成了白璧德思想阐释与传播工作的组成部分,并由此"制造"出新一轮的影响。从而,新时期白璧德思想的阐释形态包括两方面的内容:(1)白璧德思想译介、研究和据之

---

① 译文载林以亮(即宋淇)编选的《美国文学批评选》,香港今日世界出版社,1961年。
② 本文原载《人生》第148期,1957年1月1日出版于香港,1964年始在台湾出版,距梁实秋1934年在大陆停止相关工作整整三十年。

进行的阐释实践;(2)相关"影响"研究。后者实际上构成了本研究课题史的主要内容。

这一时期,台湾第(1)方面工作的代表人物为梁实秋的学生侯健。侯健发表了《白璧德与其新人文主义》(1973)①、《白璧德与当代文学批评》(1974)②等论文,以白话文重译了白璧德"Humanistic Education in China and in the West"一文,③并于1977年与梁实秋合作出版了《关于白璧德大师》④一书,其中几乎囊括了师徒二人全部相关译介文章。

除译介工作之外,侯健还完全继承了老师梁实秋的做法,即大胆挪用白璧德学说并据之开展批评实践。如其《文学与人生》⑤与《文学·思想·书》⑥等著述均在此列。不过,这些阐释实践与《关于白璧德大师》等作品相比,影响不是很大,常为人所忽视。

台湾第(2)方面工作的开创者亦为侯健,他的研究构成了本阶段课题史的开端。1974年,侯健发表了《梅光迪、吴宓与〈学衡〉派的思想与主张》⑦一文,同年12月出版了《从文学革命到革命文学》⑧一书,该书最早

---

① 原载《中央月刊》第5卷第4期,1973年2月。
② 原载《中央月刊》第6卷第10期,1974年8月。
③ 该文最早由胡先骕以"文言"译出,题为《白璧德中西人文教育谈》,载《学衡》1922年3月第3期。
④ 梁实秋、侯健,《关于白璧德大师》,台北巨浪出版社,1977年。
⑤ 该书1980年由台北九歌出版社出版。文学与人生的关系是白璧德最关注的题目之一,吴宓亦曾在清华大学开设以"文学与人生"为题的文学批评课程(1934—1935),同名著作《文学与人生》(清华大学出版社,1993年)于其身后出版,与侯健该书书名命意不约而同。
⑥ 该书1978年由台北皇冠文化出版社出版。
⑦ 本文最初发表于《幼狮文艺》1974年10月第40卷第4期,此后收录于侯健,《从文学革命到革命文学》,台北中外文学月刊社,1974年。
⑧ 侯健后于1980年在美国纽约州立大学完成了以 Irving Babbitt in China(《欧文·白璧德在中国》)为题的博士论文,收藏于State University of New York(SUNY)at Stony Brook,署名 Hou Chien。该论文是在《从文学革命到革命文学》一书的基础上完成的,内容安排与原书基本相同,侯健或许是在有意识地向国外读者介绍白璧德思想在中国的接受情况。

系统论述了新文化运动背景下白璧德"人文主义"思想在中国的作用与影响,是这一领域的开山之作。1977年,侯健发表了《梅光迪与儒家思想》①一文,第一个指出梅光迪虽然受到了白璧德的影响,"但也深深影响了老师",并以白氏著作中多处变化轨迹为例说明问题。侯健之后,台湾地区相关研究数量逐渐增多,内容亦随之深化,我们将在后文相关之处加以论说。

台湾的新阐释形态产生于20世纪70年代初期,发展至今已有近五十年的时间(1973—);大陆"对应"形态的出现则相对较晚。80年代以后,大陆零星出现了一些相关译介作品:苏生最早在1980年第2期《译林》简单介绍了"新人文主义";1989年文美惠翻译了白璧德《批评家和美国生活》(The Critic and American Life)一文;②1994年罗岗翻译了T. S. 艾略特批判白璧德"人文主义"的名篇《欧文·白璧德的人文主义》(The Humanism of Irving Babbitt),并为之撰写了按语。③进入新千年以后,相关译介纷纷涌现,并在短短数年之中形成了一定的规模。

至于就这一课题的学理探讨,若以1989年乐黛云《世界文化对话中的中国现代保守主义——兼论〈学衡〉杂志》④一文为起点,相关课题史迄今只有三十余年的时间(1989—)。由于台湾/大陆这两种形态与前一时期均存在着长达数十年的阐释断层(留在大陆的"学衡派"1934年以后便基本终止了推介工作,而梁实秋则在三十年后即1964年才在台湾重新开始相关活动),为了叙述方便,尽管台湾并不存在"新时期"这样一个时代

---

① 本文原载《中国现代史专题研究报告》1977年第7辑,转载于傅乐诗等,《近代中国思想人物论——保守主义》,台北时报出版公司,1980年,第259—274页。
② 载《西方二十世纪文论选》(第4卷),胡经之、张首映主编,中国社会科学出版社,1989年。
③ 载《文艺理论研究》1994年第4期。
④ 本文1989年12月载于《中国文化》创刊号,次年收录于《北京大学纪念五四运动七十周年论文集》,北京大学社会科学处编,北京大学出版社,1990年。

标限,在此仍将二者归为同一时期加以对照陈说。

　　大陆与台湾的情况多有不同。首先,大陆至今未见根据白璧德学说作出的阐释实践;其次,大陆相关译介作品在 20 世纪 80 年代以后零星出现,直至新千年大量研究成果出现之后,成规模的译介工作才开展起来,这与台湾译介在前、研究后至的情况恰好相反。不过,这些并非二者最主要的不同。

　　先看台湾的情况。梁实秋最先将白璧德学说直接运用到"文学批评"领域中来,而侯健此后直接继承了梁氏的阐释方式,从而这一学说"由初抵中土时的社会与文化论述,逐渐被削弱而沦为批评论述,及至局促台湾一隅时,则演变为学院中的学术论述"[1]。问题是,一种学说之所以会"沦为"狭隘的"学术论述",原因自与其生存环境密不可分。面对台湾(20 世纪七八十年代以后)日趋"冷漠"的接受环境,这一"文学批评理论"不得不退守于学院一隅——这与其在美国本土 30 年代的际遇分外相似。一种广泛的社会／文化批判学说只有脱离了其产生的背景及其所要对质的命题,才会由此逐渐丧失生命力,而"沦为"狭义的文学批评理论。当"人文主义"思想在美国借助"新人文主义"文学批评运动广为传播之时,恰是这一学说遭到曲解、创造力枯竭的时刻。不过,当"新人文主义运动"销声匿迹之后,"人文主义"思想此后却在新的历史时刻再度焕发出了生机——此为后话。回到主题,我们看到,这一学说"偏安"台湾之后,可能恰恰是台湾与大陆"意识形态环境"的隔绝,导致其脱离了大陆复杂的人

---

[1] 李有成,《白璧德与中国》,载《中外文学》1991 年第 12 卷第 3 期,第 64 页。李有成教授作为台湾学者,描述了白璧德"人文主义"从"新文化运动"后期进入中国直至"局促台湾一隅"的"旅行"历程(从"学衡派"到梁实秋再到侯健)。大陆新时期阐释工作彼时刚刚开始,尚未进入作者的视域。不过,在大陆目前诸多研究中,我们也往往会看到这一学说被视为一种"文学批评理论",白璧德也常常被称为"著名文学批评家"或"新人文主义文学批评大师"等等,这种误会实与梁实秋当年的文学批评实践密不可分,甚至可以说是其直接后果之一。

文环境与宏大的思想史背景,才会由一种广泛的社会/文化批判学说"沦为"狭义的文学批评理论的。

大陆新时期阐释形态的情况恰好相反。尽管梁实秋的阐释工作在大陆同样发挥着影响,有时我们也会把这一学说看作是一种"文学批评理论",但是,大陆围绕这一学说展开的相关论述,无论是正面阐发还是负面批判,几乎无一不以中国广阔的社会文化思想背景为参照,无论其"意识形态环境"时而恶劣得无以复加还是忽然否极泰来,都不曾有过一天的"冷漠"。

1949年以后,大陆与台湾由于政治方面的原因形成了两个相对独立的"意识形态环境",直至1989年这种完全隔绝的局面始有所改变,这恐怕是导致上述两种阐释形态"恰好相反"的首要因素。当这一学说最终在台湾演变为"学院中的学术论述",它在大陆所引发的相关探讨则总会沿着中国现代思想史的脉络展开——这实与"学衡派"当年引入白璧德学说的意图深相契合。

然而,大陆阐释工作的问题在于,白璧德学说的译介工作在1934年之后便基本陷于停顿,同时这一学说已有的阐释形态遭到了严厉批判乃至唾弃,而新时期繁荣起来的译介工作又出现在诸多相关研究之后,在极为不利的"意识形态环境"的长期挤压之下,我们所研究的对象事实上只能处于"缺席受审"的境地。长期以来,人们对白璧德学说的讨论往往仅限于追究其"负面"影响,但却并不触及这一学说本身——这真是特殊年代导致的特殊问题。

阐释必须面对阐释对象始能展开,但是,目前诸多白璧德思想"阐释者"直接处理或能够直接处理的对象只是"学衡派"或梁实秋的阐释文本,而非白璧德著述本身。由于缺乏对白氏思想自身形态的探究,诸多相关"影响/接受"研究呈现出严重的先天不足:它们在很多情况下所讨论、阐释的白璧德"人文主义",往往只是经过"学衡派"或梁实秋阐释的"白璧德人文主义"而已。至今仍有不少研究以《学衡》译文为本,概括出白璧德"人文主义"学说的"实质",再由此来佐证"学衡派"人士的基本观点与这一学说有着"契合之处"。这种在不经意间展开的循环论证,实际上已经不再是严格意义上的"影响"研究,其本身倒成了相关"影响"的一个例证,昭示着白璧德学说自1921年进入中国以来,如今已经开启了"飞散"(*Diaspora*)状态。

综上所述,虽然台湾的相关阐释由于环境的冷漠而不免沦为"学院中的学术论述",其优点却在于始终能够直接处理白璧德学说本身。大陆的某些研究或许错失了研究对象,但这些研究毕竟总能在中国现代思想史的脉络中进行。某些研究的结论或有待商榷,但这些研究本身作为现象材料而言所具备的意义却不容抹杀。正是这些材料作为一种思想学说"飞散"的载体与媒介,为白璧德学说发挥新一轮的影响创造了条件。

总之,白璧德"人文主义"学说进入中国之后,在前后两个时期共产生了四种阐释形态,分别是:1."学衡派"译介/阐释的"人文主义"学说(1922—1933);2.梁实秋应用/阐释的"人文主义"学说(1926—[主要止于]1934);3.台湾自侯健以来的学者对该学说的阐释(包括译介、应用以及相关影响研究,[主要始于]1973—);4."新时期"大陆学者对该学说的阐释(包括相关研究与译介,[主要始于]1989—)。

这个不断生成的阐释过程具有三个要点:

1.第一时期是中国文化直面西方文化的阶段,中国学人对白璧德学说本身进行了译介与阐释,其中"学衡派"的阐释对同时稍晚的梁实秋也产生了一定的影响,因此"学衡派"的译介阐释乃是此后译介阐释史的源头。

2.经过一个时期的积淀,第一时期的两种阐释形态开始对第二时期共同产生影响,第二时期的影响研究由此展开。此一时期的阐释不再"直面"白璧德学说本身,而是始终受到上一阶段阐释(此即本阶段阐释的"前理解")的制约,我们对此应始终保持自觉。第二时期的译介、应用诸工作连同相关影响研究,共同构成了白璧德学说的新一轮阐发与传播。

3. 与第一时期不同,第二时期的两种阐释形态在语言载体(均采用白话文)以及传播手段等方面的差异并不显著。不过,由于其相对隔绝的"意识形态环境",二者一开始便依循了"花开两朵"的模式各自萌生、发展、演变,从而呈现出截然不同的状态,并由此引发了各自的问题。

本书将在这一背景下继续探究此一课题。归纳起来,目前相关研究多具有以下两方面的特点:

1. 有些研究在解说白璧德"人文主义"与中国"学衡派"之"影响/接受"关系的时候,往往会忽略白璧德思想原典及其在西方文化语境中的定位,而对"学衡派"转述的白璧德思想深信不疑。此类研究工作大量存在,这表明有些研究者显然没有意识到"学衡派"的译文其实是对白璧德"人文主义"学说最初的一种跨文化阐释,因而混淆了这一阐释与白璧德学说本身。这些研究往往从"学衡派"及梁实秋等人与"新文化派"的"对立"这一角度来描述、探讨白璧德学说与其译介者/接受者的思想渊源,至于这一思想本身在进入异质文化语境之后将产生怎样的意义转换或曰新意义的生成,则较少给予关注。

2. 虽然个别研究者借助当代文化理论对"学衡派"及梁实秋所传达的白璧德学说的"原意"进行了质疑,并从若干角度考察了他们的翻译策略与传播意图对这一特定学说传播过程的影响(如"学衡派"对译文的选择,"学衡派"以及梁实秋对所处时代意识形态的应对,等等),进而指出白璧德思想进入异质文化语境必然会产生折射而遭遇变形等,但是,这些宏观的理论研究往往仅满足于指出"白璧德的中国之旅"是"失败之旅"

或"必然拥有一种暗淡的宿命"①云云,并未在具体论述中给出相关事实联系,使得某些断语略显立论根据不足,同时也就不可避免地无法触及诸多更深层次的问题。

由此看来,关于白璧德"人文主义"学说在中国的"影响/接受"这一课题,虽然已经出现了多项突出的研究成果,但鉴于目前的研究当中仍较为普遍地存在着一些误解(如将一种学说的阐释形态等同于其本身)与倾向(如忽视原典与具体的个案研究等等),这一题目仍有可以开拓的空间。

我们知道,一种思想或文化在进入异质文化语境的过程中,会在"期待视野"的制约下经历某种"文化过滤"的过程;在置换文化语境的同时,其原有意义必然会发生转化并导致新意义的生成,从而不可避免地遭遇某种"扭曲"与"变形"——这里所描述的正是异域思想文化翻译(即阐释)的整个过程。

"新文化运动"时期,中西文化的冲突与融合/西方文化在中国文化语境中的渗透与转化,在很大程度上是通过大量译介工作完成的。征之于历史,大规模的翻译活动往往会对思想史的走向产生巨大的影响,如中国始于东汉的佛经翻译与魏晋时期发生的文化转型二者之间的关系可谓不言而喻,而"新文化运动"时期的西学翻译更是直接加入了现代中国文化转型的进程中。至此翻译与思想史的关系愈发显白,而这正是本书展开论述的又一着眼点与基本进路。

翻译行为发生在每一种文化/思想进入异国文化语境的瞬间,它是最有效的文化过滤的手段,能够最直接地反映出译者/接受者的期待视野。要想把握住一种西方文化/思想一变而为"中国的"那一时刻,就必须从这种文化/思想的首次译介入手。

---

① 语见李有成《白璧德与中国》一文及朱寿桐《欧文·白璧德在中国现代文化建构中的宿命角色》一文。

"学衡派"人士是最早译介白璧德"人文主义"的群体,他们的译介工作构成了这一学说在中国的接受史的起点,可以说具有一种与生俱来的"初始效果"(Primary Effect)①,并在很大程度上参与甚至决定了白璧德学说此后在中国的再接受过程。他们的译介工作以《学衡》杂志刊载的七篇白璧德思想译文为主,这些译文(包括文首按语、译文主体、文中注解与点评)②是白璧德"人文主义"学说最早的也是长期以来仅有的中译本,③不但"学衡派"群体自身不时会在《学衡》中以无比信服的口吻引用这些译文,他们的支持者与批判者也往往以其译文为是,由此或"称服"或反对白璧德的观点。④ 当时的读者能够接触到的基本文本便是这些译文,不仅他们要通过这些译文来评判白璧德的学说,此后的读者/研究者也往往会不加批判地接受这些最初的阐释文本而不自知。这些译文构成了白璧德学说在中国的第一个阐释形态,只有把握住白璧德"人文主义"一变而为中国的,或者说"学衡派"的"白璧德人文主义"的这一初始环节,才能就其以后在中国的"分延""飞散"过程合理地展开辨析。

　　据此,本书将围绕《学衡》杂志刊载的白璧德"人文主义"思想译文展

---

① 此系借用叙事学"阅读动力学"术语,原指最初的阅读所具有的 Primary Effect 对于此后的阅读感受有着最为强烈的影响力。见 Shlomith Rimon-Kenan, *Narrative Fiction: Contemporary Poetics*, London: Routledge, 2002, pp. 119-120。
② 《学衡》中凡是重要文章,都在文首覆以按语,文中加以注疏,白璧德思想译文也依循同一体例。对比《新青年》刊载的杜威系列译文,仅见胡适在第一篇文章覆以简短按语,文中未见注解与评点。
③ 关于白璧德著述中译情况,见本书"附录"之"附表1 '新时期'白璧德作品中译本列表"。
④ 鲁迅是最早对《学衡》译文提出质疑的批判者之一。他在《大家降一级试试看》(该文最初发表于1933年8月15日《申报月刊》第2卷第8号,署名"洛文")一文中说:"……这些译注者是只配埋首大学,去谨听教授们的指示的。……于是只配做学生的胚子,就乘着空虚,托庇变了译注者。而事同一律,只配做个译注者的胚子,却踞着高座,昂然说法了。杜威教授有他的实验主义,白璧德教授有他的人文主义,从他们那里零零碎碎贩运一点回来的就变了中国的呵斥八极的学者,不也是一个不可动摇的证明么?"——这段话当然并不仅仅针对"白璧德教授"而发,但文中一再出现的"译注者"云云则显然包括《学衡》译者。

开个案研究。《学衡》杂志前后发刊七十九期(1922年1月—1933年7月),①其中直接译介白璧德"人文主义"思想的文章共有七篇,除一篇译自法国人马西尔(Louis J. A. Mercier,1880—1953)的介绍性文章外,其余六篇均直接译自白璧德本人的论文、讲演或著作章节。具体情况见下表:

表1 《学衡》白璧德思想译文一览表②

	原作名称及译文名称	语种	原作出版时间	作者	译作出版期号	译者
1	Humanistic Education in China and in the West 《白璧德中西人文教育谈》	英	1921年12月	白璧德	1922年3月第3期	胡先骕
2	L' Humanisme positiviste d'Irving Babbitt 《白璧德之人文主义》	法	1921年7月16日	马西尔	1923年7月第19期	吴宓
3	"Introduction" of *Democracy and Leadership* 《白璧德论民治与领袖》	英	1924年	白璧德	1924年8月第32期	吴宓
4	"What's Humanism?", Chapter 1 of *Literature and the American College* 《白璧德释人文主义》	英	1908年(《学衡》未注出)	白璧德	1924年10月第34期	徐震堮
5	"Europe and Asia", Chapter 5 of *Democracy and Leadership* 《白璧德论欧亚两洲文化》	英	1924年	白璧德	1925年2月第38期	吴宓

---

① 根据版权页标明的刊号与出版时间,《学衡》杂志1922年1月至1926年12月,按月出版第1—60期;1927年停刊一年;1928年1月至1929年11月以双月刊形式出版第61—72期;1930年停刊一年;1931年1月至5月,以双月刊形式出版第73—75期;1932年5月与12月出版第76、77期;1933年5月与7月出版第78、79期。

② "译作出版期号"一栏根据《学衡》版权页信息列出。由于时局不稳,《学衡》成员内部分歧以及承印方中华书局数次决定停印等种种原因,每期杂志实际出版时间有时会与版权信息不符,后文凡遇这种情况,均加以考辨说明。

续表

	原作名称及译文名称	语种	原作出版时间	作者	译作出版期号	译者
6	Milton or Wordsworth? — Review of *The Cycle of Modern Poetry*《白璧德论今后诗之趋势》①	英	1929年10月	白璧德	1929年11月第72期	吴宓
7	Benda and French Ideas《白璧德论班达与法国思想》②	英	1929年5月（《学衡》未注出）	白璧德	1931年3月第74期	张荫麟

  这里共出现了四位译者，胡先骕、徐震堮与张荫麟名下各有一篇译文，吴宓一人独揽了四篇。他们以《学衡》这一同人杂志为平台，集体打出了鲜明的旗号译介白璧德的学说，并在同一时期的各自作品中反复强调其共同的立场，这种现象在众声喧哗的"新文化运动"时期是颇为罕见的。四人通过"团队合作"分工翻译了不同的篇章，有别于个体译者而构成了一个译者群；不过，这个群体虽然有吴宓的统筹"定调"，具有相对统一的"声音"，但是与个体译者相比，仍会在译介意图、翻译策略与风格诸方面展现出远更复杂的图景，就此我们将在本书各章分别加以探讨。

  这一时期梁实秋曾与"学衡派"合作，共同介绍传播白璧德的学说。1929年12月，梁实秋将《学衡》最先发表的五篇译文结集成书，定名为《白璧德与人文主义》。③ 该书排版与体例依照译文原有样式，除译文按

---

① 《白璧德论今后诗之趋势》最早刊载于《大公报·文学副刊》1929年11月18日第97期，后转载于第72期《学衡》。第72期《学衡》严重拖期，实际出版时间与版权信息（1929年11月）不符。
② 《白璧德论班达与法国思想》最早刊载于《大公报·文学副刊》1929年5月27日第72期，译者署名"素痴"，此即张荫麟笔名。
③ 梁实秋在《白璧德与人文主义》（梁实秋编，胡先骕、吴宓、徐震堮译，新月书店，1929年）一书"序"中提及，吴宓在"十八年春"（即1929年春）将《学衡》稿子寄来，梁氏在书店"压置"了一段时间，直至1929年12月才出版。如前所述，《学衡》后两篇译文早在1929年5月、11月便刊载于《大公报·文学副刊》，不知何故未见收于《白璧德与人文主义》一书。

语及文中注解稍有变动外,译文本身几乎丝毫未变。本书将参照其他中译本(见下表2),展示《学衡》译者对原文的独特理解及其译文中出现的种种有趣的问题。

表2 《学衡》白璧德思想译文中译版本一览表

	《学衡》译文及出版时间	其他中译本出版信息	备注
1	胡先骕:《白璧德中西人文教育谈》,1922年3月	侯健:《中国与西方的人文教育》,载《从文学革命到革命文学》,1974年	胡译收录于1.梁实秋辑译本《白璧德与人文主义》,2.梁实秋与侯健合著《关于白璧德大师》;侯译亦收录于《关于白璧德大师》
2	吴宓:《白璧德之人文主义》,1923年7月		吴译收录于梁实秋辑译本
3	吴宓:《白璧德论民治与领袖》,1924年8月	张源:《导言》,载《民主与领袖》,2011年①	吴译收录于梁实秋辑译本
4	徐震堮:《白璧德释人文主义》,1924年10月	王琛:《什么是人文主义?》,载《人文主义:全盘反思》,2003年;②张源:《什么是人文主义?》,载《文学与美国的大学》,2004年③	徐译收录于梁实秋辑译本
5	吴宓:《白璧德论欧亚两洲文化》,1925年2月	张源:《欧洲与亚洲》,载《民主与领袖》,2011年	吴译收录于梁实秋辑译本
6	吴宓:《白璧德论今后诗之趋势》,1929年11月		吴译首发于1929年11月18日《大公报·文学副刊》
7	张荫麟:《白璧德论班达与法国思想》,1931年3月		张译首发于1929年5月27日《大公报·文学副刊》

需要进一步说明的是,对"学衡派"译介工作进行技术层面的正误辨

---

① 〔美〕白璧德,《民主与领袖》,张源、张沛译,北京大学出版社,2011年。
② 〔美〕白璧德等,《人文主义:全盘反思》,美国《人文》杂志社、生活·读书·新知三联书店编辑部编,多人译,生活·读书·新知三联书店,2003年。
③ 〔美〕白璧德,《文学与美国的大学》,张沛、张源译,北京大学出版社,2004年。

析并非本书的重点——事实上,从文化层面而言,对于异域思想、学说的理解与接受并不存在绝对的"错误"或"正确"之分——重点转而在于以下几个问题:"学衡派"译者在译介、接受,以及传播、运用"人文主义"学说的过程中,在置换其文化语境的同时,是如何实现其意义的移植与转化的?进而,目的语在时代语境的制约下,对于原作呈现出怎样的资源与潜力?在种种貌似"曲解""误译"或"变形"等现象之下,可能隐藏着译者怎样的文化心态?这些译文又将产生什么样的影响,并在后世研究中发生什么样的流变?

带着这些问题,本书力求通过直面白璧德思想本身并重新审视"学衡派"的译介—阐释文本,对已有的阐释传统进行合理开掘与再阐释,使之在当下或曰对当下重新发挥效应。这或许有助于使白璧德思想本身与中国现代思想史重新产生直接的关系,"新文化运动"时期发生的那段故事,对于延续至今的文化转型从而或将呈现出新的意义。

第一章
白璧德及其"人文主义"思想

第一节 白璧德:美国"人文主义"思想奠基人

欧文·白璧德于1865年8月2日生于美国俄亥俄州西南部城市代顿(Dayton),1933年7月15日病逝于波士顿剑桥(Cambridge)家中。他的一生经历了美国历史上几个具有特殊意义的时代:首先,1865年乃是美国内战——南北战争(the Civil War,1861—1865)结束之年。南北战争是美国历史上的一大转折点,北方的胜利为美国工业资本主义的发展彻底扫清了道路,使美国在19世纪后期迅速成为世界头号工业强国,以令世人瞩目的速度进入了现代。毕生以批判现代社会诸问题为务的白璧德,正是生于这样一个划时代的年份。

1865年之后,美国开始了战后重建工作。持续了十多年的"重建期"(the Reconstruction Period,1865—1877)结束后,美国迎来了经济飞速发展的一个时期,铁路、石油、钢铁、电力诸行业突飞猛进,"强盗大亨"(robber barons)横空出世,财富大量积累在个人手中,贫富分化日益加重,政治趋于腐败,各种社会问题层出不穷。这个经济空前繁荣,然而政治日趋腐败,社会生活经历种种前所未有之巨变的时期,史称"镀金时代"(the

Gilded Age,1878—1900),美国正是在这一时期内完成了从农业—农村联邦政府向工业—城市民族国家的转变。

美国自建国以来便开始了历经百年之久的"西进运动"(the Westward Movement)。当战后重建工作初步完成、工业化进程如期实现之后,美国重新拾起此前流行的"天命论"(the Manifest Destiny),开始"敕天之命",走上对外扩张的老路。由于其领土在内战前已经从大西洋沿岸一路扩展到了太平洋沿岸,到了经济实力更加雄厚的镀金时代,"领土扩张论者"们(the expansionists)便顺理成章地将目光进一步投向了太平洋与亚洲地区。1898年,美国在美西战争(the Spanish-American War)中轻松获胜,领土扩大到了亚洲地区,自此"扩张论"(expansionism)在美国罡风日劲。以这场"辉煌的小战争"(the Splendid Little War)为标志,美国的对外政策日趋强硬,并就此进入了"帝国主义时代"(the Age of Imperialism)。

从文化思潮方面而言,这一时期人们的观念同样发生了剧变:达尔文的《物种起源》(*The Origin of Species*,1859)在1860年通过哈佛学者、博物学家阿萨·格雷(Asa Gray,1810—1888)的评论被迅速介绍到了美国。由此达尔文的"进化论"(idea of evolutionary change)与"自然选择论"(idea of natural selection)在美国学术界、思想界乃至整个社会激起了极大的反响与争议。如果说"进化"是经由"自然选择"产生的,那么这就取消了"造物主"存在的理由,从而导致了对"创世论"(creationism)这一传统世界观的直接颠覆。围绕这一关键论题,美国思想界在19世纪70年代初展开了一场"科学与宗教之战"(the Warfare of Science and Religion),其间坚决抵制这一新观念者有之,与之妥协者有之,对之全面接受乃至热情捍卫者亦有之,而论争的结果便是"进化论自然主义"(evolutionary naturalism)思潮席卷全国。1882年,将进化论引入社会学的英国哲学家、社会学家斯宾塞(Herbert Spencer,1820—1903)访美,受到了空前盛大的欢迎,当时美国人的热情程度绝不亚于杜威(John Dewey, 1859—1952)访华时(1919—1921)中国人的兴奋程度。此后美国人开始仿效斯宾塞,将进化论引入政治经济学、哲学法学、文学艺术等各个领域,社会观念由此从整体上发生了改变。[①] 美国这场"科学与宗教之战"比中国20世纪20年代出现的"科玄之争"(1923)早了整整半个世纪,然而就论争的内容、对立阵营的构成及其结果而言,二者则颇有异曲同工之妙。

此外,作为文化储积、传播之地的传统型学院(college),也在时代风潮的影响下相应进行了变革,逐渐向现代意义上的大学(university)转变。同时,这些得风气之先的教育机构反过来又开始引领时代风潮,对社会观念的转变施加了最为有力的影响。事实上,"科学与宗教之战"最初便是在以哈佛大学教授为主的学者之间展开,此后扩展到普林斯顿大学、耶鲁大学、加利福尼亚大学、密歇根大学等高校的学者圈,并最终在更广泛的知识界取得全面胜利的。进入19世纪80年代以后,德国大学成为美国大学争相模仿的对象,美国各大学纷纷建立了名目繁多的新学院,德国式的"严格科学的研究方法"(strengwissenschaftliche Methode)渗透到了各个研究领域:一方面,旧式经典科目逐渐被自然科学课程所取代;另一方面,自然主义科学思潮开始入侵传统人文学科,科学的文献学(scientific philology)的方法开始被用来研究文学本身。此外,史学、哲学、政治经济学等其他传统学科无一不受到"科学方法论"的浸染。伴随着美国现代工业科技的发展,社会日趋世俗化,其最重要的特征之一是,昔日的大学当初不过是教会以培养神职人员为目的、以研习古希腊—拉丁经典为手段的附属性机构,现如今已和教会彻底脱离干系,成为鼓励科学研究、提倡科

[①] 关于美国"科学与宗教之战"的论争过程及影响,见Paul F. Boller, Jr., *American Thought in Transition: The Impact of Evolutionary Naturalism, 1865-1900*, Boston: University of Massachusetts, 1969。

学精神的要塞,并逐渐演变为"科学崇拜"这一新信仰的世俗堡垒。科学与宗教之殊死斗争,以科学在大学取得全面胜利而告终。总而言之,从1865年到19世纪末,美国从政治、经济、社会文化思潮各个方面都经历了前所未有的转型,白璧德即是在美国历史上的这一转型期里度过了青年时代。

白璧德远祖系英人爱德华·博拜特(Edward Bobet,后转拼为Babbitt),1643年定居于马萨诸塞的普利茅斯。他的曾祖与祖父分别是哈佛与耶鲁神学院的毕业生,作为公理会牧师,坚持"饱学教士"(learned priest)的传统,反对福音狂热与泛滥一时的反理智主义(anti-intellectualism),可以说对学问与传统的尊重是家族本身的传统构成部分之一。然而,白璧德的父亲埃德温·白璧德(Edwin Babbitt,1828—1905)却在时代风潮波及之下,热衷于"科学"研究与试验,自命为"医学博士",并著有关于"色彩疗法"(chromopathic)等迹近"伪科学"的著作,热心社会公益却忘记"慈善始于家庭",在妻子早丧之后,不顾子女年幼将其送交亲戚看管,致使白璧德在幼年时便备尝生活之多艰。白璧德的传记作者布伦南(Stephen C. Brennan)曾述及父亲对白璧德的"巨大影响":"埃德温在诸多方面都代表了典型的美国19世纪的观念,代表了白璧德日后所憎恶的一切。"[1]白璧德此后严厉批判治学者"印象主义"与"浅薄涉猎"(dilettanteism)的倾向,并对"人道主义大忙人"(humanitarian busybody)深恶痛绝,这或许与其童年记忆多少有些关系。

白璧德于1881年从辛辛那提市伍德沃高中(Woodword High School)毕业,学习成绩优异,但由于经济原因未能进入大学。因此他只得再次返回高中,学习化学与土木工程这种有悖于他的兴趣却相当"实用"的学科,直至1885年才得以在叔父资助下进入哈佛大学学习。当时哈佛正处于

---

[1] Stephen C. Brennan & Stephen R. Yarbrough, *Irving Babbitt*, Boston: Twayne Publishers, 1987, p. 3.

艾略特校长（Charles W. Eliot, 1834—1926）①治下（1869—1909在任），"新教育"（New Education）改革已经全面展开。艾略特校长在就任前数月，曾发表过一篇著名的表明其教育思想的文章《新教育之组织形式》（The New Education: Its Organization），这篇文章影响极大，美国始自哈佛而逐渐波及其他各大高校的大学"新教育"改革即由此得名。该文分上下两篇，艾略特校长在上篇中表示，不愿再将学生培养为"传教士或饱学之士"，而是应给他们一种"实用教育"（a practical education），因此"古典研究院与学院不能提供我想要的东西"。② 在该文下篇中，艾略特赞美那些科学的、理工的科技学院是"好的美国的学院"，这些学院与其他学院不同之处在于，"入学考试对希腊、拉丁古典不作要求，且不教授此类课程"③。正是基于这样的"新教育"理念，艾略特校长开始了对哈佛长达四十年的治理。到了1883年（白璧德入学哈佛之前两年），古希腊语、拉丁语等古典语言已被"革出"了哈佛大学必修课的范围。然而，似乎是出于对古典语言天生的热爱，白璧德在本科期间一举修习了古希腊语、拉丁语，以及德语、法语、意大利语、西班牙语等拉丁语系的语言（即罗曼诸语，Romance languages），从某种意义上可以说回归了祖父们开创的传统。

1889年，白璧德以优等成绩（magna cum laude）从哈佛古典系（the

---

① 艾略特校长对哈佛大学的成长与发展产生了至为深远的影响。他于1853年毕业于哈佛学院，1854年成为哈佛学院数学助教，1858年成为数学与化学"双料"副教授，1865年成为新创立的麻省理工学院的化学教授。他的"自然科学"背景或许是促使他接受德国大学的教育思想、突破美国传统学院教学模式建立新型大学教育体系的因素之一。他在哈佛大学在任四十年间，重建了法学与医学院，增设了商学与医学研究生院，新建了拉德克利夫学院（Radcliffe College），学生与教师人数激增，使哈佛从一个小学院发展成了一所世界闻名的现代意义上的大学。
② Charles W. Eliot, "The New Education: Its Organization", *The Atlantic Monthly*, February, 1869, vol. 23, issue 136, p. 203.
③ Charles W. Eliot, "The New Education: Its Organization", *The Atlantic Monthly*, March, 1869, vol. 23, issue 137, p. 358.

Department of Classics）毕业,同年9月任教于蒙大拿学院（College of Montana）,教授古希腊语与拉丁语。1891年他又赴法深造,在法国高等研究院（*Ecole des Hautes Etudes*）师从著名东方学者列维（Sylvain Lévi,1863—1935）研习梵文、巴利文及印度哲学。1892年他回到哈佛大学攻读东方学（Oriental Studies）硕士学位,成为导师兰曼（Charles Rockwell Lanman,1850—1941）开设的高级研修班中仅有的两名学生之一,而另一人便是此后成为白璧德终生挚友、美国"新人文主义运动"领袖之一的保罗·穆尔（Paul Elmer More,1864—1937）。白璧德于1893年获得硕士学位,同年秋在威廉斯学院（Williams College）开始了为期一年的教学工作,教授法语、西班牙语、意大利语,同时为大学三、四年级讲授关于但丁的课程,并在此结识了"新人文主义运动"又一健将弗兰克·马瑟（Frank Mather,1868—1953）。

白璧德于1894年回到哈佛大学古典系谋职,然而,自从1883年古典语言不再属于必修内容之后,古典系迅速衰落、缩编,没有了相应的教席。因此他只得任教于哈佛大学法语系,教授低年级学生基础法语,其失落的心情可想而知。由于"科学的文献学"此时已成为各语言文学系研究的主流,白璧德的文学研究理念始终得不到认可,直至1900年才终于有机会在法语系教授高级文学批评课程,此时他已三十五岁,来到了但丁心目中"人生的中途"。

1902年,白璧德做了八年讲师之后晋升为副教授。他迟迟得不到提升的主要原因,一则是"科研工作量"不足,二则是工作"小环境"不佳:他在哈佛近四十年的教书生涯（1894—1933）中,始终与学校及所在系别的主流教育观念格格不入,甚至到了势如水火的地步。

他在讲师时期仅发表了三篇论文与其他一些零星文字（包括评论五篇、书评、翻译文章各一）。据他本人说,其不轻易著述的原因有二:一则为了"观点蓄而不发,……直至通过反思使之彻底成熟",二则是出于"审慎"。① 不过,他最早发表的《合理的古典研究》(The Rational Study of the Classics,1897)②一文就实在称不上"审慎",这篇文章针对美国文学研究(特别是他所在的哈佛大学的文学研究)现状进行了犀利的批判;③他在成为副教授当年发表的《人文学科》(The Humanities)④一文则更进一步,矛头直接指向了艾略特校长及其主持的"新教育"改革。这篇文章逐一批判了哈佛当时正在施行的"选课制"(the elective system)⑤、"三年学位制"(the three years' degree)⑥等重要的改革实践,批评了"实用教育"(practical education)、"专业化"(specialization)等教育理念,讥讽了"博士学位崇拜"(the fetish worship of the doctor's degree)⑦、重"大学"(university)轻"学院"(college)等流行风气,⑧甚至直接点名批评了艾略特本人,称之为"倾向于

---

① 见"白璧德-穆尔通信"(Babbitt-More Correspondence)中白璧德致穆尔信,1896年3月5日。转引自 Stephen C. Brennan & Stephen R. Yarbrough, *Irving Babbitt*, p. 22。
② 本文原载 *Atlantic Monthly* (Mar., 1897, vol. 79, pp. 355-365),后收入白氏第一部著作 *Literature and the American College: Essays in Defense of the Humanities* (Boston and New York: Houghton Mifflin Company, 1908),列为第六章。
③ Irving Babbitt, *Literature and the American College*, chap. VI, pp. 150-180.
④ 本文原载 *Atlantic Monthly* (June, 1902, vol. 89, pp. 770-779),后收入 *Literature and the American College*,更名为"文学与大学"(Literature and the College),列为第四章。
⑤ 哈佛大学的"选课制"始于1825年,在艾略特校长在任时期得以广泛施行,这一制度带来的最显著的变化是,古典语言不再是必修内容(必修语言仅限于法语、德语),自然科学课程转而成为大学一、二年级学生必修科目。见 Samuel Eliot Morison, ed., *The Development of Harvard University*, Cambridge: Massachusetts, 1930, pp. xlii-xlvi。
⑥ 哈佛大学"三年学位制"的起源是,1890年艾略特校长将"劳伦斯科学研究院"(the Lawrence Scientific School)与传统文学院合并,从而混淆了文、理学士之间的区别,而理学士往往通过三年学制便可获得,因此学生们纷纷选择更容易获取的"三年学位制"理学士学位,结果至1906年哈佛已有36%的学生选择用三年时间匆忙毕业。见 Stephen C. Brennan & Stephen R. Yarbrough, *Irving Babbitt*, p. 106。
⑦ 白璧德对当时流行的博士培养方式深感不满,因此没有攻读博士学位,穆尔亦然。有趣的是,此后白璧德的中国学生吴宓、梅光迪、汤用彤等人也效仿老师,没有攻读博士学位,并对胡适等人名目繁多的博士头衔颇有微词,此为后话。
⑧ 白璧德认为,小而专精的学院(college)是文化存亡续绝之所在,应支持小学院以对抗当时愈演愈烈的一味追求建设规模大、科目全的综合性大学(university)的潮流。Irving Babbitt, *Literature and the American College*, chap. IV, pp. 96-111。

单纯使用量化检测手段并用自然科学术语来表达一切事物"的"科学自然主义者"(scientific naturalist),认为这种人与"情感自然主义者"(emotional naturalist)"殊途同归"云云。①——白璧德居然没有被"解聘",能够安然升为副教授,只能说明心系改革的艾略特校长不拘小节,有容人之雅量。

然而,白璧德与"小环境"的斗争并未到此为止。作为一名年轻教师,他还曾在系务会议上公然向艾略特校长提出反对意见,②并在1902年之后以更为犀利的笔锋发表了一系列批判文章。不过,值得注意的是,这些文章与1902年以前的文章相比格局发生了变化:除了就哈佛"现行课程考察制度""学位制度""现行博士制度"以及"文学研究"等方面的问题展开讨论之外,其谈锋所向已不仅限于大学教育、文学研究等领域,而是开始涉足更广泛的社会文化思想领域,特别是其中关于"古今之争"(the Quarrel of Ancients and Moderns)、"进步观念"(the notion of Progress)、"个人主义"(individualism)以及"现代"(modern)诸问题的讨论,实际上已构成了此后发起的"新人文主义运动"最初的思想资源。③

总之,白璧德1902年以前的作品主要致力于批判哈佛现行教育制度,此后他已不再满足于抨击现状,而是开始直击问题产生的源头,即整个社会思潮的变迁。这一"转向"透露出这样一个消息:通过反思自身处境及当前教育状况,白璧德逐渐超越了自己所处的"小环境",进而将目光投向了更加广阔的社会、历史语境。

---

① Irving Babbitt, *Literature and the American College*, chap. IV, p. 96.
② Frederick Manchester & Odell Shepard eds. , *Irving Babbitt: Man and Teacher*, New York: G. P. Putnam's Sons, 1941, p. 83.
③ 见白璧德"New Honors in Literature"(1903)、"Literature and the Doctor's Degree"(1906)、"Academic Leisure"(1906)、"Value of the Doctor's Degree"(1907)、"On Being Original"(1908)诸篇文章,后收入《文学与美国的大学》一书结集出版。其中"Literature and the Doctor's Degree"与"Value of the Doctor's Degree"两篇合并为第五章,其余各篇列为第七("New Honors in Literature"《文学的新荣誉》标题改为"Ancients and Moderns"《古人与今人》)、八、九章。

1908年，白璧德出版了个人第一部专著《文学与美国的大学》(Literature and the American College)，将此前各文一一收入，并补写了前三章。①这"开宗明义"的前三章实际上是此前思想的总结与深化：作者在这里首次系统阐述了"人文主义"(humanism)以及与之相对立的"人道主义"(humanitarianism)的概念与内涵，指出当今时代是"人道主义"的时代，目前大学人文教育中存在的弊端与偏差则是时代风潮波及之下的必然产物。此前的评论由此整合成为系统的批判话语，具有了统一的精神。白璧德从教育领域出发，此后对美国社会现实各个领域逐一展开了批判，《文学与美国的大学》一书成为"人文主义"思想的奠基之作，该书前三个章节构成了"人文主义"思想的纲领性内容。

这部讨论大学教育问题的专著，笔触绝不仅限于"美国的大学"校墙内的变革，而是涉及了整个社会变迁的方方面面。我们看到，白璧德在书中就青年时期所亲历的镀金时代社会人心的种种变化不时有所指涉：从"工业巨头"②到"大学校长"③，从"哲学家"④到"古典学者"⑤，从"现代作

---

① 从该书《序言》结尾署名时间(1907年12月)来看，这三章应完成于1907年12月之前，见 Literature and the American College, Preface, p. viii.
② 此系指美国石油大王洛克菲勒(John D. Rockefeller, 1839—1937)等人。洛克菲勒于1870年创办俄亥俄美孚石油公司，1881年将之改组为美国第一个托拉斯。他曾于1892年捐款建立芝加哥大学，并捐助了一些慈善机构。白璧德曾讥讽这些巨头一方面违法乱纪，通过残酷竞争无限扩张自己的工业帝国，另一方面却做出种种包括"资助大学"在内的"人道主义"的"慈善举动"。
③ 这里主要所指自然是艾略特校长。此外白璧德还提到了新建立的霍普金斯大学的首任校长基尔曼(Daniel Gilman, 1831—1908)，以及新建立的芝加哥大学的首任校长哈珀(William Rainey Harper, 1856—1906)等教育界举足轻重的人物。
④ 指实用主义哲学家詹姆斯(William James, 1842—1910)、席勒(F. C. S. Schiller, 1864—1937)等人。不知何故，白璧德当时并未在书中点名批评自己的终生劲敌、"实用主义的神圣族长"杜威。
⑤ 如白璧德曾提到，"就在不久以前，某人单凭编辑某本拉丁希腊文著作外带主要译自德文本的注释就可以赢得古典学者的美名"，我们尚不明确所指为谁。见 Irving Babbitt, Literature and the American College, p. 201.

家/艺术家"到对美国社会思潮发生过重大影响的国际知名人士①,无一不被时代潮流裹挟而去,社会从整体上呈现出"人道主义"的倾向,"虽然我们具有充沛的人与人之间兄弟般美好的友情,但显然早已在不可避免地向极权帝国主义靠拢了"②。

不仅如此,"当前"正在发生的社会思潮变革也进入了白璧德的视域。镀金时代后期,大工业生产带来了科技进步,也导致了社会的动荡不安:一方面,产业工人暴动此起彼伏,如1877年铁路总罢工(the General Railroad Strike)、1886年秣市骚乱(the Haymarket Riot)、1892年荷姆斯特德大罢工(the Homestead Strike)、1894年普尔门铁路工人罢工(the Pullman Strike)等等;另一方面,农业生产日益凋敝,美国农村地区在19世纪90年代发起了声势浩大的平民主义运动(the Populist Movement),特别是进入90年代之后,美国国内出现了大规模的经济萧条(the Massive Depression, 1893—1897),19世纪这个"充满希望的世纪"(the Century of Hope)此时呈现出了"世纪末"(*fin de siècle*)的败象。

进入"新千年"之后,美国展开了一场规模宏大的改革运动(即进步运动,the Progressive Movement),旨在针对镀金时代产生的种种问题进行政治经济、社会道德全方位的"进步改革"(Progressive Reform),这场运动一直持续到"一战"末期美国参战(1917)后才自动完结。这是又一个充满了希望的时代,"好的政府"(good government)、"反托拉斯主义"(antitrustism)、"社会正义"(social justice)、"揭露黑幕"(muckraking)、"妇女解放"等提法成为时代流行语汇,人们充满了乐观与自信,认为在这个时代"基督教道义战胜了镀金时代的极度唯物主义,同时道德和正义成为政治

---

① 如"最纯粹的科学人道主义者""科学主义激进分子的典型"斯宾塞。
② Irving Babbitt, *Literature and the American College*, p. 62.

的基调"。① 人们相信,在"镀金"的时代之后,真正的"黄金时代"(the Golden Age)已经到来,这个"纠前代之偏"的时期,便是美国历史上的"进步时代"(the Progressive Era,1900—1917)。

白璧德曾对镀金时代提出严厉的批评,然而,尽管进步时代旨在"纠前代之偏",却同样未能得到白璧德的好感。早在1899年,白璧德曾匿名为挚友穆尔写过一篇书评,指出"当前的时代之从众与人道主义的本能"实与东方(按指印度)及欧洲中世纪重视"个人灵魂的拯救"相对立,"现代人的兴趣日益集中在社会而非个人的进步之上"。② 其时进步运动还未形成气候,而白璧德出于对社会思想风潮的高度敏感,似乎已预见到了未来时代的动向。在1902年《人文学科》一文中,白璧德曾说过:"或许现在还不是对19世纪的自然主义形成反动的时代,而是界定和补充,特别是强调它应当具有适当界限的时代。"③这是白璧德对现时代的一个基本判断,从中已可窥见他对刚刚起步的进步改革将持何种态度。

当进步运动在全国范围内开展起来,白璧德并未像当时诸多知识分子那样立刻参与其中(如那些纷纷投身到"进步教育"[Progressive education]④当中的学者与大学校长),而是冷静地与当前的时代保持了一定的

---

① 〔美〕阿瑟·林克、威廉·卡顿,《一九〇〇年以来的美国史》(上册),刘绪贻等译,中国社会科学出版社,1983年,第1页。
② 该文是对穆尔 A Century of Indian Epigrams 一书之书评,原载 Atlantic Monthly(Oct., 1899, vol. 84, pp. 573-576),后收于白璧德文集《西班牙性格及其他》,引文出处见 Irving Babbitt, "A Century of Indian Epigrams", Spanish Character and Other Essays, Boston and New York: Houghton Mifflin Company, 1940, p. 148。
③ Irving Babbitt, Literature and the American College, p. 91.
④ "进步教育"的代表人物为杜威,他于1896年在芝加哥大学创办了实验学校(the laboratory school),亲主其事达八年之久(1896—1904)。实验学校讲求"科学方法"(scientific method),奉行"以儿童为中心"(child-centered)的教育理念,此后各种实验学校纷纷建立,至1919年成立了旨在"彻底变革美国学校体系"的"进步教育协会"(the Progressive Education Association),从此"进步教育"的观念深入人心,对整个美国社会产生了极大的影响。艾略特校长的"选课制"等改革即构成了"进步教育"的重要内容。

距离,并在《文学与美国的大学》一书中对这一风潮提出了批判意见:书中认为,现代进步观念主要建立在对科学的信仰之上,伴随着科学的日益发展,人们追求的"黄金时代"逐渐指向了未来而非过去,这些有着"新信仰"的人往往会口中喊着"为人类进步事业服务"的口号,实则是为了实现个人的权力意志。古已有之的"博爱"观念正是通过与现代"进步"观念相联系,才发展成为今日之"人道主义"思潮的。针对"进步教育"的理念,白璧德特别提出,"大学——如果一定要有一个独立存在的理由的话,所代表的必然不是进步,而是对学问的消化吸收,以及文化的永恒不朽"①,从而希望大学能够恢复旧日的职能,以"学问"和"文化"来制衡目前大众对于"科学"及"进步"的热衷与迷信。

　　白璧德的愿望似乎很快变成了现实:1909 年,艾略特校长在治理哈佛整整四十年之后光荣离任,完成了自己的历史使命,新一届校长洛威尔(Abbott Lawrence Lowell,1856—1943)继任。哈佛这位新任校长与前任校长有着不同的教育理念,他开始回头强调"自由教育"(liberal education)的重要性,并重新肯定了"古典"在大学中的地位。② 洛威尔在任期间(1909—1933)对"选课制"进行了修正,如分设"主修"与"辅修"专业等等,并增设了"荣誉文学士学位",对此前教育改革的偏颇之处一一加以匡

---

① Irving Babbitt, *Literature and the American College*, p. 102.
② 白璧德曾数次以赞美的语气谈到洛威尔,并大段引用洛威尔在"哈佛大学校庆会"上所作的演讲,称之为"近年来所有呼吁以更加开阔的心态研究古典的声音中最为雄辩的一段话"。见 Irving Babbitt, "The Rational Study of the Classics", *Literature and the American College*, pp. 178-179。洛威尔演讲引文如下:古希腊人的语言就算是已经死亡,"但其中所珍藏的文学仍然充满了生命力,……对于现代人就和对最初的读者一样具有魅力,因为它所打动的不是特定时代的人,而是整个人性本身。人生短暂,但人类的真实灵魂用其永恒手指所触摸到的每一页,无论发生在多么古远的时代,都像我们的前人当年所看到的那样新鲜而美好。……古典作品带领我们远远超越了骚乱的卑下区域,并从此呈现出千姿百态的景色"。从这些对"古典作品"充满真挚情感的表述中,当可窥见洛威尔对于"古典"学科的态度与立场。

正。有论者认为,白璧德《文学与美国的大学》一书是自内战以来针对美国高校教育趋势展开的第一次重要批判,①此后其影响日益扩大,至20世纪20年代美国教育界的"人文主义的反革命"(humanistic counter-revolution)已准备就绪,而其最初的征兆正是出现于哈佛,实际上,洛威尔校长的继任便预示了"潮流之逆转"。②

然而,洛威尔的就任并未改变白璧德在哈佛的不佳境遇,后者直至1912年才在各方师友乃至已毕业的学生的帮助下获得教授职衔。③ 事实上,在哈佛大学,白璧德及其"人文主义"学说的价值最先是被学生们"发现"的,正是通过这些优秀的学生,他的学说才得以传播、发扬,并逐渐获得了应有的承认。

白璧德从1900年开始在法语系教授文学批评课程,当他终于可以"表达自己的思想而非带领学生进行语法训练"时,课堂开始变得"生动而富有戏剧性",他亦具有了十足的"权威"与"约翰逊式的"(Johnsonian)派头;④这一时期有了最初的"皈依者"薛尔曼(Stuart P. Sherman,1881—1926),此即"新人文主义运动"的"先锋"、白璧德的"颜渊"(吴宓语)。⑤

---

① 事实上,白璧德该书在很大程度上乃是白氏亲历哈佛"新教育"改革二十余年间(1885—1908),针对艾略特校长实施的各项革新措施的弊端所作的总结与反思(该书出版之时,艾略特校长仍在位主事,于次年即1909年离任)。
② J. David Hoeveler, Jr., *The New Humanism: A Critique of Modern America, 1900-1940*, Charlottesville: University press of Virginia, 1977, p. 118.
③ Stephen C. Brennan & Stephen R. Yarbrough, *Irving Babbitt*, pp. 23-24.
④ Thomas R. Nevin, *Irving Babbitt: An Intellectual Study*, Chapel Hill: University of North Carolina Press, 1984, p. 22.
⑤ 薛尔曼是美国著名文学批评家,1900年就读于哈佛大学,并于1906年获得博士学位。他曾根据白璧德的学说与当时的"自由主义斗士"H. L. 门肯(Henry Louis Mencken,1880—1956)展开激烈论战,情形与中国20世纪20—30年代的"鲁梁论战"颇为相似(梁实秋正如当年"新人文主义运动"的"先锋"薛尔曼一样,以白璧德"人文主义"为思想武器,与人称"中国之门肯"的鲁迅展开了论争。只不过薛尔曼与门肯是同龄人,年龄差距并不像鲁、梁那般悬殊)。这场论战亦在《学衡》杂志中有所反映:吴宓译文《薛尔曼评传》(载《学衡》1931年1月第73期)中记述了一场"芝加哥之役",所 (转下页)

白璧德从1902年开始在本校新设立的比较文学系(Department of Comparative Literature)教书,此后他的学生人数日增,至1910年听课的学生已经多达八十余人。这一时期白璧德又有了新的追随者,其中最著名的便是此后成为"新人文主义运动"新一代领袖的诺曼·佛斯特(Norman Foerster,1887—1972)。① 1915年以后,白璧德的学生中又加入了梅光迪、吴宓等一批来自中国的弟子,②他们不但将"白师"的"人文主义"带回了中国,并且通过自己的翻译与阐释使其内涵得到了进一步的丰富与拓展,而这正是本书将着手处理的核心论题。

　　在这期间,白璧德出版了《新拉奥孔》(*The New Laocoon*,1910)一书,书名本自莱辛(Gotthold Ephraim Lessing,1729—1781)名作《拉奥孔》(*The Laocoon*,1766),其用意颇为明显:"德国启蒙运动"的代表莱辛试图在《拉奥孔》一书中区分诗与造型艺术的界限,以厘清"新古典主义"时代"文艺

(接上页)指即是白璧德学生薛尔曼运用白璧德—穆尔学说"与自然主义及将衰之浪漫主张宣战"一事。特别是1917年薛尔曼《现代文学论》一书出版后,激起了轩然大波,美国各地新派杂志及日报"竞起攻诋","叫骂詈骂","尤以芝加哥为甚",这场"芝加哥之役""实为美国文学思想史中之一大事",两派力量"正式开火"之后,"杀气飞腾矣"。但是,薛尔曼1926年突然去世,"人文主义者"一方失去一员大将,"光阴今已垂尽,其精神亦仅奄奄一息而已"。薛尔曼发表了一系列文学批评著作,是白璧德"人文主义"思想的主要阐释实践者之一,然而不幸溺水早亡,殁于白璧德之前,故吴宓有"如孔子之丧颜渊"之说。见《学衡》1926年7月第57期浦江清译文《薛尔曼现代文学论序》吴宓所撰之"编者按"。

① 佛斯特也是美国著名文学批评家,1910年在哈佛获得学士学位,此后在他校分别获得硕士与博士学位。他同样发表了一系列文学批评著作,亦是"人文主义"思想的主要阐释实践者之一。此外,他还出版了两部"人文主义"论集:1. *American Criticism: A Study in Literary Theory from Poe to the Present*; 2. *Humanism and America: Essays on the Outlook of Modern Civilization*。西方论者称之为(美国本土)"人文主义"思想最有力的宣传者。

② 梅光迪在追忆先师的文章中曾云"或许我于1915年秋天来到康桥的主要目的,便是伏坐在这位新圣人的脚下",见Frederick Manchester & Odell Shepard eds., *Irving Babbitt: Man and Teacher*, p.112。梅氏为白璧德的中国"大弟子",此后经由他的介绍引荐,吴宓、汤用彤、楼光来、张歆海等学人相继发现了这位"新圣人",并群起追随之。此后梁实秋以及"学衡派"的学生辈成员郭斌龢等人陆续求学哈佛,成为白璧德的又一代中国弟子,具体经过见《吴宓日记》(II),1998年。

体裁的混淆"(*mélange des genres*);白璧德则试图通过追索19世纪"浪漫主义"时代的思潮演变,厘清现代"第二次""文艺体裁的混淆"。①

白璧德传记作者托马斯·内文曾说:"白璧德将德国启蒙运动之父莱辛视作自己的精神导师,这是由于他发现自己与莱辛在历史上所处的位置相同,即都处在一个败象已呈、亟待加以批判之运动的末尾。"②问题是,白璧德的处境似乎并不像莱辛那样乐观,即所谓处在一个"败象已呈"的运动的"末尾",而是恰恰处于美国向现代转型的过程当中,其中各种现代思潮此起彼伏,方兴未艾,在20世纪初年方显示出无比旺盛的生命力,这或许差可解释白璧德及其学说的价值何以长期不为时人所识。

不过,白氏1912年出版的《法国现代批评大师》(*The Masters of Modern French Criticism*)一书立刻得到了读者的关注与好评。该书是最见作者文学批评功夫的一部著作,虽然白璧德在此所做的工作并非常规意义上的"文学批评",而是对于"批评家之批评",其目的是通过研究那些最接近"知识核心"(the intellectual center)的人物,来追踪当时"主要的思想动向",并由此建立"正确理解现代思想的必要背景"。③ 国人一般会将白璧德视为"著名文学批评家",但这一称号似乎并不能反映出他的"文学批评"背后对于社会/文化思潮的关注与批判,或许称白璧德为"社会/文化批评家",更符合其毕生精勤工作用力之所在。

1914年第一次世界大战爆发,美国文化的母邦——欧洲各国——生灵涂炭,而美国却迎来了成长发展的又一良机。这一时期,美国开始试图

---

① Irving Babbit, *New Laocoon: An Essay on the Confusion of the Arts*, Boston and New York: Houghton Mifflin Company, 1910, "Preface", pp. vii-xiv. "Preface"标明该书完成于1910年3月15日,但据该文文末所记,该书的主要结论已在过去八年或十年的哈佛课程中提供给学生了,也就是说,该书的中心思想大约在1900年或1902年便已成形。
② Thomas R. Nevin, *Irving Babbitt: An Intellectual Study*, p. 35.
③ Irving Babbitt, *The Masters of Modern French Criticism*, Boston and New York: Houghton Mifflin Company, 1912, "Preface".

界定自身的文化品格,以布鲁克斯(Van Wyck Brooks,1886—1963)《美国的成年》(America's Coming-of-Age,1915)一书的出版为标志,美国新英格兰地区(New England)源自欧洲,特别是英伦的根深柢固的"文雅传统"(the genteel tradition)遭到了彻底的唾弃与批判,欧洲现代思潮从此如潮水般涌入了美国。在一大批年轻的中西部作家与艺术家的带领下,人们开始宣传、拥护各种新观念与新理想;1910年以后,各种新报刊纷纷面世,成批的年轻人向格林尼治村(Greenwich Village)涌去,社会主义运动也声势日涨,实验小剧场开始在各地建立,各种文学艺术实验此起彼伏……美国在20世纪第二个10年经历了"第二次文艺复兴",此即美国历史上著名的"小文艺复兴"(Little Renaissance,1910—1917)。[1]——要提请大家注意的是,欧洲现实主义、自然主义、现代主义诸思潮流派也在20世纪第一个10年之后纷纷涌入中国,同样得到了最热切的关注与宣传,并对中国现代文学产生了极为深远的影响,而这场运动也同样被称为"中国的文艺复兴"(the Chinese Renaissance)。如果说美国的"科学与宗教之战"与中国的"科玄之争"尚存在着长达半个世纪的落差,那么,从20世纪第一个十年开始,中国社会思潮的现代变革已经一路跟跄地跟上了西方(特别是美国)的脚步。

伴随着美国社会思潮的激变,"反映社会现实"的文学也来到了一个新的阶段:美国文学在其"浪漫主义时期"(the Age of Romanticism,1815—

---

[1] 美国历史上曾发生过一次"文艺复兴":19世纪50年代中期,美国文学突然爆发出极大的创造力,仅在1850—1855年,爱默生、梭罗、霍桑、梅尔维尔、惠特曼等文学巨人几乎同时出现,此即相对于"小文艺复兴"而言的第一次"文艺复兴"。关于"第二次文艺复兴"或"小文艺复兴",见William Van O'Connor, *An Age of Criticism, 1900-1950*, Chicago: Henry Regnery Company, 1952, chap. I "The Genteel Tradition" & chap. V "The New Awareness of America"; Alfred Kazin, *On Native Grounds: An Interpretation of Modern American Prose Literature*, New York: Reynal & Hitchcock, 1942, Part I, 6. "The Joyous Season"。

1865)便一直试图摆脱欧洲的影响,但对之仍有着挥之不去的"殖民地情结"(colonial complex),例如这一时期文学中对"适度"(decorum)的强调即是明证。① 美国文学进入"现实主义时期"(the Age of Realism, 1865—1914)之后,"文雅传统"遭到了口诛笔伐而被弃如敝屣,美国由是发展出了一种原生态的现实主义文学样式,它不同于欧洲源自大陆实证主义(the positivism of Continental thought)的现实主义/自然主义文学,而是源于工业资本主义带来的无处不在的物质主义(materialism)。② 到 1914 年左右,美国的现实主义文学登峰造极,此后日趋衰落,现代主义文学取而代之,成为时代新宠,美国文学由此进入"现代主义时期"(the Age of Modernism, 1914—1945)。而这一时期的欧洲凭借其"摧枯拉朽"的现代思潮,实际上对美国发挥了更为巨大的影响力。只不过,欧洲的作家们经过马克思(Karl Marx, 1818—1883)、罗斯金(John Ruskin, 1819—1900)、阿诺德(Matthew Arnold, 1822—1888)等人的不懈批判,对资本主义伦理及其秩序总算有所戒备,而美国的现实主义以及此后的现代主义先驱们,既无"文雅传统"的制衡,又无相应的社会批判系统,故而在现代思潮的冲击下毫无防范,一败涂地。③

正是在这个时期,白璧德开始较为集中地称引阿诺德④——后者同样

---

① Toming(童明), *A History of American Literature*, Nanjing: Yilin Press, 2002, pp. 66-67. 西方文学中对于"适度"的重视正是"文雅传统"的一部分,白璧德一向强调文学与人生均应保持"适度"(decorum),这是日后"年轻的激进主义者"将白璧德视为"文雅传统"之代表的原因之一。
② Alfred Kazin, *On Native Grounds: An Interpretation of Modern American Prose Literature*, p. 15.
③ Ibid, p. 19.
④ 阿诺德的思想是白璧德"人文主义"的重要资源之一,后者对前者的推崇向为人所熟知。从 1897 年白璧德第一篇文章直到 1932 年最后一篇文章"The Problem of Style in a Democracy"(原载 *Academy Publication*, Nov. 10, 1932, No. 79,后收入 *Spanish Character and Other Essays*)中均可见到作者对阿诺德的反复称述。此外,白璧德讨论阿诺德的专文"Matthew Arnold"出版于 1917 年,正值美国的文学进入现代主义时期之后(该文原载 *Nation*, Aug. 2, 1917, vol. 105,后收入 *Spanish Character and Other Essays*)。

身处英国向现代转型的时期,并将他的思想作为自身社会/文化批判的一个重要资源,对自己所处的时代及这个时代的代表性思潮——"现实主义""现代主义"——进行了毫不容情的批判。在白璧德看来,美国的浪漫主义与现实主义文学实为一丘之貉,现实主义并不代表早期浪漫主义某种根本性的转向,二者只是自然主义的不同侧面而已,而那些自认为代表了"现代性之极致"(the very pink of modernity)的年轻的激进主义者们,并不是"太现代"了,而是"还不够现代"(not modern enough),他们缺乏真正的"现代精神"(the modern spirit),因而并不能抗拒权威,对事物作出自己的判断。白璧德认为,所谓"现代精神"便是实证与批判精神(the positive and critical spirit),在其名著《卢梭与浪漫主义》(Rousseau and Romanticism,1919)一书中,他正是秉持了此一现代的精神,对浪漫主义运动展开了深挖至根源的"清剿",并由此将之前的三本著作统摄成为一种"连续的论述"。①

此后白璧德的影响逐渐扩大,得到了国内外的广泛承认。到了1920年左右,白璧德课堂上的人数已经发展到了三百人之巨。这时"新人文主义运动"的又一主将乔治·埃里奥特(George Roy Elliott, 1883—1963)与这一运动在法国的最有力的宣传者马西尔先后聚拢于其身侧:前者当时已是鲍登学院(Bowdoin College)年轻的英语文学教授,此后成为新一代学者中推行"人文主义"思想甚力之人;而后者作为白璧德在哈佛法语系的年轻同事,则是法语系这个"文献学辛迪加"("philological syndicate"——白璧德语)当中最早对其学说生起同情的人,也是最早向法国介绍白璧德

---

① Irving Babbitt, *Rousseau and Romanticism*, Boston and New York: Houghton Mifflin Company, 1919, "Introduction", pp. x-xi, 104. 关于"深挖至根源",是指"由于卢梭可以最为充分地代表这个伟大的国际运动,那么批判或维护卢梭便不过是在批判或维护浪漫主义运动",见该书"Introduction", p. ix.

学说的学者。①

白璧德在这一时期先后应邀讲学于凯尼恩学院(Kenyon College, 1920)、耶鲁大学(1921)、斯坦福大学(1922)、索邦大学(1923)、布朗大学(1926)、阿姆赫斯特学院(Amherst College, 1930)、多伦多大学(1931)。1923年,白璧德作为交换教授赴索邦大学讲学时大受欢迎,不但在法国知识界声名鹊起,同时还吸引了为数众多的"来自东方的学生"②。此时白璧德不但已成为哈佛最受学生欢迎的教授之一,他的名声甚至"早已离开了剑桥(即哈佛大学所在地),走向了全世界"③。

1924年,白璧德的第五部著作《民主与领袖》(Democracy and Leadership)出版,这是白璧德最后一部专著,也是"人文主义"系列著作集大成者,关于该书的重点内容,我们将在本书第四章有所涉及。1926年白璧德成为法兰西学院伦理与政治科学学院(Académie des Sciences Morales et Politiques)通讯院士——这可是美国人极少获得的殊荣;1930年成为美国文学艺术学院(The American Academy of Arts and Letters)院士;并于1932年接受了鲍登学院授予的人文学荣誉博士学位。一向对博士制度不满的白璧德能够接受这一学位,一方面可能是由于学位授予方系传统型"学院"而非新型的综合性"大学",另一方面则或许与前面提到过的"新人文主义运动"健将、鲍登学院年轻的教授埃里奥特不无关系。

---

① 马西尔与埃里奥特均与《学衡》白璧德译文有着直接的关系,详见本书第四章。
② 白璧德的学生高曼(Goldman)在追忆老师的文章中写道:"这些来自东方的学生簇拥在他的周围,有的人甚至专程到巴黎来拜见他","这些学生大多数是中国人","还有一些日本人、朝鲜人和印度人"。"他们聚拢在他的周围,仿佛他是一位大圣人(a great sage)。""若干年后保罗·穆尔向我说,或许白璧德是我们这个时代唯一一位东方人据他们的传统认作智者的美国人,而他也知道如何恰切地接受这些信奉者的敬意。"见 Frederick Manchester & Odell Shepard eds., *Irving Babbitt: Man and Teacher*, p. 238。
③ Frederick Manchester & Odell Shepard eds., *Irving Babbitt: Man and Teacher*, p. 159. 这句话的原意是"白璧德的名声尽管不在剑桥,却走向了全世界",暗指白璧德不为哈佛本校所重视的境况。

自白璧德1900年开设高级文学批评课程以来,曾亲炙白璧德并深受其影响的学生与青年学者除薛尔曼、佛斯特、梅光迪、吴宓、埃里奥特、马西尔等人之外,①还有前文提到过的布鲁克斯(Van Wyck Brooks,1886—1963),以及T. S.艾略特(Thomas Stearns Eliot,1888—1965)、沃尔特·李普曼(Walter Lippmann,1889—1974)、马尔科姆·考利(Malcolm Cowley,1898—1989)、奥斯汀·沃伦(Austin Warren,1899—1986)等在美国文学批评史上举足轻重的人物,另有大量日后成为学者、大学教授、作家、批评家、大学校长的文化菁英。② 正如白璧德传记作者布伦南所云,"人文主义运动始自白璧德的课堂"③,正是在这些优秀的学生与青年学者的共同推动下,白璧德及其学说逐渐在美国产生了越来越大的影响,"新人文主义运动"随之蓬勃展开,并在20世纪20—30年代进入了巅峰状态。关于其门人云集、一时称盛的景况,从这一运动"反对者"的记述中或可见出一二。亨利·哈兹立特(Henry Hazlitt,1894—1993)在1930年的批判文章中,大幅讨论了白璧德的"人文主义"何以对青年一代具有偌大的吸引力,举出了可能的原因,继而一一加以驳斥;④另有马尔科姆·考利同年发表

---

① 至于与白璧德持相近意见的同辈学者,除上文提到过的穆尔与马瑟之外,还有他的大学同学、威斯康星大学教授吉斯(William Giese,1854—1941),美国文学艺术学院院士布朗乃尔(William Brownell,1851—1928),保罗·穆尔的兄弟、曾任美国文理学院首任院长以及该院研究生院院长的路易斯·穆尔(Louis Trenchard More,1870—1944),以及哈佛大学同事约翰·洛斯(John Livingston Lowes,1867—1945)等等。
② 这份名单过于冗长,在此只能择要述之,如阿尔特罗齐(Rudolph Altrocchi,1882—1953)、尚布伦伯爵夫人(Comtesse de Chambrun,1873—1955)、欧代尔·谢帕德(Odell Shepard,1884—1967)、马库斯·高曼(Marcus Selden Goldman,1894—1984)、A.伍德豪斯(A. S. P. Woodhouse,1895—1964)、詹姆斯·亚当斯(James Luther Adams,1901—1994)、西奥多·斯宾塞(Theodore Spencer,1902—1949)、布鲁克斯·欧提斯(Brooks Otis)、戈登·查尔默斯(Gordon Keith Chalmers,1904—1956)、理查德·布莱克默(Richard Palmer Blackmur,1904—1965)、哈里·列文(Harry Levin,1912—1994),以及普罗塞·弗莱(Prosser Hall Frye)等等。
③ Stephen C. Brennan & Stephen R. Yarbrough, *Irving Babbitt*, p. 60.
④ Henry Hazlitt, "Humanism and Value", *The Critique of Humanism*, C. Hartley Grattan eds., New York: Brewer and Marrow Inc., 1930, pp. 87-89.

的文章,其中见有这样的记述:"在今天,到处是人文主义者的刊物,人文主义者的出版社,各个名牌大学里都充斥着人文主义的教授,人文主义的批评家、科学家、政治思想家(如果还没有人文主义的艺术家的话),这一运动甚至得到了《纽约时报》(*The New York Times*)①的支持……"②云云。

总而言之,这一运动成为当时文学批评界乃至整个知识界关注的焦点:支持者声势浩大,批判者亦来势汹汹,双方纷纷著文,围绕"人文主义"的基本观点或阐明,或质疑,或表示声援,或痛加斥责,不但当时诸多著名的批评家、学者纷纷卷入论争当中,而且各大报刊的主编、主笔也相继投身其中。③ 到了1930年5月,论战双方的情绪激化到了一定程度,于是在纽约的卡耐基厅(Carnegie Hall)举办了一场规模盛大的公开辩论会,当时的听众竟有泱泱三千,热闹的场面一时无两。白璧德代表"人文主义"一方亲自出马,与"小字辈"反对者卡尔·范杜伦(Carl Van Doren,1885—1950)、亨利·坎比(Henry Seidel Canby,1878—1961)诸人展开了论辩。不过,白璧德由于习惯低头发言,且扩音器恰好失效,人们听不到他的声

---

① 纽约是现代思想滋生、活跃的大本营之一,《纽约时报》则是抨击"保守"力量、宣扬现代思想之最重要的喉舌与阵地。
② Malcolm Cowley, "Humanizing Society", *The Critique of Humanism*, p. 64.
③ 批判者名单之冗长,与支持者相比毫不逊色:除上文提到过的门肯、考利、哈兹立特,以及下文将提到的卡尔·范杜伦和亨利·坎比之外,还有 J. E. 斯宾岗(Joel Elias Spingarn,1875—1939),艾伦·泰特(Allen Tate,1899—1979),哈特利·格拉坦(C. Hartley Grattan,1903—1980),肯尼斯·伯克(Kenneth Burke,1897—1993),刘易斯·芒福特(Lewis Mumford,1895—1990),埃德蒙·威尔逊(Edmund Wilson,1895—1972),H. E. 伍德布里奇(H. E. Woodbridge),休·法赛(Hugh l'Anson Fausset),麦克·哈里斯(Michael R. Harris),赫伯特·里德(Herbert Read),以及大名鼎鼎的作家海明威(Ernest Hemingway,1899—1961)与辛克莱(Sinclair Lewis,1885—1951)等。不过,此中还包括如伊沃尔·温特斯(Yvor Winters,1900—1968)等曾与白璧德论争此后却转而服膺其学说者。关于"新人文主义运动"的论争始末及其思想资源、涉及人员,以及效果与影响,见 J. David Hoeveler, Jr., *The New Humanism: A Critique of Modern America, 1900-1940*, 1977。

音(inaudible),于是在这场辩论会上惨遭失败。① 我们不禁由此联想到了阿诺德的相同遭遇:在斯宾塞访美期间(1883),阿诺德亦曾到访美国(1883—1884),②当时斯宾塞可谓风光无限,而阿诺德却由于其英式发音习惯,人们听不到他的声音(inaudible),从而他的演讲"令人大感失望",他的思想也随之遭到了冷遇。③ ——"人们听不到他们的声音",正是他们的思想不为时人所识的一则隐喻,这种命运的巧合实足令人颇有兴味。

辩论会过后,论战双方各自推出文集一部:一方为"人文主义者"的合集,即此前我们提到过的佛斯特主编的《人文主义与美国》(*Humanism and America*,1930),另一方为"人文主义的批判者"的合集《人文主义批判》(*The Critique of Humanism*,1930)。双方至此仍旧互不相让,彼此在文中直接点名批评对方"辩手",由于他们均对"敌方"的背景了如指掌,这种相互之间知己知彼的辩难便显得分外激烈且有趣。这种高度互动的情况,即使在美国文学/文化批评空前发达的20世纪20—30年代也是罕见的。事实上,当时的"人文主义"思想的反对者们,包括艾略特、考利、布莱克默等,很多都曾是白璧德课上的学生,这些最初从白璧德那里得到精神滋养的青年,此后根据各自的性情气质发展出了自己的学说信念,并由之对老师的"反动"学说进行了"反动"。正是基于对白璧德学说的深入了解,这些"反对者"的批判才能够如此鞭辟入里;事实上,这些批判一方面激发了"人文主义者"的对话欲望,另一方面也促使他们在反复阐明其基

---

① 关于"卡耐基厅"的辩论,见 Stephen C. Brennan & Stephen R. Yarbrough, *Irving Babbitt*, pp. 76-77。
② 阿诺德访美期间作了三次讲演,题为"Numbers""Literature and Science",以及"Emerson",此后结集出版,题名为《美国演讲录》(*Discourses in America*)——据说这是他最希望传诸后世的论著。
③ Harriet R. Holman, "Matthew Arnold's Elocution Lessons", *New England Quarterly*, Dec., 1945, vol. 18, no. 4, p. 479. 据阿诺德自己分析,美国人"失望"的真正原因在于美国接受自己的时机"还未成熟"("Denver was not ripe for Mr. Arnold")。

本观点的同时不断修正可能导致歧义的表述。可以说,如果没有这些来自"对立面"的意见,"新人文主义运动"就不可能如此生动活泼地展开;这些批判者实际上从另一个侧面扩展、丰富了白璧德学说的阐释史,通过"正""反"双方的合力将"人文主义"学说推上了它的历史轨道。"人文主义"学说在当时无疑成了众矢之的:时人或指责它无视"科学",实为"文雅传统"与"清教主义"(Puritanism)的代表;或批评它蔑视"宗教",无非是现代"实证主义""自然主义"的体现(相关论述详见本章第四节)。然而,作为一种现代批判学说,"人文主义"思想正是通过这种方式——成为各方批判的中心——在混乱、喧嚣的"爵士时代"(the Jazz Age, the Roaring Twenties, 1920—1929)充当了现代社会文化思潮的中流砥柱。

1929年,史无前例的经济大萧条(the Great Depression, 1929—1933)爆发,"新人文主义运动"随之陷入低谷;1930年白璧德健康状况恶化,1933年7月15日病逝于波士顿剑桥家中。1933年之后,美国总统罗斯福(Franklin Roosevelt, 1882—1945)开始大刀阔斧地施行新政(The New Deal),美国从此进入了又一个新的历史阶段。

白璧德生活的年代(1865—1933),正是美国工业资本主义开端、发展、逐渐兴盛、步入巅峰而又遭遇严重危机的一个时段。"批评家的任务便是与其所处的时代搏斗,并赋予这个时代在他看来所需要的东西",白璧德曾如是说。[1] 这或许可以解释为什么他在《文学与美国的大学》一书

---

[1] 见 Panichas, George A. & Claes G. Ryn eds., *Irving Babbitt in Our Time*(Washington D. C.: The Catholic University of America, 1986)一书扉页之编者引言。美国华盛顿天主教大学(the Catholic University of America)曾于1983年11月18—19日举办主题为"欧文·白璧德:五十年之后"的跨学科会议,纪念白璧德逝世五十周年。与会者来自语言文学、历史、教育、政治、哲学等广义上的人文学科(Humanities)各个领域,其中包括瑞士哲学家利安德(Folke Leander)、美国著名"保守主义"学者罗素·柯克(Russell Kirk)、P. J. 斯坦利斯(Peter J. Stanlis)以及克莱斯·瑞恩(Claes G. Ryn)等。*Irving Babbitt in Our Time* 一书是该次会议论文精选合集,收录了利安德等人的文章凡十篇。

中大力批判自然主义、人道主义诸潮流之后,最后却意味深长地说:"总而言之,人文主义者既不会否定情感的自然主义,也不会拒斥科学自然主义,因为这等于试图作出不可能的反拨。他的目标不是否认他的时代而是完成他的时代。"①——不是否认而是完成自己的时代,这或许才是一个时代的批判者的最终目的,而我们此后的研究工作便将在这一理解的基础上展开。

第二节　何为白璧德之"人文主义"?

首先需要说明,人们一般将白璧德的"人文主义"等同于"新人文主义"思想,但实际上这两个概念并不完全对应:首先,白璧德在陈述自己思想的时候,一般均采用"人文主义"这一术语,从未自称其学说为"新人文主义";事实上,他不但极少使用"新人文主义"这一概念,且该词一经使用,辄呈贬义。② 白璧德素来反感现时代崇"新"抑"旧"的庸俗进化论,而一贯喜"旧"厌"新",因此不大可能将自己的学说冠以一"新"字。其次,根据哈佛 1933 年 10 月 3 日纪念白璧德之会议记录《欧文·白璧德教授的生平与贡献》(Minute on the Life and Services of Professor Irving Babbitt):"他(白璧德)常说自己所要表达的并非新鲜事物,他并不希望自己的学说被称作'新人文主义'。对于他而言,并无所谓的'新人文主义',而只

---

① Irving Babbitt, "Academic Leisure", *Literature and the American College*, pp. 258-259.
② 据 Grosselin 统计,白璧德仅在"Humanism: An Essay at Definition"(*Humanism and America*,1930)一文中提到过一次"新人文主义",这个词在他心目中显然仅代表了"科学人道主义"诸形式之一种,见 Dom Oliver Grosselin, *The Intuitive Voluntarism of Irving Babbitt*, p.5. 此外,在《文学与美国的大学》一书中,笔者也看到白璧德使用过一次"新人文主义"这个概念,且亦呈贬义。

有自然主义与人文主义之间亘古不变的对立。"①这一记述应该说是符合白璧德论述逻辑的。

其次,在美国本土,白璧德的学说始终被称作"人文主义",直至20世纪20年代,随着白、穆等人的学生纷纷投身"人文主义"学说的文学阐释实践工作,才出现了"新人文主义"这一提法,②而伴随着"新人文主义运动"的日渐高涨,人们有时不免会将二者混为一谈。在中国现有的大量相关研究中,白璧德思想一般均会被指称为"新人文主义"。③ 不过,可能会令人感到意外的是,《学衡》杂志事实上几乎从未将这一学说称为"新人文主义",而是始终称之为"人文主义"。直至1931年3月第74期《学衡》张荫麟短篇译文《白璧德论班达与法国思想》吴宓所作按语中,才第一次出现了"可见白璧德先生新人文主义之大旨"这种表述,这也是唯一的例证。④

事实上,类似的误解在美国本土也时有发生。由于白璧德在自己的著作中对文学研究及相关问题非常重视,某些西方研究者便顺理成章地

---

① "Minute on the Life and Services of Professor Irving Babbitt", *Records of Harvard Faculty of Arts & Sciences at the Meeting of October 3, 1933*. 转引自 Wu Xuezhao(吴学昭), "The Birth of a Chinese Culture Movement: Letters Between Babbitt and Wu Mi", *Humanitas*, 2004, vol. XVII, nos. 1&2, p. 9。
② 据白璧德的学生、后来被授予"比较文学白璧德教授"头衔(Irving Babbitt Professorship of Comparative Literature)的哈里·列文记述,"新人文主义"这个说法是"20年代末"才日益流行起来的,见 Harry Levin, *Irving Babbitt and the Teaching of Literature*, Cambridge: Harvard University, 1960, p. 20。
③ 朱寿桐的研究工作是一例外,见其《欧文·白璧德在中国现代文化建构中的宿命角色》一文注解13,第124—125页。
④ 吴宓在同期乔友忠译文《布朗乃尔与美国之新野蛮主义》按语中说"按美国之新人文主义,近年势力日大,推行益广"云云,在此指的显然是"新人文主义运动"。此前吴宓在1928年5月第63期《学衡》的《穆尔论现今美国之新文学》一文按语中曾提到"此篇末段列举美国新人文主义派之作家,推白璧德先生为领袖",说白璧德是"新人文主义派"之领袖,这么说是完全没有问题的。因此严格说来,吴宓在张荫麟译文按语中的表述,是《学衡》将白璧德学说称为"新人文主义"的唯一例证。

将白璧德的"人文主义"称作了"文学人文主义"(literary humanism)。① 这一误解说明相关研究者多少混淆了白璧德的"人文主义"思想与"新人文主义者"们的文学阐释实践活动。此后有研究者著文澄清这种普遍的认识上的混淆,如格罗瑟林将白璧德的"人文主义"区分为两层含义:一层是作为哲学的"人文主义"(humanism as a philosophy),这以"人文主义"的两大创建者——白璧德与穆尔——的哲学研究为主;另一层则是作为运动的"人文主义"(humansim as a movement),运动的参与者们多是白、穆二人的学生,他们并不关心这一学说的哲学根基,而是直接将结论运用到了文学批评(literary criticism)领域中。② 也就是说,前者不仅限于"文学",故不可单纯称作"文学人文主义",而后者便是所谓的"新人文主义运动",作为文学批评领域中的一个运动,或可与"文学人文主义"的称谓拉上干系。从而,我们可以说白璧德是"新人文主义"的奠基人,但是如果进而讨论"白璧德的新人文主义",这种说法便可能会导致混淆。带着这一认识,以下我们继续探究白璧德"人文主义"思想的基本内容。

一、"人文主义"定义简述③

牛津大学著名人文学者、《西方人文主义传统》一书作者阿伦·布洛

---

① 有人曾划分出两种人文主义:其一为"宗教人文主义"(religious humanism),另一为白璧德的"文学人文主义",见 Edward Scribner Ames, *Humanism*, Chicago: Chicago Literary Club, 1931, p.9。转引自 Sister Mary Vincent Killeen, o. p., *Man in the New Humanism*, Dissertation, The Catholic University of America, 1934, p.38。
② Dom Oliver Grosselin, O.S.B., *The Intuitive Voluntarism of Irving Babbitt*, pp.6-7.
③ 白璧德对"人文主义"的定义集中见于《文学与美国的大学》一书第一章"什么是人文主义?"。白璧德在该章第二节指出,虽然我们一直在谈论古代的人文主义和人文主义者,但人文主义者一词直到文艺复兴时期才开始使用,人文主义一词则更晚才得到广泛使用,此节甚应注意。

克(Alan Bullock)发现,关于人文主义及相关词汇,"没有人能够成功地作出别人也满意的定义",因此他在书中不拟将人文主义当作一种思想派别或哲学学说,而是当作"一种宽泛的倾向,一个思想和信仰的维度,一场持续不断的辩论",并统称之为"人文主义传统"。① ——可惜布洛克这部1984年完成、1985年出版的著作未能关注到白璧德的学说。② 虽然白璧德不一定给出了"别人也满意的定义",但是,白璧德那种来自其渊博学识的、态度鲜明而略带独断论痕迹的对人文主义概念的辨析与厘清,极大地丰富了这个关键词的内涵,足以构成人文主义传统中不可忽视的组成部分。

在白璧德看来,厘清人文主义一词的含义,最重要的是辨明人文主义与人道主义的区别。人文主义与人道主义的区别涉及"人律"(Law for man)与"物律"(law for thing)、"一"(the One)和"多"(the Many),以及"博放时期"(era of expansion)与"精约时期"(era of concentration)等若干组对立的概念。③ 这些概念分属两个阵营,一方是与人文主义相联系的"人律""一"和"精约"诸概念,另一方是与人道主义相联系的"物律""多"和"博放"诸概念,各阵营内部诸概念的内涵彼此交叠,往往一个概念的出现,意味着其他相关概念同时在场。

白璧德首先探询了人文主义一词的拉丁词源 humanus。这个词最初意味着"信条"(doctrine)与"规训"(discipline),它"并不适应于芸芸大众,而只适合于挑选出来的一小部分人",它是"贵族式的"(aristocratic)

---

① 〔英〕阿伦·布洛克,《西方人文主义传统》,董乐山译,生活·读书·新知三联书店,1997年,"绪论",第2—3页。
② 布洛克自陈"对于美国的思想史知之太少",材料大都取之于"欧洲来源"。同上,"绪论",第4页。
③ 这些概念均系徐震堮译文《白璧德释人文主义》(载《学衡》1924年10月第24期)中译定的名词,今取其成译。

而非"平民式的"(democratic),而人道主义者则对"全人类"怀有博大的"同情心",二者有着根本的不同,如今人们却多将它们混为一谈。相对于人道主义者,人文主义者关怀的对象更具"选择性",他关注的是"个体的完善",而非"提升全人类那种伟大的蓝图",他坚持"同情"(sympathy)须以"选择"(selection)加以调节,因此真正的人文主义者应当在"同情"与"选择"之间保持"正当的平衡"(a just balance)。

尽管人文主义一词最初意味着"信条与规训",但是在文艺复兴时期,特别是对于意大利早期人文主义者而言,这个词却意味着对一切规训的反抗,成了"一种从中世纪的极端走向另一极端的疯狂反弹"。然而到了文艺复兴后期,其主要趋势又远离了那种欣赏"自由扩张"(free expansion)的人文主义,转而趋向于具有最高程度之规训与选择的人文主义。出于不同历史时期的不同认识与需要,人们在不同时代对人文主义作出了不同的定义,于是便导致了人文主义概念的含混不清。通过梳理这一含混的概念,白璧德向我们揭示出其中蕴藏着的一个清晰的历史发展模式:人文主义主要有两种对立的趋势,这两种趋势随着不同时代的不同要求交替产生,甚至在同一场文艺复兴运动中,亦在前后两个时期呈现出不同的面相。例如,在文艺复兴第一阶段,占据主流的是一种解放运动,此即"第一个伟大的现代扩张时期",也是"对个人主义的第一次促进";但是,当"博放时期"的"无政府主义的自我张扬和放纵"对社会似乎已经构成威胁的时候,社会便开始对个体产生反动,于是在文艺复兴第二阶段,强调规训与选择的"精约时期"便随之而来。这两种时期交替出现,不断对前一时代形成反拨,并起到补弊救偏的作用。

白璧德进一步指出,尽管"精约时期"与"博放时期"互为反动,但这两种对立的趋势实际上存在着"目标的潜在统一":人文主义根据时代的不同,或侧重于"一",强调规训与选择、内敛自制的原理(即"人律");或侧重于"多",支持自由扩张,大力促进个人主义,表现为自我的张扬与放纵(即"人律"失而"物律"显)。过度的自然主义(naturalism,走向极端的"多")和过度的超自然主义(supernaturalism,走向极端的"一")都会破坏平衡,完全偏向任何一方都会导致彻底的灭亡。例如古印度因过分强调"一"而毁灭,反之,古希腊因泛滥于"多"而衰落。从而,"适度的法则"(the law of measure)乃是最高的人生法则,我们强调"人律"而反对"物律",就是要充分重视并运用精神上收敛集中的原理,使个人人格臻于完善(perfection),造就"完人"(the complete man)。人注定片面,而人之所以成为人文的,就在于他能战胜自身本性中的这个命定之事。人文的心智就是要在"一"和"多"之间保持最佳的平衡。事实上,人文主义者只能在极度的"同情"(sympathy)和极度的"规训"(discipline)与"选择"(selection)之间,在不同的时空条件下摸索平衡的支点,并根据调和这两个极端之比例的程度而变得"人文"——这就是人文主义的真谛。因此,上述两种趋势的目标是一致的,即都在于"造就完人",只不过一方是希望通过"扩张",而另一方是希望通过"集中"来达到这一目的罢了。

通过运用这些丰富的二元对立项,白璧德为我们描绘了一幅"一阴一阳之谓道"式的历史图景,在这个模式下,每一个时代都构成了对前一时代的否定与扬弃。——尽管白璧德本人对一切形式的历史哲学均持否定的态度,①但从上述精确不移的历史发展模式看来,特别是其中对于"潜在统一"之"目标"的强调,他的历史观仍不免带了一丝历史哲学的痕迹。这深深地影响到了白璧德此后所有著作的品格,不论它们分别处理的主

---

① 白璧德曾表示"坚决反对每一种可能的历史哲学",无论它是"旧历史哲学",还是"各种形式的新历史哲学",因为"前者使人成为上帝的傀儡,而后者则使人成为自然的傀儡"。见 Irving Babbitt, *Democracy and Leadership*, Boston and New York: Houghton Mifflin Company, 1924, p. 21。

题有何不同,其中的基本精神皆一以贯之。以下我们便就白璧德"人文主义"思想的定义与基本内容作进一步的探究。

二、"人文"与"人道":对立还是统一?

初一看来,白璧德对人文主义的界说非常清晰,不容混淆。不过,似乎就在最清晰、最明确的地方,一些根本性的混淆出现了。首先便是白璧德的人文主义与人道主义之分。

根据白璧德的观点,人文主义与人道主义是两相对立的一组概念,在他当时所处的时代,必须提倡宣扬"人律"的人文主义,以克制宣扬"物律"的人道主义。然而,同样基于白璧德的观点,人文主义主要有两种对立的趋势,这两种趋势随着不同时代的不同要求交替产生,其趋势在"精约时期"表现为人文主义,在"博放时期"表现为人道主义,两个时期交替出现,不断对前一时代形成反拨并起到补弊救偏的作用,因此这两种对立的趋势实际上存在着"目标的潜在统一",真正的人文主义者就是要在这些对立的趋势之间寻找平衡的支点。

如此说来,人道主义既与人文主义对立,但又无非是人文主义的一部分。这一矛盾的说法立刻暴露了一个问题,即白璧德在定义人文主义的过程中,不经意间同时使用了两种不同内涵的人文主义概念:一为狭义的"人文主义",与"人律""一""精约"等概念相联系;一为广义的"人文主义",其中涵括了狭义的"人文主义"以及与"物律""多""博放"等概念相联系的人道主义概念,并力图协调二者之间的对立。问题是,虽然白璧德一再强调"要在对立的趋势之间寻找平衡",他却始终仅赋予与狭义的"人文主义"相联系的"人律""一""精约"等概念以肯定的色彩,而相应地,与人道主义相联系的"物律""多""博放"等概念却无一不遭到最严厉的批判。从而,白璧德所最终肯认的人文主义,其实质自然偏于狭义的"人文主义"概念。

在白璧德看来,古代人文主义虽然亦有偏颇,但仍不失为人文主义;而同样趋于一偏的现代"人文主义"形态,即"人道主义",却成了人文主义的对立面。问题是,根据白璧德的历史观,每个时代的根本趋势都是出于本时代的需要对前一时代潮流的反拨,那么,人道主义潮流便是对此前已趋于一偏的(狭义的)"人文主义"趋势的纠正。新潮流的出现顺应了时代需要,首先具有历史正当性,其次此后对人道主义潮流的反拨,亦应根据时代的需要来决定,而不应排除现实因素笼统掊击之。白璧德如此猛烈地抨击"应运而生"的人道主义与自然主义等思潮,自然招致了同时代诸多批评家的不满。那么,白璧德是否"昧于时势",其批判未能做到公平与客观?这成了一个颇有争议的话题。

在《法国现代批评大师》一书中,白璧德曾批评约翰逊(Samuel Johnson,1709—1784)"反对主导情感说(the ruling passion)运动的更为致命之处在于他与时代主流背道而驰",[1]也曾评价希瑞(Edmond Scherer,1815—1889)"在某些方面与他的时代和环境相脱节"云云,[2]既对前人的失误洞若观火,何以唯独对自身所处的时代环境缺乏自觉?有趣的是,此后著名评论家布莱克默如法炮制,认为白璧德与时代"隔绝"(isolation),离开了时代的"中心"(the center),从而导致了他的"孤独"(desolation)与"悲剧"(tragedy)等等。[3]——不要忘记,布莱克默曾是白璧德的学生,十分熟悉白氏的批评话语,事实上在当时诸多白璧德的批评者中,这种"还施彼身"

---

[1] Irving Babbitt, *The Masters of Modern French Criticism*, p. 169.
[2] Ibid, p. 189.
[3] R. P. Blackmur, "Humanism and Symbolic Imagination", *The Lion and the Honeycomb*, London: Methuen and co. Ltd., 1956, p. 149.

的批评模式颇为流行。

不过,在白璧德眼中,可能恰恰是时代弄潮儿们偏离了"中心","自然主义者们所忽略的并非人类经验的边缘或外围,而是最为中枢的部分(that is very central)",他们只是极大地丰富了"边缘性的生活"(the peripheral life),这绝不能补偿中心的缺失。① 那么,到底是谁偏离了"中心"?

看来,白璧德与其批判者对何为"中心"有着不同的理解。在布莱克默等人看来,"中心"是个体当下所处的主流语境,而在白璧德眼中,一时一地的偏好与趋重,可能不过最充分地表明了时代的弊病。白璧德曾专门著文批判泰纳的"种族、环境、时代"论,②白璧德的中国学生吴宓此后也在《学衡》中严厉批评泰纳(《学衡》译名"但因")"不求宇宙事理之全体及生人之本性"③。——白璧德师徒在何为"中心"的问题上,毫不犹豫地达成了共识,"廉价的当下性"(cheap contemporaneousness)④永远不能取代"宇宙事理之全体及生人之本性"的中心位置。

白璧德认为自己以史为鉴,诊断出了时代的弊病,从而不惜与世皆违,对同时代的主流人物大加批判,这自然会为自己招致无尽的恶意批评。就此,白璧德在《民主与领袖》(1924)一书序言中婉转道出自己为"矫枉"而不免"过正"的苦衷,说明自己对现时代的批判原系"不平之鸣":"指责我偏颇者,固有其道理,确实我对自然主义的处理不但偏颇,而且偏颇至极。然而,就在这偏颇之中,仍有着人文主义的意图。我极力强

---

① Irving Babbitt, *Democracy and Leadership*, "Introduction", p. 23.
② Irving Babbitt, *The Masters of Modern French Criticism*, Chap. VIII "Taine", pp. 218-256.
③ 见吴宓《一九二八年西洋文学名人纪念汇编(录天津大公报文学副刊各期)》一文之"(五)但因诞生百年纪念",载 1928 年 9 月第 65 期《学衡》,其中对于"但因"的批判几乎全部本于师说。
④ Irving Babbitt, *Literature and the American College*, p. 113.

调'人性'(human nature),或可与自然主义者完全忽略这一方面形成制衡。"①这或许便是白璧德将"人文主义"定义于"狭义"一方,对流行的人道主义大加挞伐的根本原因。

第三节 白璧德"人文主义"思想的基本概念

白璧德一生著述八部,依序排列如下:

(1) *Literature and the American College: Essays in Defense of the Humanities*(1908)(《文学与美国的大学——为捍卫人文学科而作》,《学衡》译作《文学与美国大学教育》)

(2) *The New Laocoon: An Essay on the Confusion of the Arts*(1910)(《新拉奥孔——论艺术的混同》,《学衡》译作《新南阿空》)

(3) *The Masters of Modern French Criticism*(1912)(《法国现代批评大师》,《学衡》译作《近世法国批评大家》)

(4) *Rousseau and Romanticism*(1919)(《卢梭与浪漫主义》,同《学衡》译名)

(5) *Democracy and Leadership*(1924)(《民主与领袖》,《学衡》译作《民治与领袖》)

(6) *On Being Creative and Other Essays*(1932)(《论创造性及其他》,《学衡》未提及)

(7) *The Dhammapada: Translated from the Pali with an Essay on Buddha*

---

① Irving Babbitt, *Democracy and Leadership*, p.23. 比照《学衡》吴宓译文"故吾不得不郑重反覆言之,吾之不平,正所以求其平也",自然是化用了"不平之鸣"的典故,是翻译当中归化手法的又一佳例。

and the Occident(1936)(《法句经——译自巴利文并附论文〈佛陀与西方〉》,《学衡》1933年停刊,未及介绍)①

(8) *Spanish Character and Other Essays*(1940)(《西班牙性格及其他》,《学衡》停刊,未及介绍)②

这些著述影响遍及教育、艺术、文学、哲学、政治等各个领域,其中第一至五部为专著,已于前文一一介绍,第六、八部为论文合集,第七部为白璧德唯一的译著(附有近六十页的长篇重要论文),与第八部同为身后出版。

第六部文集《论创造性及其他》收录了白璧德自1922年至1931年发表的部分单篇论文,1932年作者覆以导言结集出版。第八部文集《西班牙性格及其他》收录了白璧德早自1898年直至1932年发表的一些单篇论文,由其门人结集成书,于1940年作者身后出版。该书于1995年出现了一个新版本,白璧德的当代门徒、美国保守主义思想家克莱斯·瑞恩(Claes G. Ryn)将文集更名为《性格与文化:散论东方与西方》(*Character and Culture: Essays on East and West*),③并为之撰写了四十余页的长篇导

---

① 白璧德曾在《民主与领袖》一书第五章"欧洲与亚洲"(Europe and Asia)引用自己的英译本《法句经》第96偈与第183偈,吴宓据之转译为中文并注曰:"原文见《法句经》第九十六偈。译者按:在此无佛经译本足供查考,故此段译文系出杜撰,甚歉。"以及"见《法句经》第一八六偈,在巴利原文仅有八字耳,译者按无佛经可查,此译文系杜撰。"——这大概是严谨的译者吴宓自称译文系"杜撰"仅有的两例。见《学衡》1925年2月第38期译文《白璧德论欧亚两洲文化》第3—4、13页。(按:后一偈子白璧德自注为《法句经》第186偈,此系笔误,应为第183偈。吴宓因"无佛经可查",照译为"第一八六偈",但不知他何以知晓"在巴利原文仅有八字耳"?)
② 白璧德的当代门徒、美国批评家帕尼卡斯(George A. Panichas)曾编辑出版白氏著作精选本《白璧德代表作》(*Irving Babbitt: Representative Writings*, Lincoln NE: University of Nebraska Press, 1981),有研究者介绍白氏著述时亦将此书列入,其实该书所录文章除《英语与观念的规训》(English and the Discipline of Ideas)一篇外,均曾载于前此各书,不能算作严格意义上的新著。
③ Claes G. Ryn ed., *Character and Culture: Essays on East and West*, New Brunswick: Transaction Publishers, 1995.

言,这篇导言本身亦是了解白璧德生平学说的重要文章之一。

第七部《法句经》系小乘佛学经典翻译,由白璧德从巴利文翻译为英文,正文五十九页,并附五十七页的专论《佛陀与西方》(Buddha and the Occident),译文与论文均为西方学界佛学研究重要文献,本书将在下文讨论"内在制约"这一概念时略作涉及,目前尚未见到国内学者专门研究讨论这部作品。①

这些著述涉及内容极为丰富,难以全方位加以阐述,不过其中的核心概念一以贯之:一、一个核心——"内在制约";二、"二元论";三、"存在的三个等级"。以下试分述之。

一、一个核心——"内在制约"(inner check)

"内在制约"是白璧德"人文主义"思想最核心的概念。白璧德的"人文主义"系列著作表现为这一概念在各个领域的具体展开,分别论证了"内在制约"在教育、艺术、文学、文化、政治等方方面面如何实现并发挥作用。那么,何谓"内在制约"? 由于这个概念(以及其他核心概念)在白璧德的语汇中是逐渐成形的,我们不妨先就该词的生成过程作一了解。

该词在《新拉奥孔》(1910)一书中首次出现,但仅出现过这一次,见白璧德引述爱默生语:"东方人将神(God)本身定义为那种'内在制约'",并指出"不论在东方还是西方,几乎所有真正的宗教书籍中都可找到这一观念"。②

---

① 美国西来大学助理教授陈怀宇曾发表《白璧德之佛学及其对中国学者的影响》一文(载《清华大学学报[哲学社会科学版]》,2005 年 10 月第 5 期,第 20 卷),其中提到了白璧德《法句经》译本以及《佛陀与西方》这篇论文,但并未讨论该译本与论文本身的内容,因此对这部作品的真正研究还未展开。

② Irving Babbitt, *New Laocoon*, p. 201.

"内在制约"一词虽然在《文学与美国的大学》(1908)一书中还未出现,但该书第一章"什么是人文主义?"已经指出,人文主义一词最初意味着"信条与规训",今人如果不像古人那样给自己套上信条或规训的枷锁,至少也必须内在地服从于某种高于"一般自我"(the ordinary self)的东西,不论他把这东西叫作"上帝",还是像远东地区的人那样称为"更高的自我"(higher Self),或者干脆就叫"法"(the law)。假如没有这种"内在的限制原则",人类只会在各种极端之间剧烈摇摆,只有遵守"核心准则的管束",在"一"和"多"之间保持最佳的平衡,人的心智才能保持健全。——由此可见,"内在制约"概念在该书中已经具备其基本义涵。

这一概念此后在《卢梭与浪漫主义》(1919)一书中得到了充分的定义与拓展:"内在制约"是一种永恒的或云"伦理的"元素,是人类经验的"共同核心"(common center),对于"放纵的欲望"(expansive desire)呈现为一种"制止的力量",是相对于"生命冲动"(vital impulse)而言的"生命制约"(vital control),[1]是相对于"道德上的懒惰"(moral laziness)的一种"道德责任"(moral responsibility),还是否定原则(no-principle)对于肯定原则(yes-principle)施行的一种否决权力(veto power)。[2] 从本书开始,该词作为白璧德最常使用的核心词汇之一,在以后出版的《民主与领袖》(1924)、《论创造性及其他》(1932)、《西班牙性格及其他》(1940)各书中频繁出现,并呈现出多种表述方式。如"内在制约"(inner control)[3]以及

---

[1] Irving Babbitt, *Rousseau and Romanticism*, 1919, p. 150. vital impulse(生命冲动)与 vital control(生命制约)是法语词 élan vital 与 frein vital 的英文对译,其中 élan vital 为法国思想家柏格森(Henri Bergson)的术语,白璧德对柏格森及其 élan vital 说一向持批判态度,时常举出 frein vital 来对治柏氏的 élan vital,前者或系白璧德为"克制"柏格森而造的仿词。
[2] Ibid., pp. 148-155, 160, 255, 368.
[3] Irving Babbitt, *Democracy and Leadership*, p. 230.

"内在制约原理"(inner principle of control)等等,① 并逐渐统摄了更多的二元对立项,由此其含义不断扩大而日趋清晰丰满。

以上列举的大量二元对立项,既是说明"内在制约"概念的工具,又是"内在制约"概念自身的内容。从这个概念本身来看,"内在"(inner)预设了"外在"的维度,"制约"(check)要求"制约物"与"被制约物"同时并存,二元对立成为"内在制约"概念的内在规定性,无处不在而贯穿始终。我们必须结合下一部分"二元论"的讨论,才能更好地解释这个概念。

二、"二元论"(dualism)

白璧德使用了多种不同的词汇表示"二元"状态:或是"二元性"(duality),或是更具哲学意味的"二元论"(dualism),或直接以"对立"(opposition)名之,有时还会使用"二元的"(dual)或"二元性的"(dualistic)这类形容词,有时索性使用生动的"裂隙"(cleft)一词,而最常见的仍是"二元论"一词。

同样地,有关"二元"的提法虽然在第一部著作中并未明确作为概念提出,但其基本义涵已露端倪。如《文学与美国的大学》(1908)一书题词页便题有爱默生的诗句"'人律''物律'两种法则,彼此分立无法调和"云云。

"二元论"概念最早见于《西班牙性格及其他》(1940)一书《帕斯卡》(Pascal)一文,其中出现了"人之高上及卑下自我之间真正的二元论"(the actual dualism between the higher and lower self of man)这一说法。②

---

① Irving Babbitt, *On Being Creative and Other Essays*, London: Constable and Company Ltd., 1932, "Introduction", p. xix.
② Irving Babbitt, "Pascal", *Spanish Character and Other Essays*, p. 84.

《西班牙性格及其他》一书虽系白璧德身后出版，但《帕斯卡》一文早在1910年便已发表，①后由白璧德门人弟子收录于该论文集。此外，据论文集"前言"所说，关于帕斯卡（Blaise Pascal，1623—1662）等人的文章是白璧德就这些意义重大的人物所写的最为详实丰富的论文，特别是帕斯卡，乃是白璧德开设课程中长期讨论的主题。② 也就是说，这一提法很可能伴随有关帕斯卡的课程在更早的时候就已提出，只是直至1910年方形诸笔端。

至《卢梭与浪漫主义》（1919）一书，"二元"概念开始频繁出现，并呈多种表达方式。如导言部分见有"人性的二元性"（the duality of human nature）之提法，正文部分出现了"人类精神之二元论"（the dualism of human spirit）的说法，后文使用了形容词"二元的"（dual）进一步解说这"二元"何谓：就"自我"（self）而言，人是一种"二元的存在"（dual being），其中一元是与他人共有的"伦理自我"（ethical self）；另外一元乃是个人的"性情自我"（temperamental self），后者应置于前者的管辖之下；等等。③

至《民主与领袖》（1924）一书，该词又发展出了一组二元对立项："人文主义"源于对"内在生活"（inner life）的认识，而"内在生活"便是"精神法则"与"肢体法则"之间的"对立"状态（the opposition between a law of the spirit and a law of the members），这二者之间的恒久"对立"导致了无尽的"战争"，此即人心中的"洞穴中的内战"（the civl war in the cave）。④

到了《论创造性及其他》（1932）一书，白璧德更进一步郑重强调，人文主义者由于认识到人的内心有一个能够实施"制约"（control）的"自

---

① "Pascal"一文原载 *Nation* 杂志，1910 年 11 月 17 日，原题为"Review of *Pascal*, by Viscount St. Cyres"。
② Irving Babbitt, *Spanish Character and Other Essays*, "Preface", p. v.
③ Irving Babbitt, *Rousseau and Romanticism*, "Introduction", p. xi, 147, 329.
④ Irving Babbitt, *Democracy and Leadership*, p. 195, 291.

我",并有另一个需要"制约"的"自我",他对于人生的态度则必然是"二元论的"(dualistic)。① 至此白璧德明确道出了自己"二元论的""人文主义"人生观。

同时,白璧德对一切非"二元论"的人生观均持否定态度:早在《文学与美国的大学》(1908)一书关于"一"与"多"之哲学命题的讨论中,白璧德已提出必须在"一"与"多"之间保持最佳的平衡,既反对走向极端的"多元论"(pluralism),又反对走向极端的"一元论"(monism),而应遵守"适度的法则",这为日后制衡"一元论"与"多元论"之"二元论"概念的提出铺平了道路。在《新拉奥孔》(1910)中,白璧德则特别针对"一元论"明确提出了批判:"一元论"不过是人们由于自己的懒惰、片面,不愿意调节现实中多样而彼此冲突的各个方面而造出的一个好听的说法而已。② ——有趣的是,白璧德持有坚定的"二元论"立场,他的中国学生吴宓更是对"二元论"人生观深信不疑,甚至比白璧德还要坚决彻底,对于非"二元论"的人生观几乎达到了深恶痛绝的程度,这在他主编的《学衡》杂志及其日记、文章中均有明确的体现。不知到底是吴宓受到了白璧德的影响,还是他早持这一观点,从而主动拥抱了白璧德的学说?

回到白璧德的"二元论",这个概念就其本身而言涉及两个层面:相对于外部的物质生活,存在一种与之对立的"内在生活",此为"外在"与"内在"二元;"内在生活"又表现为"高上自我"对"卑下自我"之制约,此为"制约"与"被制"之二元。此外,在白璧德看来,"二元论"还有新旧之分,"旧二元论"认为人的内心存在善恶二元之对立,而以卢梭为代表的"新二元论"则在"虚假"而"腐败"的社会与"自然"之间设立了

---

① Irving Babbitt, *On Being Creative and Other Essays*, "Introduction", pp. xiv-xv.
② Irving Babbitt, *New Laocoon*, p. 226.

一种对立,认为在"自然状态"下人性本善(man is naturally good),"罪恶"是由外向内带给人类的,从而卢梭便将个人犯罪的责任轻而易举地交由社会来承担了。① 白璧德在《民主与领袖》一书中进一步强调了这一观点:卢梭的"新二元论"将善恶冲突从个人转移向了社会,这样一来,人之善恶不再由自己负责,而完全成了社会的责任。② 在白璧德这里,新旧两种"二元论"又构成了一组对立的"二元",不过,需要强调的是,白璧德的价值观与当时大行其道的"进化论"价值观相反,"新的"并不一定就是"真的""好的",在他看来,内在于人心的两种"自我"之间的对立才是"真二元论"(the true dualism),③那么,何为"假二元论",也就是不言而喻的了。

此外,白璧德的"二元论"还是一种"善恶二元论",在此,"二元论"不但构成了"内在制约"的基本内容及论说工具,更表现为一种鲜明的价值评断:"适度的法则"为善,走向"极端"(ὕβρις)为恶;人文主义为善,而人道主义为恶。在一种"二元论"内部,"高上自我"为善,"卑下自我"为恶;在二种"二元论"之间,"旧二元论"为善,"新二元论"为恶。观点鲜明,不容混淆。从个人内心的"二元论"到个人与社会的"二元论",从新旧"二元论"到真假、善恶"二元论",似乎人类生命/生活的各个领域无不可以"二元"统摄说明。不过,白璧德在概括其"人文主义"的"人生观"的时候,最终使用的是"存在的三个等级"(three orders of being)这一表述,④我们以下便来进一步探究这一表述与"二元论"概念的联系。

---

① Irving Babbitt, *Rousseau and Romanticism*, p. 130.
② Irving Babbitt, *Democracy and Leadership*, p. 76.
③ Irving Babbitt, "The Problem of the Imagination: Coleridge", *On Being Creative and Other Essays*, p. 133.
④ Irving Babbitt, *Democracy and Leadership*, p. 27.

三、"存在的三个等级"(three orders of being)

"存在的三个等级"分别为宗教的(the religious)、人文主义的(the humanistic)及自然主义的(the naturalistic)三个等级,这一术语亦存在几种类似的表述方式,分别见于以下各段引文。

《文学与美国的大学》(1908)一书第一章中已频繁出现"人文主义""自然主义"与"超自然主义"等说法,"存在的三个等级"所需之基本元素均已出现。不过,这些概念在此只是作为对立的"二元"两两出现的,换言之,只构成了三组彼此联系的二元对立项,还未统合构成"存在的三个等级"(见图1)。

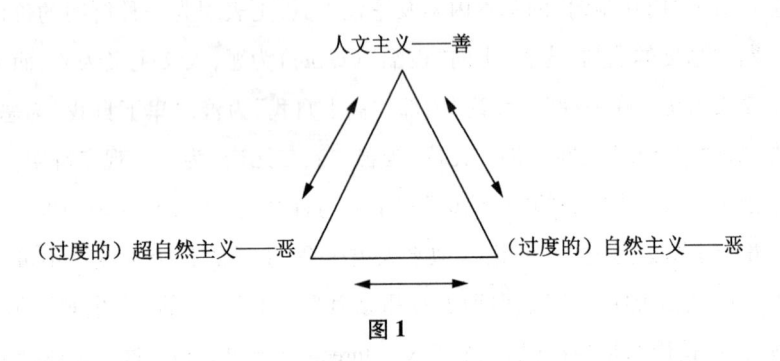

```
                    人文主义——善
                         △
                        ↗ ↖
                       ↙   ↘
    (过度的)超自然主义——恶      (过度的)自然主义——恶
                    ←——→
```

图 1

在这个阶段,白璧德一方面批判过度的"自然主义",另一方面也批判过度的"超自然主义",并引出了"人文主义"以协调二者。在这个结构中,不但"自然主义"与"超自然主义"作为两个极端彼此对立,"人文主义"之"适度的法则"亦与这两个极端各相对立并进行制约。当然,只有在"自然主义"与"超自然主义"走向"极端"的时候,"人文主义"才呈现为一种制约的力量,走向极端的"自然主义"与"超自然主义"作为两种对立的"恶",均与"适度的法则"这一种"善"相对立,三者构成了对立的善恶二元,从而此时的"超自然主义""人文主义"与"自然主义"三种因素仍只是构成了一种较为复杂的"二元"结构而已。

"存在的三个等级"这个概念首次明确见于《法国现代批评大师》(1912)一书。白璧德认为19世纪的根本谬误在于混淆了"存在的层级"(Planes of Being),这三个层级分为宗教的、人文主义的与自然主义的,而人可以提升或降低至各个层级①(见图2)。

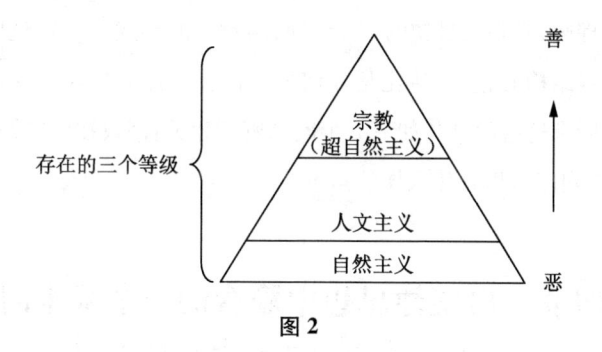

```
                          善
                          ↑
       ┌    ╱│宗教      │╲
存在的三个等级┤   ╱ │(超自然主义)│ ╲
       │  ╱──┼──────┼──╲
       │ ╱   │ 人文主义  │   ╲
       └╱────┼──────┼────╲
             │ 自然主义  │          恶
```

图 2

至《卢梭与浪漫主义》(1919)一书,"存在的三个等级"出现了另外一种表述方式:人的"生命体验"可分为宗教的、人文主义的与自然主义的三个"层面"(three levels),②在文艺复兴时期,这三种元素几乎随处可见,混合在一起,在规模浩大的"自然神论运动"(the deistic movement)③推动之下,纯粹的"超自然主义"过渡到了纯粹的"自然主义",这时神(God)与人(man)与自然(nature)实际上便融为了一体。④

---

① Irving Babbitt, *The Masters of Modern French Criticism*, pp. 112-113.
② Irving Babbitt, *Rousseau and Romanticism*, "Preface", p. xix.
③ "自然神论"是英国人在17、18世纪之交创立的一种信仰,提倡以理性为宗教的基础,认为上帝创造世界后即不再进行干涉,而任由世界按照自然规律运转。这一信仰后在法国、美国都有所传播。
④ Irving Babbitt, *Rousseau and Romanticism*, pp. 118-122.

在白璧德集大成之作《民主与领袖》(1924)一书中,"存在的等级"换作了"人生观"(the view of life)一词,仍旧分为宗教、人文主义与自然主义三层,①万变不离其宗。在《论创造性及其他》(1932)一书中,白璧德谈及帕斯卡时曾将人生分为"三个等级"(the three orders),即"物性自然"(material nature)、"精神"(mind)和"仁慈"(charity)三个等级,②此时相关表述亦随之发生变化。

现在问题在于,白璧德对"超自然主义""人文主义"及"自然主义"三者关系的理解,乃是从最初的"二元"两两对立的形式逐步转化成为后来的三层等级结构的,这种转化是如何发生的?其原因何在?其过程又是怎样的?所有这些问题与如下一个问题密切相关:宗教在白璧德"人文主义"思想中到底承担着什么样的角色?

第四节　白璧德思想中隐含的一个基本问题
——"人文主义"与宗教的关系

一、问题的提出

如前所述,"内在制约"概念首次亮相时,是作为"不论在东方还是西

---

① Irving Babbitt, *Democracy and Leadership*, p. 27.
② Irving Babbitt, *On Being Creative and Other Essays*, "Introduction", p. xxvii. 帕斯卡使用的原词分别为 corps、esprits 与 charité, 见 Pascal, *Pensées*, Editions Jean-Claude lattès, Dépôt legal, 1988, Article XII, Les Preuves De Jésus-Christ, 793。"仁慈"显然属于"神"或"宗教"的层面,"精神"则相应地指向"人"或"人文主义"的层面,最后"物性自然"对应于"自然"或"自然主义"的层面,帕斯卡的"三个等级"应是白璧德"存在的三个等级"的来源之一。

方,几乎在所有真正的宗教书籍中都可找到"的一种"观念"出现的。"内在制约"概念,究其来源与背景而言,确实有着浓厚的宗教意味。其实,在白璧德翻译的早期佛学经典《法句经》中,特别是在"自己品""佛陀品""比丘品"及"婆罗门品"诸品当中,随处可见对"自我"(self)"内在地"(inwardly)加以"抑制"(restrain)的各种讨论。① 从该概念最初的出处来看,"内在制约"似乎完全是一个宗教概念,但是从引文语境来看,白璧德是在讨论人应该如何完善自身这一问题时借用该词的,重点在于说明"一个人要臻于自性的完善,与其在克制及自我克制(self-control)方面的发展几成正比"②。事实上,事关"个人的完善",这不但是白璧德"人文主义"而且几乎是一切人文主义的核心命题,从而"内在制约"概念在起用之初已不仅局限在宗教领域之内。

有趣的是,在白璧德早期著作中,当"人文主义"占据最高位置的时候(见图1),"内在制约"概念具有明确的宗教内涵;③但在其中后期著作中,当宗教成为存在的最高等级(见图2),"内在制约"概念反而不再与"上帝"等表述相联系,而成了纯粹的"伦理的"元素、人类经验的"共同核心"和"道德责任"。那么,"内在制约"概念到底是一个"神性的"还是"人性的"概念?

白璧德曾这样描述"真正的宗教":它必须具备对于"人之普通自我与神性自我"(man's ordinary self and the divine)之间"深刻的内在分裂"(deep inner cleft)的意识。④ 白璧德在1930年写就的《我的信仰:卢梭与

---

① Irving Babbitt, *The Dhammapada: Translated from the Pali with an Essay on Buddha and the Occident*, New York: Oxford University Press, 1936, Chapter XII "Self", Chapter XIV "Buddha (The Awakened)", Chapter XXV "The Monk", Chapter XXVI "The Brahman".
② Irving Babbitt, *The New Laocoon*, p. 202.
③ Irving Babbitt, *Literature and the American College*, p. 60.
④ Irving Babbitt, *Rousseau and Romanticism*, p. 115.

宗教》(What I Believe: Rousseau and Religion)一文中更是通篇讨论了"二元论"与宗教的关系。①

据此,白璧德的批评者弗朗西斯·罗素很有理由地认为,白氏之"二元论"的背后实则有一种"神学的依据"(the cause theological),并愤而斥责白璧德在怒骂当代人"在自然主义的食槽中打滚"的同时,却对别人的指责——"在超自然主义的食槽中打滚"——充耳不闻。② 在这位犀利的批评家看来,白璧德在批判彻底的"自然主义"的同时,陷入了彻底的"超自然主义"。那么,白璧德所持的"二元论",其实质是否为"超自然的"?

另有评论者基思·麦克金认为,尽管白璧德在理论上极力避免极端,自认为在"一"与"多"之间保持着平衡,貌似公允客观,然而他对待这二元却绝非"中立"(not neutral at all)。在白璧德那里,"一"是"善"(good),而"多"为"恶"(evil),从而"制约"的意义并非获得"平衡",而是要大力压制我们本性中"邪恶"的一面,在这种"宗教二元论"(religious dualism)中,白璧德的"高上意志"成为"超自然的实体"(supernatural entity)、"不动的推动者"(the unmoved mover)。③ 由此,同一问题被再次提出:白璧德的"二元论"是"超自然的"吗?

"内在制约"不可避免地导致了"二元论"的产生,而"存在的三个等级"亦与前者密切相关,同时这些基本概念又分别与宗教问题勾扯连环,难分难解。"存在的三个等级"这一提法确实问题重重,如白璧德此前曾云:"人文主义的"等级可以"提升"至"宗教的"等级,也可以"降低"至"自然主义的"等级。也就是说,"宗教的"是比"人文主义的"更高的一

---

① Irving Babbitt, *Spanish character and Other Essays*, pp. 225-47.
② Frances Theresa Russell, "The Romanticism of Irving Babbitt", *The South Atlantic Quarterly*, North Carolina: Duke University Press, 1933, vol. XXXII, pp. 404-406.
③ Keith F. McKean, *The Moral Measure of Literature*, Denver: Alan Swallow, 1961, pp. 53, 57, 126.

个等级。问题是,白璧德曾明确指出,"人文主义"所奉行的"适度的法则"乃是"最高的人生法则",那么,"宗教的"等级何以会超越"人文主义"而更高一等了呢?一直以来,这是白璧德学说令人费解的关键所在。由于宗教问题的介入,白璧德"人文主义"思想并不像表面看来那样明晰,从而辨析白璧德"人文主义"与宗教的关系,成为本章核心议题之一。

二、白璧德的宗教观

白璧德就宗教问题的讨论秉承了一贯的论述风格,各种观点并进杂陈,甚至某些看来彼此矛盾的观点也经常"若无其事"携手而来,因此我们首先必须对其宗教观作一梳理。白璧德的宗教观有两个要点:1."宗教"的双重概念,2."人文主义"与宗教的关系。以下试分述之。

1."宗教"的双重概念

在白璧德这里,"宗教"的定义包含两层容易混淆的内容:一为"历史形态的宗教"(historical religion),另一则是"真正的宗教"(genuine religion)。前者如现实中的天主教,作为一种"教条的、天启式的宗教"(dogmatic and revealed religion)不可避免地与固定的"教义"(dogmas)和"机构"(institutions)——其典型代表即为"教会"(the Church)——相联系。这一层面的宗教的要义在于:它需要信仰一种与现世决然分开的精神本质(或曰灵魂),以及一位被视作最高理念或实体的上帝。[①] 白璧德对这一层面的宗教持断然否定的态度。事实上,正是"教义"与"机构"的僵化,才会导致超自然主义趋于"过度"。后一个层面的宗教(即"真正的

[①] Irving Babbitt, "Buddha and the Occident", *The Dhammapada*, pp. 77, 80, 85-86.

宗教"）的要义是：人的"普通自我"必须服从"更高的"或"神性的"自我，只有达到这种内在的制约，才能获得和平与安宁，这一观念便是"真正的宗教"的本质。① 这一层面的"宗教"才是白璧德至为推许的宗教"正义"。白璧德的这一观点可以说自始至终一成未变，他对宗教的批判向来都是针对"宗教的历史形态"所带来的各种问题，绝非"真正的宗教"本身。

白璧德的终生挚友、美国"新人文主义运动"另一领袖保罗·穆尔在白璧德1933年去世后，曾写过一篇追忆性质的文章，记述了白、穆二人私下的思想交锋过程，以及白璧德不为他人所知的一些轶事。关于白璧德对宗教的态度，穆尔提供了一个鲜活的例证：他回忆白璧德早年曾"站在北街一个教堂前，伴随着一个深深憎恶的手势，高呼'这就是敌人！这就是我所痛恨的东西！'"②由于穆尔与白璧德不同寻常的交谊，这段回忆显得格外能够说明问题。尽管这个例子主要是为了表明白璧德对"作为机构的教会"深感厌恶，但白璧德的批评者们却非常乐于引用这段故事（这已几乎成为当时的士林典故），用以批评白璧德本人及其"人文主义"缺乏应有的宗教情感。特别是该追忆文章写在白璧德去世之后，人们便想当然地视之为盖棺之论，由此引发了一系列误读。有些批评者坚持认为白璧德的"人文主义"缺乏"宗教"内涵，如前文提到过的布莱克默认为，"白璧德类型的人文主义"（the Babbitt brand of Humanism），"仅是一种理性的想象"（a merely rational imagination），其失败之处便在于缺乏"宗教想

---

① Irving Babbitt, *Democracy and Leadership*, pp. 161-163.
② Paul Elmer More, "On Being Human", *New Shelburne Essays*, Volume III, Princeton: Princeton University Press, 1936, p. 37. 该文最初于1934年1月发表在 *The University of Toronto Quarterly*, 此后收录于白璧德纪念文集《白璧德：人与师》（*Irving Babbitt: Man and Teacher*）一书，列为最后一篇（第三十九篇）。

象"(religious imagination)云云。①

有趣的是,白璧德在本国有时还会受到完全相反的责难。不少学者认为白璧德的学说与新教(Protestantism)教义有着内在联系,如艾略特认为白璧德的"人文主义"其实是垂死挣扎的新教神学(Protestant theology)的产物;②还有人将白璧德的学说与美国的清教(Puritanism)传统相联系,如劳伦斯·海德认为,白璧德对于"直觉"的看法源于其根深蒂固的"清教式的对于情感的恐惧"(Puritanical fear of the emotions);等等。③甚至白璧德的传记作者内文也认为,白璧德是美国超验主义(transcendentalism)的最后继承人,"神意"(divine will)在他的学说中被降低为一种模糊的"高上意志",激进新教教义(radical Protestantism)中的"灵光"(the inner light,或译为"内光")化作了"内在制约"。④白璧德对这些指责心知肚明,⑤却未加辩驳。实际上,西方宗教(以基督教为代表,无论新教或清教)在白璧德那里,从未具有东方宗教(以佛教为代表,特别是早期佛教)才享有的尊崇,而是往往受到冷静而严厉的批判。⑥白璧德曾两相比较佛

---

① Blackmur, "Humanism and Symbolic Imagination", *The Lion and the Honeycomb*, pp. 148-153. 布莱克默在此使用的理论术语如"理性的想象""宗教想象"等,显然出自白璧德的话语系统。一般来说,在西方文化语境下,宗教之维至关重要,而中国人所生活之世界的宗教感则相对薄弱,因此中国人(如吴宓)会注意到白璧德学说中的宗教因素而大加褒扬,西方人如布莱克默辈却会认为其中缺乏宗教内涵而大加批判。
② T. S. Eliot, "The Humanism of Irving Babbitt", *Selected Essays(1917-1932)*, London: Faber and Faber Ltd., 1932, p. 437.
③ Lawrence Hyde, *The Prospects of Humanism*, New York: Charles Scribner's Sons, 1931, p. 97.
④ Thomas R. Nevin, *Irving Babbitt: An Intellectual Study*, p. 8.
⑤ 白璧德曾说,凡是主张"制约原理"的人,总会被斥为反动者,或受到更严厉的责备,如被称为"清教徒"等等,见 Irving Babbitt, *On Being Creative and Other Essays*, p. 208。——看来他对时人的种种指责亦有耳闻。
⑥ Irving Babbitt, *Democracy and Leadership*, pp. 250-255. 也见于 *Spanish Character and Other Essays*, "Rousseau and Religion", p. 245; *On Being Creative and Other Essays*, pp. 208-211。

教与基督教的基本教理,在他看来,基督教乃是"教条的、天启式的宗教",而佛教则是基于"直接的经验"(immediate experience)的宗教,二者恰相对应。前者以一种神格(a divine personality)为基础,而后者取消了这种神格,不复在神与人的意志之间设置对立,不是在教义的基础上,而是在心理的基础上(on psychological grounds),在高上意志与卑下意志之间设置对立。① 从这个标准看来,这两种宗教教义在白璧德这里高下立判。他的传记作者内文曾指出,白璧德虽然曾泛泛而论"对于佛教而言真实的东西,对于基督教而言至少也是同样真实的",但此系言不由衷,因为白璧德实际上仅将佛教等同于"人文主义",或"人文主义"之宗教的方面。② 从而,那些批评他缺乏"宗教情感"的西方论者,其实不过是在指责白璧德对天主教等西方宗教缺乏情感——关于此节我们不可不察。

问题的关键在于,白璧德所谓"真正的宗教",是根据其"人文主义"的基本规定来加以定义的:首先,"真正的宗教"的本质要求("普通自我"服从于"更高的"或"神性的"自我)与其"人文主义"的核心内容(内在制约)并无二致。

其次,白璧德标举佛教(准确地说,是早期部派佛教,或曰小乘佛教Hīnayāna)为"真正的宗教"的代表,恰恰是由于早期佛教的教义符合白璧德心目中"人文主义"的规范,可以为其"人文主义"所转化、取用。否则,即便同是佛教派别的大乘佛教(Mahāyāna),由于背离了早期教义——比如将各种"教仪"(rites)与"法会"(ceremonies)当成了"解脱"(salvation)的手段,充满了神秘主义神学说教与形而上玄想(theosophic and metaphysical speculation),这恰是佛陀本人最为反对的——从而弃绝了原始教义讲求的"精神自主"(spiritual autonomy),在这里佛陀不再是一个"人"

---

① Irving Babbitt, "Buddha and the Occident", *The Dhammapada*, pp. 77, 80, 85-86.
② Thomas R. Nevin, *Irving Babbitt: An Intellectual Study*, pp. 137-140.

(man),而成了"神"或"救主"(saviour),高上意志也变成了近似于基督教的"神恩"教义,从而在白璧德眼中与今日基督教的情况实无分别,①与基督教一样不符合"真正的宗教"精神,均为"人文主义"所不取。

最后,白璧德从未将佛陀视为"神"或某种超自然的神秘存在,而是始终将佛陀目为真正的"人",具有"温文尔雅"(urbanity)这样一种"人文的而非宗教的"特性。②佛陀因此被称作"显著的人格"(eminent personality)③、"老师"(teacher)、"杰出的人物"(outstanding figure)以及"行动者"(man of action),④这些称号显然是不具"神格"属性的。他的学生T. S.艾略特对此曾一语道破:其实白璧德将孔子、佛陀、苏格拉底与伊拉斯谟(Erasmus,1469?—1536)都看作是"人文主义者","有人可能会对此感到惊讶:孔子与佛陀——人们一般将他们视为宗教的创始人(founders of religions,按艾略特原文如此)——竟在此列","白璧德先生总是强调人的理性(human reason),而非超自然之启示(revelation)"⑤,艾略特不无遗憾地如是说。确实,每当白璧德需要论证自己"人文主义"学说某一论点时,佛陀的训诫便会作为一种"文化资源"与"理论支持",以各种不同的面目出现。在白璧德笔下,佛陀有时是"批判性的、实验性的超自然主义者"(critical and experimental super-naturalist),⑥有时则干脆成了颇具现代意味的"个人主义者"(individualist)和"实证主义者"(positivist)。⑦经典的重新阐释往往是为了回应当下的问题与需要,白璧德对于佛陀的解读自然深有其用意,只是,白璧德对于佛陀虽然时时流露出真诚的敬慕之情,

---

① Irving Babbitt, *The Dhammapada*, pp. 88-90.
② Ibid, p. 71.
③ Irving Babbitt, *Literature and the American College*, p. 24.
④ Irving Babbitt, *Democracy and Leadership*, pp. 163-164, 170.
⑤ T. S. Eliot, "The Humanism of Irving Babbitt", *Selected Essays*, p. 436.
⑥ Irving Babbitt, *The Dhammapada*, p. 78.
⑦ Irving Babbitt, *Rousseau and Romanticism*, "Introduction", p. xx.

其中却显然没有掺杂一丝一毫(信教者所谓的)"宗教情感"。也就是说，佛陀及其训诫完全被纳入了"人文主义"的体系，而只有符合了这一体系的佛教教理才被视为具有"真正的宗教"精神，这样一来，白璧德所谓的"真正的宗教"的定义实际上完全是在其"人文主义"的框架下取得的。事实上，凡是不符合白璧德"人文主义"规定的"宗教"——如基督教和大乘佛教——从未被允许进入"人文主义"的腹地，甚至被取消了"真正的宗教"的资格。白璧德的这种运思方式，与他对宗教在当代的作用与影响的判断有关，这涉及了白璧德宗教观的第二个要点，即"人文主义"与宗教的关系。

2. "人文主义"与宗教的关系

白璧德之(具有双重内涵的)"宗教"定义区分明确，贯彻始终，但他对于宗教在当代之作用及影响的判断却前后并不一致；相应地，他对于"人文主义"与宗教之关系的表述也表现得前后矛盾。仅列举几处最能说明问题的论述：

白璧德在《卢梭与浪漫主义》(1919)一书"导言"中论及当代的迫切需要，曾表示在实证的、批判的人文主义与宗教这两个选项之间，更倾向于"人文主义的解决方案"(the humanistic solution)。① 之后他修正自己的观点，说这种取向只是极度尝试性的(very tentative)，"人文主义"与宗教只是同一道路上的不同阶段而已，二者互为补充，彼此连接，"人文主义"尤其不可失助于宗教。②

但是，至《民主与领袖》(1924)一书出版，白璧德的观点似乎发生了极大的变化。该书开篇说：目前最当紧的是经济问题，然而经过深入

---

① Irving Babbitt, *Rousseau and Romanticism*, "Introduction", p. xx.
② Ibid, pp. 379-381.

研究之后,经济问题总会变成政治问题,后者会进而转变为哲学问题,而哲学问题最终总是与宗教问题难解难分。然而,如此这般地强调了宗教问题的重要性之后,白璧德却在后文着重表示自己与基督徒不同,他对"高上意志"的"兴趣"是"人文主义"式的,而非宗教式的。① 此后白璧德根据自己对当前时代的认识,就宗教的作用进一步得出了这样的结论:宗教在当代空前地不被理解,"人文主义"应当承担起宗教的职能。② 在该书结尾还有如下引人注目的表述:须以"人文主义"的"工作"(work)取代基督教的"神恩"(grace)概念,从而个人的自由将着落在人文主义的层面,而非宗教的层面。③ 至此,白璧德舍宗教而重"人文主义"的态度趋于显豁。

不过,到了《西班牙性格及其他》(1940)一书《艾略特校长与美国的教育》(President Eliot and American Education, 1929)一文中,白璧德的态度却又意外地有所缓和,不但明言"人文主义"与宗教相契合,"走到了一起"(come together),④更时时提醒人们宗教的重要地位,通篇将"人文主义"与宗教并举。

有意思的是,在《论创造性及其他》(1932)一书"导言"中,白璧德又再次表现出偏重"人文主义"的倾向,郑重表示难以认同有些人不认可"人文主义"之"独立的正当性"(independent validity)、认为它只是神学的婢女(ancilla theologiae)的看法,并提请人们面对现实——人们尽管有着良好的意愿,然而教条的、天启式的宗教毕竟不复成其为可能。⑤ 在他看来,"人文主义"式的"内在生活"具有一种"宗教之外的正当性"

---

① Irving Babbitt, *Democracy and Leadership*, "Introduction", pp. 1, 6.
② Ibid., p. 195.
③ Ibid., p. 316.
④ Irving Babbitt, *Spanish Character and Other Essays*, pp. 203-205.
⑤ Irving Babbitt, *On Being Creative and Other Essays*, "Introduction", p. xvii.

(a validity apart form religion),①意即"人文主义"可以独立于宗教自立门户。

从"人文主义"与宗教互助互补,到"人文主义"行使宗教的职能,再到"人文主义"独立于宗教,这些意见与判断的种种波动,难道表明白璧德尚在各个极端之间摸索"最佳的平衡"?究竟白璧德对宗教及"人文主义"之关系的最终判断为何,似乎很难根据他的某个论断得出明确的回答。我们必须结合发出每一论断的具体语境,才能理解白璧德的运思理路;此外,白璧德的高徒艾略特对于"人文主义"的批判,可作为极好的线索,引领我们索隐探微。

艾略特曾受到白璧德学说的极大影响,最终却从内部反叛出来,与老师分道扬镳。他曾两次著文批判白璧德所代表的"人文主义"学说,由于深谙白氏学说,这两篇文章的批判与剖析堪称驾轻就熟,不同于"门外汉"有破无立的文字。这两篇论文均从"人文主义"同宗教的关系入手,直抵白氏学说之关键,并试图重新定义"人文主义",实为理解白璧德"人文主义"不可或缺的阐释读本。

艾略特的《欧文·白璧德之人文主义》(The Humanism of Irving Babbitt)作于1928年,②时值白璧德《民主与领袖》(1924)一书出版与《西班牙性格及其他》(1940)一书中《艾略特校长与美国的教育》(1929)一文发表期间。如上所述,白璧德在《民主与领袖》一书中首次表达了"人文主义"可以取代宗教的观点,艾略特敏锐地觉察到了其中白璧德对待宗教问

---

① Irving Babbitt, *On Being Creative and Other Essays*, "Introduction", p. 261.
② 该文发表于1928年7月,载 *The Forum* 杂志,后收录于艾略特文集 *For Lancelot Andrewes: Essays on Style and Order*, London: Faber & Gwyer, 1928。此后亦收入艾略特文集 *Selected Essays*, London: Faber and Faber Ltd., 1932。*Selected Essays* 一书中,该文标记时间为1927年,可能是指成文时间。

题的重大转向,于是针对这些观点写就了该篇批判文章。① 艾略特认为,此时白璧德学说的核心命题是:"人文主义"是宗教的代用品(humanism is the alternative to religion)。他由此提出了对立的命题:"人文主义"与宗教绝非并列平行的两种事物,"人文主义"是时断时续的(sporadic),而宗教却是持续不断的(continuous);"人文主义"是"寄生性的"(parasitical),人们的"宗教习惯"(religious habits)至今仍旧非常"强健",然而却并不存在"人文主义的习惯"(humanistic habit);"人文主义"所起的作用尽管是必要的,却是第二性的(secondary);"人文主义"本身不成其为宗教,白璧德的"人文主义"以"文明"为指归,但恐怕文明不能没有宗教,而宗教不能没有教会,由此"人文主义"的观点相对于宗教的观点而言,是"附属性"的(auxiliary to)并"依赖于"(dependent upon)后者,因为对于"我们"来说,宗教便是基督教,而基督教则必有教会的存在。② 艾略特在文中一路慷慨陈词,至文末情绪酝酿已足,直至最后"我们"一词脱口而出,大有代全体西方人立言的意味,想来固是其难以自抑的宗教情感使之忘情如此。

　　白璧德此后发表的《艾略特校长与美国的教育》(1929)一文不再坚持"人文主义"可以取代宗教的立场,转而开始强调宗教的重要地位,并通篇将人文与宗教并举,这几乎会使人产生一种错觉:白璧德受到了艾略特的影响,观点由此发生了"转变",但事实却绝非如此。白璧德确实看到了艾略特这篇批判文章,不过并未特别加以重视,③仅在《艾略特校长与美

---

① 艾略特在文章开篇特别强调,自己对白璧德前此各书并无异议,然而至《民主与领袖》一书(艾略特很正确地视该书为白璧德学说的总结)不禁发出质询。见 T. S. Eliot, "The Humanism of Irving Babbitt", *Selected Essays*, p.434。
② Ibid, pp.434-435, 437, 441-442.
③ 艾略特该文发表于1928年7月,当时(1928年夏)白璧德正在欧洲度假,这期间"人文主义者"们及其盟友出版了大量作品,包括白璧德在哈佛的年轻同事马西尔的杰作《美国的人文主义运动》(*Le Mouvement humaniste aux Etats-Unis*)、学生佛斯特编选的文　(转下页)

国的教育》一文中作了寥寥数语的回应:"T. S. 艾略特先生认为,人文主义是无根的、寄生性的事物,特别是对于西方人而言,如果没有教条的、天启式的宗教的支持,人文主义便必然会迅速崩溃。人们不必接受他的观点,须知有史以来最显著的人文主义——古希腊的人文主义——并无这种支持。"①言语之中,白璧德对艾略特的批评显然不以为然,亦不甚以为意。

实际上,白璧德宗教观的每次"变化",均与其论断发出的具体语境密切相关。如白璧德写作《卢梭与浪漫主义》(1919)一书,旨在针对"浪漫主义"本身及其种种流弊加以批判与匡正,这时"人文主义"自然要争取宗教的支持,充分借助后者的力量来达到目的。所以,尽管白璧德曾相当委婉地表明了自己的"人文主义"倾向,却在后文立刻补充说明这种"人文主义的解决方案"只是"极度尝试性的"云云,这种稍显含混的表述,在艾略特看来,应该还算差强人意。

然而,至《民主与领袖》(1924)一书出版,全书大谈"民主""自由""宪政""帝国主义"等政治哲学话题与各种社会现实问题,在这种整体语境下,宗教似乎顿时失去了用武之地。白璧德根据自己对宗教在当代之影响力的判断,提出个人的自由端系于"人文主义",而将宗教的作用弃之不顾,这自然激起了艾略特的极大不满。

同理,白璧德此后撰写《艾略特校长与美国的教育》(1929)一文的目的,是为了遏制当时大学中日趋占领主导地位的实用主义及人道主义趋势,这时宗教再次成为"人文主义"天然盟友,为了对抗教育领域中"自然

(接上页)集《美国批评》(*American Criticism*)、盟友埃里奥特出版了一部关于弥尔顿的专著,此外 The Nineteenth Century and After 杂志还登出了两篇关于白璧德的文章,白璧德因此备受鼓舞,心情甚好,这可能是他没有特别重视艾略特这篇批判文章的原因。

① Irving Babbitt, "President Eliot and American Education", *Spanish Character and Other Essays*, p. 204.

主义"势力的侵蚀,因此白璧德强调"人文主义"与宗教实相契合,并通篇将"人文主义"与宗教并举。

只有面对了大家共同的敌人,白璧德才会许宗教以"不可或缺"的地位,一旦"人文主义"与宗教两两相对,面临谁来引领时代精神的问题,白璧德便会立刻提供诸多例证,揭示宗教的各种痼疾与弊病,以说明宗教何以在当代不行于时。正如艾略特所埋怨的那样,"要界定白璧德先生的人文主义多少有些困难,因为在人文主义与自然主义及人道主义作战的时候,他便会很灵活地将自己的人文主义与宗教统一战线"①,此确是知者之言。一年以后,艾略特再次指出,"这种在某一语境下把人文主义和宗教等同起来,在另一语境下将二者相对立的奇特把戏,在人文主义者的表述中极为常见"②,看来他对"人文主义者"惯用的"伎俩"已经忍无可忍。

穆尔亦曾这样评价老友白璧德的论述策略:关于白璧德对"世界性大宗教"的态度,"只通过他的书来认识他的人,很难想象他在论辩时的那份尖锐","对于基督教而言,尤其如此",须知他写作"不是为了展示,而是为了令人信服",他的头脑非常"实际",写作是为了获得"效果",攻击亦有多种"策略",其中一种稳当的"战术"就是,"不去激起他试图说服的人的敌意",因此他"在其著作中颇费苦心地避免伤害基督徒读者的情感"。事实上,"神恩之教义(the dogma of Grace)、帮扶之观念(the notion of help),以及力量是从一个超人类的来源(superhuman source)注入灵魂的那种观念",在白璧德看来,本身便令人"反感",而"作为机构的教会(the Church)亦令他深感厌恶",穆尔进而补充说,白璧德的"这种情绪尽管后

---

① T. S. Eliot, "The Humanism of Irving Babbitt", *Selected Essays*, p. 435.
② T. S. Eliot, "Second Thoughts About Humanism", *Selected Essays*, p. 444.

来有所缓和","但却从未消失"。① 看来,单从白璧德的著述中窥测他对于宗教的真实态度,并不是一件很容易的事情,他身边的友人与学生的叙述,尽管不免出自个人视角,②却仍具一定的参考价值。

确实,白璧德尽管在《艾略特校长与美国的教育》(1929)一文中大力强调了宗教的重要地位,但我们只消看看此后他在《论创造性及其他》(1932)一书中的相关表述,就可知道艾略特的判断是否准确,以及白氏是否受到了艾略特的影响。这时的白璧德再次"故态复萌",强调"人文主义"具有一种"宗教之外的正当性",而现实中"教条的、天启式的宗教"已不复成其为可能。人们可以将人文主义的乃至(着重号为笔者所加)宗教的意图带进自己的生活,却不必沉溺于亚里士多德之形而上学式的"终极"(ultimates)与传统基督教神学式的"绝对"(absolutes)中。③ 确实,这部旨在讨论"创造性""想象"等文学概念并评价某些文学、美学名家的文学批评论集,所处理的核心议题并非思想社会、意识形态等方面的问题,因此似乎不是特别需要宗教的援助。至此我们已然看出,艾略特与穆尔对他的判断可谓知己之言,丝毫不爽。

看来,在"人文主义"与"自然主义"及"人道主义"相对抗之时,不妨引宗教为同盟与之共同作战,待"外患"一去,则不妨以"人文主义"取代宗教,并在当下的现实生活中行使后者的职能,这种灵活的手法似已成为

---

① Paul Elmer More, *On Being Human*, pp. 36-37. 请注意穆尔描述白璧德论争风格时使用的措辞。白璧德在哈佛曾被学生们戏称为"the fighting Buddha at Harvard"(哈佛的"斗战胜佛"),他的评论者们还常常使用"powerful"(充满力量的)、"combative"(好战的)等词汇来形容他。大家合力用话语塑造了一个激情的、好战的白璧德的形象,这与"实际"情形(包括白璧德本人的性格、其著述采用的表述方式及其作为老师在课堂上的授课风格)有多大出入,是一个很有趣的、值得研究的题目。
② 白璧德的挚友穆尔与高徒艾略特都是在宗教问题上与他发生了分歧,即他们都是根据各自的宗教立场对白璧德加以描绘和批评,这些言论当然都是个人性的。
③ Irving Babbitt, *On Being Creative and Other Essays*, "Introduction", p. xxxv.

白璧德的一种论述特色。这种对宗教的态度无论如何不能说是虔诚的，只不过不熟悉白璧德这一论述特点的人，往往会被表面的陈述所误导；熟悉这一特点而又笃信宗教的人，如艾略特，则会对此异常敏感且深为不满，有些人甚至还会愤而声称白璧德的"人文主义"就是"自然主义的"①，在这些有着纯粹的宗教信仰的人看来，白璧德的"人文主义"和他自己所批评的"自然主义"实在没什么两样。事实上，所有针对白璧德及其学说的批评，往往都是围绕宗教问题展开的，且大都可以归入两大阵营：一方是"现代主义者"，认为白璧德代表了"老而不死"的"文雅传统"，他乃是"新教"或"清教"传统的最后传人，试图在美国迈向现代的途中通过与宗教结盟而负隅顽抗。另一方则是"传统主义者"，认为白璧德缺乏基本的宗教情感，他提倡的学说无非是他所批判的现代思想的一个变体，实与现代思潮同流合污。

看来，宗教问题乃是内在于白璧德"人文主义"学说的一个根本问题，可以说是这一学说"罩门"所在。凡是对此学说深有了解的人，都会由此入手攫其咽喉，尽管各家进路与手法可能不尽相同。不过，还有一类人，熟悉白璧德这一特点而又并不笃信宗教，如白璧德的另一高徒诺曼·佛斯特，则会坚决站在"人文主义"一边，毫不犹豫地与白璧德一起批判历史形态的宗教。

三、"人文主义者"内部的论争

佛斯特是白璧德的入室弟子，也是美国"新人文主义运动"的又一领导人。当艾略特发表上述批判文章之后，白璧德本人未作回应，而是更希

---

① 见天主教多明我会修女玛丽·基连的博士论文，Sister Mary Vincent Killeen, o. p., *Man in the New Humanism*, pp. 56, 64。

望让佛斯特来带头作战。据白璧德的传记作者记载,白璧德对这名学生甚为期许,早在1924年便对佛斯特说,"到了年轻人介入的时候了"①。佛斯特不负师望,编选了一部题为《美国批评》(American Criticism, 1928)的"人文主义"文集,并以主编身份撰写了该书最后一章,对"人文主义"作了一番总结综述,其中再次触及了人文主义与宗教之关系这一核心话题。其实佛氏文中所述无非都汲引自白璧德的观点,只是他的表述相对简单、直接,且与白璧德的原有观点有所出入,如其文中写道,"纯粹的人文主义"可以在"物质层面"描述宗教赖以产生的现实,并将之作为一个观察到的"经验事实",同时不超出自己"实验性的知识",由此形成一切大宗教所具有的教条性的主张。② 这无异于要用"人文主义"直接代替宗教,同时使"人文主义"与"物质""实验"等现代思潮拉上了干系。这与白璧德公开表述的观点有所抵牾,无怪乎立即招致了笃信宗教人士的强烈反对。有识之士如艾略特立刻看出了其中破绽,正好集中火力大加批判。本来艾略特对《欧文·白璧德之人文主义》一文的后效颇有期待,然而该文显然没有激起来自"人文主义者"阵营的强烈反响。③ 艾略特随即发表了第二篇批判文章《人文主义再思考》(Second Thoughts about Humanism, 1929),④这一次他不再针对白璧德著作提出异议,而是将批判的矛头直指

---

① Stephen C. Brennan & Stephen R. Yarbrough, *Irving Babbitt*, p. 75.
② Norman Foerster, *American Criticism: A Study in Literary Theory from Poe to the Present*, Boston: Houghton and Mifflin, 1928, p. 244.
③ 帕尼卡斯认为,"人文主义者"们就这篇文章"奇怪地未作反应",原因可能在于白璧德的基督徒友人与自由主义敌人形成了颇为怪异的联盟,他们为了各自的目的一同支持艾略特的观点,导致"人文主义者"一方集体保持沉默。见George A. Panichas, *The Critical Legacy of Irving Babbitt: An Appreciation*, Wilmington, DE: Intercollegiate Studies Institute, 1999, p. 101.
④ T. S. Eliot, "Second Thoughts About Humanism", *Selected Essays*, p. 444. 本文最初发表于1929年6月,载 *The New Adelphi* 杂志。艾略特在本文发表前可能未及看到白璧德的简短回应("President Eliot and American Education", 1929),或对这一回应不愿置答,至少文中未见提及此节。

佛斯特所编文集《美国批评》。

艾略特转而选择批判佛斯特,一方面是由于佛氏的论述确实存在问题,另一方面则是出于策略方面的考虑。① 白璧德的观点往往通过旁征博引大量的材料推导而来,其论证方式通常也较为含混圆融,因此很难抓住具体的漏洞,或从根本上推翻其结论。佛斯特在《美国批评》中刊出的"人文主义"总结文章,正好为批评者们提供了一个较易击中的标靶,于是大家纷纷通过批判佛斯特来借力打力,进而质疑白璧德的"人文主义"学说。② 事实上,这时人们所批判的白璧德学说,已非白璧德本人的学说,而是经过佛斯特阐释的白璧德学说,或云以白璧德为代表的"人文主义者们"的学说之一种,却被批判者笼统冠以白璧德的名号一举掊击之。

艾略特批评佛斯特提出的"纯粹的人文主义""太伦理了,以至于不复真实",进而福斯特本人"还不够人文"(not being humanistic enough),还不足以消化归纳全部的文明以得出一种"精神"云云,③说话间颇有些居高临下的意味,俨然已是教训的口气。须知艾略特1906年进入哈佛,1909年取得学士学位,1910年取得硕士学位,1911年攻读哲学博士学位,1916年提交论文,因未出席答辩而没有获得学位;佛斯特于1910年在哈佛获得学士学位,此后在其他学校分别获得硕士与博士学位,应该算是艾略特的学弟。如果艾略特批评白璧德及其学说不免有所顾忌,对佛斯特却不必客气。特别是艾略特早年深受白璧德影响,从他批评佛斯特"还不够人文"来看,恐怕自认为对老师的"人文主义"更有心得也未可知。

---

① T. S. Eliot, "Second Thoughts About Humanism", *Selected Essays*, p. 444.
② 除艾略特外,泰特也曾就佛斯特这一观点大做文章,声称"白璧德与佛斯特式的人文主义"其实只是"自然主义"自身的变体在与"自然主义"作对而已,见 Alan Tate, "The Fallacy of Humanism", *The Critique of Humanism*, 1930, pp. 131-166。该文原载 *Hound and Horn*, vol. 3, pp. 234-258。
③ T. S. Eliot, "Second Thoughts About Humanism", *Selected Essays*, pp. 446, 448-449.

艾略特的文章由于立足于"我们"西方的宗教与文化传统,自出版以来,不断得到许多西方评论者的认同与回应,不少颇具声名的批评家纷纷著文,或表示声援艾略特的观点,或积极予以补充,除了少数温和的探讨之外①,不少人在批评的艺术极大繁荣的时代奇迹般地达成了一致。② 然而,白璧德对此却一笑置之,向佛斯特开玩笑说:"你已经激起了诸多反对意见,看来,如果你继续这样下去,我就得立刻小心保持自己在这个领域的荣誉了。"③

一片叫好声中,终于出现了争鸣之音:遭到严厉批评的佛斯特奋起捍卫自己所理解的"人文主义",推出了《人文主义与宗教》(Humanism and Religion,1929)一文。④ 文中不免还以颜色,就艾略特对人文主义的数条批判意见逐条加以反驳:首先,"人文主义"可以独立于宗教而存在,并成为宗教的替代品;其次,"人文主义"可以"包含"宗教,相对于宗教而言,人文主义可以是"附属性"的,但人文主义并非基督教的衍生物,因为其基础对于"我们"而言,是古典的、希腊的、前基督教的,而希伯来、佛教与儒

---

① 例外者如亨利·哈兹立特,见 Henry Hazlitt, "Humanism and Value", *The Critique of Humanism*, pp. 87-105。
② 如威尔逊(Edmond Wilson)、格拉顿(C. Hartley Grattan)、劳伦斯·海德(Lawrence Hyde)、布莱克默(R. P. Blackmur)等人均曾在自己批判"人文主义"的文章中称引、回应艾略特的批判。见《人文主义批判》(*The Critique of Humanism*)论文合集。
③ Stephen C. Brennan & Stephen R. Yarbrough, *Irving Babbitt*, p. 75. 作者认为白璧德害怕自己失去领导权,于是和佛斯特开了这么一个玩笑。这本是师长对后辈的巧妙鼓励,却被加以了庸俗化的理解。可见传记作者并不因为掌握了更多的信息与材料,对于传主的理解与阐释就更加深入、可靠。
④ 该文发表于1929年10月,载 *The Criterion*, Vol. IX, London: Faber & Faber Ltd. , October 1929 to July 1930。佛斯特在文章按语中说:该文在艾略特发表"The Humanism of Irving Babbitt"一文后便已写就,虽然艾略特此后专门撰文(Second Thoughts About Humanism)针对自己《美国批评》最后一章的论点加以批评,但由于艾略特这两篇文章没有根本性差异,所以自己的文章也就未加改动而刊出了。——看来,如果艾略特更有耐心一点,就可以在发表第一篇批判文章之后看到"人文主义者"的"反应"了。

教等人文传统实肇始于教会创立之先。① 也就是说,"人文主义"并非"寄生性的",亦非"第二性"的,亦非"依赖性"的,这番反驳字字针对艾略特的批评而来。值得注意的是,艾略特或许未及看到白璧德的简短回应,佛斯特却显然与白璧德声气相通,且看他在此为人文主义所作的辩护,如各大人文传统肇始于教会创立之先,这与白璧德的说法简直如出一辙。

然而,艾略特对此却保持沉默,没有再著文反驳。并且令人意外的是,艾略特与佛斯特论战甫歇,紧接着就展开了密切合作:佛斯特主编的第二部"人文主义"文集《人文主义与美国》(*Humanism and America*,1930)中,②艾略特的文章赫然在焉。我们知道,1930年5月"人文主义者"及其批判者在纽约的卡耐基厅举办了一场规模盛大的公开辩论会,会后论战双方各出文集一部,其中"人文主义者"一方的文集即是佛斯特主编的这部《人文主义与美国》,另一部则为"人文主义的批判者"的合集《人文主义批判》(*The Critique of Humanism*)。曾两次严厉批判白璧德及其学说的艾略特未参与"批判者"的合集撰写,却转而积极为"人文主义者"文集供稿,这一转折可能令人们颇感意外。

要提请读者注意的是,虽然佛斯特与艾略特公然就彼此的观点互致批评,但这绝不能理解为剑拔弩张的同门相争,而更多是在围绕"人文主义"主题积极贡献各自的意见与思考,其实颇有"如切如磋"之意。事实上,我们只消看看佛斯特批判艾略特的文章居然发表在艾略特创办的《标准》(*The Criterion*)杂志③,就更能理解二人的苦心了:佛斯特固然是在极力维护老师的学说,艾略特未尝不是在助力完善老师的思想。正如艾略

---

① Norman Foerster, "Humanism and Religion", *The Criterion*, pp. 26-28.
② *Humanism and America: Essays on the Outlook of Modern Civilization*, Norman Foerster ed., New York: Farrar and Rinehart, 1930.
③ 艾略特于1922年创办《标准》杂志,直至"二战"爆发时止。1925年该杂志归入Faber and Gwyer公司(即后来的Faber and Faber公司),艾略特成为公司董事之一。

特所说:自己撰文不是为了"攻击",而是为了指出"人文主义"防卫上的弱点,以免"真正的敌人"占据了先机。① 由此出发,当我们看到1930年佛斯特主编第二部"人文主义"文集《人文主义与美国》时,佛斯特作序,白璧德、穆尔等人纷纷撰文,艾略特亦挺身相助,便不会感到惊讶了。艾略特与佛斯特之争原是"人文主义者"内部之争,他们在共同对外的时刻自然会携手抗敌,因此在论争结束之后立刻开始积极合作,这原是符合逻辑的事情。

艾略特在1928年和1929年两篇批判"人文主义"的文章中,大力强调"人文主义"不能没有宗教,然而,他在此后为佛斯特主编的文集提供的《缺乏人文主义的宗教》(Religion Without Humanism, 1930)一文中,却郑重指出"如果没有人文主义,宗教亦将面临极大的危险"云云。②

正如佛斯特在文集序言中所云,尽管文集的作者有些是"纯粹的人文主义者",有些是"宗教人文主义者"(religious humanist),然而大家相聚在一起,在这场"会饮"(symposium)中为了同一个目标而各抒己见。③ 看来佛斯特与艾略特一样,对二人此前争论的定位相当明确:这是一场"人文主义者"内部的、"纯粹的人文主义者"与"宗教人文主义者"之间的友好交流。艾略特之加入1930年这场"会饮"本身便是一个极具象征性的举动——所有持不同意见的"人文主义者"们已经达成了谅解,同时"人文主义者"内部关于宗教问题的论争亦就此暂告一段落。

白璧德在这部"会饮"文集中发表了《人文主义的定义》(Humanism: An Essay at Definition)一文,这是他最后一篇定义"人文主义"的重要文章。值得注意的是,这篇"最后"的文章处理的正是宗教问题:文中回顾了

---

① T. S. Eliot, "Second Thoughts About Humanism", *Selected Essays*, p. 446.
② T. S. Eliot, "Religion Without Humanism", *Humanism and America*, pp. 105-106.
③ Norman Foerster, *Humanism and America*, "Preface", p. XVII.

自己多年以来对于宗教的看法,总结了"人文主义"的宗教观,文章在整个文集中起到了一锤定音的作用。这些观点经常为后世研究者引用以说明问题,故可视为白璧德对自己之宗教观的可靠表述。现归纳其要点如下:

1. 人文主义者不去定义"上帝",对于"绝对"通常亦非常审慎;他面向此世(this world)之各种能力的和谐发展,而非彼世(other-worldly)的幸福;首先要清楚自己是"人"(human),然后才可去做"超人"(superhuman)。

2. "人文主义"的适度法则(相对于当下而言)是超越性的,非仅限于一时一地。

3. 人文主义者与"真正的基督徒"可以展开重要的"合作"(cooperation),但"人文主义"并非(如艾略特先生所见)无根的、寄生性的事物,人文主义精神的两大传统——古希腊与信奉儒学的中国,本身并无基督教或其他天启宗教的支撑。

4. 就立场而言,本人毫不犹豫地站在超自然主义者一方;当"人文主义"具有了"宗教洞见"(religious insight),它将极大地获得有效性(effectiveness);"人文主义"层面的"调节"(mediation)在宗教层面以"冥想"(meditation)的形式出现;当"人文主义"的"调节"有了"冥想"的支持,我们便可说它有了"宗教的背景"(religious background)。

5. "高上意志"从实际效果而言,只能被看作一种"神秘事物"(a mystery)而被接受,然而其最终性质却不能被表述。

6. 说"人文主义"可以取代宗教是错误的,"人文主义"不能没有宗教,甚于宗教不能没有"人文主义";"真正的宗教"难以界定,因为宗教自古以来便承受着极度的歪曲,然而我们仍然坚信,纯粹的宗教(religion in its purity)才是人类成就的最高峰。①

---

① Irving Babbitt, "Humanism: An Essay at Definition", *Humanism and America*, 1930, pp. 25-51.

这几条陈述中,第 1、2、3 诸条是对以往观点的总结,并无特别之处;第 4 条中"毫不犹豫地站在超自然主义者一方"这种表述,虽然是第一次出现,但白璧德在"一""多"之间倾向于"一"的立场早已非常显豁,在这个物欲流行的时代,白璧德采取"人文主义"的"调节"方式,站在已失势的"超自然主义"一方,这本身一点都不奇怪;然而,白璧德居然在第 5 条直接称"高上意志"为"神秘事物",这种表述就实在有些危险了。"人文主义"刚刚与宗教脱离关系,现在又重新勾扯在了一起,原有的问题还在解决当中,新的问题又开始露头。看来,即便由白璧德本人总结自己的宗教观,也不是完全没有问题的。同时,这至少说明了在西方社会语境下,"人文主义"乃至广义上的人文主义与宗教纠葛甚深。

从第 6 条表述中,明显可以看出白璧德与"信奉宗教者",特别是"宗教的人文主义者""调节"的意味,难道说,艾略特的努力终究还是产生了一定的影响? 此前白璧德表现出的不以为意,可能只是表面现象? 因为仅隔数月,白璧德的态度又发生了极大的改变,文章两次在关键处提到艾略特,并且极大地调整了对于宗教的表述。一般而言,在短短几个月的时间内,一位高度成熟而有定见的思想者很难发生这样的转变。然而,以白璧德一贯的论述"手法"而论,在"人文主义者"的论文合集中稍作"策略性"的让步并非难事。不过,艾略特的"影响"(如果有的话)亦仅止于此,实际上白璧德对"人文主义"与宗教之关系的基本看法并未改变,也不曾作出丝毫让步。因为我们此后很快便再次看到,白璧德在《论创造性及其他》(1932)一书中重申"人文主义""在宗教之外的正当性"——艾略特所能得到的全部,只是白璧德在那场"会饮"中"礼尚往来"式的暂时让步。

艾略特终于放弃了说服白璧德本人的企图,他在白璧德去世后,出版了《追随异教神祇:现代异端邪说入门》(*After Strange Gods: A Primer of Modern Heresy*,1934)一书,并于 1937 年为 John Baillie 与 Hugh Martin 合编的论文集《启示》(Revelation)写了长篇引言,集中批判了白璧德的名文《佛陀与西方》(Buddha and the Occident)。"人文主义者"内部的论争再次展开,可惜我们只能看到白璧德的门徒与再传弟子的分辩与还击,而看不到白璧德本人将作何反应了。

四、白璧德的"宗教":"超自然的"versus"超人的"

信奉传统宗教的人指责白璧德缺乏宗教情感,而不再信奉传统宗教的"自然主义者"则斥责白璧德"在超自然主义的食槽中打滚",与白璧德同时代的西方学者从自身的不同立场出发对他发起了两面夹攻(中国研究者在自身文化语境制约下,一般较易忽略西方以信教者为代表的传统主义者对白璧德的批判)。白璧德强调个人的"内在制约"不依据某种"之前的、之外的或更高的权威"(an authority "anterior, exterior, and superior")①,如此定义下的"内在制约"概念,不仅是在挑战西方传统的认识论,更是在撼动天启式宗教的根本。艾略特对此表示不能理解:"如果对于个人而言,没有'之前的、之外的或更高的东西',高上意志还去'意志'什么?意志若想施加于任何事物,总得和外在客体(external objects)与客观价值(objective values)联系起来。"②不只是艾略特,许多西方评论者都有着同样的疑问与"义愤"。如劳伦斯·海德认为,白璧德的"人文主义"为获得"平衡"(balance),终致"半途而废"(stopping halfway),"这个世界被超越了,却未重新获得(regained),死去了,却未因再生(rebirth)而加冕",因此这一类型的"人文主义"只能跌落在"道"(the Word)与"肉"

---

① Irving Babbitt, *Democracy and Leadership*, 1924, p. 175.
② T. S. Eliot, "The Humanism of Irving Babbitt", *Selected Essays*, p. 440.

(the Flesh)之间①云云,总之无法理解白璧德如何能在不超出自身的情况下"道成肉身"。其实,从该文充斥的宗教术语来看,海德显然并不打算就白璧德学说本身的学理进行讨论,而是纯粹从一个信教者的角度来批驳人文主义的立场,这其实已不具有对话的基础。这些观点与表述方式都非常典型,且唱和者众多。因此,虽然白璧德的观点往往是作为"保守"典型遭到现代派严厉批驳的,我们却不能忽略这一事实:他的观点同样很难为西方传统派学者所理解、接受。

白璧德的宗教观点备受质疑,甚至他的学生也愤而著文批驳之,这归根结底在于他的思想并非典型的"西方"思想。批判白璧德学说的西方学者,往往都执着于自己的文化背景,未能就其学说本身来加以审视(failing to view it in its own terms)。② 从自身文化出发,本身无可非议,然而西方评论者们因为白璧德不仅是从"我们"的角度立言,便显示出极大的"公愤",致使白璧德的思想遭到误解乃至歪曲,这一现象不能不引起我们的注意。

穆尔尽管与白璧德在宗教观念上一向有所分歧,但他在白璧德去世后,曾出面代为分说其"人文主义"学说中这一屡遭误解的内容。这些解说来自穆尔与白璧德多年的相识相知与大半生的砥砺颉颃,可以说透辟入里无出其右者。在此我们不妨借用穆尔的精彩论断对白璧德的宗教观作一回顾:白璧德从未在其著作中区分过"超自然"(the supernatural)与"超人"(the superman)这两层意思,这令很多读者困惑不已;基督教中"超自然的"东西同时也是"超人的",而白璧德所理解的佛教教义中"超自然的"东西并不是"超人的",它是"内在于人"的(within man),是"人的存在

---

① Lawrence Hyde, *The Prospects of Humanism*, pp. 95-111.
② Claes G. Ryn, *Will, Imagination and Reason: Irving Babbitt and the Problem of Reality*, Washington DC: Regnery Books, 1986, p. 40.

的一部分"(a part of man's being)。当一个人文主义者从非宗教层面(the non-religious plane)过渡到宗教层面的时候,事实上"这一更高的层面(即宗教层面)仍旧在人性的范围之内",因为,人并未被要求"走到自己之外"(go outside of himself),也并未引入任何"超人的"因素,同时"超自然"的因素早已存在,并开始在"人文主义"层面发挥作用。①

穆尔其实已经道出了白璧德与西方宗教传统进而是与整个文化传统大相径庭的东方式的,特别是中国式的"内在超越"的观点。穆尔的这段总结,妙在能从西方学者的立场窥见此意而代为道出白璧德宗教观的精髓。② 然而,这一观点对于其他西方学者而言却是难以理解的,正如劳伦斯·海德所说:"那种与善(the Good)内在同一(inward identification)的体验,只有真正的神秘主义者才能知晓,对于大多数人来说,这太微妙、太难以捉摸了,以至于是不真实的。"③海德将之归于"神秘主义",白璧德本人也曾称"内在制约"是一种不可言说的"神秘事物",那么白璧德的宗教观实际上陷入了一种不可讨论的境地,无怪乎在西方学者中间聚讼日久,随时间流逝积累了越来越丰富的阐释史,却难以一朝水落石出。

后世研究者或称白璧德的"人文主义"本身便是一种宗教④,或借用佛斯特的观点,称白璧德的"人文主义"为"宗教的代用品"(the religious alternative)⑤,或认为"人文主义"并非一种宗教,而是为"现代重获宗教与

---

① Paul Elmer More, *On Being Human*, pp. 36, 38-39.
② 穆尔除古希腊哲学之外,还精通梵文,对印度教(Hinduism)等神秘宗教哲学深有研究(不要忘记,白璧德在哈佛大学攻读东方学硕士学位时,导师兰曼开设的高级研修班仅有两名学生,另一人便是白璧德的终生挚友穆尔),这样的学历背景使他能够超越西方文化立场,理解白璧德宗教观的真义。
③ Lawrence Hyde, *The Prospects of Humanism*, 1931, p. 84.
④ Thomas R. Nevin, *Irving Babbitt: An Intellectual Study*, pp. 125-143; Stephen C. Brennan & Stephen R. Yarbrough, *Irving Babbitt*, pp. 129-133.
⑤ J. David Hoeveler, Jr., *The New Humanism: A Critique of Modern America, 1900-1940*, pp. 152-178.

伦理的真理铺平了道路"①。从时人众说纷纭的解读,到后世研究者各不相同的阐释,显示出白璧德学说具有一切伟大思想共有的一个特点,即宝贵的"包孕性"(suggestiveness),同时也令我们体会到阐释这类思想本身是多么困难的一件事情。

甚至人们津津乐道的穆尔那段关于"教堂"的权威回忆,不仅"津津乐道"本身可能掺杂了言说者特定的意图,就连穆尔的描述也可能掺杂了极具个人化的色彩:白璧德的"忘年交"、"新人文主义运动"另一主将乔治·埃里奥特对穆尔的描摹深觉纳罕,曾著文分析穆尔这一叙述背后的特殊心态。埃里奥特指出,"白穆"(B & M)之间在宗教问题上的分歧日显,由此逐渐将对方逼向了彼此的反面,穆尔所记述的白璧德对于"教堂"的不同寻常的反应,很可能是由于穆尔本人的激烈态度所引发,然而穆尔文中却不提此节,那么这段缺乏背景材料的回忆可能并不客观。②——看来问题之复杂超出了我们的想象。我们既不能简单接受现成的解释,也不能轻信任何权威的论断,而要深入探寻每一言论与行为产生的具体场景,通过分析每一处蛛丝马迹以求还原当时的历史图景,尽量接近历史的真实。不过,为了避免卷入纷繁复杂的历史情景的漩涡而不得要领,我们不妨当断则断,现在便回过头来,试行解答白璧德"人文主义"基本概念中所蕴含的疑问。

首先,"内在制约"是一个严格意义上的"人性的"概念。因为,实行制约的"更高自我"并非外在于人,而是人之自我的一部分,哪怕这一"自我"被赋予了"神性的"(divine)的谓词,也丝毫不能改变"更高自我"的

---

① Claes G. Ryn, *Will, Imagination and Reason: Irving Babbitt and the Problem of Reality*, pp. 37-42. 瑞恩在书中对艾略特的质疑加以批驳,认为艾略特"并未抓住白璧德'内在制约'论的意义",见 pp. 34-38。
② George Roy Elliott, "The Religious Dissension of Babbitt and More", *American Review*, Summer, 1937, vol. 9, no. 2, pp. 252-265.

"人文主义"的本质。因为,"神性"在此绝非宗教意义上的"超人的"的"神性",而是指一种"超自然"的,或曰"超越"(transcendental)的性质。对于白璧德来说,人文主义者过渡到"宗教层面",便实现了自我超越,或曰内在超越,从而达到了"人文主义"的最高境界。简而言之,依据白璧德的后期构想,自然主义—人文主义—宗教之"三个等级"的结构有一个总名,此即"人文主义"。换句话说,宗教与自然主义并非作为与"人文主义"并列的三者之一出现,而是各自代表了"人文主义"的一层境界,包含在"人文主义"之中。

由此,白璧德在早期著作中,一方面赋予"内在制约"最高位置,另一方面却颇具误导性地将"更高自我"与"上帝"等词汇相提并论,这些做法表明,此时白璧德的"人文主义"仍与宗教以及自然主义三分而立,尚处于汲取宗教"合理内核"的初级阶段,还未能"克化"宗教概念及其内涵。在白璧德中后期著作中,宗教成为存在的最高等级,"内在制约"概念反而与"上帝"等说法撇清了干系,作为纯粹的"伦理的"元素、人类经验的"共同核心"和"道德责任"出现,由此可见,至此白璧德的"人文主义"已将有关宗教的内容彻底"消化","宗教"得以作为纯粹的伦理因素成了存在的最高等级,或曰"人文主义"的最高境界。这时,问题已不在于白璧德"人文主义"的核心概念"内在制约"到底是"神性的"还是"人性的",而在于白璧德的"宗教"概念到底是"神性的"还是"人性的"了!白璧德反复强调宗教在现代已无法发挥效能,只有"人文主义"才是良方,我们切不可把这一意义上的宗教与白璧德"人文主义"框架下的"宗教"相混淆。至此,"存在的三个等级"概念中的疑团迎刃而解:"人文主义的"等级何以既能够"提升"至"宗教的"等级,也能够"降低"至"自然主义的"等级,这已然不成其为问题。

至于白璧德所持的"二元论",其实质是否为"超自然的",还需要解说一二。白璧德的"二元论",确实是"超自然的",不过,这并不是批评者们所谓的宗教神学意义上的"超自然主义",而是离开神学范围、存在于"人的内部"的,端赖于个人之"内在超越"的"超自然主义",与白璧德的批评者所指的具有"神学依据"的"超自然主义"同名而殊义。因此,当白璧德的"二元论"被描述为"超自然的",首先要辨析言说者对"超自然"的定义是怎样的,他们又是在什么样的语境下使用这个词语的。

现在我们已经对白璧德"人文主义"思想的核心概念与基本问题有了大致的了解,或可由此出发进入译文文本了。

第二章
"人文主义"译入中国：
《学衡》徐震堮译文研究

第一节 徐震堮、吴宓与《白璧德释人文主义》

一、出版时间问题

如本书引言表1"《学衡》白璧德思想译文一览表"所示，徐震堮译文《白璧德释人文主义》是全部译文中的第四篇，原文为白璧德《文学与美国的大学》一书第一章，题为《什么是人文主义？》(What's Humanism?)。该章目前已有三个译本，是白璧德在中国具有最多译本的一篇文章。《文学与美国的大学》是白璧德"人文主义"系列著作第一部，作者收录了1897—1908年间发表的论文列为第四至九章，并补写了第一、二、三章。吴宓在译文按语中未说明原文出版时间，该书于1908年出版，因此《白璧德释人文主义》的原文出版时间应为1908年。虽然该篇按语没有给出原作出版具体时间，但译文中"原序"末尾署有"一千九百零七年十二月"字样，读者仍可据此推知该书成书与出版的大致时段。

该篇译文登载于《学衡》第 34 期,据该期出版信息所示,出版时间为 1924 年 10 月。其实《学衡》第 34 期的出版可能要稍晚于这个时间。《吴宓自编年谱》(以下简称《自编年谱》)曾有记载:由于时间紧迫,早在 1924 年 7 月下旬,除本月应完成的第 32 期外,第 33、34 期《学衡》的统稿工作均已一并赶出,①不过,据吴宓 1924 年 10 月日记所述,《学衡》第 34 期杂志直至月底仍未见出版。②

《学衡》作为相对严谨的学刊,主编吴宓在每一篇译文前一般都加以按语,介绍原文作者、出处与原作出版时间,这为以后的研究提供了极大的方便。综观全部七篇白璧德思想译文,其出版时间与原作出版时间大都非常接近,几乎是即出即译:从原作出版,到译者加以选择、翻译,再到吴宓作为主编加以统稿、校改、撰写按语,直至译文最后出版,最快的只需一个月!③ 从内容上看,这些译文涉及"教育""民治""文化""诗之趋势"等当时热度正炽的话题,属于与现实紧密联系的"时文"。吴宓作为训练有素"报业"人士,④对文章的"即时性"相当敏感,亦有极高的要求。至

---

① 《吴宓自编年谱》,第 257—258 页。
② 见《吴宓日记》1924 年 10 月 22 日至 11 月 1 日日记。10 月 26 日吴宓记曰:"发出《学衡》36 期全稿。然 34 期多日不见出版,恐遂从此断绝矣。"在其后 11 月 1 日日记中,吴宓记述杂事若干,未提及本期杂志出版事。关于为何出版延期,一般认为是杂志承印方中华书局数次欲停办《学衡》所致,其中有出版经费不足等原因,吴宓曾为此多方奔走游说,见《吴宓日记》1924 年 7 月 28 日、7 月 30 日诸条。
③ 如《白璧德论今后诗之趋势》一文最早刊载于 1929 年 11 月 18 日第 97 期《大公报·文学副刊》,后转载于 1929 年 11 月第 72 期《学衡》,原文"Milton or Wordsworth?"(《弥尔顿还是华兹华斯?》)载《论坛》杂志(Forum)1929 年 10 月第 82 卷第 4 号。也就是说,原文在美国发表仅一个月,译文便已在中国出版,此为 20 世纪现代转型期的中国速度。
④ 吴宓在留美期间曾任"国防会"机关报《乾报》驻美分会编辑部长,对"报业"素有热忱及实战经验。见《吴宓日记》1919 年 6 月 16 日、6 月 19 日、6 月 30 日诸条。对于自己将来的事业规划,吴宓始终在"文学"与"报业"之间踌躇难决,见《吴宓日记》1919 年 11 月 13 日、11 月 30 日、12 月 2 日、12 月 29 日诸条。《学衡》恰可满足吴宓两方面的追求,在此他得到了同时发挥"文学"与"报业"才能的机会。

少在《学衡》前期编辑工作中,吴宓非常重视文章与"国事与时局"的相关性,①经常组织翻译这类文章作为"时文"推出,主要登载于《通论》这一"前沿快报"性质的栏目中。② 当读者看到这些译入的文章属于最新出版物,自然会产生这样的印象:借助《学衡》这一交流平台,西方学者直接参与到了中国当下进行的讨论中来。在那个空前"崇洋"的时代,西方人的意见具有相当的权威性,这也正是推出"时文"预期取得的效果。

与其他各篇译文相比,《白璧德释人文主义》一文的出版时间与原作出版时间间隔相对遥远。其实,该文从内容上看,涉及"人文"/"人道"之讨论,这本是"新文化运动"中一个非常重要的话题。白璧德这篇文章仿佛为当时的中国量身定做,极为对工,如果适当加以联系与发挥,完全可以在《学衡》中起到一锤定音的作用。但是,《学衡》编者却从未把该篇与当下的论争联系起来,译文按语中"发挥比证,当俟另篇"的承诺事实上也未兑现。可见,该篇即便可以起到"时文"的作用,也并不是作为"时文"引进的。吴宓在该篇按语中曾表明:"按本志於美国白璧德先生之学说,已屡有所称述。惟念零星介绍,辗转传说,未免失真,而不见其思想之统系条贯。故今决取白璧德先生所著各书,由徐君震堮依序译其全文,以谂读者,而先之以《文学与美国大学教育》*Literature and the American College*一书。"也就是说,编者选择翻译该篇不是出于即时论辩的目的,而是要原原本本地介绍白璧德的"人文主义"。既然该篇"即时性"不是非常突出,那么按语中原作出版时间也就不妨略去不表了。

---

① 见《吴宓自编年谱》1922 年 3 月记录(第 234 页):"编第五期,登入张其昀撰《论刘知几与章实斋之史学》长篇。宓始嫌其为考古述学之专著,无关国事与时局。(后来此类之稿多矣!)"由此可见吴宓最初对于《学衡》稿件的取舍意向。
② 关于《学衡》杂志《通论》与《述学》两大栏目在译介国外文化、学术、思想等方面的不同侧重与要求,参看本书附录"附表 3《学衡》杂志《通论》栏目译介人物列表"及"附表 4《学衡》杂志《述学》栏目译介人物列表"。

台湾学者李有成曾批评《学衡》在翻译白璧德著作方面"未竟其功"，表现有二：一为"流于零散"，一为"失之偏颇"。① 关于《学衡》译文选材是否"偏颇"还有待商榷；至于"零散"则是有目共睹。梅光迪在《学衡》1922年8月第8期登载的《现今西洋人文主义》一文中，曾表露过"统系介绍"白璧德思想的愿望，不过由于"原著繁多，翻译需时"，因此宁愿选择撰文介绍的形式。然而就在这篇《现今西洋人文主义》"第一章绪言"（原文小标题）发表之后，从此再无下文。吴宓也一直希望能将白璧德著作全部译出，曾在自己的译文《白璧德论民治与领袖》按语中这样预告下一篇译文（即徐震堮这篇译文）："本志以先生之学说，在今世为最精无上，而裨益吾国尤大。故决将其所著各书，悉行译出，按序登载。其《文学与美国大学教育》一书，已由徐震堮君译成数章，下期登出。"

徐震堮这篇译文，正是《学衡》试图"悉行译出"白璧德所著各书的第一篇译文。然而，此后由于《学衡》成员内部分歧等多种原因，吴宓的宏大计划未能实现，虽然此后《学衡》还译出了白璧德名著《民主与领袖》一书第五章"欧洲与亚洲"（Europe and Asia），但之所以翻译该篇，如吴宓在译文按语中所说——"与吾国及东洋关系尤切，故先取而译之"，仍是出于"即时"的考虑。从而徐震堮这篇译文不但是《学衡》白璧德系列著作译介计划中的第一篇译文，还是唯一一篇并非出于"即时"目的的译文，因此有着与其他译文不同的、较为单纯的译介动机。该篇译文在全部七篇译文中第四位发表，不过，鉴于其内容具有"总论"性质，为方便衔接本书第一章对于白璧德思想的论述，特此首先讨论徐震堮译文，其后依次讨论胡先骕、吴宓等人的译作。

---

① 李有成，《白璧德与中国》，第56—57页。

二、译文的双重作者

《学衡》成员①主要分三部分:第一部分为东南大学师生,第二部分为吴宓在清华学校读书时的同学以及在清华国学研究院、清华大学外文系执教时的同事与学生,第三部分为文化观念与《学衡》成员趋同的外围学人。其中东南大学师生构成了《学衡》的主体,起到了最为关键的作用。这部分成员又分两个层次,其一为东南大学教授群体,如刘伯明、梅光迪、胡先骕、吴宓、汤用彤、柳诒徵、李思纯等人,其二为东南大学优秀学生群体,包括吴宓培养的英语系——西洋文学系学生赵万里、浦江清、孙雨延、陆维钊等人,以及柳诒徵培养的文史专业学生缪凤林、景昌极、张其昀、王焕镳、向达、郑鹤声、徐震堮等人。

《学衡》可分为前后两期,②第一时期从 1922 年 1 月始,至东南大学衰落而《学衡》同人被迫离散时止,以刊号为期,记为 1926 年 12 月。③这一阶段以东南大学为中心,④以东南大学师生为主体。1927 年《学衡》停刊一年。第二时期自 1928 年 1 月《学衡》复刊至 1933 年 7 月停刊为

---

① 吴宓曾记录《学衡》同人第一次会议的情况:当时梅光迪宣布社员不必确定,凡有文章登载于《学衡》,即是社员,久不作文,则不复为社员云云,见《吴宓自编年谱》,第 229 页。因此凡是文章见载《学衡》者均为《学衡》成员,虽然这些作者可能并非"学衡派"人士,如清华国学研究院的王国维及《东北文化月报》编辑杨成能等。
② 有论者曾区分前期《学衡》为"学衡派"的《学衡》,至后期《学衡》杂志虽存,"学衡派"实已解散,而东南大学的兴衰与"学衡派"的存亡息息相关,后期的《学衡》事实上已成为吴宓的《学衡》,两个阶段的《学衡》在编辑、成员、内容与基本面貌等方面均发生了变化,见高恒文,《东南大学与"学衡派"》,广西师范大学出版社,2002 年,第 3—6 页。
③ 《学衡》杂志 1922 年 1 月至 1926 年 12 月,按月出版 1—60 期。
④ 东南大学自 1928 年改名为中央大学,实际自 1924 年下半年便已敗败衰落。吴宓 1924 年 7 月离开东南大学赴东北大学任教,很快又在 1925 年 1 月离开东北大学到清华大学国学研究院任职,所谓《学衡》前期"以东南大学为中心"云云,系笼统言之。

止,①该阶段以清华大学为中心,以东南大学与清华大学师生为主体。由于东南大学教授群体分崩离析,经历如刘伯明去世,梅光迪与吴宓产生矛盾而宣布脱离《学衡》,以及后来胡先骕与吴宓产生分歧而彼此疏远等事件,东南大学"学生辈"成员的一贯参与便显得格外突出。

这些"学生辈"成员后来大多成长为知名学者,是自始至终支持《学衡》的中坚力量,功不可没。其中徐震堮在《学衡》杂志共发表了六篇文章,据台湾学者沈松侨列出的"《学衡》主要作者出身背景及作品篇数表",在《学衡》杂志发表文章超过三篇的有二十三人,按照发表篇数排序,徐震堮位列第十四,若单以篇数论,尚排在梅光迪(五篇)之前。② 在其他关于《学衡》作者/篇目的统计中,徐震堮作为"撰稿较多者",亦被视作《学衡》"主要作者"之一。③ 但我们要着重指出,徐震堮发表的六篇文章均系译文,除白璧德译文外,还有美国当代画家及美术批评家柯克斯(Kenyon Cox,1859—1919)译文三篇(载《通论》栏目),以及法国著名文学评论家圣伯甫(Sainte-Beuve,1804—1869)译文两篇(载《述学》栏目)。这些译文集中出现在1923年6月—1924年10月间,此外,徐震堮并无一篇专论或述评性质的文章。该篇是徐震堮最后一篇译文,此后他再未向《学衡》供稿。也就是说,徐震堮在《学衡》中是以译者的身份出现,而不是作为作者或具有独立学术个性的学者登台亮相的。

徐震堮(1901—1986)是南京高师—东南大学改制过程中毕业的国文系学生。1921年东南大学在南京高师的基础上建校,最初两年还处在过

---

① 1928年1月至1929年11月《学衡》以双月刊形式出版第61—72期;1930年停刊一年;1931年1月至5月,以双月刊形式出版第73—75期;1932年5月与12月出版第76、77期;1933年5月与7月出版第78、79期后永久停刊。
② 沈松侨,《学衡派与五四时期的反新文化运动》,台北台湾大学出版委员会,1984年,第77—80页。
③ 郑师渠,《在欧化与国粹之间——学衡派文化思想研究》,北京师范大学出版社,2001年,第65页。该页表格列出了主要作者二十一名,徐震堮位列第二十。

渡阶段,而南京高师的历史直到1923年才结束,实际上与东南大学并存了两年。① 吴宓曾在《自编年谱》中记载,南京高师国文系四年级学生十余人,经柳诒徵"多年之培植","为最优秀之一班"(下注一行小字"空前而绝后"),班内学生有缪凤林、景昌极、张其昀、王焕镳、徐震堮、束世澂等人。②

徐震堮毕业于1923年,他为《学衡》供稿期间(1923年6月—1924年10月)还是一名初出茅庐的大学生。吴宓将白璧德名作交给徐震堮来翻译,这本身就是对他的极大肯定,但无论如何,他仍只是刚刚毕业一年的青年学人而已。

曾有研究者统计《学衡》作者背景,认为他们以归国留学生为主,并在主要作者列表中注明徐震堮学历为"留学"。③ 但实际上徐为《学衡》供稿期间刚从东南大学毕业,其时任教松江女中,并未出国留学,因此有效学历应作"南京高师—东南大学毕业"。如果徐在1923年6月—1924年10月集中为《学衡》供稿过后,果然有过留学经历,则已与《学衡》无涉,不能算作《学衡》"归国留学生"作者之一。

据吴宓所说,徐震堮属于"最优秀一班"中的佼佼者,不过,他并没有像缪凤林与景昌极那样,还未毕业便崭露头角:缪凤林于1922年2月在《学衡》发表了《四书所启示之人生观》,立足儒家经典批判"西洋流行思

---

① 《中华民国史事纪要》(民国十年一至六月卷,中华民国史事纪要编辑委员会编,中华民国史料研究中心印行,1979年)"十年三月二十八日"条记载:1920年10月,南京高等师范学校(简称南京高师)校务会议决议筹备改制为国立大学,11月,经北京政府国务会议通过,正式改制为国立东南大学,12月,该校开始筹备,1921年3月28日,北京政府教育部聘蔡元培、蒋梦麟等十五人为国立东南大学校董。相关讨论详见高恒文,《东南大学与"学衡派"》,第12—26页。
② 《吴宓自编年谱》,第223—224页。记录时间为1921年9月底东南大学开学后,其中包括徐震堮同班同学缪凤林与景昌极二人1922年毕业后的去向。但徐震堮、缪凤林等人毕业于1923年,吴宓记忆似有误。
③ 郑师渠,《在欧化与国粹之间——学衡派文化思想研究》,第65—66页。

想之趋势"(包括"人道主义"和"个人主义"),由此表明了自己的"人生观",立意犹早于"科玄之争"(即"科学与人生观之争",1923)中关于"人生观"问题的大讨论。① 此后缪凤林发表了二十余篇论文与译文,按发表篇数论,列为《学衡》主要作者第五位。景昌极则在1922年6月在《学衡》发表了《论学生拥护宗教之必要》一文,以在读学生身份加入了当时关于"宗教问题"的大讨论,是《学衡》同人中唯一主动参与到这场重要论争中的成员。这篇文章非常重要,可以说代表了《学衡》就"宗教问题"发出了自己的声音。② 此后景昌极也发表了二十余篇论文与译文,排在《学衡》主要作者第三位! 除缪、景二位之外,张其昀也早在1922年5月便发表了《刘知几与章实斋之史学》这样的重头文章,并在1925年第41期《学衡》上发表了《中国与中道》,且因这篇文章被吴宓称许为中国"研究中庸学说"的两大"主要权威"之一。③ 王焕镳也在1922年8月在《学衡》发表了高质量的专论《论周代婚制》。束世澂没有在《学衡》刊登文章。由此看来,吴宓在《自编年谱》中缪、景、张、王、徐、束的排列,多少暗示了当时吴宓对这几名学生的评价。

吴宓在同一段文字中说,在"最优秀之一班"里的这六个学生中,又以缪、景二人"尤为杰出",并对二人多有介绍。关于徐震堮,吴宓下注一行小字曰:"字声越,浙江省嘉善县人。能译英文、法文、意大利文之文学书

---

① "科玄之争"由张君劢论《人生观》的文章引起,该文作于1923年2月14日,原载《清华周刊》第272期。
② 据《吴宓自编年谱》(第234页)所记,1922年4月"编第6期。当时,讨论'宗教问题',在国内学术、文化界甚嚣尘上。《学衡》幸得景昌极君撰文一篇",旁注小字一行曰"主张须有宗教",同时还"转录"了上海《中华新报》主笔张季鸾一文,始觉"可以应景"。从"幸得"二字看来,吴宓非常愿意就这一问题加以讨论,不过,或许是出于人力不足或组织不力等原因,主编吴宓稿件匮乏,全靠了学生的支持,才勉强做到"应景"。
③ 吴宓,《文学与人生》,第368页。另一"主要权威"为柳诒徵,吴宓推荐其代表性著作为《中国文化史》。张其昀是柳诒徵"培植"的学生,他发表《中国与中道》一文时刚刚毕业两年。

籍。"可见,在吴宓眼中,徐震堮的特长在于"能译"多国文学,这作为值得一提的一笔,特别记录于此。值得注意的是,同条景昌极名下,记有"1949犹在武汉大学"字样,并记景昌极"最后著成《哲学通论》一书",下注小字"宓今存",这表明吴宓一直关注着这些优秀学生的前途下落,凡是重要信息均会补记于此,但他对徐震堮的记录与评价则保持一贯。①

徐震堮1923年毕业后,任教于松江女中,1939年赴浙江大学任教,1952年转入上海华东师范大学,任中文系教授,后又任华东师大古籍研究所所长,国务院古籍整理出版规划小组成员。徐震堮最有影响的著作有:

1948年,《唐诗宋词选》,徐震堮选编,南京:正中书局。

1955年,《汉魏六朝小说选》,徐震堮选注,上海:古典文学出版社。

1958年,《敦煌变文集校记补正》及《再补》,载《华东师范大学学报》1958年第1期、第2期。

1984年,《世说新语校笺》,徐震堮著,北京:中华书局。

此外,徐震堮还是一位优秀的词人,著有《梦松风阁诗文集》,由华东师范大学出版社于1991年出版。

我们看到,徐震堮最有影响的著作是在1948年以后才出现的;作为国文系柳诒徵教授的高足,他的学术兴趣最终还是着落在了古籍整理与研究方面。这些成就至今在相关领域发挥着很大的影响,但不可否认,至少在为《学衡》供稿时期,徐震堮尚未具备独立的学术品格。当时有关徐震堮的情况,除吴宓在年谱和日记中有所记录外,很少为人所述及,相关信息的缺乏正可佐证上述判断。

总而言之,我们很难把握徐震堮当时的思想倾向与立场,在试图分析其译介策略时似乎无从借力。徐震堮作为译者,其主体性相对模糊,就连

---

① 《吴宓自编年谱》作于1964年10月以后(见吴学昭"后记",第261页),其中所记均为1964年后追忆的内容。

译文的选择也并非出自译者,而直接体现为主编吴宓的意志,这就是我们在《学衡》白璧德思想译文研究中遇到的第一位译者。

在译者徐震堮的背后,编者吴宓巍然而立。吴宓本是徐震堮师长辈的学人,又是《学衡》杂志主编,关乎白璧德思想译介,吴宓更是具有十足的权威地位:首先,该篇译文出自吴宓的整体规划,尽管计划本身未能实现;其次,在整篇译文中,主编吴宓无处不在,撰写按语,进行增删,并加入了大量的注解。

吴宓日记中记载,当日"删润《学衡》稿件。已毕徐震堮君之《白璧德释人文主义》译稿。乃校阅陈钧君之《查德希传》译稿,各需五六日而毕"①。虽然只有寥寥数语,却说明了几个问题:第一,作为杂志主编,吴宓有权删改稿件,并对徐震堮的译文行使了这一职权;第二,从"各需五六日而毕"看来,吴宓所做的绝非一般稿件审阅工作。原文不过六千余字,译文(包括正文、按语与注脚)总共万余字(10,500),吴宓要花去五六天的时间,一天不到两千字的速度,只能是在逐字校对。如此"删润"后的稿件,应该与原貌有不小的出入。吴宓大力修改学生译稿,一方面是出于对稿件品质的负责,另一方面也是在着意栽培这些大有前途的学生,只不过作为后世研究者的我们,已无从知道这些"删润"的内容了。

吴宓还在译文中加入了大量的注解。译文中的注解,特别是涉及重要概念的注解,并非文本之外无关紧要的"附件",而是关系到人们理解与接受的关键材料。它们紧密编织在文本之内,构成了文本本身的一部分。如《白璧德释人文主义》第一次出现"自然主义"一词时,其后附注"即重物主义";隔行出现"自然"一词,其后附注"即物性"。我们未见任何材料可证明徐震堮持类似的理解,倒是吴宓经常在自己的译文中将"自然"一

---

① 《吴宓日记》(II),1924 年 8 月 24 日,第 279 页。

词释为"物质",注明"自然主义""即物性主义","自然派""即物性主义","自然界""即物界",等等;①并在《学衡》其他文章中屡屡使用"重物"等说法,虽然文中并未标出 naturalism 等字样,但从文意看来,吴宓心中所指的正是这个概念。② 这种"自然=物"或"自然≈物"的独特理解乃是吴宓的一贯认识,至于这种理解在多大程度上符合或"背离"白璧德的"原义",则是另外一回事了。由此看来,上述徐震堮译文这一关键概念注解(不同于对一般人名地名的技术性注释)基本可断定出自吴宓之手。除这一典型例证之外,还有大量例证表明吴宓曾为《学衡》多篇译文撰写注解,后文将根据需要加以说明。

    结合以上因素,徐震堮这篇译文实际上成了译者与编者二人合作的产物,即徐震堮与吴宓共同决定、塑造了这篇译文。吴宓通过他的"删润",把自己对于白璧德"人文主义"的理解加入其中,把自己的学术个性渗透到了整个译文中。虽然难以清晰划定吴宓在多大程度上左右了译文的内容与品质,我们却常常能从字里行间细微处嗅出吴宓的味道,这时刻提醒着读者译文背后编者的存在。吴宓本人对此不但心知肚明,而且持当仁不让的态度:他在 1925 年 8 月 2 日写给白璧德的信中说,所有关于白璧德作品的译文都是自己"极其小心谨慎并尽量精确地翻译的","甚至那些由其他译者署名的译文,实际上是在我的指导下工作并经我自己全部校订,故可实际认为我做的工作(例如,刊于《学衡》第 34 期的《文学与美国大学教育》第一章)"。③ 因此,关于该篇译文,我们不能单纯从译者

---

① 见吴宓译文《白璧德之人文主义》,第 4、15 页;《白璧德论民治与领袖》,第 8 页;《白璧德论欧亚两洲文化》,第 20 页;等等。
② 见 1926 年 8 月第 56 期《学衡》吴宓《论事之标准》一文中"西洋上古希腊罗马为偏重人之时,中世为偏重天之时,近世自文艺复兴以迄今日则为偏重物之时"等说法。
③ 《欧文·白璧德与吴宓的六封通信》,吴学昭译解,载乐黛云主编,《跨文化对话》第 10 辑,上海文化出版社,2002 年 10 月,第 160 页。

的技术手段等方面作解,还要充分意识到编者吴宓的主导地位。

笔者最初对照原文校看徐震堮译文的时候,曾对译文的精准程度大感惊讶。在"译述"之风甚为普遍的"新文化运动"时期,徐译能做到如此精细、准确,原因大致有三:第一,徐震堮从学吴宓,有着良好的外文功底,此为东南大学优质教育的结果。① 第二,吴宓曾大力校改译文,这篇译文实则体现了主编的水准。第三,我们要特别注意"白璧德"这几个字对于《学衡》的意义。② 在《学衡》各期文前插画中,登有孔子、苏格拉底、释迦牟尼、耶稣基督、白璧德及古今中外文学大家、艺术巨匠的画像。在第19期《学衡》插画白璧德画像下,还额外登有一张建筑物的图片,题曰"美国哈佛大学西华堂 Sever Hall(Harvard University)白璧德先生讲学处",俨然是"夫子讲经处"的题照,这可是其他人均未享受到的殊荣,白璧德在《学衡》的尊崇地位由此可见一斑。《学衡》作为学刊,本就对重要文章的翻译持谨严态度,对于译介白璧德思想更是如履如临,谨慎得无以复加。白璧德的"人文主义"思想作为"本体有正当之价值"且"适用于吾国"的"西洋真文化之代表"(语见梅光迪《现今西洋人文主义》),在《学衡》中几乎享有"经"的地位,这样说并不为过。因此,从译者、编者的主观意愿而言,该篇译文应该完全"可信"。

但是,当笔者精读毕白璧德系列著作之后,再回头逐字推敲这篇译文,却发现虽然译者能力过人,编者亦曾大力修改,特别是吴宓从内心信

---

① 《吴宓诗集》(吴学昭整理,商务印书馆,2004年,第14页)诗文前载有吴宓师友门人"序跋"若干,其中徐震堮所作《论欧游杂诗注》一文中径称吴宓为"吾师",二人显有师承关系。吴宓在东南大学开设了大量精品课程,其中包括为国文系四年级开设的选修课程,吴宓自云"本学年所教之英语系二年级、国文系四年级,又适为东南大学前后多年最优秀之两班学生",以下特别介绍了国文系四年级学生缪、景、张、王、徐、束等人,可见徐震堮选修过吴宓这门课程,见《吴宓自编年谱》,第221—223页。
② 关于白璧德思想译介文章在《学衡》杂志中所占比重,参看本书"附录"之"附表2"与"附表3"。

服白璧德学说,不会亦不必有意改动原文,然而,就在这样一种理想状态下,"精准"的译文还是出现了一些复杂而微妙的问题。本来这篇译文的目的是要使"失真"的白璧德著作见出"思想之统系条贯",然而吴宓却不免在润色译文的过程中羼入了自己的理解,并对这些"无心之失"缺乏自觉,从而这些问题便显得分外曲折隐蔽,也更加有趣了。此前我们曾介绍了白璧德"人文主义"思想的基本观点,现在便进入译文文本,对其中的问题一探究竟。

第二节 译文文本研究

一、译文"勘误"

无论多么高明的译者,翻译过程中也可能会出现"技术变形"。如下表所示,徐震堮译文较为明显的"失误"大概有五处。这些问题的产生是出于译者的疏忽,还是另有原因?以下试一一分说之。

表3 《学衡》徐震堮译文勘误表

	原文及所在页码	译文及所在页码	参考释义
1	litterae humaniores humane letters(p. 9)	/(第7页)	更为人文的文学 人文的文学
2	languages(p. 13)	文学(第10页)	语言
3	... instead of the expansive Rabelais we have the exclusive Malherbe... (p. 17)	遂至摒弃一切之马拉伯去,而自由放博之拉白雷来(第11页)	孤傲的马莱伯取代了博放的拉伯雷

续表

	原文及所在页码	译文及所在页码	参考释义
4	Protagoras(P. 26)	比塔果拉(今译名为毕达哥拉斯)(第16页)	普罗泰戈拉
5	facts(p. 29)	物质(第18页)	事实

1. 漏译 litterae humaniores 与 humane letters

漏译本应属于明显的技术问题。该词组所在文句为"... the Latin litterae humaniores is a happier phrase than our English 'humane letters', because of the greater emphasis the Latin comparative puts on the need of selection",意为：litterae humaniores 这个拉丁词组的比较级形式，更强调了选择的作用，因此要比英文 humane letters 更为恰切。

litterae 一词与 letters 对应，系复数形式，意为"文学"；humaniores 是 humanus 一词的比较级形式，humanus 为形容词，意为"人的""人性的""文雅的"等等，humaniores 则表示"更加人性化的"等意思。humanus 一词既是 humanistic(人文的)的词根，又是 humanitarian(人道的)的词根，白璧德以 humane letters 释 litterae humaniores，那么他心目中 humanus 一词的对应词便是 humane，litterae humaniores 的英文释义即是 more humane literature。同样地，humane 一词既有"人文"义，又有"人道"义，根据 humane 一词的习惯用法，作为人或物的限定词，多指"仁慈""人道"，当修饰 education、studies、learning 等词时，则意指"人文"，所以当这个词与 letters 匹配时，显呈"人文"义。我们知道，根据白璧德态度鲜明的"人文主义"观念，"人文""人道"二义彼此对立，高下有别，白璧德使用 litterae humaniores 这一词组，当然不会是由于它表示"更加人道"，因此 litterae humaniores 应指"更加人文的文学"，以区别于"人道主义文学"这种不够那么"人文"的文学。

问题是,"人文的文学"这种说法对于中国人而言实在有些拗口,遑论还有"更加人文的文学"。这篇文章的两个当代译本均未给出 litterae humaniores 的译法,至于 humane letters,前者译为"人文科学",与原义不符,须知白璧德对"科学"素持批判态度,不会将"人文"归于"科学"目下,①后者译为"人文学",此系模糊言之,同样未见其妙。② 从这几种尴尬的译法,可以想见译者捉襟见肘的窘状,这可能就是徐震堮与吴宓对原文索性存而不译的原因?

2. languages 之误译

该词所在文句为"... a man was called a humanist from the mere fact of having received an initiation into the ancient languages, even though he had little or nothing of the doctrine and discipline that the term should imply",意为:一个人被称为人文主义者,往往不过是因为他对古代的语言(languages)入了门,尽管他本身可能根本不具备这个词本应蕴含的信条与规训之义。

---

① 白璧德认为"现代"的主要弊病便是物质与精神进步的二律背反,现代的物质进步主要是拜现代科学所赐,现代违反人文主义规范的主要潮流——人道主义——即是由"科学人道主义"与"情感人道主义"合流而成。见 Irving Babbitt, *Literature and the American College*, pp. 32-71。从而,在白璧德"存在的三个等级"中,科学只能与"自然"或"自然主义"同列,它"不能取代人文主义与宗教的位置",而只能处于低于这二者的"适当位置"(its proper place)。见 Irving Babbitt, *Rousseau and Romanticism*, p. 343, p. 383。注意白璧德所批判的"科学"乃是"唯科学主义"(scientism)思潮的产物,他并不否认存在"真正的科学"(genuine science),相比"自然科学"(physical science)只是第二位的,他强调科学一定要与"功利主义"(utilitarianism)相分离,并举例说,从这个意义上讲,亚里士多德即是一位真正的科学人士(a true man of science)。见 Irving Babbitt, *Democracy and Leadership*, pp. 258-259。由此看来,白璧德似乎在暗示,那种高于"自然科学"的"真科学"便是"人文科学"。但白璧德从未使用过"人文科学"这种说法,humane letters 也确无"科学"之含义,至少事关白璧德学说,不宜将"人文"与"科学"并举。

② 见王琛,《什么是人文主义?》,载《人文主义:全盘反思》,2003 年;张源,《什么是人文主义?》,载《文学与美国的大学》,2004 年。《文学与美国的大学》修订版增补了相关译法,见《白璧德文集》(九卷本),张源主编,商务印书馆"大师文集系列",将于 2022—2023 年分卷推出。

徐震堮将语言(languages)译作了"文学",绝非译错一字这么简单,而实是一个很大的疏忽。白璧德毕生提倡"自由教育",对于现代教育制度培养出来的所谓"专家"(specialist)深恶痛绝,①而他专门攻击的一类专家便是"文献学家"(philologist)。早在《文学与美国的大学》(1908)一书中,白璧德已对"文献学家"等专家毫不容情地提出了批判:单凭某人在语言学或文学史方面作过一些琐细的研究,就认为他有资格担任某一学科的大学教职是非常荒谬的,他们自己感觉不到亦无法使他人感觉到真正的艺术与文学和人类整体生死攸关,人类文字的深层意义是为人类的更高用途服务的。② 在白璧德看来,一个学者如果陷入了文字的琐细研究而忽略了文字与人生相联系的深层含义,这无异于丢失了人文研究的真精神。"一个人被称为人文主义者,往往不过是因为他对古代的语言入了门,而他本身却可能根本不具备这个词本应蕴含的信条与规训之义",这显然是典型的白璧德式的批判话语。白璧德又说,"就在不久以前,一个人单凭编辑某本拉丁希腊文著作外带主要译自德文本的注释就可以赢得古典学者的美名"③,这简直与上一句话互为注脚。须知白璧德本人除精通法语、德语、西班牙语、意大利语等欧洲现代语言外,还通晓古希腊语、拉丁语、梵文、巴利文等古典语言,他是完全有资格对专注文字研究而不及其他的"文献学家"提出这种批评的。事实上,白璧德不但在学理上与当时的文献学家不相认同,在现实中也与他们发生了令人不快的纠葛:出于对

---

① 除散见于白璧德著述各处的对"专家"的批判外,比较集中的讨论见其《人文主义者与专家》(Humanist and Specialist)一文,此文原系 1926 年 10 月大学演讲,载 *Brown University Papers*, III, Providence,后收录于 *Spanish Character and Other Essays*。
② Irving Babbitt, *Literature and the American College*, pp. 108-115.
③ Ibid, p. 90. 不知白璧德指的是哪位学者,或为其哈佛大学同事。白璧德该文原载于 1906 年 9 月 20 日第 83 期《国家》(*Nation*),从"就在不久以前"来看,白璧德提及的这位学者系于 1906 年 9 月之前完成了某部古典注疏作品,而这其实是古典学领域的正宗做法。

古典文学的热爱,以及对现代教育体系下语言文学系偏重文献学、语言学的反感,白璧德自1894年任教哈佛后便不遗余力地著文批判上述倾向,[①]当时白璧德所在的哈佛法语系以系主任Ferdinand Bôcher为代表的三大元老(另外两位是Philippe Belknap Marcou及Frederick Caesar de Sumichrast)都是文献学家,对白璧德提倡的文学研究显然全无同情,当时在哈佛乃至美国整体教育政策的影响下,法语系的教学研究重心一再向语言学、文献学倾斜,白璧德作为一个资历尚浅的青年教师,对这个"文献学辛迪加"(philological syndicate)大加批判,这种"伤众"的行为只会导致法语系大多数同事感觉受到了侵犯。于是在他任教三年(即1897年)之后,法语系只与他续约了一年的合同,他因此随时面临着失业的危险。幸亏1896年他在拉德克利夫学院(the Radcliffe college)授课时,得到了另一位文献学家Charles H. Grandgent(1862—1939,此即《学衡》屡次译介并大加推许的"与白璧德先生等所主张者相合""亦奉行人文主义"的葛兰坚教授)的赏识,才在后者的帮助下得到了哈佛法语系的认可,得以在1900年开设一再被否决的文学批评高级课程。[②]白璧德对古典文学一往情深,希望通过在语言文学系提倡修习古典,使人明了"文学研究"的真义,并恢复文学在文学系中应有的地位。在他看来,文献学关乎"物律",而文学与"人律"相关,作为一种"教化工具"(instruments of culture),是为"人类的更高用途"(the higher uses of man)服务的,[③]那么,白璧德批评的是掌握了

[①] 白璧德早在1897年3月发表的《合理的古典研究》(The Rational Study of the Classics)一文,其批判便可谓辛辣透骨。该文原载 *Atlantic Monthly*,后收入《文学与美国的大学》一书,列为第六章。白璧德在该文标题下自加注解曰:"不妨指出本篇写作于1896年,与本书中其他文章的写作年代相距六到十一年不等,其中谈到的某些情形已经发生了一些变化。"——这番表态与当年作文时相比,似乎少了一些火气,但从作者并不打算根据这些"变化"修正旧文的做法看来(该书"Preface",p. vii),白氏又似乎未改当年之初衷。
[②] Stephen C. Brennan & Stephen R. Yarbrough, *Irving Babbitt*, pp. 20-22.
[③] Irving Babbitt, *Literature and the American College*, pp. 113, 115, 121.

"古代文学"的人,还是掌握了"古代语言"的人,便再明白不过了。徐震堮这一处误译应出于对白璧德学说背景还不够熟稔,以及吴宓校对一时失察,至少笔者目前还想不出其他原因。

3. 语法问题

该句所在文段意为:文艺复兴后期的主要趋势远离了那种欣赏自由扩张的人文主义,转向了具有最高程度的规训与选择的人文主义。这种严格挑选的精神日益广泛流行,直至博放的拉伯雷(... instead of the expansive Rabelais)为孤傲的马莱伯(we have the exclusive Malherbe...)所取代。徐译"遂至摒弃一切之马拉伯去,而自由博放之拉白雷来"与原意恰好颠倒。白璧德曾以文艺复兴运动从前期的"博放"到后期的"精约"之不同时代精神的转化为典型例证来说明其历史观,徐震堮对此似乎并无领会;且一个明显的事实是,拉伯雷(徐译"拉白雷")的生卒年代为"1483?—1553",而马莱伯(徐译"马拉伯")的生卒年代为"1555—1628","拉白雷"自然不可能在"马拉伯""去"后而"来",因此译文显然是在语法拆解上出了纰漏。

4. 关于 Protagoras

该词所在文句意为:实用主义者所谓的人文主义,其实就是某种普罗泰戈拉式的"理性印象主义"(the intellectual impressionism of a Protagoras),他们和古代的智者一样,往往会超越核心准则的管束,把个人的思想与感觉作为衡量一切事物的尺度。

译者此处的疏忽更为明显,虽然文中已有"古代的智者"这样的提示字眼,徐震堮仍将 Protagoras(今译普罗泰戈拉,481—411 B.C.,古希腊哲学家,智者派代表人物)译作了"比塔果拉"(即 Pythagoras,今译毕达哥拉斯,580?—500? B.C.,古希腊哲学家,数学家,毕达哥拉斯教团创始人,以数为万物的本原),并加以注释曰"Pythagoras,481—411B.C.,希腊诡辩派之第一人"。后文"比塔果拉"再次出现:"然而日月星辰,并有其前定之轨道,比塔果拉氏之徒所谓不敢逾越定数(transgress their numbers)者也。"以数为世界本质,这才是真的"比塔果拉",至此译者仍未发现前面的疏漏。不过,与这点疏漏相比,徐氏译文"比塔果拉氏之徒所谓不敢逾越定数者也"把 numbers 译作"定数"这种本土化的手法更值得我们关注,后文将专门讨论此类问题。

5. facts 的译法

原文句意为:人们在掌握事实(facts)方面取得了极大的进步,然而同时却不免沉溺到了这些纷繁的事实当中,以至于丧失了对"一"的期待与想象,而正是"一"曾经威慑并限制了人的低级自我(lower self)。徐震堮译文为:"人类操纵物质,所得甚多,然一方则沉溺于'多'之中,而约束威服其卑下之心性之'一'遂失矣。"将事实(facts)译作"物质",这种简单的错误似出于"无心之失",然而细究起来,却可能有多方面的原因。

首先,我们知道,白璧德对现代的批判主要集中在"物律"兴而"人律"失这种二律背反的时代境遇之上,在其著作中存在着大量对人性之"物质"倾向的批判,如"这个刚刚结束的时代的显著谬误便是将道德进步与机械和物质进步混为一谈"[1]等论断随处可见。在 facts 所在文句之后,白璧德引用了爱默生的诗句,以说明"人律"与"物律"彼此分立、无法调和的状态,紧接着在下一段论述中再次引用爱默生的名言"Things are in the saddle, / And ride mankind"("物据鞍,人为骑"——徐震堮译文)来说明问题,可见白璧德确实将人"掌握事实""取得了极大的进步"看作"物律"泛滥的表现。由此看来,徐震堮似乎反倒是出于对白璧德学说的

---

[1] Irving Babbitt, *Democracy and Leadership*, p.135.

了解，顺手将 facts 译作了物质。

问题是，我们注意到《学衡》在宣传白璧德思想时，经常反复强调其学说的特点之一，即为"重事实"，以《白璧德中西人文教育谈》一文吴宓按语为例，这是《学衡》杂志集中介绍白璧德思想的一段文字，非常重要，且涵意浑整，难以句摘，故大幅抄录于下（着重号为笔者所加）：

> 今当研究人事之律，以治人事，然亦当力求精确，如彼科学家之於物质然。如何而可以精确乎？曰：绝去感情之浮说、虚词之诡辩，而本经验、重事实，以察人事，而定为人之道。不必复古，而当求真正之新，不必谨守成说，恪遵前例，但当问吾说之是否合於经验及事实。不必强立宗教，以为统一归纳之术，但当使凡人皆知为人之正道。仍可行个人主义，但当纠正之、改良之，使其完美无疵。此所谓对症施药，因势利导之也。今将由何处而可得此为人之正道乎？曰：宜博采东西，并览今古，然后折衷而归一之。夫西方有柏拉图亚里士多德，东方有释迦及孔子，皆最精於为人之正道，而其说又在在不谋而合。且此数贤者，皆本经验、重事实，其说至精确，平正而通达。今宜取之而加以变化，施之於今日，用作生人之模范。人皆知所以为人，则物质之弊消，诡辩之事绝，宗教道德之名义虽亡，而功用长在，形式虽破，而精神犹存。此即所谓最精确、最详赡、最新颖之人文主义也。人文教育，即教人以所以为人之道，与纯教物质之律者，相对而言。白璧德先生之说，既不拘囿於一国一时，尤不凭借古人，归附宗教，而以理智为本，重事实、明经验，此其所以可贵。故有心人闻先生之说者，莫不心悦而诚服也。

我们看到，仅这一段文字中，吴宓对白璧德学说"重事实"的特质致意再三,足见其重要程度。事实上,"重事实"与"本经验"几乎已经并列成为描述白璧德学说的一组套话,甚至当我们看到《学衡》介绍某些学者学说时使用了"重事实""本经验"这类表述,便可推知这些学者对白璧德必有认同之处。如吴宓在《葛兰坚论新》(载 1922 年 6 月第 6 期《学衡》)一文按语中曾云(着重号为笔者所加):"葛兰坚先生亦奉行人文主义者也,其言博通明达,平和中正,本经验、重事实,进道义而黜功利,辟诡辩而节感情。与白璧德先生等所主张者相合,皆可为淑世之先导者也。"

《学衡》反复强调白璧德学说"重事实",这与白璧德此处对于"事实"的批判似乎相矛盾,或许徐震堮未将 facts 一词译出,还有这一层原因。其实,如果徐震堮对白璧德的学说足够熟稔,就应了解白璧德在这里使用的"事实"一词所指为何。在白璧德看来,"事实"分为两种——这秉承了白璧德学说一贯的"二元论"思路:一种是与"物律"相应之"事实",对这种"事实"掌握过多,人则不免会"沉溺于'多'之中",换言之,人会沉溺在"自然"层面所呈现出的变幻万千的现象中无法自拔,徐震堮遇到的 facts,指的便是这种"事实"。另一种"事实"系"心理事实"(psychological fact)或"经验事实"(fact of experience),"心理"或"经验"只能根植于人自身,这种"事实"与"人律"相应,只有强调这种"事实"的首要地位,才能保卫人的"意志自由"(freedom of the will),个人才能行使"制约的原理"(the principle of control),由此个人的"道德自由"(moral freedom)才能得以保障,人才能够用恒久的"一"的法则提挈大千世界的种种现象。[①] 这种"经验的"或"心理的事实"才是白璧德所推重的事实,《学衡》杂志宣扬白璧德学说"重事实",所指的正是此种"事实"。

白璧德并未在自己的著述中专门就此作出明确区分,但我们仍可在

---

① Irving Babbitt, "The Critic and American Life", *On Being Creative and Other Essays*, pp. 213-216.

字里行间看出二者的差异:当"事实"作第一义(与"人律"和"一"的概念相联系),往往呈单数形式(fact),为第二义(与"物律"和"多"的概念相联系),则常常以复数形式出之(facts)。只不过这两种"事实"的中译词形并无差别,因此极易产生混淆。不过,吴宓深谙白璧德学说之隐曲,对这一区分显然心中有数,就此我们可以给出几个有趣的例证。如第 19 期《学衡》译文《白璧德之人文主义》中,作者马西尔总结白璧德《文学与美国的大学》一书,论及白璧德对于当时博士制度的看法时说(译者吴宓,着重号系笔者所加):"白璧德谓今所行之制,按其实际,则彼求博士者,不行其所当务,不以熟读精思之工夫,与人类思想之精华,古今文章之杰作相接触,相亲近,理会而受用之,而乃专务搜求琐屑隐僻,无与人事之事实,纂辑以成论文,借获虚衔,其数年之光阴全为枉废。"对应于译文"琐屑隐僻""无与人事之事实",原文为 petit fait plus ou moins inconnu,① 意为"多少有些不为人所知的琐细事实",其中 petit 与"琐屑"大致可对应,plus ou moins inconnu 可与"隐僻"对应,"无与人事"则属于翻译过程中增添的解释成分。由此可以看出,吴宓非常熟悉白璧德的术语分类,生怕读者不能领会白璧德的两种"事实"之分,才会去特别强调这些"琐屑隐僻"的"事实"乃是与"无与人事之事实"。

吴宓增译的例子不止一条。另见第 32 期《学衡》译文《白璧德论民治与领袖》(译者吴宓,着重号系笔者所加):"惟若以物质之律概括人性之全体,则谬误实甚。盖如此,则不惟无外铄之道德(即身外之制裁),且并人切己省察内心经验所得之事实而蔑弃之,不认有心神之法与四体之法之对峙而互争。诚若是,则所谓内心精神之生活已大半消亡矣。""切己省

---

① Louis J.-A. Mercier, "L'Humanisme positiviste d'Irving Babbitt", *La Revue Hebdomadaire*, Trentième année, Tome VII, Juillet 1921, pp. 255-256.

察内心经验所得之事实"对应的原文为 immediate experience,①意为"直接经验",甚至连"事实"一词都不存在,译者竟言之凿凿发挥出"切己省察内心经验所得之事实"的说法来。同篇还有一段文字说(着重号系笔者所加):"今夫人之放纵意志(即物性意志)与抑制意志(即人性意志)常相争战。……苟不误从狄德罗之说,……而确认此为吾人本来天性中经验之事实,则必共信此一义。""本来天性中经验之事实"对应的原文为 a primordial fact of consciousness,大意为"关于意识的一项原初事实",其中并不存在"经验"一词,与"本来天性中经验之事实"的表达相距甚远。实际上,"本经验、重事实"在《学衡》中已构成了描述白璧德学说的一组套话,这与其他套话不同的一个特点,便是出必双出,似乎唯有同时出现,共同构成一种所指,才能召唤出这组词汇下蕴含的(或云《学衡》所赋予这组套话的)整个意义。

从以上几个例子中我们可以看出,一方面,吴宓由于深谙白璧德学说,处处强调白璧德所重的"事实"乃是"经验事实"而非其他,从而促成了《学衡》中白璧德学说"本经验、重事实"这一基本面貌;另一方面,正是出于使用这组套话的便利,吴宓在翻译过程中往往牺牲了原文表述的多样性。回到徐震堮这则"误译",我们可以想见,如果徐震堮将 facts 忠实地译为事实,那么吴宓在校阅的时候,可能便会添加一些解释性成分,但是徐震堮将其译为"物质"之后,文理反而更加顺畅,吴宓或因此百密一疏,也未可知。

以上是徐震堮译文可能属于技术问题的五处"失误"。该篇曾收录于梁实秋辑译本《白璧德与人文主义》,除第三例"失误"中的人名"马拉伯"改译为"马勒尔白"之外,其他各项均未改动。逐个分说一遍之后,我们看

---

① Irving Babbitt, *Democracy and Leadership*, p. 7.

到,这些问题的产生,部分出于译者的疏忽,此外还有编者的"前理解"等干预因素。如果说以上"失误"比较明显,可以勉强列出一个"勘误"表的话,以下问题却透露出强烈的翻译意图,而断不能以"误"字当之了。

二、置换·增删·翻译意图

1. aristocratic(贵族的)与 democratic(民主的)这组概念原有内涵的置换

白璧德将民主分为两种:一种是"质量民主"(qualitative democracy),又称"选择性的民主"(selective democracy);另外一种民主为"数量民主"(quantitative democracy),表现为数量战胜质量,整体向"庸常"(the commonplace)转向,它对于普通人(the average man)有着近乎宗教性的关注,并将大多数人的意见奉为圭臬。然而,"数量多数"并不能提供社会所需要的"标准"(standards),这种民主往往最终会演变为"帝国主义"(imperialism)。阻止这一危险的唯一办法,便是承认"贵族性的原则"(the aristocratic principle),即承认对于"标准"(standards)和"规训"(discipline)的需要。① 只能通过"人文主义的"或"宗教的"规训来克服民主的大敌——"无政府状态"(anarchy),②民主若想获得质量,不能通过无休止的计划来

---

① Irving Babbitt, "Matthew Arnold", *Spanish Character and Other Essays*, pp. 57-64. 关于"两种民主"之说,白璧德此后曾再次加以阐述,见 *Rousseau and Romanticism* 一书第十章 "The Present Outlook", p. 379, 以及 *On Being Creative and Other Essays* 一书 "The Critic and American Life" 一文, p. 206。
② 白璧德"人文主义"被广泛地认为与阿诺德的思想一脉相承,该段引语来自白璧德论阿诺德的文章,白璧德在此使用的 anarchy 一词是阿诺德的著名术语。阿诺德的名著 *Culture and Anarchy* 已有中译本《文化与无政府状态》(韩敏中译,生活·读书·新知三联书店,2002 年),笔者采用的译名"无政府状态"源出于此。

"提高"(uplifting)普通人,而是要扩大"菁英"(the saving remnant)的数目。①

"菁英"指的是"品质与智力上的贵族"(the aristocracy of character and intelligence),它取代了"世袭贵族"(aristocracy of birth),并与当时兴起的"金钱贵族"(aristocracy of money)相对抗,为了培养这样的"菁英",大学教育的精神不应是"人道主义的"或"科学的",而应是"人文的"(human),以及在正确使用该词情况下——是"贵族的"。② 此时白璧德已相当明确地点出了贵族(人文)与民主(人道)的二元对立。其实,在《文学与美国的大学》一书辨析"人文"与"人道"概念之始,已经明白表述了这一对立:humanitas(此系拉丁文,兼具"人性"与"文化"之意)一词"并不适应于芸芸大众,而只适合于挑选出来的一小部分人(a select few)——简而言之,它的含义是贵族式的(aristocratic)而非民主式的(democratic)。③

也就是说,白璧德眼中的"文化"无疑与人类的某一"阶层"有关,此即品质与智力"菁英",亦即这一意义上的"贵族"阶层,与大众其实没有什么关系。特别要注意的是,白璧德在文化领域中使用 democratic 与 aristocratic 这组极富政治内涵的词汇,并非没有用意。对于白璧德而言,文化问题、社会问题、教育问题、宗教问题及政治问题等等都是密不可分的,"人文主义"的核心观念适用于并贯彻在各个不同领域中。在其政治学著作《民主与领袖》(1924)一书中,白璧德干脆区分了两种人,一种为"用脑

---

① Irving Babbitt,"Matthew Arnold",*Spanish Character and Other Essays*, pp. 63-64. the saving remnant 是白璧德的常用术语,该词组原为宗教术语,指基督教《圣经》中(代表以色列民中圣洁种子)的"余剩民",白璧德借指身负文化存亡续绝重任的一小部分人,我们在此暂译为"菁英"。——这种译法本身并不完全符合原义,已是一种无可避免的跨文化阐释,笔者对此并不缺乏自觉。
② Irving Babbitt, *Literature and the American College*, pp. 104-106.
③ Ibid, p. 6.

劳动的人"(who work with their minds),另一种为"用手劳动的人"(who work with their hands),这与中国传统的"劳心者""劳力者"之分何其契合乃尔。白璧德认为前者进行的是一种"真正的伦理实践"(genuinely ethical working),而一个人的工作(work)的性质应决定他在社会"等级"(hierarchy)中的位置,也唯有一个人的工作才能表明其"贵族身份"(aristocracy)的正当性。① 至此白璧德学说的"等级"特征再清楚不过地显现了出来。

正是白璧德这句关于人文(贵族)/人道(民主)之分的非常重要的话(即 humanitas 一词并不适应于芸芸大众,而只适合于挑选出来的一小部分人——简而言之,它的含义是贵族式的而非民主式的),在《学衡》该篇译文中没有被如实译出:"humanitas 一字,非可以泛指群众,仅少数优秀入选者可以当之。要之,此字之含义,主于优秀选择,而非谓平凡群众也。"democratic 一词被译作"平凡群众",aristocratic 一词被释译为"优秀选择",虽然看来基本未偏离原义,但这组词汇所蕴含的政治意味已荡然无存,从而规避了原有意蕴可能会带来的风险。

该篇译文中还有例证可以进一步说明问题,如此后出现的"兹所欲明者,即古之人文主义者之自立崖岸、轻蔑恶俗,实与近世之广博之同情绝对相反"一句,原文为"把现代所谓同情的民主式包容(democratic inclusiveness)与古代人文主义者的贵族式冷漠(aristocratic aloofness)及其对粗鄙世俗(the profane vulgar)的轻蔑加以对照,这已经足够了"②,我们看到,"民主"与"贵族"这组词汇的内涵得到了更加彻底的置换,在白璧德那里带有贬义的 democratic 一词被替换为一个略带褒义的形容词"广博的",而 aristocratic 则变形力度更大,被置换为模糊的、人物品藻式的"自立崖

---

① Irving Babbitt, *Democracy and Leadership*, p. 202. 白璧德用 work 与 working 两种词形表示"工作",名词形式的 work 我们译为"工作",而动名词形式的 working 译为"实践"。
② Irving Babbitt, *Literature and the American College*, p. 11.

岸、轻蔑恶俗"等说法,其原有意义几乎完全被消解。

值得注意的是,在该篇译文制作产生的年代,"民主""贵族"等词汇已经得到了广泛使用,①特别是就《学衡》自身而言,"贵族"已成为aristocracy一词的固定译法,democracy一词则有几种常见的译法,如"民主""平民""民治""民治主义""民主政治"等等。译者为什么不采用这些现成的对应词,而要煞费苦心地转换为其他并不对应的词语呢?

道理很简单,白璧德提倡的"贵族制"以及"等级制",与当时中国提倡"德谟克拉西"的整个时代氛围相悖,"学衡派"大力推介白璧德的学说,是为了援引有力的理论资源来支持、佐证自己的主张,如果预见到白璧德的学说可能会激起时人的不满,"学衡派"人士当然会谨慎行事,对敏感的字眼与话题采取回避的态度,尽量不引发人们的抵触情绪。我们看到,每当aristocracy一词仅表现为一种文化品质,并不具备明显政治内涵的时候,《学衡》才会直接给出"贵族"之对译。在我们正在讨论的这篇译文中也不例外,如"古代之人文主义实带贵族性"(ancient humanism is as a whole intensely aristocratic in temper)一句,此处"贵族性"一词性质更接近一种文化表述,与实际上的"贵族制"无关,因此译文并没有加以回避。我们特别注意到,这仅限于"贵族"一词单独出现的情况。当democracy与aristocracy同时出现的时候,比如"雅典的贵族式的民主政体"(aristocratic democracy of Athens),为防止二者并举,引发读者的联想,激活其中的政治

---

① 在当时流行的报章杂志中,"贵族""民主"等说法早已畅行无碍。特别是"贵族"这个词已司空见惯,一般不附原文,"民主"这个词有时还会附出原文,可见相对还比较新鲜。"民主"一词一般被认为是从日语引进的外来词,见《现代汉语外来词研究》(高名凯、刘正埮,文字改革出版社,1958年)一书,书中将"民主"一词归入"日语来源的现代汉语外来词"中这一子项目之下。该词在五四期间出现过多种对应词,如《新青年》杂志中便出现过"德谟克拉西""民主""民主主义""平民""平民主义""平民政治""民治""民治主义"以及"民本主义"等多种说法。参见朱志敏,《五四运动前后Democracy译语演变之考察》,载《党史研究与教学》1999年第2期。

意涵,《学衡》会非常小心地将之译作"雅典严选之民治",保留"民治"而消解"贵族",取消二者并列出现的情况。特别是《学衡》有时会专门设法"淡化"aristocracy一词的某些义涵,而去突出该词另外一些不那么敏感的义项,这时我们往往猜不出某一译词的原文竟然就是aristocracy,例如前面提到过的"自立崖岸",必要时,还会一视同仁地将democracy一词置换为"广博的",也使人很难想见原文。也就是说,在《学衡》徐震堮译文中,aristocratic与democratic这组词汇在翻译的过程中遭遇了有意为之的变形,它们仅作为"人文"/"人道"的相关属性保留了对立的意味,但其中蕴含的政治意味已消失得无影无踪。也就是说,democracy与aristocracy在《学衡》这篇译文中,与政治完全摆脱了干系,仅成了一组单纯文化意义上对立的概念。

白璧德那些极富"等级"特征的表述,当下便遭到了美国国人的严厉批判,如布莱克默讽刺他的学说是"隐藏在非常高级的、相当贵族的人文主义的外衣下"①,泰特则认为"诚实的劳动者(laborer)能与职业道德家(professional moralist)做同样多的道德工作(moral work),同时却会少很多自以为是的势利"。② 不论是布莱克默的冷嘲还是泰特的热讽,都显示出白璧德的说法很难得到时人的认同。须知美国是以"平等"立国的民主共和国,"人道主义"式的"民主""平等"观念远比狭义上的"人文主义"式的"贵族""菁英"观念深入人心,③白璧德的"等级"观念自然不合大多数

---

① R. P. Blackmur, "Humanism and Symbolic Imagination", *The Lion and the Honeycomb*, 1956, p. 145.
② Allen Tate, "The Fallacy of Humanism", *The Critique of Humanism*, 1930, p. 143.
③ 美国一向缺乏欧洲国家那种建立在世袭或社会阶层基础上的官方统治集团,几乎不存在等级或阶级,拥有职业和经商的普遍自由。在1865—1917这半个世纪里,美国早几代的国民生活特征——异乎寻常的流动性和多面性——始终保留着,这使阶级和阶级观点难以固定,同时整个时期里强有力的民主化影响——教育——也一直在起着重要的作用。见〔美〕梅里亚姆,《美国政治思想(1865—1917)》,朱曾汶译,商务印书馆,1984年,第20—21页。

人的胃口，甚且是对美国的政治正确的公然挑战。同样地，"学衡派"的诸多观念亦与时代潮流相左，但在很多时候，他们明知逆流而动将产生什么样的后果，却还是义无反顾率性而言，这一点与他们的精神导师白璧德非常相似，也常常因此遭到时人乃至后人的猛烈抨击。那么，"学衡派"人士为什么会在这篇译文中采取回避的姿态呢？

原因大概有两方面：第一，避免不必要的麻烦。这首先是一篇译文，目的是"如实"介绍白璧德的学说，这与《通论》栏目其他论文的功能有所不同。在国人对"贵族制"与"民主制"的态度已达成基本共识的年代，如果照实译出原文，势必会带来不必要的麻烦，这显然有违翻译的初衷，出于对导师学说的维护以及对《学衡》的保护，还不如暂时以"曲笔"译出。① 第二，以《学衡》"论究学术，阐求真理，昌明国粹，融化新知"的宗旨而论，"学衡派"是一个完全从"文化"角度立言的学术研究群体。在那个普遍呼唤"德谟克拉西"的时代，不但"文化人"纷纷参与政治，被唤醒的大众的政治意识亦空前高涨，《学衡》却刻意与政治拉开距离，②这不啻是一种"自我边缘化"的举动。远离政治，是为了保证学术思想的自由，如果说《学衡》前期还不免有一些论争意味——那也往往是事关"文学"与"文化"的论战，至后期则进一步演变为纯粹的学术研究刊物，更加着意与瞬息万变的"当下"，特别是当下的政治拉开了距离。这才是 democracy 与 aristocracy 这组概念的政治内涵在《学衡》中被置换、被过滤的最主要的原因。

---

① 该篇译文发表两年之前，缪凤林曾在《评杜威平民与教育（John Dewey：*Democracy and Education*）》(载《学衡》1922年10月第10期)一文中借题发挥，阐发了白璧德的"自然贵族"（natural aristocracy）之说，算是代表"学衡派"就白璧德"贵族"概念给出了标准解释。
② "学衡派"远离政治的态度在"新文化运动"时期独树一帜，甚至其论敌周作人对此也颇有好感："只有《学衡》的复古运动可以说没有什么政治意义，真是为文学上的古文殊死战，虽然终于败绩，比起那些人（按指《甲寅》周刊的章士钊等人）来要胜一筹了。"见周作人，《〈现代散文选〉序》，载《大公报·文艺副刊》1934年12月1日。《学衡》1933年7月停刊，此论断颇有盖棺论定之意。

在本则译文考察中，可以见出译者/编者强烈的翻译意图，因此问题相对明了。但是，如果一段文字干脆消失不见——下面将讨论整段删除的情况——其中隐藏的问题就不太容易觉察了。

2. 删除重要注解——《学衡》对实用主义的批判

上文曾提到过的"比塔果拉"一句，原文意为："对于 F. C. S. 席勒先生来说，所谓人文主义其实就是某种普罗泰戈拉式的理性印象主义。"① 此处本来还有一个重要的注解，但在译文中却被整个删去了。这个注解说："席勒先生曾自己指出了这一联系，见其 Humanism 一书，第 xvii 页。如后文将清楚地显示出来的，我并不反对实用主义者们对经验和实际结果的追求，而是想和他们讨论一下这种做法失败的原因：因为他们对'一'的感觉不够充分，所以他们无法获得真正的标准来检验自己的经验，并分清什么是判断，什么只是一时的印象而已。"

这条注解非常重要，在加以讨论之前，我们不妨先就白璧德对实用主义的态度作一了解。要知道，除了卢梭这样的"古人"，白璧德同时代之活生生的"敌人"便是实用主义者詹姆斯（William James, 1842—1910）② 以及"实用主义的神圣族长"杜威，白璧德对实用主义及其庸俗化变体的批判

---

① Irving Babbitt, *Literature and the American College*, p. 26. 席勒（F. C. S. Schiller, 1864—1937），英国实用主义者，代表著作有《人文主义研究》（*Studies in Humanism*, 1907）、《柏拉图还是普罗泰哥拉？》（*Plato or Protagoras?*, 1908）等等，白璧德曾在文中屡次揶揄席勒，称之为"牛津哲学家、据说是人文主义者的席勒先生"。胡适也曾提到过这位席勒，译名为"失勒"，说他扩充了实验主义的范围，那本来不过是一种辩论的方法，竟变成一种真理论和实在论了，所以"失勒"提议改称实验主义为"人本主义"（Humanism）云云。见胡适，《实验主义》，载《新青年》1919 年 4 月 15 日第 6 卷第 4 期。
② 关于白璧德与詹姆斯的关系，白璧德的传记作者布伦南独辟蹊径，指出詹姆斯的哲学是白璧德的重要理论资源，甚至是白璧德学说的三大美国哲学根源之一，进而分析了白璧德与詹姆斯学说的异同之处，认为二者虽有极大分歧，但亦有诸多共同点，特别是白璧德与詹姆斯关注的是同一个问题，但他们对这同一个问题有着不同的认识，因而给出了不同的答案。见 Stephen C. Brennan, *Irving Babbitt*, pp. 31-33。

终其一生未曾懈怠。早在《文学与美国的大学》一书中，白璧德曾批判实用主义者同古代的智者一样，往往会超越核心准则的管束，把个人的思想与感觉作为衡量一切事物的尺度，并将詹姆斯取笑了一番，认为实用主义实际上是一种走向极端的多元论（pluralism），再没有比它更不具备人文或人文主义特性的了，只有那种同样走向了极端的一元论（monism）才堪可与之比拟云云。① 确实，"多元论"的态度与实用主义的气质最相吻合，由此现代实用主义构成了对过去占统治地位的"一元论"的反拨，事实上，实用主义哲学创始人之一威廉·詹姆斯便是通过吸取多元论者查尔斯·雷诺维叶的学说而消除了在以往影响下形成的"一元论"迷信的。② 白璧德此处对詹姆斯的批判，乃是针对后者《人文主义与真理》(Humanism and Truth, 1904)③一文而发出的，此后詹姆斯出版了确立其基本哲学的著作《实用主义》(1907)，白璧德亦于次年出版了《文学与美国的大学》(1908) 一书。据白璧德该书前言署名日期，该书应完成于1907年12月，与詹姆斯《实用主义》几乎同时问世。也就是说，白璧德在实用主义哲学盛行之初，便一眼看出它与"多元论"的联系，可谓目光如炬。关键在于，在白璧德那里，一旦一种哲学与"多"相联系，并走向了极端，那么这种哲学便"恶"莫大焉了。

白璧德在后期著作中曾这样描述那些"实用主义者"：这种人并不认为真理是某种早已存在的东西，而是在一路制造自己的真理，换言之，在"实用主义者"眼中，凡是看似有用（useful）或与其"普通自我"相合的事物才是真实的。④——白璧德在此批判的实用主义显然是已然庸俗化了

---

① Irving Babbitt, *Literature and the American College*, pp. 26-27.
② 梯利，《西方哲学史》，商务印书馆，2001年，第618—622页。
③ 此文原载 Mind 杂志，新号第13卷，1904年10月，后收入《真理的意义》(*The Meaning of Truth*, 1909年) 一书。
④ Irving Babbitt, *Democracy and Leadership*, p. 326.

的、极具"功利"性质的实用主义的变体。事实上,实用主义在白璧德的话语体系中经常与功利主义并行甚至混同,如白璧德曾概括杜威的哲学为"功利主义的"(utilitarian),①认为康德分立"纯粹理性"(pure reason)与"实践理性"(practical reason)两个范畴而造成了实践(practice)与现实(reality)之间的分离,实用主义由此滥觞,它不以真理(truth)检验效用(utility),反以效用检验真理,其他当代哲学的奇思妙想亦复如是。② 就当前的情况而言,美国逐渐在全世界眼中与实用主义哲学联系了起来,这一哲学之所以能风行美国,在白璧德看来,根本原因就在于美国在征服北美大陆(our conquest of a continent)的过程中,格外需要作出这种功利主义性质的努力,③从而一语道破了实用主义哲学在美国大受支持、盛行不衰的奥秘。我们看到,白璧德在后期作品中,随着对实用主义哲学的了解及"斗争经验"的加深,对实用主义的批判亦日趋老辣。

结合白璧德在前后期著作中的相关论断,我们回头再看上文提到的那则注解,不免会对其中这种难得一见的说法大感意外:"我并不反对实用主义者们对经验和实际结果的追求。"尽管白璧德此后立刻对实用主义者们提出了批评与建议,但这种有所让步的做法却是白璧德著作中绝无仅有的。我们知道,白璧德毕生与美国"实用主义者"詹姆斯、杜威等人理

---

① Irving Babbitt, "The Problem of Style in A Democracy", *Spanish Character and Other Essays*, p. 179.
② Irving Babbitt, *Democracy and Leadership*, pp. 224-225.
③ Irving Babbitt, "President Eliot and American Education", *Spanish Character and Other Essays*, pp. 220-221. 关于 our conquest of a continent,系指美国历史上的"西进运动"。这一"运动"持续了一百多年,从18世纪末至19世纪末为止,是美国历史上所谓"成年时期",也是美国近代史中最重要的时期。19世纪的美国史大半都是在"西进运动"的影响下度过的,百年西部开发极大促进了美国商业资本主义向工业资本主义的转变,到19世纪末美国已从一个相对弱小的国家转变为世界经济大国,1895年其工业总产值已跃居世界首位。在后世美国人看来,西部拓荒是一个充满着浪漫主义气息的"田园牧歌"式的运动,其实美国在整个"西进"过程中,对外不断进行血腥的侵略战争,对内野蛮屠杀北美西部印第安人,百年"西进"以血腥的代价换来了美国的经济繁荣。

念相左，其中詹姆斯是白璧德在哈佛的同事与前辈，白璧德第一次提及詹姆斯即在本处，时为1908年，而詹姆斯已于1907年退休离开哈佛，三年后（1910年）便去世了。白璧德当时之所以表现出让步姿态，以其一贯的个性而论，一方面固然由于批判对象已然"退场"，另一方面，更主要的原因应该是白璧德写作该篇之时，实用主义还在形成气候之初，因此他的语气会比较缓和。但是当此后实用主义风行美国，逐渐成为主流，白璧德便不再客气，坚定不移地加强了"打击力度"，继詹姆斯之后掌实用主义大纛的杜威，更是成为白璧德终生的"敌人"①，从此那种有所让步的陈述方式不复得见，这条温和的注解从而成为孤例。这则注解的重要之处在于，这是白璧德对实用主义的一切批判中态度最不坚决、最留有余地的一次。通过这一注释，我们可以看到白璧德在早期实用主义批判中曾有过这样一个婉转的阶段，去掉这个唯一的"不坚决"的批评，我们就会忽略白璧德思想发展自有其脉络，忽略实用主义乃是与白璧德学说同时发展起来的这一事实，而实际上白璧德并非从一开始就面临实用主义独领风骚的局面，因此始终对实用主义持严厉批判的态度。删去这个注解，貌似无关紧要，但这个注解背后蕴含的意义却不在小。

当白璧德大力批判美国"实用主义者"的时候，白璧德的中国"学衡派"门徒梅光迪、吴宓等人也集中对杜威的学生、中国的"实用主义者"胡

---

① 关于"敌人"之说，据白璧德的学生列文（Harry Levin）记载，当有些学生告诉白璧德哈佛古典俱乐部（Harvard Classical Club）邀请杜威来发言的时候，白璧德作出了"英雄史诗般的"评论："你们让敌人进入了大本营。"见 Harry Levin, *Irving Babbitt and the Teaching of Literature*, p.24。按杜威1894年被芝加哥大学聘为哲学、心理和教育系主任，1896年创立了芝加哥大学实验学校（the Laboratory School at the University of Chicago），在全美掀起了巨大的教育改革浪潮，而白璧德当时刚刚成为哈佛法语系讲师，面临的正是杜威等人为他"创造"的恶劣环境。此外，对白璧德来说颇具讽刺意味的是，杜威还是美国人文主义者协会第一任会长，也是签署第一份人文主义者宣言的人。不但实用主义在他手中发扬光大，至1933年白璧德去世后，杜威仍长期活跃在教育及思想各领域，不愧是白璧德终其一生的"敌人"。

适的学说进行了批驳,"在南京谱写了白(璧德)杜(威)辩论的'中国版'",①其激烈程度有过之而无不及。关于"学衡派"人士与胡适的论争与纠葛,著述甚多,兹不赘述;特别值得一提的是,《学衡》中单是点名批判胡适的文章,铺天盖地就有将近三十篇,独占最高份额,这在《学衡》中是罕见的。其他"新文化运动"领导人如陈独秀,《学衡》中对他的批评仅有六处,还有一次是胡先骕在《评〈尝试集〉(续)》一文中误将刘半农写作了陈独秀,刘伯明特在下一期《学衡·书评》栏目中作了更正,从而有效次数仅为五次;至于鲁迅则只有两次而已;其他时候多以"浪漫主义者"或"人道主义者"或"新文化运动者"笼统言之,批评而又点名者少之又少,难怪胡适被"惠寄"了1922年1月第1期《学衡》之后,便瞧出"东南大学梅迪生等出的《学衡》,几乎专是攻击我的",并写打油诗戏称之为"《学骂》"。②

直到1989年,"学衡派"仍被目为"恣意诋毁新文化运动"的"守旧复古势力",③尽管2001年曾有论者为之正名,主张"学衡派"也是"新文化运动的一族",④不过,至少从《学衡》刊载内容来看,"学衡派"坚决反对胡

---

① 语出孙尚扬《在启蒙与学术之间:重估〈学衡〉》一文,载《国故新知论——学衡派文化论著辑要》,孙尚扬、郭兰芳编,中国广播电视出版社,1995年,第7页。白璧德对实用主义的批判始自1908年,直至1932年在其著作中仍可见到相关批评。至于白璧德的学生们对胡适等人展开的批判,如果从"前学衡时期"梅光迪将胡适"逼上梁山"(1915年夏—1917年1月《文学改良刍议》发表)算起,与美国"人文主义者"对"实用主义者"的批判大部分时段重合,人文领域发生了这样的同频共振,令人称奇。
② 胡适,《胡适的日记》(上册),中国社会科学院近代史研究所、中华民国史研究室编,中华书局,1985年,1922年2月4日,第258、260页。
③ 鲍晶、孙玉蓉,《"学衡"派》,载《中国现代文学社团流派》(上),贾植芳主编,江苏教育出版社,1989年,第189页。
④ 郑师渠,《在欧化与国粹之间——学衡派文化思想研究》,第412—428页。此外,乐黛云在《世界文化对话中的中国现代保守主义——兼论〈学衡〉杂志》一文中业已指出,"五四新文化运动"中,保守派(以《学衡》人士为代表)、自由派(以胡适为代表)和激进派(以李大钊、陈独秀为代表)"共同构成了20世纪初期的中国文化启蒙",见《北京大学纪念五四运动七十周年论文集》,第8页。

适等人领导的(与上述广义的"新文化运动"相对应之狭义的)"新文化运动"乃是事实,无须回避。胡适之所以在"新文化运动"领导人中独受"学衡派"的关注,一方面出于胡适与"学衡派"人士的"私交",①另一方面自然与他的实用主义思想背景密切相关。②

在《学衡》杂志中,国人"挨骂"最多的是胡适,外国人"挨骂"最多的,除白璧德集毕生精力痛诋的"今世种种之先驱"卢梭之外(三十余篇文章),便是当代的杜威了(十二篇文章)。此外论及柏格森十篇,另外一位"实用主义者"詹姆斯仅占五篇。③ 此外,涉及罗素的文章很多,不在杜威之下,不过《学衡》点名批评罗素的文章只有六篇。有趣的是,罗素每一次被批评的时候均与杜威同列,这些批评几乎没有一次是针对罗素的学说而发,④而全部

---

① 梅光迪与胡适早年有很深的交情,但二人在留美期间文化理念渐相抵牾,胡适时在芝加哥大学受教于杜威门下,而梅光迪则在哈佛大学成为白璧德的入室弟子,此间不但胡适被"逼上梁山",梅光迪也日益走向胡适的反面,胡适《逼上梁山——文学革命的开始》一文述之甚详。于是梅光迪"到处搜求人才,联合同志",联络到了志同道合的吴宓,"拟回国对胡适作一全盘之大战",见《吴宓自编年谱》,第177页。也就是说,梅光迪回国大战的目标早已锁定为胡适。同时,在《学衡》创刊前,不但胡先骕与胡适陷入了所谓的"南胡北胡之争"(详见本书第三章"胡先骕译文研究"),吴宓也与胡适发生了纠葛(详见本书第四章"吴宓译文研究")。总之,《学衡》杂志的创办,一开始便是为了建立与"胡适之流"论争的阵地(尽管杂志后期基本面貌发生了变化,减少了批判性质的论文,逐渐偏向了学术研究),凡涉及"新文化运动"的讨论,"学衡派"人士几乎独拿胡适是问,这与他们和胡适的"交情"大有关系。
② "学衡派"在东南大学未能得到其他学术团体的有力支持,因而处于较为孤立的不利境地,其中的因素之一便是东南大学的教育科几乎是中国留学美国哥伦比亚大学师范学院(即杜威所在的 Teachers College at Columbia)归国留学生的大本营,杜威的教育思想最早就是在此开花结果的。见高恒文,《东南大学与"学衡派"》,第100—126页。
③ 《学衡》译名时而是"詹姆士",时而是"詹姆斯",如《班达论智识阶级之罪恶》一文中便出现了两种译法。表示英国哲学家 William James 时,以"詹姆士"居多。有时"詹姆斯"和"詹姆士"亦指英王,或白璧德门生薛尔曼所在大学的校长。译名较为混乱,具体所指为谁,要依语境而定。
④ 单就罗素的学说而论,《学衡》多给予正面评价。《学衡》除组织翻译了关于罗素的三篇文章外,还刊出一些"通论"文章大力肯定罗素学说,比较典型的如一苇(即上海《中华新报》主笔张季鸾,笔名"一苇",同情《学衡》主张,是"学衡派"的重要盟友)的《再论宗教问题》(1922年6月第6期《学衡》)一文,通篇引述罗素,自承赞成罗素的立场与观点,甚至以为"颠扑不破"。

是就他与杜威来华讲演大受欢迎的盛况（罗素来华时段为1920年10月—1921年7月）大加讥议，因而罗素在《学衡》中的"挨骂"，往往不过是作为杜威的"陪绑"所致。杜威在《学衡》（1922年1月）创办之前，曾来华讲演两年有余（1919年4月—1921年7月），受到了空前的欢迎，产生了深远的影响，同时提高了胡适的声望，反过来胡适也凭着个人魅力，促成了杜威实用主义在中国广为接受，师徒二人两相得宜。① 当杜威完成讲演圆满归国之后，吴宓刚刚从哈佛毕业返回中国，②未及针锋相对作出反应。在吴宓等人心中，白璧德才是当世的"圣人"，③然而中国学术界却将"实用主义者"杜威比之于孔子、慈氏，④"学衡派"对此当然颇有情绪，待到《学衡》出刊，对杜威来华一事旧事重提，大加批判，自是情理中事。

---

① 关于杜威中国之行的作用与影响，特别是胡适在杜威访华期间大力推广实用主义所做的工作，见元青，《杜威与中国》，人民出版社，2001年，第220—228页。
② 吴宓于1921年5月中旬接到梅光迪"快函"急召他回国"发展理想事业"，仅"略一沉思"即同意到东南大学就聘，并于同年6月中开始办理回国手续，见《吴宓自编年谱》，第214—215页。
③ 见《吴宓日记》1937年3月30日："宓服膺白璧德师甚至，以为白师乃令世之苏格拉底、孔子、耶稣、释迦。我得遇白师……此乃吾生最幸之遭遇。虽谓宓今略具价值，悉由白师所赐予者可也"等等。
④ "慈氏"指弥勒菩萨（Maitreya Bodhisattva），梵语中弥勒（Maitreya）为姓，译为"慈"，所以人们又称之为"慈氏菩萨"。汤用彤在《评近人之文化研究》（载1922年12月第12期《学衡》）一文中曾说："今日中国固有之精神涸灭。饥不择食。……其输入欧化。亦卑之无甚高论。於哲field，则膜拜杜威、尼采之流。……罗素抵沪，欢迎者拟之孔子。杜威莅晋，推尊者比之为慈氏。今姑不言孔子慈氏与二子学说轩轾。顾杜威罗素在西方文化，与孔子慈氏在中印所占地位，高下悬殊，自不可掩。此种言论，不但拟不於伦，而且丧失国体。"此外，杜威离开中国之前，北京大学等五个团体曾"公饯杜威"，新学会代表梁启超致词（原载《晨报》，1921年7月1日），将杜威比之于印度"鸠摩罗什"，以及北京教育界四团体"公祝杜威博士六十岁生日"，代表北京大学的蔡元培将杜威与孔子相提并论，认为"孔子的理想与杜威博士的学说，很有相同的点"（原载《北京大学日刊》第446号，1919年10月22日），见袁刚等编，《民治主义与现代社会——杜威在华讲演集》，北京大学出版社，2004年，第644、754—755页。汤用彤所说"杜威莅晋"指1919年10月6日—10月14日杜威由胡适陪同去太原考察山西教育，其间并拜会阎锡山事，《民治主义与现代社会——杜威在华讲演集》中并未收录杜威在晋情况，因此汤用彤"推尊者比之于慈氏"一句亦足史料之用。

白璧德显然对杜威在中国的活动与影响有所耳闻:他曾在1929年面向美国读者的文章中,论及杜威在教育方面"不但在本土,而且在新中国(the new China)","或许比任何一个活着的美国人都更有影响力"。① 其实,早在1922年9月17日与吴宓的通信中(当时杜威刚刚结束他的中国之行一年多),白璧德便开始向爱徒如是"布置"任务——"你们可就约翰·杜威徒有其名的最新两卷文集②发表若干评论,以探究他的浅薄",原因是"他已在这个国家施展一种坏影响,我猜想在中国也一样"。③ 这封信开头有一段文字,述及"去年冬天"曾收到吴宓诸多信件,在白璧德看来,这些信件描绘出了一幅吴宓"正在中国进行论战"的生动图景,因此深表赞赏云云,并在信末表示"已做好准备用我的方式和我的力量帮助你们"。④ 通过与学生的密切联系,白璧德具有了解中国最新情况的通畅渠道,他不但对"学衡派"学生们在中国反对实用主义的斗争非常了解,而且表示全力支持。也就是说,所谓《学衡》诸公在南京谱写的白—杜辩论的"中国版",其中还有白璧德的参与,因此是白璧德师徒合力展开的联合行动。

本来白璧德的建议是从原典入手将实用主义连根拔起的高明之举。然而,《学衡》此后却未能按照白璧德的建议,从学理上对实用主义进行批判,而主要是针对杜威来华盛况表示不满,或仅在涉及中国当下各种问题的"通论"文章中泛泛作评。问题是,迨至《学衡》出现,杜威来华已成旧

---

① Irving Babbitt, "President Eliot and American Education", *Spanish Character and Other Essays*, p. 211. 白璧德1932年重申了这一看法,不过此时杜威影响所及,除了中国,还多了"苏俄"(Bolshevist Russia),见"The Problem of Style in A Democracy",ibid, p. 178。
② 杜威的"最新两卷文集"应指1920年出版的《哲学的改造》(*Reconstruction in Philosophy*, 1919年日本东京帝国大学讲演录),以及1922年出版的美国讲演集《人性与人类行为》(*Human Nature and Conduct*)。
③ 白璧德、吴宓,《欧文·白璧德与吴宓的六封通信》,载《跨文化对话》第10辑,第150页。
④ 同上,第149、151页。

闻,再就此事表示不满,徒显得是在发一些时过境迁的牢骚,对杜威及实用主义的批判便不免流于空疏无力。

在白璧德来信之前,《学衡》仅刊登了两篇针对杜威原典的评论文章。其一是1922年5月第5期《学衡》刘伯明《杜威论中国思想》一文,文章评点了杜威1922年发表的《中国人如何思想》一文。刘伯明一方面认为杜威对于中国文化的认识"在稍知国学者视之,皆甚寻常";另一方面复肯定杜威作为"主实验者"与"主活动创造者"而"称道中国文化之精神如是",是由于他看到了欧战之后西方社会种种"急功近利"的"病象",希望通过提倡中国文化以救弊补偏,其实杜威已经是在"修正"自己平素主张的哲学。刘伯明持论平正公允,通过分析原作来说明杜威哲学的变化,远比空泛的批评更为有力。①

另外一篇是1922年10月第10期《学衡》缪凤林的《评杜威平民与教育》,②所评杜威《民主与教育》(Democracy and Education)一书是后者在教育理论方面最重要的著作。杜威在中国的讲演,多以此书为底本,其中的教育思想在中国发挥了极大的影响,该书虽系1916年的"旧作",当下对该书的点评却极具现实意义。缪凤林通过"披读其书",认为其中"诚有不可磨灭者在",同时亦多有"讹谬之处",特别是缪凤林读出书中"一以贯之"的"历史"与"调和"二法,称此为"反对二元论之哲学家之惯技",并

---

① 刘伯明曾于1920年4月—6月19日期间担任杜威来华讲演翻译,伴随杜威遍及南京、镇江、扬州、常州、上海、南通、徐州等地,达二十八场(共五十五次)之多,甚至超过了胡适(二十二次),并于4月—5月16日在《学衡》大本营南京高等师范学校(即东南大学前身)担任杜威"教育哲学""哲学史""试验论理学"(各十讲)的讲座翻译,此情况甚可注意。至少我们可以确定,刘伯明对杜威的学说相当熟悉,他的评价相较于其他"学衡"作者,应该更为深入、客观。
② 白璧德来信日期为1922年9月17日,缪凤林的文章虽然发表在10月,但一则海外来信抵达需时,二则《学衡》已与中华书局有约,每期全稿要在出版期前一个月交付,吴宓更需在交付前一个月统稿,见《吴宓自编年谱》,第229—230页,因此缪凤林的文章至少须在1922年8月完成,不知他撰文前是否得知白璧德信中的内容。

称杜威为"反对二元论者也",杜威此书更成为"教育学说之熔炉","任何相反之论调,一入其间,或消失,或谐合,非过言也"。在此我们可以看出,缪凤林的批判分明承袭了白璧德的根本立场。缪凤林并且列出杜威此书"四点之失"——"重视环境之太过""立论标准之失当""攻击对象之失实",以及"不知自然之贵族",亦几乎全部本于白璧德学说。① 缪凤林该文是《学衡》根据白璧德学说批评杜威哲学的唯一一篇力作,此后《学衡》再未出现过这种批判专文。

《学衡》在整个出版过程中始终面临着稿件不济、经费不足等困难,吴宓或许因此未能组织人力深入批驳杜威著作,又或许"学衡派"人士对这种"无关乎本体"的哲学过于轻视,认为不值得在此用力,因此除了刘伯明与缪凤林之外,似乎没有人真正读过实用主义的相关著作。文中即便引述杜威,也多为只言片语,且不注明出处,因此这些引语很可能是当时人所尽知的名言。总之,无论出于什么原因,《学衡》对于实用主义的"批判",显然不能与"五四"时期各大报刊对实用主义连篇累牍的宣传相抗衡。②

其时实用主义已在中国迅速传播,并得到了广泛接受。1918年傅斯年撰文宣传"实际主义"(pragmatism)时说:"所有我们可以知,应当知,以为要紧,应当以为要紧的,都是和人生有关;或者是人生的需要,供给人生的发达与成功的,是有用,有用就是真;损害人生的发达与成功的是无用

---

① 关于"环境"条,缪凤林以为杜威用环境解释人生一切行为不免太过,认为世有"先觉者",他们可以"牖民觉世",至少可以"独善其身"。缪这一看法,正是基于白璧德先完善个人、后完善社会的观点,与杜威先改善环境、后教育个人的教育理念完全对立。由此缪凤林在"立论标准"条,自然不能接受杜威重儿童教育而轻成人教育的做法。第四条"不知自然之贵族"批评杜威的著作以"平民"名之,与"贵族"相对立,实则只知"世袭贵族"而不知"自然贵族"之义等等,此说更与白璧德的观点一脉相承。
② 见元青,"五四时期报刊刊登杜威演讲稿情况一览表"及"五四时期介绍、研究杜威及其学说文章一览表",《杜威与中国》,第118—124页。

（包括有害），无用就是假。"①——这种观点其实恰是早期对传入中国的实用主义的一种庸俗化的理解。事实上，詹姆斯本人对于这种倾向早有预见，他曾一再强调实用主义所谓的"有用"，指的是任何理论的"用处"都是总结旧事实，并引导向新事实，从工具的意义上讲，这个理论对我们的生活是有益的，它就是真的，于是这个新概念便作为真观念被采用了，②这当然并非一味指其对于"人生的发达与成功"有用或无用。

正如景昌极在《知识哲学》（载1931年5月第75期《学衡》）一文中论及"实用派之实用说（Pragmatism）与实验说"时所说（着重号为笔者所加）："实用派所叮咛致意者为知识与生活或苦乐利害之关系。正确之知识可以指导生活使志达意满，渐入佳境。此则有之，若径如狭义的实用说，以能改良生活与否为知识正确与否之准则，以苦乐利害关系，代是非同异关系，实有大谬不然者。"这里"狭义的实用说"指的显然便是傅斯年式的庸俗化理解的实用主义。白璧德对于实用主义"不以真理（truth）检验效用（utility），反以效用检验真理"的批判，其实更适用于实用主义的种种流弊；相应地，《学衡》对于实用主义的批评，往往集中在实用主义的庸俗化理解之上，并基本沿袭了白璧德的批判话语。问题是，这些庸俗版本的缺陷是不言自明的，批判这些显而易见的谬误并不需要对整个实用主义哲学体系有系统的了解，但要想从根本上动摇实用主义的根基，就需要有更深入的认识与更有力的理论支持，显然《学衡》对实用主义的批判不够深入，未能触及其哲学根底。

当时（1918年）还是学生的傅斯年宣传实用主义时不免"授人以柄"，不过，中国的"实用主义神圣族长"胡适早在1919年已开始批判实用主义

---

① 傅斯年，《人生问题发端》（本文完成于1918年11月13日），载《新潮》第1卷第1期，1919年1月1日。
② 〔美〕威廉·詹姆士，《实用主义》，陈羽纶、孙瑞禾译，商务印书馆，1994年，第32—34页。

者詹姆斯的不足之处,认为詹姆斯"对于宗教的问题,总不免有点偏见,不能老老实实的用实验主义的标准来批评那些宗教的观念是否真的",这是他的"不忠于实验主义之处"!① 这显然是站在杜威的实用主义的立场,对其他还不够彻底的实用主义"家族成员"发出的批评。进而,《新青年》杂志对实用主义提出了更严厉的批判,如瞿秋白1924年在《实验主义与革命哲学》一文中根据马克思主义原理批评实用主义哲学的宇宙观"根本上是唯心论的","实验主义是多元论,是改良派","实验主义既然只承认有益的方是真理,他便能暗示社会意识以近视的浅见的妥协主义,——他决不是革命的哲学"等等,②这属于直击根本的批评,与胡适"爱之深、责之切"的态度截然不同。这一方面反映出了《新青年》"分裂"(1923年)之后两个不同阵营的意见分歧,另一方面也显示出所谓"激进主义"一方对实用主义的了解与批判早已较"保守主义"一方的《学衡》更为深入。

自白璧德来信之后,吴宓始终对实用主义的话题保持着沉默。1931年,吴宓为当年3月第74期《学衡》刊登的译文《班达论智识阶级之罪恶》③

---

① 胡适曾详细分说Pragmatism的概念:Pragmatism这个哲学派别内部存在着许多大同小异的区别。詹姆士(即威廉·詹姆斯)把这个主义应用到宗教经验上去,可称为"实际主义",皮耳士(即美国哲学家查尔斯·皮尔斯,Charles Sanders Peirce,1839—1914)并不认同"实际主义",于是把自己原来的主义改称为Pragmaticism以别于詹姆士的Pragmatism。英国失勒(即前文提到过的席勒)的"人本主义"(humanism)一派把这个主义的范围从辩论的方法扩充成一种真理论和实在论,而美国的杜威一派则仍旧回到皮耳士所用的原意,注重方法论一方面,自称为"工具主义"(Instrumentalism)。这些派别可以一个含义最广的总名称来统称,那就是"实验主义"。见胡适,《实验主义》,载《新青年》第6卷第4期,1919年4月15日。由于"实用主义"一词在今天使用最为广泛,笔者在本书中以实用主义代替"实验主义"作为这一派别的总名。
② 《新青年》A卷第3期,1924年8月1日。
③ 原文系美国人Montgomery Belgion(《学衡》译名"贝尔江")为法国著名文学评论家班达(Julien Benda)1928年出版的《智识阶级之罪恶》(La Trahison des Clercs)一书英译本The Treason of the Intellectuals所写的书评,题为《今世之一思想家》(A Man of Ideas)。曾有人将"贝尔江"列为美国"新人文主义者"中的一员,见Lawrence Hyde, The Prospects of Humanism, 1931, p. 12。在形形色色的"新人文主义者"名单中,这是"贝尔江"名列其中的唯一一例。

末尾一段"詹姆斯杜威之实验主义,惟在美国,其情形殊奇异。……此则实验主义之为害也,是故欧洲与美国今日,其道德之堕落风俗之败坏同,而原因有异。在美国则由於实验主义之哲学,此层班达氏似未能详确言之"加按语说:"按此处所言情形,在中国亦同。而杜威一派实验主义之哲学,在中国亦因提倡有人,盛为流行。读者试就此而深思细考,或可略知学术与人心风俗政治社会之关系。而不以哓哓辩究学说道理者,为日为无益之事,为不爱国,为不热心世局乎,是则译者之微意已。"这段文字,严格来说已经不是一段按语,而是在直接大发感慨了。不过,吴宓此时再将中美"实用主义者"联系起来予以批评,似乎为时已晚。文末强调《学衡》之所以译介这篇文章,其实是为了回应国内那些批评《学衡》只重"学说道理""不热心世局"的人,重心已不在实用主义批判之上。

以上是《学衡》杂志与实用主义思潮的全部纠葛。在本章"译文勘误"一节中,我们将"漏译"列为典型的技术问题,但徐震堮译文中缺失了关于实用主义的重要注解,却不能如此定性。虽然该篇译文有着最为"单纯"的译介意图,且译文非常精准,但这不能排除译者/编者在维持原义的基础上"力所能及"地作一些变通——这篇"小心谨慎""尽量精确翻译"的文章,译出了原文的每一处注解,最短者不过三五字,唯独这个最长的注解被"遗漏"了,这本身不是就颇能说明问题吗?

以上讨论的两个例证可以归结为同一个主题:democracy 与 aristocracy 这组词语的意义置换,以及关于实用主义之重要注解的删除,均渗透着译者/编者鲜明的译介意图,并反映出了相应的译介策略。由此出发,我们将进一步探讨这一问题:"学衡派"把白璧德学说植入中国文化语境之时,是否意识到了可能会产生怎样的效果?进而,"学衡派"借助白璧德"贵族性"的"人文主义"反对《新青年》"平民性"的"人道主义",这是否属于"昧于时势"?

台湾地区学者李有成曾根据萨义德(Edward W. Said)的"旅行理论"(Traveling Theory)与巴赫金(Mikhail M. Bakhtin)的"意识形态环境"(ideological environment)论,来讨论白璧德学说在中国的"失败之旅",认为"《学衡》在译介白璧德与新人文主义方面未能发挥更为积极的影响力,当然与新文化当时已经形成的与之扞格不入的整个意识形态环境有关","梅光迪等未能注意到美国文化与思想界对白璧德的严厉批判,以及新人文主义在美国的溃败衰亡","而汲汲于将之抽离美国的历史时空","将之移植到一个""在各方面都已百病丛生且急需改革的古老土地上,其反动、其不合时宜、其格格不入可想而知"。① 总之是说,"学衡派"不清楚白璧德学说在美国本土的境况,简单将其移植到了中国的文化语境中,对于白璧德学说在中国的接受前景显然缺乏意识。

该文推理过程非常谨严,自有其价值,只是结论存在一些问题。首先,关于白璧德学说在美国本土的不利处境,"学衡派"对此并非失察,也许正好相反,他们不但有着深入的了解,而且感同身受。只是按照正常的逻辑,他们当然不会在力图宣扬白璧德学说的《学衡》杂志中强调这一点,而是会尽量凸显白璧德学说在美国及其他国家的巨大影响,以便使其在中国更好地得到理解与接受。不过,主编吴宓还是多少透露出了一点消息:当白璧德思想译文中谈到,应以"苏格拉底之精神","严行推问彼以自由进步民治服务等名词澜翻舌本者",感叹"世人亦必将视彼为公众之敌,一如苏格拉底之见杀於雅典人也",吴宓在此感慨万千,加按语叹曰:"白璧德先生可称为今世之苏格拉底矣。"②吴宓在此将老师比诸苏格拉

---

① 李有成,《白璧德与中国》,载《中外文学》,第58页。
② 出处见徐震堮该篇译文。又,1923年吴宓曾提及白璧德因批判第一次世界大战中的英美诸国,在当时"颇遭其国人之忌","毁之者不少"的情况,见1923年7月第19期《学衡》译文《白璧德之人文主义》文中按语。

底,情感颇为复杂:一方面是对老师溢于言表的仰慕之情,另一方面更是一声沉痛的叹息,对老师不见容于时人的处境深有同情。

至于说"梅光迪等"未能注意到"新人文主义在美国的溃败衰亡",我们首先要注意,"新人文主义在美国的溃败衰亡"是后人评价美国"新人文主义运动"时常用的说法。美国的"新人文主义运动"自20世纪10年代逐渐产生影响,到20年代声誉迅速上升,白璧德的"人文主义"在此时受到各方的"严厉批判"并不意味着"溃败衰亡",毋宁说是受到了极大的关注。这一运动至20年代末达到顶峰,1929年美国"经济大萧条"爆发时走向衰落,所谓"溃败衰亡",应为1933年白璧德去世,"新人文主义运动"跌入谷底,此后鲜为人所提及,直至二战结束的这个时期。① 巧合的是,维持了十一年之久的《学衡》也在白璧德去世当月停刊了。② 《学衡》大力宣传白璧德"人文主义"的时期,恰是"人文主义"在美国全速上升并走向巅峰的时期,也就是说,《学衡》杂志对白璧德及其学说的推崇,固非出于"门人阿好"(吴宓语),但也出于"人文主义"还未在美国"溃败衰亡"。

进而,"学衡派"是否明白白璧德学说在中国的接受前景?——"学衡派"人士从一开始就自我定位为"新文化运动"的反对者,最初创办《学衡》杂志就是为了建立与胡适等人展开论争的阵地,引入白璧德的学说也是为了与胡适宣扬的杜威实用主义形成制衡,并对抗"新文化派"推崇的

---

① 张源,《"新人文主义":回顾与前瞻——评美国〈人文〉学刊精选论文集〈人文主义:全盘反思〉》,载《跨文化对话》第14辑,上海文化出版社,2004年4月。
② 白璧德于1933年7月15日去世,《学衡》1933年7月出版最后一期(即第79期)后永久停刊。《大公报·文学副刊》第311期(1933年12月18日)登出了"学衡杂志新改办法",说明自第80期起,《学衡》将改由南京钟山书局印行,缪凤林继任总编辑,但从此再无下文,第79期《学衡》成为终刊。吴宓于1933年写有《西江月》一首,题首记曰:"7月15夜,上海兆丰公园游步即事。……按美国白璧德师于是日逝世,初未及知,伤哉!"见吕效祖主编,《吴宓诗及其诗话》,陕西人民出版社,1992年,第154—155页。此后第312期《大公报·文学副刊》(1933年12月25日)方登出《悼白璧德先生》一文,可见《学衡》在白璧德去世当月停刊纯属巧合。

"人道主义""自然主义"等社会思潮。也就是说,"学衡派"推介、传播白璧德学说,是出于明确的"为我所用"的目的,而非单纯地为宣扬而宣扬这一学说。如前所述,美国在逐渐步入现代的前夕,面临着与中国相似的境遇:各种"现代"思潮纷至沓来,代表"旧文化"的"文雅传统"遭到了全面的批判而土崩瓦解。面对欧洲现代思潮的大量涌入,美国本土显然缺乏相应的制衡机制。正如著名文学史家卡辛所说,欧洲的作家们经过马克思、罗斯金、阿诺德等人的不懈批判,对资本主义秩序及其伦理总算有所防备,而美国的现实主义与现代主义先驱们,面对现代思潮的冲击却毫无防范,不免一败涂地。正是在这一时期,白璧德开始集中称述阿诺德等"现代批判者"的主张,将他们的思想作为自己社会/文化批判学说的重要资源,对自身所处的时代及其代表性思潮进行了不懈的批判。可以说,白璧德的"人文主义"思想是美国本土在外来现代思潮冲击之下,借助外力"应运而生"的现代批判学说。中国进入20世纪之后,各种现代思潮亦奔涌而入,思想与文化开始向现代转型,然而此时却一无传统的有力制衡,二无相应的现代批判机制,与美国当年的境遇分外相似,于是白璧德的学说在这个特殊的时刻"适时"进入了中国学人的视域。先有白璧德反复称引阿诺德等人的学说,后又有吴宓等人远涉重洋,将"偶然"发现的美国"圣人"白璧德的学说带回中国,以之为理论武器向国内现代思想的代言人提出了质疑与辩难。从而,"学衡派"选择担任了"人文主义"学说在中国的阐释者,从此自觉充当了现代思潮的制衡力量。[①] 与此同时,"学衡派"也分享了老师白璧德作为"时代批判者"的命运——《学衡》从诞生之日起便命途多舛,"学衡派"人士

[①] 关于此节,可在《吴宓日记》中找到大量的佐证材料,这些材料多已为研究者所熟知。亦可参见 K. T. Mei(梅光迪)对《学衡》事业的回顾文章《人文主义与现代中国》(Humanism and Modern China, *The Bookman*, June 1931, p.365)中的相关论述。

亦随之"获罪"而前路多艰。

从而,"学衡派"并非无视于当时的"意识形态环境",而恐怕正是出于对当时"意识形态环境"的切身体认,才会汲汲于将白璧德的"人文主义"移植到中国文化语境中来。当然,"学衡派"门徒是真心服膺老师的学说,所以一再引述白璧德著述作为权威和理论支持,同时也会从实际目的出发,关注白璧德学说本身在中国的接受情况。由于"学衡派"要对抗的"敌对面"太多,战线拉得太长,可想而知白璧德学说会在中国遭到来自各方的攻诘。事实上,白璧德学说自推出之日起,就立刻遭到了"新派"的围攻,吴宓等人对此深感痛心,但他们接下来的举动是,继续加强对白璧德学说的推广,①而不是在认识到白璧德学说与中国"意识形态环境""格格不入"之后,为白璧德学说本身的"旅行"愉快起见,立即停止对之在中国的宣传。

总之,"学衡派"在引入白璧德学说的时候,不但了解这一学说在美国本土的生存情况,亦对中国的文化生态深有意识。他们正是由于深知白璧德学说进入中国文化语境时会产生怎样的效果,才会在植入过程中采取相应的译介策略,尽量增加"润滑"而减少"梗阻",促使白璧德学说被充分接受,从而实现自己借助异域思想资源与时代主流思潮相对抗的目的。

白璧德的"人文主义"概念在表述上颇为"含混",本来接受者(译者)具有从多重角度加以理解的可能,但是"学衡派"准确无误地抓住了白璧德"人文主义"的"本义"(即狭义的"贵族性"的"人文主义"),并以之为武器向当时国内大行其道的"人道主义"以及相关的自然主义、科学主义、

---

① 梁实秋辑译本《白璧德与人文主义》一书的出版便是很好的例子。由于有些人攻击白璧德却"没有读过他的书",吴宓得知后深感愤慨,于是梁实秋提出将《学衡》杂志白璧德译文辑录成书,吴宓迅速为之提供了稿件,见该书"序",第1—2页。

物质主义、实用主义等思潮展开了批判。① 《学衡》所严厉批判的,正是《新青年》等"进步"刊物积极加以宣传推介的,与此同时,《学衡》与《新青年》等杂志的"文言"与"白话"之争,也被认为是"贵族的"/"人文主义的"文字/文学与"平民的"/"人道主义的"文字/文学之争,从而文字/文学不但是思想斗争的载体,自身还成了斗争的内容与手段。从而,不论从目的、内容还是手段而言,立足于狭义的"人文主义"的《学衡》与代表了"人道主义"的《新青年》恰好构成了一组白璧德"二元论"式的对立。正如汪晖所见,同是 humanism,在"五四"时期却存在着以《新青年》为代表的人道主义和以《学衡》为代表的人文主义两种"几乎对立的命题"。②

如果说"新青年"们代表了"进步"的趋势,"学衡派"公开与之对抗,便代表了"保守""反动"的势力,从而"学衡派"就是"昧于时势"的,人们的这种逻辑,如刘禾所说,使他们轻而易举地落入提倡新文化者的"修辞陷阱",因为正是这些新文化提倡者首先给《学衡》加上了社会进步绊脚石的恶名。③ 然而,"新青年"的精神后裔们仍对这套话语恋恋不舍,直至 21 世纪仍斥责"学衡派"为了"复古"不惜走向极端,介绍西学也是为这一目的服务的,不过是将之作为装饰"国粹"的花环等等。④

如果与主流思潮"针锋相对"就是"昧于时势",那么白璧德本人自然

---

① 在白璧德这里,"人道主义"概念几乎是一个可以容纳一切"人文主义"对立物的"总名",不论是自然主义还是科学主义、情感主义或物质主义等等,都可以很方便地统纳入其中加以批判;"学衡派"学生显然继承了老师的话语系统。
② 汪晖,《人文话语与中国的现代性问题》,载陈清侨编,《身份认同与公共文化》,香港牛津大学出版社,1997 年。另李怡曾总结过中国新文化运动时期歧义丛生的"人文主义"概念,认为"学衡派"与"五四新文化派"的根本分歧导致了他们对"人文主义"有着不同理解与定义,见《论'学衡派'与五四新文学运动》(1998),载李继凯、刘瑞春编,《解析吴宓》,社会科学文献出版社,2001 年,第 126—148 页。
③ 〔美〕刘禾,《跨语际实践——文学,民族文化与被译介的现代性(中国,1900—1937)》,宋伟杰等译,生活·读书·新知三联书店,2002 年,第 356 页。
④ 许祖华,《五四文学思想论》,华中师范大学出版社,2002 年,第 378 页。

也不免"昧于时势"之讥。白璧德认为,如果现代崇尚物质进步的趋势不加限制,人类文化将面临毁灭,这乃是白璧德长怀的"千岁之忧"。在他看来,"欧战"(即第一次世界大战)便是人欲横流的恶果,如果不以"道德律令"(the moral law)对之行使"否决权力"(the veto power),这种自然主义的谬误终将毁灭人类文明(wreck civilization)。① 20世纪60年代,曾有美国人引用白璧德这段充满了忧患之思的文字,不过,引文稍微作了一点修改,掐头去尾略去了白璧德这段文字的具体语境——对惨烈的第一次世界大战的沉痛反思——使得白璧德对战争威胁下人类文化前景的深切忧虑看起来言过其实,愚蠢可笑。该论者以戏谑的语气评论说:"白璧德以一个早期清教徒阴郁的宗教热诚,提醒我们现在的生活早已是人间地狱(hell on earth)","他自认为找到了解救之方,于是毕其一生致力于那种'人间的救赎'(secular salvation)"。② 然而,事实证明,白璧德并非杞人忧天,"一战"的阴影还未消除殆尽,更为残酷的"二战"接踵而至。可是这位60年代的评论者竟无视于此,而拿这个严肃的话题开了一个轻薄的玩笑。事实再一次证明,后人的有利视野并不能保障其"后见之明",批评前人对"意识形态环境"缺乏意识的同时,阐释者自己往往最容易失去自觉,丧失对所研究之时代"意识形态环境"的真切把握。

最后要说明的是,"学衡派"在事实上已经将白璧德学说引入中国,并产生了一定的接受效果,不论这效果本身如何,后世阐释者只能将之作为一段效果历史接受下来,而不是去指责推介者明知某理论"不合时宜"却仍旧逆流行事。那个时代的"逆流而动"者可能并非对主流"意识形态环境"缺乏自觉,倒是后人常常会顺应今天的"意识形态"去思考那个时代的问题,结果反为自己的视野所蔽,当代的研究者们对此可不慎与?

---

① Irving Babbitt, *Rousseau and Romanticism*, pp. 367-368.
② Keith F. McKean, "Irving Babbitt", *The Moral Measure of Literature*, p. 49.

第三章
"人文主义"的本土化(中国化):
《学衡》胡先骕译文研究

第一节 胡先骕、吴宓与《白璧德中西人文教育谈》

一、译文的"生产"问题

《白璧德中西人文教育谈》登载于《学衡》1922年3月第3期,是《学衡》杂志译介白璧德学说的第一篇译文,也是白璧德学说在中国的第一篇译文。原文题为"Humanistic Education in China and in the West",系白璧德1921年秋面向中国留美学生所作的演讲,一年后登载于《留美学生月报》(*The Chinese Students' Monthly*)第17卷第2期,1922年12月出版。我们注意到,《学衡》1922年3月便登出了这篇演讲的译文,也就是说,中国人比美国人更早地接触到了这篇文章,这真是一个颇为有趣的现象。

原文漂洋过海来到中国(文章于1922年"一月初"到达吴宓手中,详见下文),从翻译、编校、排版,直至最终出版(《学衡》》与中华书局有约,每期全稿要在出版期前一个月交付)仅用了一个多月的时间。《学衡》为何迫不及待地要向国人介绍这篇文章？要知道，到 1922 年为止，白璧德五大专著除《民主与领袖》(1924)一书外均已面世，各种论文、评论与演讲数量繁多，"学衡派"有意全面译介白璧德的学说，此时正如面对着一个庞大的"富矿"，而这篇只有四千余字的讲稿竟拔得头筹，成为第一篇被《学衡》译入中国的文章。

主编吴宓在译文按语中这样交代个中缘由："去年九月，美国东部之中国学生年会，曾请白璧德先生莅会演说，此篇即系当时演说之大旨。以其论特为吾国人而发，故首先由胡君先骕译出，以登本志。"看来原因很简单，"其论特为吾国人而发"，是该篇迅速成为首选而被推出的主要原因。

问题是，"首选"是谁之选择？是编者吴宓，还是译者胡先骕？吴宓按语中"以其论特为吾国人而发，故首先由胡君先骕译出"的说法多少有些模糊。我们无法确定译文的选择者，也就无法确定译文的选择意图。

在该篇译文发表四十多年以后，吴宓在《自编年谱》中详尽记述了译文的来历、译者、产生经过及译名确定等情况（着重号与小号字均为吴宓所加）：①

> 民国十一年　岁次壬戌　宓二十九岁
>
> 此一年，宓尽心授课外，集中全力于编辑《学衡》杂志。
>
> 一月初，得白璧德师自美国寄来其所撰之"Humanistic Education in China and in the West"一文。盖 1921 秋（宓离美国后）留美中国学生会年会特请白璧德师莅会之演讲稿，而刊登于《留美中国月报》者也。胡先骕君见之，立即译出，题曰《白璧德中西人文教育谈》，登入《学衡》第三期。由是确定两词：(1) Babbitt 师之姓氏宓初译曰巴比陀

---

① 《吴宓自编年谱》作于 1964 年 10 月以后（见吴学昭"后记"，第 261 页），与该篇译文发表（1922 年 3 月）时隔四十余年，所记属于事后追忆的内容。

第三章 "人文主义"的本土化(中国化):《学衡》胡先骕译文研究　143

(取自 1902 出版《经国美谈》小说中之 Pelopidas)。译为白璧德三字。
(2)Humanism 忞初译曰人本主义。译为人文主义。皆胡先骕君造定之译名,而众从之者也。Humanitarian 译为人道主义,则世之所同。①

《自编年谱》中这段文字不但回顾了该篇译文的来龙去脉,还补充了一些非常重要的材料,对于该篇译文的研究来说弥足珍贵。并非每一篇译作都能如此幸运,特别是在该译文产生的年代,有时译者与原文题目都不免缺失,遑论更进一步的信息。经常由于缺乏足够的材料支持,有关问题的讨论不了了之。我们特别要强调的是,胡先骕译文是《学衡》七篇白璧德译文中唯一在《自编年谱》中有所记载的一篇,实际上,从吴宓《自编年谱》中记录的篇幅字数与详尽程度,亦可看出这篇译文的重要性。只不过,这段写于四十余年之后的文字,直至 1995 年 12 月才首次出版面世,从而《白璧德中西人文教育谈》出版七十余年之后,这些情况方为研究者所知。

我们回头来看这段文字,关于《白璧德中西人文教育谈》的"产生经过",在此出现了两个版本:译文按语中说,"以其论特为吾国人而发,故首先由胡君先骕译出",《自编年谱》则说,白璧德的文章寄来之后,"胡先骕君见之,立即译出"。《自编年谱》一反译文按语的模糊含混,明确道出译文的选择者为胡先骕,此外,新添加的确定译名这一重要内容,更表明译

---

① 《吴宓自编年谱》,第 233 页。"白璧德"与"人文主义"两个译名是由胡先骕确定的,不过并非首次出现于《学衡》该篇译文。胡先骕著名的《评〈尝试集〉(续)》(载 1922 年 2 月第 2 期《学衡·书评》栏目)一文中,已见有"白璧德"与"人文主义"等译名。又,外国学者讨论 humanism 一词起源,往往会从 humanus 或 humanitas 等拉丁词源谈起,而中国学者论及"人文主义"这个概念,也往往追溯其西方起源,而忽略"人文主义"这个中文词产生的过程,仿佛"人文主义"是 humanism 一词毋庸置疑的天生对应物。要之,"人文主义"这一术语最早出自"学衡派"胡先骕,这是我们讨论白璧德"人文主义"话题的又一收获。

文亦由胡先骕奠定基调,而译者胡先骕的主导性如此突出,以至于"胡先骕君造定之译名",众皆"从之"。《白璧德中西人文教育谈》成为第一篇白璧德译文,除内容因素外,译者胡先骕"见之,立即译出"的决断与能力也起到了关键性的作用。

回到译文按语,其含混的表述遮蔽了胡先骕的主动作用,可能会使读者产生误解:胡先骕此译文是《学衡》编者有计划、有组织地编译的一系列译文中的一篇,虽然译文由译者独立署名,但本译文的出版却非一个独立的事件。然而,据我们所知,直至1924年10月第34期徐震堮译文《白璧德释人文主义》刊出,《学衡》始终没有真正行动起来"统系条贯"地介绍白璧德"人文主义"思想。实际上,《学衡》全部七篇译文并不分享一个统一的翻译计划,从而每篇译文独特的选择意图便格外引人注目——"其论特为吾国人而发",其在胡先骕这里呈现为怎样的意涵?

胡先骕这篇译文收录于梁实秋辑译本《白璧德与人文主义》,译文包括按语及注脚均未作更动。《学衡》七篇白璧德译文中,该篇是最早出现其他中译版本的文章。1977年梁实秋与侯健合著的《关于白璧德大师》[1]一书登载了白璧德此文的另一译本,题为《中国与西方的人文教育》,译者为台湾学者侯健,胡先骕译文刊于附录部分,仍旧一字未易。侯健作为梁实秋的弟子,多年来致力于白璧德"人文主义"思想的研究与推介,台湾学者李有成称之为继《学衡》之后"最有资格在中国继承新人文主义香火的人"[2],侯健在《学衡》白璧德译文中唯独重译了

---

[1] 《关于白璧德大师》与1977年台北巨浪出版社翻印的白璧德《卢梭与浪漫主义》(1919)一书同批印行并随之奉送,显然完全以推介白璧德思想为目的。该书此后的流通不再与"巨浪"版《卢梭与浪漫主义》以"捆绑"方式进行,而是在各大图书馆以单行本的形式出现。由于印数信息不详,很难判定该书可能的读者数量,不过,其版权页上特别注明该书"随《卢梭与浪漫主义》附赠免收工本费",至少该书头版印数可能与"巨浪"版《卢梭与浪漫主义》一书出版册数相同。

[2] 李有成,《白璧德与中国》,载《中外文学》,第61页。

此篇,这一情况很值得我们注意。《关于白璧德大师》一书编著者选择重译该篇本身,显示出"Humanistic Education in China and in the West"一文在他们眼中具有某种代表性。那么,编著者选择重译该文的意图是什么? 选择者是译者侯健还是侯健的老师梁实秋? 胡先骕译文作为白璧德学说在中国的第一个译本,作为相关效果历史的源头,是否对梁实秋/侯健的选择产生了影响?① ——这将是另外一些耐人寻味的话题了。

二、胡先骕:译文的独立生产者

吴宓在1933年白璧德去世后,曾撰写《悼白璧德先生》一文,记述了白璧德"中国门弟子"的情况:"(一)梅光迪君从学最早且久,受知亦最深。其后有(二)吴宓(三)汤用彤(四)张歆海(五)楼光来(六)林语堂(七)梁实秋(八)郭斌龢君等等","门弟子以外,如(九)胡先骕君,尝译述先生之著作,又曾面谒先生,亲承教诲",更外一层的还有"(十)吴芳吉

---

① 梁实秋曾在《关于白璧德先生及其思想》一文自述对《学衡》白璧德译文的看法:"梅光迪吴宓两位先生""曾办《学衡》杂志一种,里面不断的刊载有关白璧德的著述","可惜的是,《学衡》是文言的,而且反对白话文,这在当时白话文盛行的时候,很容易被人视为顽固守旧。人文主义的思想,其实并不一定要用文言来表达,用白话一样的可以阐述清楚。人文主义的思想,固有其因指陈时弊而不合时宜处,但其精意所在绝非顽固迂阔。可惜这一套思想被《学衡》的文言主张及其特殊色彩所拖累,以至于未能发挥其应有的影响。这是很不幸的"。梁实秋还回忆说:"《学衡》初创之时,我尚未毕业大学,我也是被所谓'新思潮'挟以俱去的一个,当时我看了《学衡》也是望而却步,里面满纸文言,使人不敢进一步探讨其内容了。白璧德的思想在国内就是这样被冷淡的。"见《关于白璧德大师》,第2页。此外,梁氏还提及自己所编的《学衡》白璧德译文辑译本《白璧德与人文主义》"仍未能引起广大之注意",同上书,第3页。结合以上论述,侯健白话文版译文的出现,与梁实秋早年对文言版白璧德译文"望而却步",以及组织辑译本"仍未能引起广大之注意"大有关系。至于二人为何唯独重译了《白璧德中西人文教育谈》一文,非常值得我们注意。

(十一)缪钺"等"皆读先生书,间接受先生之影响"的人士。① 可见在吴宓心中,胡先骕尚不算白璧德的及门弟子。然而,正是这位"门弟子"之外的学人最先将白璧德"人文主义"思想引入了中国:他第一个译介了白璧德的文章,并首先将白璧德"人文主义"思想运用到中国文学批评中,②此外,他还以白璧德"人文主义"思想为主导撰写了大量的专论,在传播白璧德"人文主义"思想方面,面对梅光迪、吴宓等嫡传弟子当仁不让。

除上述成就之外,胡先骕还发表了大量古典诗评,以实例说明自己的文学观点,并写就为数甚多的古典诗词,用文学本身来证明"文言文学"并非"死文学",以对抗当时泛滥开来的胡适提倡的"白话文学",攻守全能,无愧为"学衡派"中坚人物之一。不仅如此,在《学衡》杂志整个创办与发展过程中,胡先骕的作用与影响都清晰可见:首先,胡先骕与胡适关于文学问题的论争是《学衡》创办的动因之一;③其次,《学衡》在创办之初便能

---

① 《大公报·文学副刊》,1933年12月25日第312期。本期为吴宓担任主编以来的倒数第二期,最后一期为1934年1月1日第313期。白璧德逝世之后,继《学衡》1933年7月停刊,吴宓亦中止了《大公报·文学副刊》的编辑工作。
② 如胡先骕《评〈尝试集〉》(载1922年1月第1期《学衡》)及《评〈尝试集〉(续)》(载1922年2月第2期《学衡》)等文。并参见周葱秀《新人文主义在中国的首次倡导——重新评价胡先骕的文学观》,载张大为等合编,《胡先骕文存》(上),江西高校出版社,1995年,第707—721页。
③ 胡适曾谓"诸君莫笑白话诗,胜似南社一百集"(胡适,《新大陆之笔墨官司》,1916年7月22日,载《藏晖室札记》,亚东图书馆,卷14)。胡先骕正是胡适口诛笔伐的"南社"成员。1916年11月,胡适复于著名的《文学改良刍议》(本文于1917年1月正式发表)一文中点名批评"吾友胡先骕先生"的诗词是"陈言烂调""最可憎厌""似是而非"之诗文,语气尖锐一至于斯。胡先骕素以诗才闻名,想来难以接受这一批评。胡先骕先是针对《文学改良刍议》撰写了《中国文学改良论》(上)(原载于《东南高师日刊》,转载于1919年《东方杂志》第16卷第3期)批判胡适,后对胡适的"新诗"诗集《尝试集》加以批评,撰写了近3万字的长文《评〈尝试集〉》,不惜笔墨还之以颜色。胡适对这两篇文章未作回应,小将罗家伦对《中国文学改良论》诸条作了批驳(见《驳胡先骕君的〈中国文学改良论〉》一文,载1919年5月1日《新潮》第1卷第5期),但未对胡先骕构成冲击。胡先骕的《评〈尝试集〉》分为两部分,分别发表在1922年1月第1期与2月第2期《学衡》。据吴宓《自编年谱》所记,胡先骕此文在1921年底《学衡》第一次筹办会议"两年前""早已撰成"(其实《尝试集》初版于1920年3月,吴宓所记大概有误),(转下页)

够迅速拥有可观的阵容,与胡先骕师友战团的加入密不可分。① 然而,早在《学衡》第3期(1922年3月)发刊时,胡先骕便与吴宓发生了摩擦,《学衡》社由此几近"内部分裂"。② 不过,待到胡先骕再度赴美(1923年8月)前夕,吴宓在写给白璧德的信中,不但对胡先骕为《学衡》所做的工作赞不绝口,还特地为他引见了白璧德。③ 1924年,值胡先骕二度留美期间(1923年8月—1925年7月),东南大学迅速衰落,"学衡派"成员流散四方,吴宓北上远赴东北大学就聘,备感辛酸,④此时胡先骕曾来信赠诗对他加以宽慰(1924年8月20日),⑤吴宓则在胡先骕、邵祖平等人的影响下,在1924年8月间"始作宋诗"⑥,显然此时二人的不快已成过往,胡先骕更在访学繁忙之际,时常寄稿支援,给予了《学衡》最大的支持。⑦ 可是,到

(接上页)至少《尝试集》刚刚出版本文便已完成,可见胡先骕之急切的心情。以上便是胡先骕与胡适所谓"南胡与北胡之争"的大致经过。吴宓由此说:"《学衡》杂志之发起,半因胡先骕此册《评〈尝试集〉》撰成后,历投南北各日报而及各文学杂志,无一愿为刊登,或无一敢为刊登者。此,事实也。"见《自编年谱》,第229页。

① 学者高恒文认为,胡先骕先于梅光迪、吴宓之前来到东南大学,为"学衡派"打下了坚实的基础,胡先骕团结的"柳(诒徵)门"成员和追随陈三立的诗人小群体,构成了"学衡派"在东南大学期间的重要支柱。见《东南大学与"学衡派"》,第65—73页。

② 据吴宓《自编年谱》记载,胡先骕主持《文苑》栏目,专登江西人所作江西诗录(或称"同光体")之诗。其他人来稿,皆不入选,吴宓甚愤,乃于第三期中改胡先骕主编之"诗录"为"诗录一",并自编"诗录二",胡先骕甚责之,谓此举显示出《学衡》社"内部分裂",将为敌所乘。吴宓"不屈,亦不辩","总之,'诗录一'与'诗录二'久久对立、并峙云",第234页。吴宓显然很有情绪,特别是最后一句话颇着痕迹,看来胡先骕之"内部分裂"说并非刻意夸大其词。

③ 见吴宓1923年7月6日致白璧德信,《欧文·白璧德与吴宓的六封通信》,载《跨文化对话》第10辑,第154页。可见胡先骕"面谒先生,亲承教诲"乃是他二度赴美期间所发生事。

④ 关于东南大学的迅速衰落及"学衡派"成员的离散,见《吴宓日记》1924年7月的记载,并参见高恒文《东南大学与"学衡派"》一书第五章"东南大学的衰落与'学衡派'的风流云散",第223—252页。

⑤ 胡先骕赠诗见《吴宓日记》,第278页。

⑥ 《吴宓自编年谱》,第250页。

⑦ 胡先骕二度留美期间所寄稿件,包括三篇古典诗评,一篇重要论文《文学之标准》,及游记《旅程杂述》,分别见1924年《学衡》第25、27、28、31、34各期。

了1925年8月,吴宓日记中又出现了胡先骕"于宓多所责怨"的字样(此时胡先骕已经回国),①此后胡先骕再未向《学衡》供稿,1926年3月第51期《学衡》刊载的《评亡友王然父思斋遗稿》是他在《学衡》发表的最后一篇文章。当吴胡二人多年之后(1927年11月)重聚,胡先骕竟提出停办《学衡》的主张,建议由柳诒徵、汤用彤、王易三人主编,"完全另行改组",吴宓对此当然不能接受,胡先骕至此不再与《学衡》发生关系。② 由此吴宓在回顾性的《自编年谱》中,对胡先骕的评价可以理解地呈现出颇为矛盾的样貌:一方面称胡氏是"对《学衡》杂志最热心而出力最多之人",③另一方面又认为"鲁迅先生"1922年2月9日所写的《估〈学衡〉》一文"实甚公允",因为《学衡》第一期《文苑》栏目专登邵祖平之文字,"实甚陋劣","斯乃胡先骕之过"。④

　　无论吴宓如何评价胡先骕,从后者为《学衡》所做的工作及取得的成就来看,胡先骕都可以说是早期《学衡》最为活跃的人物,而这与胡氏的"旧学"功底显然是分不开的。吴宓曾在《空轩诗话》(1931)中对胡先骕的古典文学造诣深表"钦服",并颇为详尽而公允地讲述了自己与胡先骕的分歧:"胡先骕君(步曾)为《学衡》社友,与予同道同志,而论诗恒不合。步曾主宋诗,身隶江西派。而予则尚唐诗,去取另有标准,异乎步曾。步曾尝强劝予学为宋诗,予虽未如其言以致力,然于宋诗之精到处,及诗中工力技术之重要,固极端承认。且步曾中国诗学之知识及其作诗之造诣,皆远过于我,我深钦服。并感其指教之剀切、爽直,益我良多。"并在文末

---

① 此事盖由胡先骕乡党邵祖平引起,见《吴宓日记》1925年8月23日日记。
② 见《吴宓日记》1927年11月14日日记,第437—439页。
③ 《吴宓自编年谱》,第228页。
④ 同上,1922年4月,第235—236页。吴宓在此寥寥数行文字当中,连称"鲁迅先生"凡四次,并对鲁迅对于《学衡》的批评深表赞同,这与鲁迅在这一时期声名地位的迅速升高或许不无关系。同段中所记"邵祖平乃以此疾恨鲁迅先生,至有1951冬,在重庆诋毁鲁迅先生之事,祸累几及于宓,亦可谓不智之甚者矣"一句颇可见出其中隐曲。

按语中说,《空轩诗话》"持与步曾所选列者比较,亦可见吾二人见解之不同焉!"①看来,吴宓认为自己与胡先骕的分歧主要集中在"论诗"方面,他虽未能接受胡氏论诗之趣味,但对于后者的古典文学的素养则非常推重。

然而,有着深厚古典文学功底的诗人胡先骕,在《学衡》杂志发表大量论文、文学评论、古典诗评与诗词等成就竟只是他"学余"之"副业"。胡先骕的"专业"乃是植物学,他是中国植物学会第一任会长,中央研究院院士,国立中正大学首任校长,"活化石"水杉新种的发现者,领导并参与创办了中国第一个大学生物系、第一个生物研究所,号称"中国植物分类学之父",曾被毛泽东称为"中国生物学界的老祖宗"。② 胡先骕不但是中国传播白璧德"人文主义"思想的"第一人",在生物学领域,他更是身兼几个"第一"的名号。

胡氏作为难得一见的文理兼通的奇才,在这两个方面的成就如此突出,以至于人们有时竟以为存在两个不同的"胡先骕",如日本桥川时雄编纂的《中国文化界人物总鉴》(1940)中就曾将植物学家胡先骕与诗人胡先骕列为同名同姓的两个人。③ 中正大学校友会为纪念首任校长胡先骕的"百龄冥寿",出版了两卷本《胡先骕文存》,上卷出版于1995年,收录了作者人文社会科学方面的学术论文、短论、演讲记录及古典诗词,约六

---

① 吴宓,《空轩诗话》第十七,载吕效祖主编,《吴宓诗及其诗话》,陕西人民出版社,1992年,第238—240页。
② 关于胡先骕在专业方面的成就,详见胡宗刚,《不该遗忘的胡先骕》,长江文艺出版社,2005年。胡先骕放弃参与《学衡》后期的工作,部分出于当时要把精力投入"正业"中去。见《吴宓日记》1927年11月14日日记,胡先骕曾对吴宓表示要"专心生物学,不能多作文"云云,第437页。
③ 张大为,《胡先骕与古典诗》,载《胡先骕文存》(上),第722页。作者认为,胡氏"诗名为植物学专长所掩,鲜为世人所知",乃著此文介绍胡氏的古典诗理论与实践。胡先骕还出版过两部诗集:其一为钱锺书编选的《忏庵诗稿》(两卷本,1960),最初为油印本,1992年得以在台湾铅印出版;另有谭峙军主编的《胡先骕先生诗集》(非卖品),中正大学校友会,1992年。

十万字；一年后出版了下卷，收录了作者自然科学方面的学术论文、短论及演讲记录，约七十五万字（胡先骕的自然科学论著卷帙浩繁，包括中英文专著二十一种，中英文论文一百七十余篇，下卷仅收入了中文论文和译文）。令人深感兴味的是，胡先骕的"专业"与"副业"不但看来毫不相干，在当时语境下似乎还有些彼此相悖：他是著名的科学家，也是杰出的文言诗人；他领导的"生物学"研究当时在中国位于该门类科学的最前沿地带，同时他的文学理念在"新文化运动"中却显得相当"保守"与"落后"；他在留美期间参与创办了《科学》杂志，还参与发起了"科学社"，同时他也是专以旧体诗写作的"南社"社员，还是追随陈三立、沈曾植等"江西诗派"（又称"同光派"）领袖的诗人团体成员，在他主持《学衡》杂志《文苑》栏目期间，"南社"成员以及"江西诗派"诗人的"同光体"诗作大量流入《学衡》，并因此导致了主编吴宓的不满。

问题是，胡先骕参与《学衡》的时期，正值"赛先生"受到空前欢迎与推崇，胡先骕身为著名的科学家，为何与这一时期大多数人的取向相悖，不是站在"新派"一边，而是与"旧派"文化理念趋同？这一情况值得探讨，我们不妨从胡先骕的家世、学力与个性说起。

胡先骕（1894—1968），字步曾，号忏庵，江西新建人。出身江西望族，官宦世家，历代享有功名。曾祖父胡家玉，道光二十一年（1841）中辛丑一甲进士第三名，钦点探花，授翰林院编修。胡先骕之所以用"步曾"为字，是由于父亲期望他能步曾祖之后，光耀门庭。他三岁启蒙，五岁课对，六岁识字万余，通晓反切、训诂，七岁能诗，素有"神童"之称。1905年考取南昌府学廪生，名列第十一排第一名，时年十一岁，在同科中年龄最小。1906年（光绪三十二年）废除科举制度，开始推行新式教育，可能他在此时已对植物学产生了兴趣。十五岁考入京师大学堂预科，十八岁参加江西省赴美留学考试成绩优异，十九岁（1913年）进入美国加州大学专攻农业，后转为植物学。二十二岁（1916年）获学士学位回国，二十四岁（1918年）受聘于南京高等师范（即东南大学前身），时任农科教授。1923年8月再度赴美，入哈佛大学，1924年获硕士学位，1925年获博士学位，随即归国，此后多专注于本专业的研究。①

　　胡先骕出身士大夫阶层，幼年时代便被家人寄予厚望，自身亦才华横溢，很早就在同侪中脱颖而出。胡氏曾有诗自述曰："束发毕经史，薄誉腾文场。……一时冠盖俦，交口称麟凰。"②——自负之意跃然纸上。这种自负不仅与他个人少年早发的经历相关，更表现在他"兼济天下"的宏大志向之上。他曾如是自写怀抱："髫年负奇气，睥睨无比伦。颇思任天下，衽席置吾民。二十不得志，翻然逃海滨。乞得种树术，将以疗国贫。……岂惟裕财用，治化从可臻。"③"颇思任天下"，这可能便是江西胡家这个士大夫家族在胡先骕幼年时期对他所寄予的"厚望"，而"衽席置吾民"，则直是一种"经世济民"的抱负与气概了。"二十不得志，翻然逃海滨"——胡先骕确实有资格说"二十不得志"。须知胡氏在十一岁时已举为秀才，如果不是在他成为庠生的次年废除了科举制（1906），他极有可能会如大家所期许的那样，步其曾祖后尘。然而，他最终不得不翻越重洋赴美求学，"乞得"立身的法门。子曰"道不行，乘桴浮于海"，胡先骕自述"翻然逃海滨"的言下之意，或许指向"道不行"这一隐含前提。胡氏写这首诗之时甫值学成归来，不过他在诗中对于自己专业的定位却相当奇特："植物学"只是一种"种树术"！既然称之为"术"，自然与"道"相别。不过，如

---

① 胡先骕生平详见胡氏弟子施浒所作《胡先骕传》，载《胡先骕文存》（下），张大为等合编，中正大学校友会，1996年，第851—890页。并参见胡宗刚《不该遗忘的胡先骕》一书。
② 胡先骕，《壮游用少陵韵》，载《胡先骕文存》（上），"忏庵诗"，第519页。该篇作于1916年，其时胡氏刚刚学成归国。
③ 胡先骕，《书感》，同上书，第523页。该篇作于1917年，其时胡先骕刚刚结束第一次的赴美留学，往北京大学谋职未果，不得已回江西庐山任森林局副局长，郁郁不得志，乃在庐山大作宋体诗，以抒写怀抱。

果这种"术"可以用来拯救国计民生,"将以疗国贫",甚至"治化从可臻",那么,这便不失为一种"行道"之方。胡氏的《书感》经过如是分析,似乎传达出这样一层意思:胡先骕并非现代意义上的"专家学者",而是一位典型的中国传统之"士",不但对现实始终抱有深切的关怀,也有着宏大的政治抱负。

如我们所知,《学衡》一向以远离政治著称,胡氏本人亦尝自述"不关心政治"(详见下文),不过他的这一自述其实颇有误导性。我们知道,胡氏曾写过《东南大学与政党》(1925)一文,抨击进入大学的政党之争,①他在任中正大学校长期间(1940—1944),还曾为抗拒外界政治势力进入大学而被迫于1944年辞去校长职务。② 不过,胡先骕作为学者抗拒政治势力入侵学院,并不意味着他对中国的政治现状缺乏关切与了解。事实上,他曾撰写大量政论文章就中国政局发表意见并提供建议,诸如《蜀游杂感》(1933)、《建设新中国的基本要素》(1941)、《我国战时经济状况及节约运动之重要》(1941)、《战后世界政治经济之动向》(1944),以及一系列"改造"文章(1945—1947)等。③ 此外,胡先骕不仅限于评论政局,甚至还表现出积极参与政治的姿态:他先是在1948年鼓动胡适竞选总统,此后参与组建了社会党,并为社会党起草政纲《中国的出路》,以表明自己对中国政治的构想与擘画。该政纲中说道:"如果我们不参与政治,别人将要把与我们的意志和良心相反的制度,强加到我们以及我们的子孙身上",

---

① 《胡先骕文存》(上),原载《东南论衡》第1卷第1期,1925年。
② 《不该遗忘的胡先骕》,第128—131页。
③ 《蜀游杂感》原载《独立评论》1933年第70、71期;《建设新中国的基本要素》,原载《国立中正大学校刊》1941年第1卷第9期;《我国战时经济状况及节约运动之重要》原载《国立中正大学校刊》1941年第1卷第11期;《战后世界政治经济之动向》原载《国立中正大学校刊》1944年第4卷第9期;以及《教育之改造》《思想之改造》《经济之改造》诸文,分别载于《江西南昌大众日报丛书》(1945年)及《观察》1946年第1卷第7—9期,1947年第20—23期。

"决不应为了经济平等而牺牲政治民主","我们应当以宪政的方式,加紧步骤,实现政治民主与经济平等",等等。① 由此看来,胡先骕非但不是"不关心政治",而是已经行动起来亲身参与政治了。可见,胡先骕所冷淡的"政治",是辛亥革命以后军阀混战时期的"政治",此时不唯胡先骕,许多"文化人"(如"学衡派"诸君)都选择规避政治,试图在纷乱扰攘的年代"独善其身"。但广义上的"政治"——"任天下"而"衽席置吾民",始终对胡先骕有着巨大的吸引力。1952年初,中科院开展了思想改造运动,胡先骕在批判会上作了万余言的书面检讨:"一九一八年我到南京高等师范学校农业专修科当教授,从此便获得了我所希求的铁饭碗,便以纯学术观点去服务,绝对不问政治",并说由于自己的"封建思想的根源"和"正统观念在作祟",承认"满清皇朝为正统",自我批判云"那时我以纯技术观点去服务,而不问政治,多少是我的'大隐在朝市'的一种封建的遗民思想",并谈及自己曾批评蒋介石诸多过失,"这是我为王者师的思想"。也就是说,胡氏的不关心"政治",是对帝制覆灭后出现的新政治形势的不感兴趣兼不满,但对曾经有过的传统(或相似的)建制下读书人参与政治的模式却始终心向往之,那便是成为"王者师"以"得君行道",此亦即"士大夫""任天下"的唯一渠道。胡氏随后还说到自己"幼时便有为满清王朝尽忠的心","庚子年慈禧幽禁光绪,另立大阿哥,母亲告我这个消息。我曾大哭一次,以为我年纪太小,不能为太子尽忠"云云。② 胡氏作检讨大抵系无奈而为之,不过这一段记述却颇为传神。胡先骕为何而伤心,一望可知:"太子"被囚,以"王者师"自期者将如何"得君",如何"行道"? 结果便是"二十不得志,翻然逃海滨"——这件童年旧事正是胡氏《书感》一

---

① 《不该遗忘的胡先骕》,第132—136页。
② 引文见1952年8月13日胡先骕批判会书面检讨,载《不该遗忘的胡先骕》,第17、51—52、122—123诸页。又,慈禧幽禁光绪是戊戌年间事,但另立大阿哥事确在庚子年。

诗的绝佳注脚。不过,胡先骕当时只有六岁,便因"不能为太子尽忠"而大哭,一方面固可见出这个神童的早慧,另一方面我们亦可想见,胡家对这个早熟的孩子寄予的"厚望"可能常常会以相当明确的方式表达出来,①在家人不断的、直接的灌输之下,胡先骕才有可能在这样幼小的年龄具有这种既定的思想。

总之,从胡先骕的家世背景、学力与个性来看,胡氏的专业与"副业"看似对立,却在他身上实现了统一,彼此各安其分而并行不悖。在胡先骕眼中,为他"赢得生前身后名"的专业可以只是一种"种树术",而其"副业"却关乎他对过去的整个传统建制的记忆。由此我们大概可以解释,具有深厚的古典文学功底的科学家胡先骕何以不惮在当下坚持"保守"的文学理念,为古典文学,并为古典文学所指向、所承载的传统建制申命了。

根据台湾学者沈松侨列出的"《学衡》主要作者出身背景及作品篇数表",我们看到,《学衡》主要作者的"教育背景"分为三种:或为"旧式教育",或为"留美",或在国内吴宓等人执教的东南大学取得学位。"旧式教育"而有功名者已为数不多,有功名而又留美者只有胡先骕与梅光迪二人,有功名且留美,留美且获得自然科学博士学位的,则只有胡先骕一人。胡先骕可以说是"学衡派"人士当中最奇特的人物,也是《学衡》最特殊的作者。

《学衡》出版期间(1922.1—1933.7),胡先骕仅在最初三年积极供稿(1922—1924,1925年赴美期间未供稿,1926年3月在《学衡》登出最后一篇文章),共发表了十九篇文章,单以三年内发表的文章篇数而论,便已在

---

① 胡氏《出门》一诗颇可道出其中消息:"幼时颇慧黠,极为父母爱。七岁能作诗,便有成人态。金以远大期,廊庙曳鸣佩。"见《胡先骕文存》,"忏庵诗",第528页。

各位作者中位列第五。① 《白璧德中西人文教育谈》(1922年3月)是这位多产的作者在《学衡》发表的唯一一篇译文,也是胡先骕人文社会科学方面的唯一一篇译文(胡氏自然科学方面的译文数量众多,大多载于《科学》杂志)。胡先骕作为文理兼通的科学界人物,曾经"最为热心"地参加了《学衡》,尽管参与《学衡》只是他生命历程中很短的一段经历,但他却为《学衡》发挥了巨大的作用,他在《学衡》中发表的译文只此一篇,这却是白璧德思想在中国的第一篇译介文章,亦即白璧德思想在中国的接受史的源头。

有研究者认为,《学衡》七篇译文,除去吴宓所译四篇,其他各篇分别由胡先骕等人"署名"的文章实际上都是吴宓所做的工作,其根据是吴宓致白璧德的信件(1925年8月2日)中所言:"所有这些译文都是由我自己极其小心谨慎并尽量精确地翻译的……甚至那些由其他译者署名的译文,实际上是在我的指导下工作并经我自己全部校订,故可实际认为我做的工作(例如,刊于《学衡》第34期的《文学与美国大学教育》第一章)。"② 这段材料我们在本书第二章曾见到过,佐以吴宓《日记》中关于"删润"徐震堮译稿"需五六日而毕"的记载,说明徐震堮署名的译文至少是吴宓与徐震堮两人合作的产物。"删润"译稿而"需五六日而毕",这并不是一份轻松的工作。如果胡先骕的译文同样被精心校改过,喜欢一丝不苟地将生活琐事都事无巨细地写入日记的吴宓应该不会不提此节,反倒是在《自编年谱》中有这样干脆的记载:"胡先骕君见之,立即译出,题曰《白璧德中西人文教育谈》。"

---

① 据沈松侨统计,胡先骕文章篇数为十七篇,在主要《学衡》作者中位列第六,见《学衡派与五四时期的反新文化运动》,第78—80页。据笔者统计,胡先骕文章篇数为十九篇(其中分别登载于第1、2期《学衡》的《评〈尝试集〉》按一篇计,分载于第1、2、3、4、7、10、12期《学衡》的《浙江采集植物游记》按一篇计),与第五名缪凤林(十九篇)并列。
② 张弘,《吴宓——理想的使者》,文津出版社,2005年,第54页。

吴宓作为《学衡》主编，其影响固然往往无处不在，然而，当他面对胡先骕这样一位译者，他改动后者译文的可能性却微乎其微，原因大致有三：首先，胡先骕发表该篇译文时虽然只有二十八岁，但已是《学衡》中"先生辈"的作者（按胡氏于1918年二十四岁时被南京高师聘为教授），与学生辈的徐震堮不可同日而语。吴宓（1894—1978）与胡先骕同年，但在东南大学的资历比后者尚浅（吴宓于1921年二十七岁时获硕士学位学成归国，被东南大学聘为教授）。胡先骕是吴宓的资深同事，才华出众，译笔高明，且为人极为自负，因此吴宓改动胡氏译文的概率极小。①

其次，吴宓与胡先骕引为"同道"而共建《学衡》，但此后二人的交情不但没有加深，反而不断出现了矛盾与摩擦。早在《学衡》出版第3期（胡先骕译文即登于此期）时，二人出现严重意见分歧，关系已经相当敏感，因此吴宓不会再去改动胡先骕的译文，引发新的问题。

最后，我们特别要强调的是，吴宓与胡先骕的矛盾不会在一夜之间突然形成，而应该是在思想观念方面早有异见。胡先骕第一次留美（1913—1916）归国后，吴宓才赴美求学（1917—1921），二人擦肩而过。当吴宓与陈寅恪、汤用彤等人在哈佛聚首，交情日深，②胡先骕却早与胡适结识，并因《科学》及《留美学生季报》等杂志与胡适接触频繁。③虽然后来发生了

---

① 我们可以注意这一细节：吴宓作为主编，在各篇译文按语末尾均署"编者识"三字，唯独在胡先骕译文按语中署"吴宓附识"，显然礼敬有加。
② 关于吴宓与陈寅恪、汤用彤等人的交谊，论者甚多，兹不赘述。单举出以下一条记载便足够了：1920年8月17日，陈、汤等人曾在吴宓处集中碰面，吴宓称之为"七星聚会"。挚友相见，亲热非常，吴宓至有"此中乐，不足为外人道也"之说，足见他们交情之深厚。见《吴宓日记》1920年"7月2日至8月31日"条。
③ 胡适与胡先骕的交往始于1914年，二人在留美期间同为"科学社"的社员，胡先骕曾担任社刊《科学》的编辑以及《留美学生季报》杂志通讯员，而胡适曾在这两种杂志上发表过不少文章，二人应该有所交往，后来胡适在"点名批评"胡先骕的《文学改良刍议》一文中称之为"吾友"，固非随意攀扯。

所谓的"二胡之争",但此后胡适再未回应胡先骕的抨击,实际上两人的关系在1925年逐渐好转,这一年他们在上海合影留念,胡适在合影上留下有趣的题词——"两个反对的朋友",①而这时正是胡先骕停止为《学衡》供稿的时期。看来,吴宓与胡先骕之间的矛盾可能并非如吴宓自己认为的那样,仅限于"论诗"方面的"不合"。如前所述,吴、胡二人因此引发的不快早在胡先骕二次赴美时便已消弭,其后胡先骕还经常为《学衡》寄稿,给予《学衡》最大的支持(这也可能与此一时期胡先骕曾"面谒"白璧德、亲承其"教诲"有关)。然而,胡先骕回国之后,便基本中断了与《学衡》的联系,甚至吴胡二人在多年之后(1927年11月)重聚,胡先骕竟颇为尖锐地提出停办《学衡》的主张,如果仅以"论诗恒不合"来解释,显然不能令人满意。

我们注意到,胡先骕突然提出"停办"《学衡》的主张,理由主要有三个:除了"专心生物学,不能多作文"之外,还有一条就是"胡适对我颇好",这实在是一个比较古怪的提法。虽然《学衡》最初被胡适戏称为《学骂》,但这种风格早在1924年东南大学衰败、"学衡派"人士四散后已然改变,显然这并不能成为胡先骕要求"改组"《学衡》的理由,而只能解释为胡先骕本人的思想观念可能在胡适的影响下发生了某种变化。随之胡先骕提出了第三个理由(着重号为笔者所加):"《学衡》缺点太多,且成为保残守缺,为新式讲国学者所不喜。业已玷污,无可补救。"至此胡先骕的取舍已非常明白,《学衡》已不符合他心目中的要求,而这要求竟是根据"新式讲国学者"的趣味而定,难怪吴宓听后会"大失所望","中心至为痛伤"

---

① 见《不该遗忘的胡先骕》第55页所载照片:二人比肩而立,胡适表情轻松愉悦,胡先骕一贯严肃的脸上也似乎蕴含着一丝笑意,气氛极为融洽,看来二人颇为相得,即便"反对",毕竟仍是"朋友"。

而"弥觉孤凄"。①

旧友在多年之后重聚,胡先骕竟以如此尖锐的态度向吴宓"发难",似乎有些不近人情。不过,当我们再次细读吴宓这则日记,却发现了一些此前被忽略的蛛丝马迹,或可解释胡先骕当时何以表现得如此激烈决绝。吴宓当日记曰,胡先骕来到清华,吴宓邀与便餐,此时为下午2点。之后吴宓携胡先骕导访陈寅恪——人们有时会因为吴宓与陈寅恪的关系将陈亦归入"学衡派",然而同为"学衡派"成员的胡先骕其实直至此时才与陈寅恪会面——三人"谈东方语言系统",之后与陈寅恪分手,访叶企孙未遇,乃"游观校中各处",然后二人回到吴宓"室中叙谈",此时方为下午3点。也就是说,胡先骕与陈寅恪的会面时间非常之短,加上遍游清华的时间亦不超过一小时。这两个天才人物的会面为何如此匆忙,他们会面时到底谈了些什么?吴宓对此一语带过:"寅恪谓非通梵、藏等文,不能明中国文字之源流音义,不能读《尔雅》及《说文》云。"接下来并未记述胡先骕对此有何反应。根据陈寅恪的说法,即便是《尔雅》与《说文》的著者也"不能读"自己的著作了。我们暂且不论陈寅恪此说是否合理;须知胡先骕所著第一篇植物学专业论文便是《〈说文〉植物古名今证》,②其中融合了植物学知识与传统国学素养来考证《说文解字》中提到的植物名称,这是一项需要中西学功底的工作,也是一项非常有意义、见功底的工作。心高气傲的胡先骕对目空一切的陈寅恪这番发言是何反应,不需记载也可

---

① 《吴宓日记》1927年11月14日日记,第437—439页。有论者认为,吴宓自1925年2月进入清华大学后,实际上《学衡》已完全由其独立编辑,吴宓在《学衡》上发表了大量王国维、林损等人的文章,改变了《学衡》的面貌,因此胡先骕认为"《学衡》缺点太多,且成为残民守缺,为新式讲国学者所不喜。业已玷污,无可补救",这是他要求停办《学衡》的重要原因。见高恒文,《东南大学与"学衡派"》,第5页。
② 此文撰于胡氏第一次留美期间,原载《科学》杂志1915—1916年第1卷第6、7期,第2卷第3期。除《说文》外,文中还比对了《尔雅》《广雅》《本草》《诗经》《史记》《汉书》《古今注》《图经》《方言》等近三十种古代典籍。

想而知。两人的会面匆匆收场,想来自是话不投机,不欢而散了。胡先骕接下来与吴宓"叙谈"时,痛陈《学衡》为"新式讲国学者所不喜",这与他对陈寅恪这种"旧式谈国学者"的不良印象或许大有关系——其实陈寅恪上述"讲国学"之法并不能说是"旧式"的,然而却比"旧式"的还要高蹈,不但难为一般人所企及,就连胡先骕这种学者都被拒之门外,胡先骕不免会把陈寅恪归入具有菁英立场的"旧式谈国学者"的阵营,并由此加深了对这一群体的反感——这,或许才是胡先骕突然"发难",最终与吴宓无法走到一起的原因。

结合以上因素看来,吴胡二人始终有所隔阂,因而吴宓不会轻易介入胡先骕的工作;还有一个明显的证据——胡先骕译文与吴宓译文的风格语感明显不同,此节将于后文具体说明。因此,《白璧德中西人文教育谈》是严格意义上的胡先骕的译文、胡先骕的选择。

我们从本章一开始便致力于确认译文的选择者,并在行文过程中一再强调译者胡先骕的主动性,并非没有用意。胡先骕何以一眼看中了白璧德这篇文章?或者,我们可以转而提出这样一个问题:白璧德的"Humanistic Education in China and in the West"一文是否如表面上看来那样"单纯",仅涉及对于"教育"以及"文化"问题的讨论?其中到底是什么因素触动了胡先骕,使他"立即"产生了翻译的意愿?

第二节 文化与政治:
白璧德人文教育观的双重面相

这篇"特为吾国人而发"的文章,在中国学者眼中极为重要。有论者甚至认为,"或许是种巧合",《学衡》就是在这次演讲之后的几个月创办的。① 但是，这篇文章本身却在西方长期遭到忽视，未曾收录于任何一部白璧德论文选或文集，②也极少为西方研究者所征引。只有奥尔德里奇（A. Owen Aldridge）在《欧文·白璧德在/与中国》（Irving Babbitt In and About China）一文中特别提到此文，称之为"意义重大然而目前遭到忽略的文本"（a significant but now neglected text）③，但并未解说这篇文章"意义重大"在哪里，以及何以会"遭到忽略"。

这篇文章在西方"遭到忽略"，原因大致有二：第一，中西方对该文持不同态度，恰恰可能由于他们对该文持相同的理解——该文特为中国人而发。其实，这篇文章不但集中讨论了中国与西方的人文教育问题，而且清晰地表达了白璧德的教育观与文化观，同时最为充分地表明了白璧德教育观与其政治理想的关联。不论是从其内容还是从其主题的丰富性而言，该文都应该引起中国以及西方研究者的极大重视。

第二，该文在美国本土遭到忽视，可能还有一个最简单然而也是最基本的因素，那便是载体、传播媒介与途径方面的原因。该文最初是白璧德应"中国留美学生会"（The Chinese Students' Alliance）之邀面向中国留学生所作的演讲，这首先决定了受众的构成与来源以中国留学生为主。其次，该文发表于"中国留美学生会"会刊《留美学生月报》，④这份刊物虽以

---

① 贾植芳主编，《中国现代文学社团流派》（上），第194页。《学衡》的出版当然与该文无关，因为"1920年秋，（梅光迪）即已与中华书局有约，拟由我等编辑杂志（月出一期）名曰《学衡》"，见《吴宓自编年谱》，第214页；而白璧德1921年夏始应邀作此讲演。
② 白璧德论文集《论创造性及其他》（1932）与《西班牙性格及其他》（1940）几乎收录了白璧德全部重要论文，却未见收入此文。《西班牙性格及其他》一书编者曾注明，有些文章未收入论文集，但其实特别值得注意，该文即在此列。此后帕尼卡斯（George A. Panichas）编辑了《白璧德代表作》（Irving Babbitt: Representative Writings），该文仍未入选。
③ A. Owen Aldridge, "Irving Babbitt In and About China", *Modern Age*, Summer 1993, Vol. 35, Issue 4, p. 332.
④ Ye Weili, *Seeking Modernity in China's Name: Chinese Students in the United States, 1900-27*, Stanford: Stanford University Press, 2001, pp. 17-44.

英文印行，但其"会刊"的身份决定了它有着相对狭窄及固定的读者群，即以中国留美学生为主，从而一般美国读者实际上几乎没有机会看到这篇文章，这无疑是该文未收录于白璧德任何一部文集的原因之一。

该文在美国本土遭到了忽视，但在遥远的异域——中国——却为相关研究者所熟知，作为白璧德思想在中国第一篇被译入的文章，频频为中国研究者所引用讨论。解读这样一篇文章一定会产生诸多饶有趣味的问题，同时该文的重要性终将通过中国人的解读为西方学者所知。

如我们所知，白璧德一生著述八部，其中五部为专著，这五部专著分别体现为白璧德"人文主义"思想在各个领域的实施与开展。如第一部著作《文学与美国的大学》集中论述了在大学教育领域应采取并实施"人文主义"教育理念；第二部著作《新拉奥孔》讨论了这一思想在艺术领域的应用；第三部著作《法国现代批评大师》与第四部著作《卢梭与浪漫主义》展现了文学批评、思想史领域内"人文主义"对"人道主义"以及浪漫主义、自然主义诸思潮的批判；最后一部专著《民主与领袖》最终进入了政治（哲）学领域，讨论了人类政治生活中"人文主义"的原则何以可能，以及如何实现。在此要提请大家注意，白璧德五大专著始自教育而终于政治，有其内在的逻辑理路，以下我们便从分析白璧德人文教育观的双重面相入手，来说明这一问题。

一、第一重面相：教育与文化观念的关联

根据人们对白璧德学说通常的理解，"人文主义"思想主要是一种关乎文化、人文教育的学说，这种认识确有其依据。白璧德的教育观与其文化观念通过一系列相关联的术语与表述——人文教育（humanistic education）、人文学科（the humanities）、文学（literature）、古典（the classics）——

紧密地联系在了一起。

首先需要加以说明的是,白璧德所关注的"教育",从来都是"人文教育"(humanistic education)。因此,讨论白璧德的教育观,其实便是讨论他的"人文教育"观。此外,在人文教育与其文化观念相关联的脉络中,他讨论的"教育"向来都是"高等教育"(higher education)或"大学教育"(college education)①,因此,白璧德所注目的"教育"其实就是"大学人文教育"。这一方面与他本人的教学实践大有关系(白璧德作为"人文"学者,自1894年起直至1933年去世终生任教于哈佛大学,教授法国文学与比较文学近四十年),另一方面,他重点关注"大学人文教育"亦取决于其学说的菁英特性。

白璧德认为,在自己所处的时代,卢梭的影响无处不在,"人道主义"的势力已经侵入教育领域。白璧德以大学教育为中心,将"教育"分为三个阶段:自幼儿园一直到大学前的阶段、大学阶段,以及大学以上阶段(研究生院)。"人道主义"分别入侵了大学前后的两个阶段:在少儿教育领域,教育者担心孩子们的天赋受到妨碍,于是鼓励个人任其自然地发展个性,这从幼儿园时代开始一直延伸到大学,此为"情感的人道主义"的泛滥;在大学以上的研究院阶段,在德国式"严格科学的研究方法"(strengwissenschaftliche Methode)的影响下,各学科呈现出了无限细分的极端专业化倾向,博士学位已逐渐成为在大学任教的不可或缺的条件,博士学位候选人往往会为了自己独有的那点研究兴趣而忽略全面的阅读与反思,为

---

① 我们需要说明"大学"一词在白璧德这里的确切含义。白璧德曾在《文学与美国的大学》一书集中探讨美国大学教育中存在的问题,他所说的"大学"分为两种,一种是一般意义上的"大学",即规模大而科目全的综合性大学(university);另一种则指相对于university而言小而专精的学院(college)。学院的真正目标是,在自由文化精神的激发与指导下,教授为数有限的若干标准课程,以维系人文传统,而不是与那些综合性大学攀比,全力发展各种细化的学科。因此,学院教育(college education)才是白璧德心目中理想的大学教育模式。当我们讨论白璧德"大学教育"观的时候,对这一区分应有所意识,为

获取精确性与科学研究方法而牺牲人文学问的广博,从而大学里大多数文学教席已被具有完整的科学训练而非文学训练的人所占据,"科学的人道主义"在这一阶段大行其道。"情感的人道主义"与"科学的人道主义"两面夹攻,对大学教育发挥了巨大的影响:"前者自幼儿园以上作用一直延伸到大学,后者则自研究生院而下发挥作用,其间似乎并没有为人文标准留有多少间隙。"①

看来,若想抵抗"人道主义"势力的全面入侵,必须在大学中为已经衰微的"人文教育"争取一席之地。白璧德首先强调了整个"人文学科"(the humanities)相对于"自然科学"(physical science)的首要地位,②进而号召人们确保人文学科本身不受自然科学的侵染,正如他们曾经捍卫人文学科免受神学的侵犯一样。③

白璧德认为,盛行的"文献学"研究范式便是人文学科受到自然科学侵染的证明,文献学者往往会把一切都当成文献考据,不停地搜集材料,然后面对这些矿层却无法从中提炼出恒久的人类价值,他们感觉不到、亦无法使他人感觉到真正的艺术与文学和人类整体性命攸关,人类文字的深层意义是为人类的更高作用服务的。进而白璧德发出了这样的论断:当文字受制于"物律",这便是文献学;当它表达了"人律",这便是文学。④

因此,要加强大学的"人文教育",就必须使人明了文学研究的真义,并恢复文学在文学系中应有的地位。不过,需要补充的是,在白璧德这里,并非所有的文学都享有如此崇高的地位:"无论现代语言文学对于古

---

① 白璧德关于大学人文教育的论述集中见于《文学与美国的大学》一书,特别是 Chap IV Literature and the College、Chap V Literature and the Doctor's Degree。
② 白璧德认为"各学科的等级"(the rank of studies)终将根据它们与人的远近而定,那么,人文学科的"等级"显然要高于自然科学。Irving Babbitt, *Literature and the American College*, p. 97.
③ Ibid, p. 31.
④ Ibid, pp. 113, 115, 121.

典研究来说具有多么大的补充价值,它们仍然无法取代古典的位置。"①事实上,唯有上乘的古典(the classics)才会发挥出实实在在的"教化作用",提升个体,并帮助其超越自身。白璧德曾这样描述人们通过古典达于自我超越的过程:"古典并不使我们产生某种情感,更不会让我们产生某种冲动,相反,它总是诉诸我们的更高理性与想象,这些官能为我们提供了逃离小我的康庄大道,并且使我们得以投身于普遍的生活之中。这样,它带领其研读者离开并超越了自身,因而具有实实在在的教育作用。形式最为纯粹的古典精神感到自己是为更高的、非个人的理性而服务的,于是便产生了克制含蓄、讲求分寸与处处谨严的感觉。通过我们的行为日益合乎那一更高的、非个人的理性,它将把我们——尽管采取了不同的途径——引向类似于宗教的目的,与'深藏我们自身之中的唯一真实自我、与之同体即与世界同体的那个一'日益亲密无间地结合在一起。在这一正确理性的指导与制约下,古代经典作品全面协调地发展了人类的一切官能,这样我们便超越了不断重新堕落的可能,而不至于陷入'专横孤独的思考力所铸成的灵肉桎梏、感觉的泥沼或幻想的迷宫'。"②

  只有对这种阅读经验有过亲身体会的人,才能写出如此切近体贴的话语。从这大段的深情文字中,读者自可看出古典文学才是白璧德情之所钟。然而,白璧德本人的际遇却反讽般地事与愿违。我们知道,白璧德精通古希腊语、拉丁语,以及其他欧洲诸语言(包括法语、德语、意大利语、西班牙语),毕业后曾在蒙大拿学院教授两年古希腊语与拉丁语,然而,这是他第一次也是最后一次教授心爱的古典语言,此后四十年的时间里,对古典一往情深的白璧德不得不终其一生教授自己轻视的欧洲现代语言

---

① Irving Babbitt, *Literature and the American College*, p. 172.
② Ibid, pp. 173-174. 白璧德在这里引用了大量古典文学名句,本段文字单引号内文句原为诗体。

文学。①

　　1894年白璧德返回母校的时候,距他当年学成(1885—1889)离校不过五年的工夫,哈佛已发生了翻天覆地的变化:艾略特校长倡导的"新教育"已经推行开来,自由"选课制"得以确立,"三年学位制"作为新生事物大受欢迎,学生们可以任意选择容易毕业的课程,通过一系列量化评估取得与真正优秀的同学相同的分值,然后在三年内匆忙离开学校。这种教育上的急功近利与注重培养学生"质量"(quality)的古典教育理念显然背道而驰。白璧德提倡恢复古典教育乃至整个人文教育在大学中的地位,这并非单纯出于气质上的偏好,而是在目睹哈佛短短数年内的巨大变迁之后,根据切身感受发出的沉痛呼声。

　　提倡古典的意义不仅在于它是大学人文教育的根本,最为关键的是,古典的精神贯穿了人之为人即人之获得文化(culture)的过程:在白璧德看来,人具有两种自我,一种是普通的或自然的自我(an ordinary or natural self),另一种为人性的自我(a human self),人之所以为人,便在于他能以一种适度的法则(a law of measure)对抗普通自我中种种过度的倾向,这种对于克制(restraint)及均衡(proportion)的强调,即是古典精神(the classical spirit)的本质。② 古典传达出的核心意涵是,人不能一开始就追求原创性,而应首先学会做人,这就需要对于典范(model)有敬仰之心并进行模仿,在模仿的过程中对个人扩张性的内在冲动加诸一种形式与均衡感,这便是文化的真义。③

---

① 在白璧德眼中,欧洲现代文学以颓废主义小说为主,还包括其他类似性质的昙花一现的二流文学作品。白璧德转述尚佛尔的话说:有些现代人写的书之所以取得成功,是因为作者的神经质状态与读者的神经质状态合了拍,并颇为夸张地说,需要相当的水平才能"从散发毒气的现代文学那儿逃往沁人心脾的古代经典"云云,见 Literature and the American College, p.176。——其对于古典与现代文学的好恶一览无余。
② Irving Babbitt, *Rousseau and Romanticism*, p.16.
③ Ibid, p.64.

在白璧德任教的时期,哈佛大学现代文学专业的学生人数是古典文学专业学生人数的五倍以上,长此以往,大学和学院的古典研究将沦为少数几名专家的工作,那么文化事业就会出现灾难性的后果。白璧德指出,研究古典文学不应单纯关注渊博的知识,除非它已经转化成为文化;从德国学来的"严格科学的研究方法"如果不能令我们区分单纯的学识与真正的学问,我们就会为此付出沉重的代价。大学教育的意义就在于帮助学生广泛接受、反思,最终内化自古以来积累的知识,这时单纯的知识便转变成了文化:"大学——如果一定要有一个独立存在的理由的话——所代表的必然不是进步(progress),而是对学问的消化吸收,以及文化的永恒不朽。"白璧德借用歌德的话说:"愿古希腊罗马文学研究永远是高等文化的基础吧。"①

总之,文化(culture,白璧德有时会用"自由文化"[liberal culture]这一表述)需要青年学子普遍接受一种以古典为基础的自由教育(liberal education)②才能传承下去,所谓的专业化(specialization)带来的学科细分只会加剧各学科之间的隔膜与分离,这必将导致作为一个浑然整体的人类文化的分裂与消解。——提倡研习古典,注重人文教育,传承人类文化,此即白璧德"人文主义"教育观结穴之处。

不过,从人文教育到人文学科,文学(特别是古典文学)再到文化这条线索,并非白璧德教育观的全部。有些西方学者曾这样评述白璧德的"人文主义"思想:"它代表了对教育领域不加限制的教育职业论(vocationalism)的抗议,并提倡回归昔日的古典文学自由教育(the old liberal educa-

---

① Irving Babbitt, *Literature and the American College*, Chap Ⅳ, ChapⅦ.
② 白璧德提倡的"自由教育"(liberal education)强调人人都应接受普通文科教育,不论每个学生的专业志趣为何,他们都应通过这一阶段的教育掌握基本的人文知识,并接受基本的人文训练。与 liberal education 相联系,白璧德给出了"自由文化"(liberal culture)的提法,这一特定的文化概念相应地呈现出普遍为人所知、所接受、所共享等义涵。

tion in classical literature）。"①还有人干脆将白璧德的"人文主义"称为"文学人文主义"（literary humanism）。② 这些过于简单的提法存在一个弊端，那就是容易使人忽略白璧德教育观的另一个重要方面——教育与人类政治生活的关系。

二、第二重面相：教育与政治理想的关联

白璧德的教育观与其政治思想密不可分，二者同样通过一系列术语与表述——人文教育（humanistic education）、文明（civilization）、习惯（habit）、习俗（convention）、典范（model）、品格（character）、领袖（leader, leadership）——产生了深刻的关联。

我们首先要说明一点：在白璧德的语汇中，文化与文明是两个既相互联系又有显著区别的概念。在白璧德教育观第一条线索中（人文教育——文化），文化概念频繁出现，但在第二条线索中（人文教育——领袖），当人文教育与政治制度的关系成为研讨重点，文化的核心位置便悄然让渡给了文明概念。依照一贯的行文风格，白璧德未对这两个概念加以明确严格的区分，我们依旧要从使用这两个概念的不同语境、从字里行间自行判断。

关于文化，白璧德曾说：古典的核心意涵是，人应首先学会做人，对典范（model）要有敬仰之心，在模仿典范的过程中，对个人扩张性的内在冲动加诸一种形式与均衡感，这便是文化的真义。关于文明，白璧德则说，

---

① Ferdinand C. S. Schiller, "Humanism: Philosophical Aspects", *Encyclopedia of the Social Sciences*, 转引自 Sister Mary Vincent Killeen, o. p., *Man in the New Humanism*, p. 38。
② 如我们此前提到过的 Edward Scribner Ames，他将白璧德的学说称为"文学人文主义"，其根据便是文学，特别是古典文学在这一学说中的地位至关重要。

从教育中去除根据"人律",不断调整自身的观念,将可能危害到文明本身;如果失去了好的典范(good models),缺乏判断力的儿童就会成为恶劣习惯之囚徒;文明只存在于正确之习惯(right habits)的有序传递之中,而保障这一有序传递的主要手段必然是教育。① 到此为止,文明与文化概念之间的区别还不是特别清晰,不过,我们注意到,一个新的重要概念——习惯——出现了,教育由此被界定为有序传递正确习惯的主要手段。

为什么要传递正确的习惯?在白璧德看来,所谓的"正确的认识"(right knowledge)并非实践(working)本身,对于"内在克制"的认识需要真正付诸行动,这种行动必须一再重复始可发生效力,当这种行为变为自动的(automatic)、下意识的(unconscious),便形成了一种习惯,而人文主义的实践者便由此可开展出自发的"正确的行为"(right doing,从而不仅是 right knowledge),在白璧德看来,这便是孔子"七十而从心所欲不逾矩"的境界。② 白璧德认为,习惯的力量无比强大,将远胜过人的"天性"(nature,按英语中天性与自然是同一个词),卢梭这位"现代教育之父"褒扬不加拘束的自然/天性,对于习惯却持不信任与批判的态度,这在教育领域导致了严重的后果,因此要用逐渐形成的习惯来对抗不加拘束的天性。③ 白璧德的这些观点与儒家所坚持的教育具有"化性起伪"功能的信念颇为相近,正是在这个意义上,教育与习惯的观念(the idea of habit)紧密地联系了起来。

那么,如何传递正确的习惯呢?白璧德指出,人们为了实现文明必须

---

① Irving Babbitt, *Rousseau and Romanticism*, p. 387.
② Ibid, p. 386. 关于"不逾矩"一句,白璧德的译文是"不僭越适度的法则"(without transgressing the law of measure),并标明该句出处为《论语》(*Analects*)。白璧德在《民主与领袖》一书附录中列出相关文献书目,其中有 L. Giles(即 Lionel Giles,英国汉学家翟林奈,1875—1958)1907 年翻译出版的《论语》(*The Sayings of Confucius*[*Analects*]),但此处将"不逾矩"译作"不僭越适度的法则",似是白璧德自己的译法。
③ Ibid, pp. 386-387.

走到一起来,共同建构出一种习俗(convention),通过它向后代传递我们所希望延续的那种习惯,事实上,"一种伟大的文明在某种意义上来说不过是一种伟大的习俗"。① 关于习惯与新出现的概念——习俗——的关系,白璧德进一步解说道:习惯的观念中蕴含着一个社会群体的精神(the ethos of a community),如果一个社会群体试图向后代传递某种习惯,它首先必须达成共识来决定哪些习惯是值得延续的,也就是说,它必须形成一种习俗(白璧德特别提醒我们,"习俗"[convention]与"墨守成规"[conventionalism]不可混为一谈)。人文主义者们所肯认的习俗若想发挥效力,就必须以习惯的形式(in the form of habits)传递给年轻的一代。② 也就是说,人们需要建构一种习俗来传递正确的习惯,而这种习俗也将以习惯的形式传递下去,习惯与习俗互为作用,通过教育(有序传递正确之习惯的主要手段)将文明传承下去。

我们注意到,在这个层面,教育的含义已不仅限于(在文化概念起主导作用的语境下)个人通过亲熟经典进行自我塑造,实现自我超越,并传承文化的过程,而更多地表现为一个社会共同塑造习俗,有序传递正确的习惯,并传承文明的群体性行为。在白璧德这里,较之文化概念,文明概念的阐发更多是在人类社会生活的维度上展开的,它将不仅涉及文化问题,还将触及社会建制的层面,从而它所讨论的个体是社会中的个体,在这一线索下涉及的教育问题将不仅局限于大学人文教育,还将体现在社会群体约定俗成的习俗对个人的潜移默化,以及个人对于社会习俗的习得与肯认。

不过,白璧德教育观与人类政治生活的关系往往为当时的西方学者所忽视。这是由于白璧德执教哈佛的时期正是"新教育"改革大受欢迎、

---

① Irving Babbitt, *Rousseau and Romanticism*, p. 387.
② Irving Babbitt, *Democracy and Leadership*, pp. 299–302.

深入开展的时期,这时大学教育的根本目的已成为"切实有用于社会",白璧德通过反省自己二十余年来亲历的"新教育"改革的弊端,提出应反对青年学生偏重理科与商科的实用化倾向,① 同时反对文科教学中的专业化倾向,主张重新提倡研习古典,注重人文教育,提出大学的目的应为传承人类文化,这些主张在很多人看来,是不切实际、逆流而动、崇古抑今之举,因此遭到了同时代人,特别是青年学生的猛烈攻击。如早年受业哈佛、后来加入"人文主义的批判者"阵营的著名文学评论家马尔科姆·考利,他撰文指责白璧德式的人文主义者"完全忽视了社会与经济现实",仅局限于关注"个人",而未能考虑到个人与社会的关系。② 数年以后,考利回忆起1930年"人文主义者"与"人文主义的批判者"之间的那场论战,仍旧不改初衷,白璧德的"人文主义"在他看来是"有闲阶级的理想",是"美国东部大学生活的产物",它在那里像在"温室"中一样茁壮成长。③

不仅哈佛本校学子,甚至哈佛以外的青年学生,对白璧德及其学说也深感不满:"他是过去时光的赞美者,因为他自己一无所有。他的思想停留在他选中的过去,并以过去时代的白骨为食,当他的思想出来感受日光的时候,它就看到一切都是没有血肉的。"④——其话语刻毒若此。直至

---

① 见 Stephen C. Brennan & Stephen R. Yarbrough, *Irving Babbitt*, pp. 106-108。
② Malcolm Cowley, "Humanizing Society", *The Critique of Humanism*, pp. 67-68.
③ Malcolm Cowley, *Exile's Return: A Literary Odyssey of the 1920's*, New York: The Viking Press, 1934, pp. 67-68. 考利似乎没有反思过,在他这部名作(《流放者的归来》)中,20世纪20年代那群叛逆的青年,即"迷惘的一代",在十几年的迷失与自我放逐之后,终于对自身及社会进行反思,最终从梦中醒来,不再进行精神上的流浪,重新回到了现实社会——那么,最初是谁没有真正深入考虑个人与社会的关系?
④ R. P. Blackmur, "Humanism and Symbolic Imagination", *The Lion and the Honeycomb*, pp. 146-147. 布莱克默(1904—1965)在中学毕业后没有继续正规教育,通过自学成才,成为著名的文学批评家,并于1948年被普林斯顿大学聘为教授。他中学毕业后(20世纪20年代)在剑桥(美国Cambridge,非英国剑桥)一带工作,因此有机会在哈佛大学听了不少讲座,当时白璧德声望正隆,他很可能听过白璧德的讲座,或至少知道时人对白璧德的评价。

1970年,仍有论者指责白璧德是"教育界的反革命"(educational counter-revolutionist),他的教育理念是"向后看的"(backward-looking)①云云。通过这些激愤的话语,读者当可窥见白璧德的观点在当时及此后受到了怎样猛烈的攻击。这些批评者们往往会突出白璧德教育观与文化密切关联的方面痛加驳斥,却对其教育观的另一侧面——个人与社会如何通过教育传承习俗,并在习俗的传承过程中达成互动——视而不见。但事实上,在白璧德眼中,教育与人类社会生活有着最深刻的关联,并在人类社会生活中发挥着最重要的作用。

白璧德认为,人具有一项非常好的特性:他对于"好的榜样"(good example)的力量非常敏感,如果一个社会群体的领袖(leader)尊重合理的典范,并根据其进行人文主义的实践,那么这个群体中的普通成员也会尊重这些领袖并对他的行动加以模仿。② 这个意义上的教育其实指的就是领袖的"身教",这是保障正确的习惯有序传递的主要手段,即正确的习惯在很大程度上是通过典范的榜样作用施加于成长中的个体的。③

领袖的"身教"对于一个社会群体来说极其重要,而领袖是否能起到这种作用是由其"品格"决定的。白璧德所说的领袖是具有某种特定"品格"的人(man of character)。④ 领袖具有什么样的品格,对于一个群体来说至关重要。首先品格可以指一个人的独特脾性(idiosyncrasy),即其性情自我(temperamental self)或私人自我(private self),亦可以指一个人与

---

① Michael R. Harris, *Five counter-revolutionists in Higher Education*, Corvallis: Oregon State University Press, 1970, "Foreword", p. 9, "Preface", p. 14. 该书标题《高等教育中的五大反革命》很好地概括了该书的内容与主题,白璧德在"五大反革命"中荣列第一位。
② Irving Babbitt, *Rousseau and Romanticism*, p. 390.
③ 余英时曾指出白璧德对领袖之典范作用的强调与中国儒家传统思想(如"徒法不足以自行""经师不如人师""言教不如身教"等等)深有契合之处。见《现代儒学论》,上海人民出版社,1998年,第44—45页。
④ Irving Babbitt, *Democracy and Leadership*, p. 309.

其他人共有的自我,即一种普遍的人性的因素(universal human element),这两方面的因素构成了人的双重天性(man's dual nature)。① 领袖据此分为两种:一种忠实于合理的标准(standard),以其正确的模范作用激发他人正确的行为;另一种则仅代表了智计与力量的法则(the law of cunning and the law of force),终将带领国家走向帝国主义(imperialism)。②

根据白璧德的分类,我们看到,第一种领袖实际上是理想中的领袖,而第二种则是现实生活中比比皆是的政客与统治者,这与中国传统中的"天爵"与"人爵"之分(见《孟子·告子上》)颇有契合之处。白璧德说,(理想中的)领袖应该是"自然贵族"(the natural aristocrat),他们作为领导阶层(leading class)应该具有榜样的作用。③ 问题是,这些自然的贵族将从何而来?——答案早在"人文主义"奠基之作《文学与美国的大学》一书中便已出现:当整个世界都醉心于量化的生活,大学却必须坚守自己的根本目的:培养高质量的人,力求建造社会所需要的品格与智力贵族(aristocracy of character and intelligence),以此来取代世袭贵族(aristocracy of birth)并与逐渐萌生的金钱贵族(aristocracy of money)相抗衡;大学的指导精神既不应是人道主义式的,亦不应是科学式的,而应该是人文的,并且是贵族式的。④ 在此关节问题上,白璧德最后一部著作《民主与领袖》提出的问题,在其第一部著作《文学与美国的大学》中早已有答案。"人文主义"思想周而复始,始于教育,最终又回到了教育,形成了一个完美的循环。

至此,从教育到文明、习惯、习俗、典范,最终到品格与领袖的这条线

---

① Irving Babbitt, *Rousseau and Romanticism*, p. 47.
② Irving Babbitt, *Democracy and Leadership*, p. 245.
③ Ibid, pp. 202-203.
④ Irving Babbitt, *Literature and the American College*, pp. 105-106.

索逐步成形,并且通过大学教育——各种教育形式中最为根本、最为有效的一种——与白璧德教育观的第一条线索(人文教育与文化)紧密地结合在了一起。

白璧德对于两种高等教育模式的划分,可视作对其教育观最好的总结。高等教育分为新旧两种:旧式教育是为了训练智慧与品格(wisdom and character),而新式教育(根据艾略特校长的总结)则是为了训练服务意识与权力意识(service and power)。虽然为他人服务的意识在某种程度上亦可构成一种习俗,但它并不能提供一种标准(即"人文主义"式的以"人律"为指归的标准)。① 事实上,自我表现(self-expression)与职业培训(vocational training)相结合,并掺杂以"服务"的精神,这几乎便是"新教育"的全部内容了。② 在新教育中,"服务"概念非常重要,它原指基督教义中对上帝的服务,后转变为现代意义上的对于人的服务,这一新的"福音"(特别是在美国)广为传播,美国由此已经变成了一个由"人道主义十字军"组成的民族(a nation of humanitarian crusaders),③以服务为名对外不断进行侵略扩张。④ 正是在这个意义上,以人道主义/自然主义为指导精神的"新教育"可能只会培养出一些有能力而无所顾忌的"领袖"人物,如果他对于"内在制约"的人文标准缺乏足够的尊重,那么就有可能在利益的驱使下带领整个国家走向对外侵略扩张,最终走向帝国主义。白璧德引用孔子对"心目中理想的统治者"舜帝"端拱而治"的赞美,由此发出评论:舜体现出了榜样的说服力,他所做的即是在位者应该做的事⑤,显然

---

① Irving Babbitt, *Democracy and Leadership*, p. 303.
② Irving Babbitt, *Rousseau and Romanticism*, pp. 388-389.
③ Irving Babbitt, *Democracy and Leadership*, pp. 310-312.
④ Ibid, pp. 268-269.
⑤ Ibid, pp. 199-200.

我们更需要的是领袖的榜样,而非领袖的服务,①"新教育"理念显然不能满足这一要求。大学本应界定为一个为塑造社会菁英(social élite)悉心求学的场所,但就当前新教育的倾向而言,大学不妨被定义为可以让任何人做任何事情的某个东西。② 从而,教育界的领袖们(educational leaders)当前应该少谈一些服务,多谈文化与文明,③力求使美国成为世界的文化领袖。事实上,新旧教育之争代表了宗教—人文主义与功利主义—情感主义两种哲学之间的对立,这终将关涉美国文明之未来。④——至此,白璧德教育观中文化与文明两条线索合在了一起。

白璧德深感痛心的是,旧式教育准则曾与旧式政治准则构成了一种真实的联系,而"新教育"却未能与(美国)政府形式发生密切的关联。⑤——换用以下表述,或可使我们更清楚地理解白璧德的意思:进入现代以来,由于新式教育的内在缺陷,延续至今的"政教传统"发生了真正的断裂。而这也正是"新教育"改革波及下的哈佛青年学子、后来的"人文主义批判者"们看不到白璧德教育理念与社会政治生活密切相关的原因所在。在白璧德试图以自己的"人文教育"理念存续已发生致命断裂的"政教传统"——让我们暂且沿用这一便于国人理解的说法,这一理念已先天地带有了文化与政治的双重面相。

白璧德的教育理念在其整个的"人文主义"思想中占据着核心位置,正如他的学生、此后荣获"比较文学白璧德教授"名誉(Irving Babbitt Professorship of Comparative Literature)的哈里·列文所说:"高等教育既是白

---

① Irving Babbitt, *Democracy and Leadership*, p. 199.
② Irving Babbitt, *Literature and the American College*, pp. 74-75.
③ Irving Babbitt, *Democracy and Leadership*, p. 313.
④ Irving Babbitt, "President Eliot and American Education", *Spanish Character and Other Essays*, p. 221, p. 224.
⑤ Irving Babbitt, *Democracy and Leadership*, p. 305.

璧德的出发点,又是他的回归之地。"①"人文主义批判者"艾伦·泰特曾批评白璧德"人文主义"有"教条"(doctrine)而无"方法"(method),②其实他未能看到,教育正是白璧德用来实现其"教条"的最主要的方法与手段。白璧德曾提议:应进行一场广泛的"人文主义运动"(humanistic movement),认为这场运动须经历三个阶段:1. 苏格拉底式的定义阶段(Socratic definition),③2. 在这一定义的基础上,一群人走到一起来共同构建一种习俗,3. 通过教育使这一习俗切实有效。④ 也就是说,首先通过人文教育,培养出合格的领袖,领袖带领大家建构合理的习俗,这些习俗将决定我们采取何种教育模式,并通过这种教育模式将共同认可的习俗有序传递下去。从而,教育不但是白璧德社会政治生活构想的起点与回归之地,还是实现这套构想的手段,并与这套构想互为目的。论述至此,我们再清晰不过地看出,白璧德"人文教育"观与文化、政治相关联的两条脉络一而二、二而一,须臾不可离,其文化与政治的双重面相亦就此哗然一响,合二为一了。

现在我们来看白璧德"人文主义"思想五大专著的排序问题:它们始于教育,依次及于艺术、文学、思想等各个领域,直至全面开花,进入整个人类社会政治生活。在这一过程中,白璧德"人文教育"理念的政治面相渐趋明朗,并在白氏集大成之作《民主与领袖》一书中显豁无余。"人文

---

① Harry Levin, *Irving Babbitt and the Teaching of Literature*, 1960, p. 6.
② Allen Tate, "The Fallacy of Humanism", *The Critique of Humanism*, pp. 133, 160.
③ 这一阶段的任务显系白璧德夫子自道,我们从他在立论过程中所作的一系列概念区分与厘清中便可看出这种努力。白璧德在1906年8月5日致穆尔的信中提到,自己"在一开始不得不以一种相当沉闷而抽象的方式对首要原则加以讨论,对此感到抱歉,但我们今天生活在这样一个印象主义的混沌状态中,因此这几乎是唯一避免误解的方法了"。见Thomas R. Nevin, *Irving Babbitt——An Intellectual Study*, p. 79。然而,或许与当时整个印象主义的语境有关,白璧德本人某些至为关键的词汇仍旧缺乏明确的定义,比如我们在本节提到的文化与文明的概念。
④ Irving Babbitt, "Rousseau and Religion", *Spanish Character and Other Essays*, pp. 243-244.

主义"思想在此作了最后倾力一击,如黄钟大吕般结束了全部乐章。五大专著始于教育而终于政治,成为题中应有之义。

三、《白璧德中西人文教育谈》:白璧德人文教育观的总结性表述

教育(特别是大学古典人文教育)的结果,应产生遵循"人文主义"标准的杰出领袖,而这些杰出领袖应在人类文化、政治各个层面的社会生活中发挥应有的作用,这是白璧德"人文主义"思想的核心命题之一。这一命题在《中国与西方的人文教育》(Humanistic Education in China and in the West)①一文中得到了最为明确的论述与阐发,该篇不但曲尽了白璧德教育观中文化与政治生活两条线索之间的深刻关联,更可贵的是,还前所未有地在更广阔的"中西古今"的框架下深化了领袖的概念。

这篇文章有四个关键词,除了我们已经熟知的教育、文明与领袖之外,还有一个重要的词——中国。白璧德首先从中国"今日"之"文艺复兴运动"(Renaissance movement,指"新文化运动")入手,谈及中国这一运动实际上肇始于西方的压力,其发展是沿着西方的而非东方的线索进行的。② 这场在中国已经开始的新旧之争(struggle between new and old),其实不过是遵循了西方的故辙,正如西方人曾不惜抛弃全部固有的宗教及

---

① Irving Babbitt, "Humanistic Education in China and in the West", *The Chinese Students' Monthly*, Vol. XVII, No. 2, 1922, Dec., pp. 85-91.
② 余英时曾指出,中国现代史上所谓反儒学运动(即白璧德笔下中国的"文艺复兴运动")的起源,一般归因于西方思想的侵入,他对此有不同意见:对于儒学的"内在批判"早在五四之前(即晚清阶段)已经开始,明清之际思想基调的转换为现代儒学(参照白璧德在这篇演讲中提出的"新儒家运动"之说)接纳西方思想埋下了伏笔,见其《现代儒学的回顾与展望——从明清思想基调的转换看儒学的现代发展》一文,载《现代儒学论》,第1—45页。

人文的道德观念一样,这其实只是一场功利主义—感情主义的运动。① 然而,西方已经开始对发展了两个世纪的"进步观念"(the idea of progress)进行质疑,追问在与过去决裂的同时,是否遗漏了某些关键性的元素。因此,中国人在破除形式主义的同时,应小心保存其伟大传统的真理之魂(the soul of truth),万不可"将孩子与洗澡水一起倒掉"(按这个著名的比喻此后在吴宓的笔下经常出现)。

白璧德继续指出,东西方的伟大传统多有契合之处:西方的传统,半为宗教的,半为人文的,其代表为亚里士多德与耶稣,正如远东之有孔子与释迦牟尼。西方的圣阿奎那(St. Thomas Aquinas,1225—1274)在其《神学大全》中融合了亚里士多德与基督之说,而大约与其同时的朱熹则在其著名集注中融合了孔子与释迦之说。自然科学的发达已使世界发生了前所未有的变化,人类不过是被各种现代机械捆绑在一起,但精神上却呈离心状态(centrifugal),这是非常危险的事情。我们应当结合东西方伟大传统中的智慧,寻找人性中的向心因素(the centripetal element),挽救人类真正的文明。欧洲大战(即第一次世界大战)并非人类失常的表现,而是英国工业革命之后,物质欲望僭夺文明之名,日积月累而出现的结果。我们首先要应对这种名词上的混淆与诡辩,不但要向过去传统的权威求助,还要结合现代批评精神,效仿苏格拉底和孔子进行"正名"的工作(按此即白璧德"人文主义运动"的第一个阶段:准确定义的阶段)。

白璧德随之提出了领袖与教育之关系的问题:孔子眼中人之为人的

---

① 白璧德对当时中国国内已接近尾声的"新文化运动"显然持负面评价,这在他与吴宓的私人通信(较之面向公众所作的演讲)中表现得更加突出。如他在1921年6月30日致吴宓的信件中表示,相信后者将致力于"拯救你们国家令人崇敬的、智慧的传统不被愚蠢地革新",见《欧文·白璧德与吴宓的六封通信》,载《跨文化对话》第10辑,第149页。可见白璧德在这个问题上的态度与其中国门徒达成了高度一致。

因素即是"内在制约的法则"(the law of inner-control)①,这与西方自亚里士多德以降的人文主义者所见极为契合。东西方的人文主义者都以"菁英原则"(the doctrine of the saving remnant)对抗"民主原则"(the democratic doctrine),凡接受了真正的人文主义训练的人,才有可能成为孔子所说的"君子"(Chun tzu, superior man),亦即亚里士多德所说的高度严肃的人(highly serious man)。君子造福于世界,不在于他为社会提供的服务,而在于他能够以身垂范,白璧德在此再次举出孔子称赞舜"端拱无为而天下治"的例子来说明这个道理。上述人文主义思想在古代中国通过一种教育体系,即科举制度(the old civil service examinations)得以维系。中国人应对传统教育加以改进,包括吸收西方科学与自然主义等方面的因素,但必须保留传统观念中正确的核心认识:文明的维系不在于大众,而在于菁英,或曰少数具有"自律"(self-discipline)品格的领袖。

最后白璧德进行了总结发言:你们(按指中国人,特别指向在场的中国留学生)如果结合自身与西方自古希腊以来的背景,就会发现中西方在人文主义的层面可以相互印证,这将共同构成"万世之智慧"(the wisdom of the ages),以对抗"当世之智慧"(the wisdom of the age)。白璧德提出,中国各大学应有学者比较讲授孔子的《论语》与亚里士多德的《伦理学》,而美国各大学亦应聘请中国学者讲授中国历史与道德哲学,如此或可促进东西方知识界领袖(intellectual leaders)相互间的真正理解。过去那个世纪(即19世纪)的悲剧在于,未能建构出一种合理的国际主义,科学在某种意义上是国际主义的,然而却被当作了民族扩张的工具。那么,何不行动起来构建一个"人文国际"?(按原文 humanistic international 显然是

---

① 白璧德在此加注说:此即孔子之"礼"(li),这一阐释借自大英博物馆翟林奈先生翻译的《论语》(The Sayings of Confucius)当中的译法。

"共产国际"Communist International 的仿词。)人们将在这个"君子国际"(international of gentleman)中联合起来:"人文主义运动"始于西方,而中国或许会展开一场"新儒家运动"(neo-Confucian movement)作为回应。在此白璧德显然在为自己心目中的"人文主义运动"第二个与第三个阶段积极做准备:在准确定义的基础上,一群人走到一起来共同构建一种习俗,同时,大学作为开展人文教育的基地,将在这场"人文主义运动"中起到至关重要的作用。总之,人文主义者与功利及感情主义者之间决定性的战斗,将在中西方教育领域中同时展开。①

白璧德在这次主要面向中国学生的演讲中,表现出了对中国现状的深切关注、对中国传统的重视与思考,以及对中国留美学生的殷殷厚望。他告诫"中国人"在"今日之新旧之争"中,在追求"进步"的同时,要审慎保存伟大传统的精神——此即融合古今;他提醒"中国人"应结合自身与西方自古希腊以来之背景,在人文主义的层面相互印证,二者共同构成万世之智慧——此即会通中西。中国,这个重要元素的加入,使得白璧德对于"新旧之争"的讨论,不再局限于一个国家、一个文化传统,而是开始具备世界性的意义。只有东方(特别是中国)与西方伟大传统中的智慧方能挽救人类真正的文明,这对于人类文明的挽救者——知识界领袖——提出了极高的要求。事实上,白璧德提出的融会"古今中外"的要求,并非普通中国人所能企及,而唯有当时际会风云跨出国门,有机会充分感受吸纳西方文化及文明的中国留学生才有可能达到这一标准。在演讲结语部

---

① 早在这篇演讲之前,白璧德曾向吴宓等中国学生进行过类似的宣讲。见吴宓1921年"阴历正月十七日至二月一日"日记(《吴宓日记》[Ⅱ],第212—213页):"巴师谓于中国事,至切关心,东西各国之儒者Humanists应联为一气,协力行事,则淑世易俗之功,或可冀成。故渠于中国学生在此者,如张(鑫海)、汤(用彤)、楼(光来)、陈(寅恪)及宓等,期望至殷云云。"由于白璧德的学说在诸多方面与儒家思想多有契合,吴宓在此将Humanists很自然地等同于"儒者"。

分,白璧德不再建议"中国人"应当如何,转而以"你们"相称,直接向在场的中国学生群体发出了呼吁,号召东西方的"知识界领袖"以大学高校为舞台,加深彼此之间真正的理解,共同构建一个"人文国际"。可见,在白璧德的心目中,这批中国留美学生正是未来担负文化/文明存亡续绝重任的中国知识界领袖。①

值得注意的是,"知识界领袖"与这篇演讲之前及此后的著述中都曾提及的"领袖"概念并不完全等同,而是在后者的基础上意义有所延伸。这主要表现在:领袖从属于某个具体的社会群体,他通过自身的模范作用来教化这个群体中的普通成员,而知识界领袖并不从属于某一具体的社会群体,大学是他们活动的主要舞台,也是他们以训练智力与品格为目的,培养未来领袖之所在。这意味着,通过"身教"影响社会群体中普通成员的领袖,在其"学徒"期间,将主要在大学接受知识界领袖的训练,并转而通过后者的"身教"来习得、内化"人文主义"的标准。白璧德在其他著述中从未解说过大学将如何培养合格的领袖,直至在这篇演讲中以"知识界领袖"概念的提出弥合了这一缝隙。也就是说,知识界领袖所教化的对象,并非一般群体成员,而是未来的领袖。用一个不太恰当的比喻来说,如果领袖是帝王,那么知识界领袖便是帝王师。白璧德将中国留美学生视作中国未来的"知识界领袖",看来并非将之视作一般意义上的"知识分子"或"读书人"那样简单。当胡先骕后来看到这篇文章,如果他读出了这一层意思,这对他的触动将可想而知。②

不但如此,这里的"知识界领袖"概念至少还隐含着两层相关的内容:

---

① 白璧德特别对哈佛的中国留学生"期望至殷",这批学生(尤其是陈、汤、吴等人)后来果然不负师望,回国之后成为中国学术界的代表人物。吴宓等人创办的《学衡》以"昌明国粹,融化新知"为宗旨,这与白璧德"融会中西古今"的思想甚有渊源。
② 胡先骕最早在美国加州大学留学,二度留美时则选择在哈佛攻读硕士及博士学位,不知他的选择与这批哈佛学子的影响及白璧德的感召力是否有关。

第一，知识界领袖对于未来领袖的培养与教育，不应单纯局限在大学校园之内，还应作为一种更广泛的教育形式在全社会加以开展。我们特别要补充说明：白璧德在这篇关于"中西人文教育"的演讲中，言及"文明"达二十次之多（其中包括形容词"文明的"civilized 六次），而无一次直接指涉"文化"这个概念。这种（有意识的）取舍本身似乎可以表明，该篇并非单纯是对"大学人文教育"（以及同一线索中相关的"文化"问题）的讨论，在此对于"教育"的讨论在很大程度上将在社会建制的层面展开。

白璧德在演讲中提出，中国传统文明优于他国文明最主要的一点，便是中国素以道德观念（moral ideas）作为立国之基。这一道德观念主要是在人文主义层面展开的，它既非自然主义的（如现代西方），亦非宗教的（如印度），它所关注的是此世的人与人之关系的伦理层面。这种人文观念在昔日之中国（the old China，指1906年废除科举以前的中国，距该篇演讲不过十五年的时间）是通过一种教育体系即科举制度得以维系的。根据这一制度，希望为国家服务的应试者必须以人文的标准严加选择，而选择的基础又是民主的。这种民主原则与贵族和选择原则的结合，在西方从未得到实现。如果缺乏依据人文标准训练出来的领袖，任何（东西方的）民主试验都将无法获得成功。

也就是说，白璧德充分肯定了在中国已经被废除的科举制度的优越性（他承认科举制在一开始便具有某种重大的缺陷，然而我们不能"将孩子与洗澡水一起倒掉"）。这种教育与政治生活紧密结合的制度，用白璧德的术语来说，将保障自然贵族有机会成为现实社会中的领袖，用中国的传统表述来讲，将使有德者有可能居其位。在白璧德看来，美国的旧式教育准则与（如体现在宪法、参议院与最高法院等建制当中的）政治准则尚能构成一种真实的联系，然而当时的"新教育"体制却不能与政府形式发生密切的关联,从而无法满足这一亚里士多德式的要求(即教育与政治制度相结合),它所培养的领袖的精神是人道主义/自然主义的精神,它以"神圣的普通人"(the divine average)的原则对抗"菁英"(the saving remnant),推崇代表了"数量多数"(quantitative majority)的所谓"公意"(general will),这显然不是能够主导当前"宪政民主"(constitutional democracy)的精神。① 这样一来,知识分子失去了传统上与政治生活的联系,至此知识界领袖对于政治生活的参与不得不退守于大学一隅。当哈佛的青年学生指责白璧德的学说是"有闲阶级的理想",是"大学生活的产物",他们实际上犯了因果倒置的错误:由于他们未能真正理解白璧德学说产生的背景,从而就看不到白璧德的学说其实是一种对人类政治生活模式进行反思与擘画的"忧患之学",当这种学说无法实现之时,它只得暂时退守于"象牙塔"中,而并非"象牙塔"中的产物。

"知识界领袖"概念隐含的第二层重要内容是:整个社会的完善将从个人的完善开始(此亦即吴宓所说的儒者"淑世易俗"的工作),而非反之。② "文明的维系不在于大众,而在于菁英,或曰少数具有'自律'品格的领袖",关于这一点我们可以从白璧德本人的著述中进一步找到依据。个人同时具有"小我"(the private self)与"大我"(the universal self)的因素③,当他通过一系列人文训练(包括对典范的尊重与模仿)实现对"小我"的超越,并达于与"大我"同一的境界,此刻便达成了"内在制约",他

---

① Irving Babbitt, *Democracy and Leadership*, p. 305.
② 吴宓对白璧德这一观点心领神会,深表认同:"人咸能自治其一身,则国家社会以及世界均可随之而治。此白璧德所拟救世救人之办法也。观之似属迂远难行,然此乃惟一正途。"见《白璧德论民治与领袖》一文按语,《学衡》1924 年 8 月第 32 期。
③ Irving Babbitt, *Rousseau and Romanticism*, p. 47. 此前我们曾介绍过"性情自我及私人自我"(temperamental or private self)的概念。此处"小我"与"大我"的译法属于笔者的阐释与发挥。"性情自我"及"私人自我"的概念也很容易引起我们对"天地之性"与"气质之性"、"天理"与"私欲"等相关范畴的联想。

所处之社会群体中的普通成员就会转而对他加以模仿,进而这一始于个人的"制约原则"最终将扩展到整个"国家"(the state)。① 同样地,正如个人应进行"内在制约"一样,国家也具有一种相应体现在建制中的"更高的、永久性的自我"(a higher or permanent self),并对自身中代表了所谓"民意"(the popular will)的"普通自我"加以限制。② 事实上,一切帝国主义都源于帝国主义的个人(the imperialistic individual),正如一切和平的起点都是和平的个人一样,③当一个国家由"公正的人"(the just man)来管理的时候,这就是一个"公正的国家"(a just state),由此它将真正"服务"于其他国家——不是通过干涉别国事务,而是为它们提供一个好的典范。④

至此我们突然发现,白璧德构想的从个人之完善而至于社会之完善的进路,今日中国普通读书人(而不必是胡先骕那样具有深厚旧学功底的传统意义上的读书人)都可以感受到,这简直就是一条不折不扣的"修齐治平、内圣外王"之路。我们看到,白璧德一再强调的"内在制约""自律""人文训练"等概念,以及对于领袖的品格、"正确的行为"和"典范作用"的要求,无一不指向"修身"这一维度。满足这些要求的"人文主义者"方可成为领袖(即"君子"或"自然贵族"),对一个社会群体通过"身教"发挥"起信"作用,并由此不断向外扩展,将"内在制约"的原则推及全国,再由本国而及于别国,最终构建一个"人文主义者—君子"的"人文国际"——此即白璧德的"天下"观,或用我们今天的表述来说,即白璧德的"世界主义视野"。

---

① Irving Babbitt, *Democracy and Leadership*, p. 304.
② Ibid, p. 247.
③ Ibid, p. 136.
④ Ibid, p. 309.

白璧德的学说与中国儒家传统思想确有诸多相通之处①,不过,找出这些思想间的关联并加以比附并非我们论述的目的。重点在于,这种难能可贵的内在契合,不但可能会使任何一个普通中国读书人都感到亲切与吸引,而且对于素以"任天下"自期的"士"而言(如胡先骕),可能会产生更深层面的意义。白璧德提出的教育与政治制度相结合的要求与构想,不但与中国昔日科举取士的传统相契合,更与中国儒家的"修齐治平、内圣外王"之道极为贴近。他的这一思想此前在面向美国本土读者的著述中只是隐约有所透露,此后在"人文主义运动"三阶段的提法中(1930)也只是相对婉转地表述出来(如"一群人走到一起来共同构建一种习俗"这种多少有些含混的说法),而在这篇面向中国学生的讲演中,这种对于知识分子直接参与政治生活的要求却得到了最直接、最明晰的表达:白璧德明确提出了共同构建"人文国际"的政治蓝图,当他以"人文主义者与功利及感情主义者之间决定性的战斗(battle),将在中西方教育领域同时展开"的呼吁戛然收尾,意味深长地结束了自己的演讲,这简直是发出了一道"人文国际"的战斗檄文。正是由于白璧德的政治思想与中国儒家传统思想有着内在相通之处,他才会带着对自己演说对象(中国留学生)相

---

① 如白璧德认为"内在制约"是一种"良知"(conscience),是"不动的推动者"(the unmoved mover),见 Irving Babbitt, *Rousseau and Romanticism*, p. 131, 161;那么,"达于内在制约"这种说法,很容易使我们产生此即"致良知"的联想。又如,我们知道白璧德对所谓"专家"深恶痛绝,他提倡人文教育便是为了有助于纠正各种形式的偏颇,并一再强调"人文主义者"要注意各种能力的均衡,以期不至于沦为趋于一偏的"专家",见 Irving Babbitt, *Spanish Character and Other Essays*, "Humanist and Specialist", p. 191; "President Eliot and American Education", p. 215, 217;至此,我们应对白璧德这一观点有了足够的了解:不应单纯理解为他对广博的"人文学科"的强调,以及对学科过分专业化的反对,还特别应当在教育—领袖的线索中加以解读——此刻他强调的是"人文主义者"自身各种能力之均衡的问题,即与领袖"修身"相关的问题,从而这一整套的关于"人文主义者"与"专家"的论述,用中国传统的眼光来看,无非是讲"君子不器"的道理等,其他例证所在多有。

应的预期,毫无保留地一举道破了这层意思——知识分子应参与并主导整个社会的政治生活。

此前我们曾介绍过胡先骕的家世(士大夫世家)与学历背景(科举获得功名,留美获得博士学位),并结合胡氏主要始于 1933 年的参政议政活动,得出了如下判断:胡先骕具有强烈的(传统意义上的)政治抱负,他对曾经有过的传统(或相似的)建制下读书人参与并主导政治生活的模式始终心向往之,我们由此解释了他何以不惮在当时的语境下坚持"保守"的文学理念,为古典文学以及古典文学所指向、所承载的传统"建制"申命。胡先骕并未亲聆白璧德的演讲,但我们可以想见,当他在吴宓处首次看到这篇文章,仅通过阅读体验其中大量与中国传统思想元素遥相呼应的内容,便足以直接开启自身对于中国正在消逝的"政教"传统的记忆。至此,我们在解读该篇译文之初提出的问题——胡先骕何以一眼看中了白璧德这篇文章?或者,这篇文章是否像表面上那样"单纯",仅涉及对于"教育"以及"文化"问题的讨论?到底是什么因素触动了胡先骕,使他"立即"产生了翻译的意愿?——在此得到了初步的解答。

事实上,白璧德应"中国留美学生会"之邀进行专题演讲,这本身便是一个极具政治意味的举动。在 19、20 世纪之交,美国是一个活跃着各种自发的协会与社团的地方,许多中国学生甫一到达美国,就被美国大学校园中学生建立的各种学生组织所深深吸引。1902 年 10 月,二十三名中国学生在美国旧金山创建了"留美中国学生会"(the Chinese Students' Alliance of America),这是美国第一个中国学生组织,此后美国各地的中国学生组织纷纷创立;1905 年,"美国东部中国留美学生会"(the Chinese Students' Alliance of the Eastern States)在马萨诸塞州成立,并成为全美中国学生组织活动的中心;1911 年秋,全美中国学生组织(包括"美国东部中国留美学生会")联合构成了一个主体——"中国留美学生会"(the Chinese Students' Alliance of the United States of America)。这一全国性的组织在各地区设有分部,每一分部都具有自己的行政机构与章程,其中东区分部"美东中国学生会"(其前身即为"美国东部中国留美学生会")是最活跃、最突出的分区组织。"美东中国学生会"于每年夏季召开年会(the annual summer conference),学生在聚会中联络感情,分享知识,展现才华,最重要的是,他们在这里得到了学习"实际民主政治"(practical democracy)的难得机会。年会的一项重要的活动就是"大会致词",即邀请知名人士进行演讲,为一年一度的聚会奠定基调,给与会青年学生一种方向感。①

"美东中国学生会"作为全美最有影响的中国留学生组织,非常注重实际政治生活(它拥有自己的章程、行政机构、代表委员会,每年投票选举学生会领导人物),白璧德被邀请到会致词,为该年度"政治学习"奠定基调,这个事件本身便极具政治意味。这至少说明,当时白璧德在中国学生中已具有相当高的声望,可惜我们目前还无法确知白璧德主题发言的邀请者是谁,邀请白璧德的意图是什么,以及当时的留美中国学生主体对于政治(思想与现状)的思考在整体上呈现出何种趋向,使他们能够接纳白璧德的思想,并以之作为1921年夏季年会的基调。无论如何,这确实是白璧德向中国学生宣讲自己政治理想的绝佳机会,这也是该篇演讲呈现出一种前所未有的浓厚政治意味的原因之一。白璧德此后特地把这篇演讲寄给了吴宓,可见他自己对这次讲话亦颇为重视。然而,接到来信的吴宓却没有立刻意识到这次演讲的重大意义,一方面大概与他当时不在场有关(他在《自编年谱》中特别注出白璧德这次演讲系于"1921年秋(宓离美国后)"所作),另一方面则与他对"美东中国学生会"及类似学生组织

---

① 关于"中国留美学生会"的具体沿革与组织活动,详见 Ye Weili, *Seeking Modernity in China's Name: Chinese Students in the United States, 1900-27*, pp. 17-44。

一贯的不以为然的态度密不可分。①

很可能正是这种心态致使吴宓忽略了这篇演讲的政治内涵。在他为演讲译文所作的长达千余字的按语中,吴宓盛赞白璧德学问"精深博大",并概述了其学说大旨,指出"西洋近世物质之学大昌,而人生之道理遂晦","今当研究人事之律"以"对症施药"。至于"为人之正道"将从何而得之?那便是"博采东西,并览今古,然后折衷而归一之",最后结题于"人文教育,即教人以所以为人之道",由此点出该篇题眼。我们看到,吴宓对于白璧德这篇文章的分析完全基于人文教育与文化的关系立论,丝毫未着意于教育与政治生活的重大关联。事实上,正是出于对中国文化身份问题的极大关注,吴宓成了一个真正"不关心政治"的人,且终生未改初衷。结果,"胡先骕君见之,立即译出"——文章中被吴宓所忽略的重要信息,转而被政治敏感度极高的胡先骕捕捉到了。从而"其论特为吾国人而发",在胡先骕这里必然具有与吴宓所见之不同的内涵。以下我们便进入文本,来看胡先骕是如何翻译—阐释这篇意义重大的文章的。

---

① 吴宓在日记中屡次对热衷于会社组织活动的留学生加以批判,并对"纽约"与"波城"(即美国东部大学城波士顿)中国留学生的不同风气各有褒贬。见1919年9月4日、9月7日、12月30日诸日记,《吴宓日记》(II),第60—66、114—115页。吴宓还记录了1920年9月上旬"中国留美学生会"在穆尔所在的普林斯顿大学召开第十六届年会(此即白璧德应邀致词的前一届年会)的情形,特别说明"本年年会,宓等均未赴,或有力劝往者,均婉词谢之"。见1920年"9月2日至26日"日记,同上,第181—182页。甚至后来"中国留美学生会"请吴宓担任其机关报《留美学生月报》的文学编辑,深爱"报业"这一行当的吴宓竟然出人意料地"辞之",而荐他人"以自代",见1920年"10月13日至16日"日记,第185页。以上说明吴宓对"中国留美学生会"——这一全美最大的中国学生组织反感到了相当的程度。特别是吴宓还亲身经历了"美东中国学生会"的一次审查风波,参与查究普林斯顿年会期间"罗、曹私用公款"案,从1920年11月7日直至1921年1月9日,历时两月方罢,其间他亲眼看到了中国留美学生会头目各种"腐败"行径,这种亲身的见闻更加深了吴宓对此类学生组织的反感。同上,第190—210页。

第三节　译文文本研究

一、"人文主义"的去政治化：白璧德人文教育观第二重面相的失落

胡先骕的译文可以说非常"准确"，全文校勘仅一词出现明显错误（白璧德为说明全世界空前的物质与经济联系，提到了东京生丝市场的一场大骚乱 commotion，胡先骕译为"大发达"，意思正好相反）。但他的翻译也可以说非常"不准确"，其译文并不特别顾及字词的严格对应，从而与原文有不少出入。他不但经常采用意译的方式，而且作了大量的删减工作，除字词外，某些句子甚至还有一些段落均遭到了不同程度的删除。该篇原文四千三百余字，译文只有五千四百余字（对比徐震堮的译文，原文六千二百余字，中译文却有一万零二百字，这个比例实际上更接近"英译中"的常规），译文相当紧凑，与徐震堮译文风格大不相同。在译介该篇之前，胡氏的翻译经验仅限于自然科学论文，[①]然而此处他的译笔却已显得相当自信老到，原文冗赘处当删则删，文章整体风格由此反而更加统一、突出，与徐震堮不敢擅自删减一字、"亦步亦趋"的操作有着显著区别。

胡、徐二氏译文风格上的区别与原文文体不无关系：须知胡译原文最初系演讲稿，并非严格意义上的学术论文。演讲稿必然不像学术论文般

---

① 胡先骕从 1915 年开始发表译文，包括《达尔文天演学说今日之位置》（载《科学》第 1 卷第 10 期、第 2 卷第 7 期，1915—1916 年）与《植物志》《防治害虫》《果品志》诸译文，在白璧德译文之前，共发表了自然科学方面的译文十篇。

严密,难免会有一些口语化的表述,还会有一些现场发挥的成分,因此有较大的删改余地。此外,这也与两篇译文不同的翻译意图有关:徐译是为了原原本本介绍白璧德学说(以传播该学说本身为目的),所以会谨小慎微地传达原文的意思,而胡译则是出于"其论特为吾国人而发"(以"吾国人"的需要为目的),因此不免"得其大意而已",这自然会在很大程度上左右译文的感觉与风格。除了原文文体与翻译意图的差异之外,译者本人的特性也是不可忽视的因素之一:胡氏译文信手删减之下,文章理路反觉格外清晰,这似乎反映出了译者作为科学家的某些思维特质,同时他作为深通中国传统典籍的学者,对原文中出现的各个关于中国的典故,亦可非常轻松地立刻加以还原,从而整篇译文处理得干脆利落,看来仿佛"一蹴而就",绝无"旬月踟蹰"的迟疑。吴宓在《自编年谱》中曾这样描述胡先骕:"胡先骕,现任东南大学生物系主任。直爽活泼,喜多发言,作文迅速,为对《学衡》杂志最热心而出力最多之人。"①——读胡氏译文,如见其人。推而广之,每篇译文都会多少反映出译者的风格与个性,正如胡先骕的译文不会有"如履如临"的谨慎,徐震堮的译文也不会有"见之,立即译出"的洒脱(此后我们还会谈到吴宓的译文,复与胡徐二氏风格迥乎有别)。

徐震堮的译文基本上做到了字字对应,因此文中一旦有脱漏的内容,便格外引人注目;同理,胡先骕对译文进行了大量删减,一旦他在其中增加了某些内容,也立刻会引起我们的注意。上文谈到,白璧德这篇关于"中西人文教育"的演讲,言及 civilization 概念达二十次之多(其中包括形容词 civilized "文明的"六次),而无一次直接指涉 culture 这个概念。这种(有意识的)取舍本身似乎表明,该篇并非单纯是对"大学人文教育"(以及同一线索中相关的"文化"问题)的讨论,在此对于"教育"的讨论很大

---

① 《吴宓自编年谱》,1921 年底,第 228 页。

程度上将在社会建制的层面展开。然而,译文却完全反映不出这一倾向,其中"文明"一词仅出现了九次,而"文化"一词出现了二十五次!也就是说,译者除了将原文中的 civilization 一词大部分译为"文化"之外,还凭空增加了十四处之多。这与原文对"文明"(civilization)概念(以及由此对教育与政治之关系)的偏重恰好形成了鲜明的对照。——我们当然不会认定 civilization/culture 与其译语文明/文化在意义上完全对应,或者能够覆盖彼此全部意涵;但问题是,早在《学衡》这篇译文之前,civilization/culture 这组概念便已基本确定了文明/文化的固定对译。① 在《学衡》所刊文章中,culture 定译为"文化",而 civilization 一词始终同时存在两种译法,即"文明"与"文化",且以"文化"之译法居多。如刘永济在《中国文学通论》(载《学衡》1922 年 9 月第 9 期)一文中转译毛尔登的话说,"希腊与希伯来为彼方父母文化(the Hellenic and the Hebraic are our Parent civilizations)",便将 civilization 译作了"文化"。不仅如此,civilization 一词的这两种译法还经常在《学衡》的同一篇文章中出现,这种情况特别是在白璧德学说译文中屡见不鲜:除胡先骕此篇译文之外,《学衡》白璧德学说另一位译者张荫麟(1905—1942)②在其译文《白璧德论班达与法国思想》(载

---

① 高名凯等学者将"文化"与"文明"这组词汇纳入"日语来源的现代汉语外来词",与 culture/civilization 相对应的日语拉丁化拼法与汉语分别为 bunka/文化与 bunmei/文明,见《现代汉语外来词研究》,文字改革出版社,1958 年,第 83 页。即 culture/civilization 这组词汇转由日语引入现代汉语时已确定了对应的译法,时间应远远早于《学衡》创刊的年代。此外,至少在《新青年》杂志中这组概念的固定译法已明确下来,culture 通译为文化,而 civilization 通译为文明,彼此不相混淆。

② 张荫麟,号素痴,广东东莞人。1929 年毕业于清华大学,入美国斯坦福大学学习西洋哲学、社会学,获文科硕士学位;1934 年 29 岁时任清华大学哲学、历史两系讲师,1936 年升为教授。1938 年返西南联合大学任教,1942 年去世。他是《学衡》史学研究的代表人物之一,曾与吴宓长期合作主持《大公报·文学副刊》的编辑工作。张氏在《学衡》首次发文时年仅十八岁(即《老子生后孔子百余年之说质疑》,标示为"张荫麟自北京来稿",载《学衡》1923 年 9 月第 21 期),是《学衡》"学生辈"成员中的翘楚。张荫麟于 1942 年在遵义英年早逝,令陈寅恪、吴宓等人至为痛惜。陈曾作诗挽之云,"共谈学术惊河汉,与叙交情怅岁年。……大贵便便腹满腹,可怜腰细是吾徒。九儒列等真邻丐,(转下页)

《学衡》1931年3月第74期)中,也把civilization时而译为"文明",时而译为"文化",且以后一译法居多。法文civilisation与culture的翻译情况与英文相同:吴宓在其译文《白璧德之人文主义》(原文为法文,载《学衡》1923年7月第19期)中将civilisation大多译为"文明",但仍有一次将之译成了"文化",culture则仍译为文化。可见,civilization一词两译的情况显然并非胡先骕译文所独有,而是《学衡》杂志文章的整体特点。这不同于早期外来语甫一进入中国时译名未定的情形,而是似乎反映出《学衡》译者群具有某种总体性的倾向。这是什么缘故呢?

如我们所知,"学衡派"长期被视为"新文化运动"的反对派(西方学者史华慈[B. I. Schwartz]称之为"新文化运动"的"反题"[antithesis]),文化问题是双方论争的焦点。正是出于对文化的不同理解,双方才呈现出种种"对立"的趋向:无论是文言与白话的对立,还是人文主义与人道主义的对立,以及菁英与群众的对立等,究其根本,均与二者不同的文化理念密切相关。有论者曾以文明/文化之分来说明"新文化派"与"学衡派"之间的论争"基本上是一种文化观念的论争":"他们实际上是在不同的意义上使用文化(或文明)这个概念的。一方固守19世纪流行的带有启蒙时代特征的'文明'概念,一方固守20世纪初流行的带有反启蒙时代特征的'文化'概念",只不过《学衡》创刊时,"新文化运动已进入尾声,文化问题较诸政治问题而言已退居其次,但学衡诸公依然希望通过他们的努力来救正他们认为的新文化运动的种种偏颇"而已。① 两方各执一词,并相互展开了批判,其最主要的手段便是通过各自的报刊平台不断申明、强调

(接上页)五斗支粮更殒躯。世变早知原尔尔,国危安用较区区。闻君绝笔犹关此,怀古伤今并一吁",语气沉痛一至于此。

① 欧阳军喜,《论学衡派对新文化运动的批评》,载《清华大学学报》1999年第3期。这一区分极具洞见,为解释《学衡》译文何以屡屡将civilization译作"文化"提供了又一种可能的视域。

自身的"文化"观念。《学衡》素以文化为本位,①而刻意与政治拉开距离,这与《新青年》注重密切结合文化与政治,试图通过"文化运动"推进"社会运动"的观念大不相同。② 也就是说,《学衡》始终将文化视为目的,而非为政治、社会诸实际问题服务的手段。在"学衡派"看来,文化的存亡才是真正关系到国家兴亡的关键,这与顾炎武所作的"亡国"与"亡天下"之辨(《日知录·卷十三·正始》)实相契合。③ 关于这一点,主编吴宓自始至终不改初衷,他的这种文化观念必然会对《学衡》产生导向作用,至少编者的意志会在选编各期文章的过程中有所体现。④ 从而《学衡》在整体上呈现出文化与现实政治相"分离"的倾向,⑤这一特点自然会在宣传白璧

---

① 《学衡》杂志《简章》表明,刊载文章将涉及"国学"之研究法、"西学"之研究法,以及"文字"问题等三方面的内容,结合《宗旨》中"论究学术,阐求真理,昌明国粹,融化新知"等表述,可以看出《学衡》本就是以文化与学术研究为本位的。
② 众所周知,《新青年》的发展有几个阶段,且每个阶段有不同的工作重心。不过,早在1920 年 9 月《新青年》迁回上海印行并成为中国共产党上海发起小组的机关刊物之前,这一"'同人杂志'已超越一般意义上的大众传媒,而兼及社会团体的动员与组织功能。世人心目中的'《新青年》同人',已经不仅仅是某一杂志的作者群,而是带有明显政治倾向的'文化团体'"。关于《新青年》杂志中"文化运动"与"社会运动"之相互为用,和该杂志在向着"机关刊物"发展的过程中两条线索之此消彼长,参见陈平原,《思想史视野中的文学——〈新青年〉研究(上)》,载《中国现代文学研究丛刊》2002 年 3 月。
③ 这从柳诒徵所作《顾氏学述》(载《学衡》1922 年 5 月第 5 期)及吴宓所作《论新文化运动》(载《学衡》1922 年 4 月第 4 期)诸文"盖顾氏谓礼义廉耻,为天下之公器,天下人皆当保之,宁亡国不可亡,此非谓天下兴亡,人人皆当干与,以此为匹夫之责也"及"但所虑者,今中国适当存亡绝续之交,忧患危疑之际。苟一国之人,皆醉心于大同之幻梦,不更为保国保种之计。……又国粹丧失,则异世之后,不能还复。文字破灭,则全国之人,不能喻意。长此以往,国将不国"等语中均可窥见痕迹。
④ 该篇发表于第 3 期《学衡》,值《学衡》创办前期,此时主创人员分任各门"主任编辑",公推吴宓为"集稿员",实为主编,故吴宓自第 3 期起,便在《简章》中添加了"本杂志总编辑兼干事吴宓"的字样,见《吴宓自编年谱》,第 229—230 页。至《学衡》后期,《学衡》早期主创人员纷纷停止供稿,此时吴宓的趣味在《学衡》中得到了更为充分的体现,《学衡》逐渐演变为纯而又纯的学术研究刊物。胡先骕于 1926 年停止供稿并断然退出,除了他的思想发生了变化之外,或对后期《学衡》专以"论究学术"为务的倾向也不认同。
⑤ 《学衡》编者恐怕并不认同这一说法。吴宓在《班达论智识阶级之罪恶》(载《学衡》1931年 3 月第 74 期)译文按语中说:"读者试就此而深思细考,或可略知学术与人心风俗政治社会之关系,而不以哓哓辩究学说道理者、为日为无益之事,为不爱国、为(转下页)

德学说的过程中显现出来。于是,通过(这样一种主导氛围下的)翻译,更加纯粹的"文化"概念得到了强调,与社会建制诸层面密切相关的"文明"概念则遭到了"淡化"处理,有时索性也为"文化"所"化"了。

上述情况在胡先骕译文中体现得尤为突出。例如,原文中"关于文明之问题(this problem of civilization),从未像今天这般紧迫"一句,被译作"文化问题之重要,未有甚于今日者"。我们一般都习惯于将"文化"还原为 culture 一词,当译文中连篇累牍地出现"文化"二字,读者自然会产生这样一种印象:白璧德在文中一再强调了 culture 的问题,然而原文却并非如此。此外,不只是改译,译文中还多处增译了原文所无的"文化"一词,有时相关文句的句意都随之发生了改变。例如这段译文(着重号为笔者所加):"尤柏尔(Joubert)之论中国人曰,世谓中国种种情形不善,其然岂其然乎?中国人屡被外族征服,然一国之文化与兵战之胜败何关?"从译文来看,我们发现这里关于"文化"的陈述是典型的《学衡》式对于"文化"的理解,与前文提及的顾炎武"亡国"与"亡天下"之辨极相契合。然而,当我们审看原文,立刻发现译文与原文出入很大(着重号为笔者所加):"关于中国人,儒贝尔曾写道:他们所在的国度果真像通常所认为的那样不够完美吗?人们说,他们总是不断地被征服。然而,我们能让一个国家的制度(the institutions of a country)为战争中发生的偶然情况负责吗?"译文中非但添加了原文所无的"文化"一词,而且"篡改"了全句的意思,从而这成了一处不可还原的译文。

不难看出,胡先骕译文中的"学衡派"文化观念的痕迹颇为明显。当

(接上页)不热心世局乎。是则译者之微意已。"可见"学衡派"认为自己同样关心"世局",只是关心的方式或着眼点与"新文化派"并不相同而已。从吴宓多少有些委屈的语气看来,《学衡》在出版过程中已受到了"哓哓辩究学说道理""不热心世局"的批判,《学衡》编者对此并非一无所知。

然,这与胡先骕本人的选择不无关系:他在昌明国学、古典文学/文字等问题上与吴宓等"学衡派"人士"同志",因此对《学衡》所取的姿态最初是相当认同的,这从他在《学衡》早期的突出表现便可窥见一二。① 我们也不排除胡先骕有意向《学衡》趣味"靠拢"的可能:有论者曾注意到胡氏的"文学观念"以1922年为界有很大的不同,此前比较温和,但他在1922年加入《学衡》之后,则"有意与《学衡》同人的整体倾向趋同","多了些有意识的偏至和情感上的成分"。② 无论如何,胡氏的取向极大影响了其译文的面貌,但人们对此却往往缺乏意识。如有研究者认为,"学衡派对新文化运动的批评主要是以人文主义为其思想基础的","他们的文化主张也完全来自白璧德的人文主义学说",③现在我们可以看出,前一句话固无不可,后一句表述却显然存在问题。事实上,白璧德思想作为批判"新文化运动"的"武器",并非"拿来"便用,而是经过了一系列"调试"与"改装",也就是说,并非"学衡派"的文化主张"完全来自白璧德的人文主义学说",而是白璧德的"人文主义"学说被引入中国之后,"学衡派"自身的文化主张随之渗透其中——而这从根本上是不可避免的。

本来,胡先骕是出于政治上的"敏感"独具慧眼地选择了这篇译文(被吴宓所忽略的,旋即被胡先骕捕捉到了),然而,在《学衡》处处强调以文化为体的整体氛围中,胡先骕又采取了"迎合"(或曰"认同")的态度,译文中对"文化"的强调甚至有过之而无不及,从而他敏感捕捉到的东西,

---

① 事实上,在"新文化派"眼中,这一时期的胡先骕乃是"新文化运动"的反对者——南京的"复古派""古典派"——的代表人物。见郑振铎,《中国新文学大系·文学论争集》,良友复兴图书印刷公司,1935年,"导言",第13页。
② 沈卫威,《回眸"学衡派":文化保守主义的现代命运》,人民文学出版社,1999年,第183—187页。不过,我们要记得胡先骕的《评〈尝试集〉》一文是《学衡》创刊的动因之一,这篇言辞犀利的文章写于胡氏1922年加入《学衡》之前,此前恐怕正是由于文章"情感的成分"过于强烈,才无人"愿为刊登"的。即胡先骕此前并不见得"温和",而是本就具有这种倾向。
③ 欧阳军喜,《论学衡派对新文化运动的批评》,载《清华大学学报》,1999年第3期。

转而又在翻译的过程中被部分遮蔽,于是这篇白璧德思想译文便成了宣告《学衡》"文化"主张的重要文章。

我们可以再举一个更突出的例证来说明这个问题。前面曾提到,白璧德在该篇中首次明确提出了"知识界领袖"(intellectual leader)的概念,当胡先骕认识到其中具有的内涵,应该会有所触动。然而,在该篇译文中,胡先骕虽然已将他处出现的 leader 一词译为"领袖",在此却将 intellectual leader 译作了"学问家"!——其中的"政治"意蕴顿时荡然无存,而与《学衡》立足纯粹学术研究的立场在在相符。这是否表明我们此前的判断(胡先骕极具政治抱负,并敏感捕捉到了白璧德该篇蕴含的政治意味)失误了呢?

我们不妨来看胡先骕紧接该译文(1922年3月第3期)之后发表于《学衡》(1922年4月第4期)的《说今日教育之危机》一文。有意思的是,该文主旨非常接近白璧德"Humanistic Education in China and in the West"原文意旨,有些段落简直是对原文的复述与阐发,颇可与对比阅读。

首先,该文谈及"吾国为世界一大文化之中枢,而为惟一现存文化发源之古国。五千年来,虽屡经内乱,屡为外族所征服,而至今巍然尚存,此非偶然之现象也"。论究其原因,"则在数千年中能创造保持一种非宗教而以道德为根据之人文主义,终始勿渝也。中国二千六百年来之文化,纯以孔子之学说为基础。尽人能言之。孔子之教,则正心诚意修身齐家治国平天下,克己复礼……又以中庸为尚,而不以过与不及为教者也。……白璧德教授以为中国习尚,有高出于欧西之人文主义者,以其全以道德为基础故,洵知言也"。这一段恰呼应了此前译文中遭到"篡改"的部分:"中国人屡被外族征服,然一国之文化与兵战之胜败何关?"并且联系该文中"提倡'新文化'以来,国人数千年来服膺国学之观念,始完全打破。……孰知西方文化之危机,已挟西方文化而俱来。国民性已将完全澌灭,吾黄胄之前途,方日趋於黑暗乎"一类表述,我们可看出胡先骕认为"国民性"端以传统文化为根本,他的这一立场与"学衡"同人是完全一致的。

接下来,文章谈到"夫教育之陶冶人才,尝有二义:一为养成其治事治学之能力,一为养成其修身之志趣与习惯。如昔时所谓之六艺与文章政事。今日之学术技艺,属於前者;至所以造成健全人格,使能正心诚意修身齐家者,则属於后者。二者缺一,则为畸形之发达"。在此,胡先骕着重指出了与教育问题相关的两条脉络:一则为"学术技艺",另则为"文章政事"。——这顿时让我们联想到了白璧德教育观中彼此结合的两条线索。然而,就在此处,一个令人意想不到的变化出现了。且看胡先骕对仅注重前者(即"学术技艺")的学子持何种评价(着重号为笔者所加):"以吾自身在学校之经验言之,同学中以意气相尚者有之,以文学相尚者有之,以科学相尚者有之。或欲为实业家,或欲为政治家,或欲为学问家,高视阔步,自命不凡者,比比皆是。独无以道义相砥砺、圣贤相期许之风尚。盖功利主义中人已深矣。"也就是说,讲求"学术技艺"的"学问家"之前在《白璧德中西人文教育谈》中还是构建"人文国际"的主导人物,在这里竟突然变成了大受批判的对象,甚至与"以圣贤相期"者相比,无非表现出了"功利主义中人已深"! 至此,事情变得格外有趣起来:何以在短短一个月时间里,胡先骕的态度立场会发生如此大的转变?

其实,所有曾经接受过"旧式教育"的传统知识分子都深谙此教育之"二义",以"文学相尚"如吴宓者也不例外。吴宓留学美国之后,仍时时从这两方面反思自己求学之进展与成绩,然而,反思的结果却是(着重号为吴宓所加):"学问一方,固有诸多进益,此行尚可谓为不虚。若事功一方,则久绝希望……呜呼,'穷则独善其身',吾终当以此一语自厉耳。"①

---

① 见《吴宓日记》"1919年8月31日"条。并可参照此前7月24日及此后9月8日之日记,这两篇日记均篇幅较长,最为详尽地记录了作者对于"学问"与"事功"两方面的思考。

看来吴宓放弃"事功"(此即胡先骕之"文章政事"),自有其苦衷,正是出于对时局的判断("穷"),他才选择以"学问"退而自守。这恐怕也是"学衡"诸多同人的选择。其实,不论是吴宓的"穷则独善其身",还是胡先骕的"兼济天下"之志,他们动用的本是同一套思想资源,这也是他们产生认同的基础。胡先骕最初将 intellectual leader 译作"学问家",显示出了努力与"学衡"同人统一口径的趋向,但他此后很快便独出异声,在《说今日教育之危机》一文中直接表达了对专门的"学问家"的反感,这其实是由其一贯的"经世"愿望所决定的,[①]当然并非他的态度在短短一个月内急转直下。事实上,胡先骕这种愿望早在1919年(即胡先骕第一次留美回国就聘东南大学次年)发表的相关文章中已表露无遗:他为《农业教育》杂志所写的序言中,大力阐述"农业教育"的重要性之时,竟是以"昔周公制礼,大司徒职掌建邦之土地之图与其人民之数"立言的![②]——他对自己的身份及所应行使之职能的预期由此可见一斑。正是出于与"学衡"同人价值取向上的重大分歧,他的思想才会在日后发生"变化"(即脱离《学衡》在先而积极参政于后),而这一"变化",在他1922年参加《学衡》之初,为杂志提供的译文与论文所呈现的矛盾中已经埋下了伏笔。

胡先骕在《说今日教育之危机》一文末尾指出,只讲求"学术技艺"而

[①] 见胡氏1918年暂居庐山、"潜龙勿用"时期的《杂书》诗句:"安期说项羽,不用逃空山。老聃柱下史,骑牛西出关。岂无经世志,栖栖如孔颜。"见《胡先骕文存》,"忏庵诗",第527页。直抒怀抱而自比"孔颜","诗言志",固矣。
[②] 见胡先骕为《农业教育》(南京高等师范学校农业研究会编辑,1919年)杂志所作之"序"。该杂志名为《南京高等师范学校农业研究会会刊》,但仅出版了这一期。胡氏此前发表的"人文"方面的文字仅有部分诗词和《中国文学改良论》(《东方杂志》第16卷第3期,1919年3月)。我们可以从1916—1919年间的诗词中明白无误地解读出胡氏的"经世"愿望,但这毕竟属于私人化的书写,且这些诗作直至1964年始结集面世,与《农业教育》"序"这种面向公众的文字性质不同。该篇序言不属专门论著,故未收录于《胡先骕文存》,其实这是胡先骕当众"表明心迹"的第一篇文字,有文献参考价值,应得到相应的重视。

不重视"正心修身"之学不免会产生各种流弊,"今日政治"之种种腐败的现状与此关系密切。其挽救之法,端在于"提倡已视为腐旧而以节制为元素之旧道德崇尚功利主义之风",而"旧文化与国民性之保存,使吾国不至於精神破产之责","惟吾欧美留学生,为能任之也"。——白璧德曾对中国留美学生至为期许,胡氏此言正是对这一期待的直接回应。胡先骕曾以"风行草偃"为喻,论及欧美留学生对国人,特别是国内学生的影响(所谓"君子之德风,小人之德草",结合白璧德原文中"君子"的含义——"行为世范"的"领袖"人物,胡氏这一比喻,直接传达出了以"领袖"自期之意)。在文章最后,他更是直接道出:"今日中国社会之领袖,舍吾欧美留学生莫属,此无庸自谦者也。"——在这里,"领袖"这一概念适时地出现了。"吾辈既居左右社会之地位,则宜自思其责任之重大,而有以天下为己任之心。……对社会亦宜提倡节制的道德、中正的学说,使一般少年,不致为功利主义浪漫主义之奴隶。庶几物质文明与精神文明,得以同时发达,则新旧文化咸能稳固。社会之进步,政治之修明,虽目前未能实现,二三十年后,终能成也。"最后这段文字虽然没有明确道出"知识界领袖"这个概念,却无一不指向这一概念所指涉之内涵:整个社会的完善将从个人的完善(教育)开始,而具有道德修养的个人将以教育为手段来塑造人心,进而改造整个社会,用胡先骕的原话来说便是,教育乃"为养成其修身之志趣与习惯","至所以造成健全人格,使能正心诚意修身齐家者"。

看来,胡先骕当然读出了白璧德原文的深意,只不过当他采取与《学衡》同人"趋同"的立场,其译文的基本面貌便发生了变化,从而他所见出的内涵转而又被部分遮蔽掉了。这一波三折之后的结果便是:胡先骕在自己的论文中直抒胸臆,借用白璧德学说大力阐发兼具"学术技艺"与"文章政事"二义的教育观,然而,白璧德却只能通过《白璧德中西人文教育谈》一文向中国人反复陈说教育与"文化"的关系,并号召东西方的"学问家"们联合起来!——向中国人强调"文化"的重任就此放在了远在美国的白璧德的身上,后者在《学衡》中的形象亦逐渐由此确立。有研究者认为,"吴宓最关注新文化运动与新教育,而白璧德人文主义的基本内容正是教育与文化,从而吴宓深受白璧德影响于此可见"①,事实上,我们"于此可见"的是,直至今天,很多研究者仍通过《学衡》译文来了解白璧德及其学说,并理所当然地将《学衡》赋予后者的形象当作其"本身",由此才会产生"白璧德人文主义的基本内容正是教育与文化"这种既定认识,这一结果恐怕是白璧德将自己的演讲寄给吴宓之初始料未及的。

二、归化问题:"人文主义"过度本土化(中国化)的接受效果

白璧德这篇文章的关键词之一是"中国",其中国观在该文中得到了最为集中的体现。他在文中不时引用《论语》,频繁运用各种关于中国的典故,多次指出中国传统中"优于"西方之处,其间表现出对中国传统的熟稔与认同,令人读来倍感亲切。例如,他指出中国的教育改革大可去掉传统教育经典中的细枝末节,例如"虔诚地"记录下来的孔子"不撒姜食"等事例。他曾提出"人文主义运动"三阶段说(1930年),第一阶段是"苏格拉底式定义"的阶段,而在这篇演讲中,他特地举出孔子的"正名"说,统称第一阶段为"苏格拉底与孔子正名的艺术"。在演讲过程中言及"情感的人道主义者"的时候,白璧德指出古代中国便已有了奉行"无差别之博爱"的信徒,孟子对墨子及其信徒的抨击亦适用于今日西方的"情感主义者"等等(我们可联系白璧德这一观点,来看《学衡》中评价墨子学说如《读墨微言》《定本墨子间诂补正自叙》《答福田问墨学》一类文章)。

---

① 刘明华,《吴宓文化担当的两种方式——学术论坛与大学讲坛》,载王泉根主编,《多维视野中的吴宓》,重庆出版社,2001年,第212页。

白璧德大力肯定中国传统，对中国当下的变革持否定态度，这与"学衡"诸公的态度不谋而合。白璧德向来对于影响已渗透到一切领域（特别是人文领域）的进步观念（the idea of progress）表示怀疑，在演讲中引用了孔子对颜渊的评价："惜乎！吾见其进也，未见其止也！"指出当前中国与西方的"功利主义者"们一样，混淆了物质进步与道德进步。他认为，中国将极大借鉴西方（特别是"科学"与"自然主义"方面）的元素，以获得中国所缺的物质效能，但是，除了这些"边缘性的变化"，中国人应当保留其传统观念的"核心正确性"。我们知道，到了19世纪20年代，中国的西化理念已超越了器物及制度层面，"新文化运动"作为"西化"之第三个层面（文化）的全面展开，此时已取得了决定性的胜利，因此以上表述在当时看来，不免颇有重弹"中体西用"老调的嫌疑。然而，胡先骕却毫不迟疑地将之译出："中国之人，并宜吸收西方文化中之科学与机械等，以补中国之所缺。然吾以为虽其末节宜如此改革，然中国旧学中根本之正义，则务宜保存而勿失也。"——在此胡先骕再次增译了"文化"二字，表明此处所论系文化问题，且以植物学家的身份而称"西方文化中之科学与机械等"为"末节"，看来对白璧德此说显然衷心赞同。

凡此种种，再加上白璧德对中国传统教育理念（特别是科举制度）以及中国传统知识分子的菁英意识的高度认同（如他认为文明之传承，主要不在于群众，而是在于菁英或少数领袖等等，胡先骕此处的译文则不但将"文明"仍旧译作"文化"，更增译了"托命"二字，成了"文化非赖群众所可维持，……而必托命於少数超群之领袖"，从而更加突出了其中的菁英意识），这些无疑会对中国传统学者产生极大的吸引力。这虽是一篇用英文写就的文章，其精神内涵却与中国传统思想契合无间，这就难怪胡先骕会在翻译过程中毫不迟疑地使用诸多"中国化"的表述了。

所谓"中国化"的表述，并不包括被译者还原的（原文中大量涉及的）

中国引语与典故,如原文中"唐代一名政治家在其奏折开篇说道,这佛陀本是野蛮人"一句被还原为"韩愈之谏佛骨表,亦谓佛为夷狄也"等等。胡先骕完成这项工作可谓不费吹灰之力,有时不免有些随意。比如,原文中"他(孔子)说道:虔诚自律(religiously self-observant)的舜,只是庄严地坐在王座上,便万事皆宜"一句,被还原为"昔孔子称舜之端拱无为而天下治"。严格说来,孔子并没有说过"舜端拱无为而天下治"这句话,《论语·卫灵公第十五》子曰"无为而治者,其舜也与?夫何为哉?恭己正南面而已矣"应是白璧德引语对应的原文。其实,较之"端拱无为","恭己无为"与self-observant更加对应。此外,原文中self-observant一词前具有宗教意味的修饰语religiously(虔诚地)也消失不见了。不知白璧德英译这句引文是自出机杼,还是仍旧本乎汉学家翟林奈的译法。总之,首先是白璧德(或翟林奈)在英译文中增加了原文所无的宗教意味,此后胡先骕在进行还原的时候,又毫不犹豫打掉了这个增加的成分,而直接以更简洁的"端拱无为而天下治"概括全句。① 正是出于对中国传统思想资源的熟稔,译者顺手拈出一则近似的说法,得其大意而已矣。

至于译文中真正"中国化"的表述,亦随处可见。这在译文第8—12页中表现得最为集中、突出,详见下表:

---

① 由此我们或可窥见胡先骕对"宗教"持何态度。该译文中还有一个例子可进一步说明问题:原文所引"Blessed are they that mourn, for they shall be comforted"一句,出自《圣经·新约·马太福音》"哀恸的人有福了,因为他们必得安慰",而胡先骕则泛泛译为"昔人有言曰,惟苦人可得福,盖安乐必生于忧患也"。不但未给出《圣经》出处(与吴宓译文必给出《圣经》详细出处的做法恰成鲜明对照),且自行加入了中国化的解释——"生于忧患,死于安乐",从而将原文的宗教意味完全打消,并赋予了中国士大夫式的"忧患意识"。此后他对宗教的态度渐有改变,见其《论反基督教运动》(载《东南论衡》1926年第1卷第28期)一文,此文与《学衡》的宗教观有趋同的倾向,惜乎未载入《学衡》。1945年以后,胡先骕的宗教观发生了极大的转变,如《教育之改造》(原载《江西南昌大众日报丛书》,1945年,第412页),其中竟主张"应建立宗教信仰"。至《思想之改造》(载《观察》1946年第1卷第7、8、9期,第445页),文中更发出了"伟大之民族必有伟大之宗教!"之叹。至于胡先骕的宗教观何以发生了如此显著的变化,可俟后再作探讨。

表 4　胡先骕译文"归化"译法示例表

	原文及所在页码	译文及所在页码	参考释义
1	the profound ideas (p. 89)	义理(第 8 页)	深刻的思想
2	law of inner control (p. 89)	自制之礼(第 9 页)	内在制约的法则
3	oppose to the democratic doctrine of the divine average the doctrine of the saving remnant (p. 89)	以少数贤哲维持世道,而不倚赖群众,取下愚之平均点为标准也。(第 9 页)	以"菁英"信条对抗"神圣的普通人"那种民主信条
4	A man who accepts a truly humanistic discipline (p. 89)	凡愿为人文主义之自制工夫者(第 9 页)	接受了真正的人文规训的人
5	the meddler and the busybody (p. 89)	芸人之田者(第 9 页)	好事之徒
6	decorum or law of inner control (p. 90)	士君子修身立行之原理 (第 10 页)	礼仪,或内在制约的法则
7	… civilization is due … to a saving remnant or comparatively small number of leaders. The ultimate basis of sound leadership is the type of character that is achieved through self-discipline, and this self-discipline itself has its root in humility or "submission to the will of Heaven". (p. 90)	……文化……必托命于少数超群之领袖。此等人笃信天命而能克己,凭修养之功,成为伟大之人格。(第 11 页)	……文明……有赖于菁英或少数领袖。合理的领导之最终的基础在于一种品格,这种品格通过自律始可获得,而这种自律本身复以谦卑或"服从天意"为根本。
8	… the law of measure is itself subject to the law of humility. (p. 90)	……中庸之道,必先之以克己及知命也。(第 11 页)	……适度的法则本身服从于谦卑的法则。
9	… unite on a platform of moderation and common sense and common decency. (p. 91)	以中和礼让之道,联世界为一体。(第 12 页)	在节制、常识与共同行为准则的平台上联合起来

从上表我们可以看出,这是一个高度"归化"的译本。以表中第 2 条而论,"内在制约的法则"(law of inner control)本是白璧德引用《论语》翟林奈译本(*The Sayings of Confucius*)中对于"礼"的翻译,胡先骕将之译回为"自制之礼",应属于"还原+释译"的范畴,尚不算是彻底的"归化"。不

过,在第1与第9条中,"深刻的思想"(the profound ideas)被译作"义理","节制、常识与共同行为准则"(moderation and common sense and common decency)被译为"中和礼让之道",这就是十足的"归化"译法了。①

这种高度归化的译本自有其产生原因:首先,白璧德"人文主义"思想在译入中国之初,并无前例可循,译者只能运用本土资源,或"熔铸新词",或"旧瓶新酒",找到相应的中文表达法;其次,原文自身的思想内容与中国传统思想极为契合,译者出于对中国传统思想的认同,很容易"就地取材"来沟通二者。再次,译者翻译该文的目的,一方面是为了传播白璧德学说,另一方面更是以白璧德学说为工具,来支持中国的文化传统——如果单是为了介绍白璧德学说本身,以国内的"白话文"环境而论,胡先骕不但不宜以文言翻译该篇,更不宜套用诸多(正在遭受强烈质疑的)儒家思想资源对之加以阐释。总之,胡氏翻译该篇,更多本着"为我所用"的心态,当然会自觉自愿地使用本土资源来"融化新知"而"昌明国粹"了。

进而,问题的关键不在于译文文本何以"归化",而在于何以如是"归化"。我们回头来看上表4中第3条译例,当译者使用"贤哲""下愚"来对译"余剩民"(the saving remnant)与"神圣的普通人"(the divine average)等专门词汇,其独有的西方文化背景便彻底湮没在了中国化的表述之中。"余剩民"这一说法具有浓厚的宗教意味,"少数贤哲"的译法是表达不出这层意思的;②"神圣的普通人"的说法是在西方追求民主与平等的启蒙

---

① moderation 如可勉强译为"中和",common sense and common decency 则难以与"礼让"二字对应。decency 具有得体、适度、合乎礼仪诸义,但仍与"让"的概念无关。胡先骕曾在《说今日教育之危机》一文中提到,"某旧学家尝有言,欧洲美德中,无一'让'字,吾闻其言,深许其能切中西方文化之症结也",或许这可以视作胡氏在其译文中羼入"让"字之动机。

② the saving remnant 是白璧德常用术语,原系宗教术语,《圣经》中指代表以色列民中圣洁种子的余剩民,白璧德借指身负文化存亡绝续之重任的一小部分人。西方社会宗教气氛较为浓厚,白璧德使用此词,自可引发西方人的联想,从而为这一小部分人增加"神圣"的意味。对于该词笔者译为"菁英",而侯健译为"砥柱中流的少数",见侯(转下页)

时期提出的，——如果此处时代特征并不是很明显的话，该词在文中第二次出现时与"卢骚"（即卢梭）的"公意"（general will）概念并举，其时代背景顿时鲜明起来——从而"下愚"这种贬义十足的译法，不但遮蔽了这一词组产生的（西方的）时代背景，更与一向反感卢梭之"平等"学说的白璧德一起，共同遮蔽了这一词组产生之初具有的巨大合理性。

然而，选用这些对应词可能并非译者的无心之举。陈独秀曾在《今日之教育方针》（载1915年10月15日第1卷第2期《新青年》）一文中大力宣扬卢梭式的"惟民主义"①，胡先骕便在《学衡》同样论教育的文章中，借白璧德之口道出"东西之人文主义者，皆主以少数贤哲维持世道，而不倚赖群众，取下愚之平均点为标准也"，公然与"新文化派"唱起了反调。当然，彼时提倡"民主""平等"诸理念的"新文化运动"已经大获全胜，译者当然不会无视这一情况，然而，这却不妨碍远在美国的白璧德以这种极具价值判断意味的说法，表明自己对"下愚"的态度。

以上只是译者借题发挥之一例。从这几段文字中充斥着的"义理""工夫""士君子""修身""克己""知命""中庸之道""中和"等表述来看，这简直就是一篇典型的儒家工夫论，而文章的作者直是一个深得其中三昧的儒者。通过这些环环相扣的术语，译文具有了统一的风格与面貌，这才是译者真正着力之处。如第4条中"人文规训"（humanistic discipline）译作"人文主义之自制工夫"，如果discipline一词勉强可以

（接上页）健译文《中国与西方的人文教育》，载《关于白璧德大师》，第15页。然而，不论是胡先骕、侯健还是笔者的译法，均未体现出原有的宗教意义，这与译者的文化背景密切相关。不论是《学衡》译者在阐释异文化的过程中，还是笔者在"阐释"《学衡》译者之"阐释"的过程中，都只能以自身文化为参照物，我们永远无法脱离、超越自身的文化背景，事实上，"归化"是不可避免的。我们只能描述"归化"现象，却无法杜绝"归化"本身，对此笔者在处理这一问题的过程中深有体会。

① 文章提出的"教育方针"之一便是"惟民主义"："民主国家，真国家也，国民之公产也。以人民为主人，以执政为公仆者也。"这显然是卢梭"人民主权"（popular sovereignty）的概念，陈氏在文后更将之比附为"民为邦本"之说。

"自制"对应,"工夫"一词则完全是译者额外增加的内容了。我们知道,在胡氏译文中,凡是增加的部分都不可等闲视之,以下我们更以第6、7、8条译文为例,解说白璧德关于"人文教育"的演讲如何变成了一篇"儒家工夫论"。

第6条"礼仪或内在制约的法则"(decorum or law of inner control)被译为"士君子修身立行之原理",译文与原文几乎完全不对应。①"礼仪"(decorum)与"内在制约的法则"(law of inner control)是白璧德学说的两个关键术语:侯健译为"礼宜"和"内省自制的定律";徐震堮译前者为"礼文",后者在徐氏译文中未出现;吴宓直接译前者为"礼",将与后者近似的"内在制约的原则"(principle of inner control)译为"内心管束之原理"。所有这些译法都有"归化"的痕迹,然而,唯有胡先骕的译法"归化"得最为彻底,其中不但出现了原文所无的"士君子"的概念,而且在白璧德本就蕴含着"修身"维度的"内在制约"概念的基础上,演绎出了完整的"修身立行"之说。

第7条译文也不例外,如"自律"(self-discipline)译为"克己"(侯健译为"自律",这个词在徐震堮与吴宓译文中没有出现,不过二人都把discipline一词译为"训练");"谦卑或'服从天意'"(humility or "submission to the will of Heaven")被译为"笃信天命",②其中"凭修养之功"的说法,则纯属衍生的部分。第8条中"适度的法案"(the law of measure)被译为"中

---

① 此前胡先骕曾将 law of inner control 译为"自制之礼",见"示例表"第2条,又将 discipline 一词对应于"自制",见第4条,二者分享同一个译法。在此 law of inner control 又译作"士君子修身立行之原理"。专有名词的对译比较混乱,可见译者未作统一译名的工作。不过,这不见得是"作文迅速"而产生的疏漏,而与译者对文章的解读有关。
② 侯健的译法为"谦逊或'畏天命'"。注意"submission to the will of Heaven"在白璧德原文中本身带有引号,说明这一表达是白璧德引用中国典籍的引文英译。从而侯健的译法("畏天命")比"笃信天命"还原力度更大。不过,吴宓对 humility 一词的译法(谦卑)又比侯健的译法(谦逊)更符合原文所具有的宗教含义。

庸之道"①犹可说也,然而,"谦卑的法则"(the law of humility)竟被译成"克己及知命",比上一条"笃信天命"的说法更进一步,干脆变成了与宗教毫无关系的儒家"话头"。这实在已经不能说是一种翻译(哪怕是"意译"),而完全成了译者的"阐释"。

为了更好地说明问题,我们不妨参以徐震堮译文"归化"情况,详见下表:

表5 徐震堮译文"归化"译法示例表

	原文及所在页码	译文及所在页码	参考释义
1	cura (p.7)	工夫(第6页)	/
2	... hoped to attain this completeness not so much by the virtues of expansion as by the virtues of concentration. (p.18)	……拟造成完人之方法,不借外缘博放之德性,而借内心精约之工夫。(第12页)	……与其说希望通过博放的美德,不如说希望通过精约的美德来达到这种完善。
3	busybody (p.9)	无事忙(第7页)	好事者
4	decorum (p.14)	礼文(第10页)	恪守礼仪
5	gentleman (p.20)	君子人/君子(第13、14页)	绅士
6	(If we compare Socrates...with Rousseau,) we shall perceive the difference between a sage and a sophist. (p.23)	(卢梭……以与苏格拉底相较,)而圣狂之分见矣。(第15页)	(如果我们将苏格拉底与卢梭相对照,)就会看到哲人与智者之间的区别了。
7	The human mind, if it is to keep its sanity... (p.27)	人心欲保持中和(第17页)	人的头脑若想保持健全

我们发现,徐氏译文中同样有一些"中国化"的表述,如将"好事者"

---

① 吴宓与徐震堮均将之译为"合度之律"。吴宓与徐震堮译文专有名词译法统一,进一步证实了吴宓对徐震堮译文的主导作用。而胡先骕译文译名"独出机杼",同样可从侧面说明吴宓并未参与其中。

(busybody)译作"无事忙"①,将"健全"(sanity)译为中国味道的"中和",将"哲人与智者之间的区别"(the difference between a sage and a sophist)译作"圣狂之分",等等;不过,不但数量远远少于胡氏译文,"归化"程度也远不及后者。此前我们曾比较胡徐二氏对"礼仪"(decorum)的不同译法,徐氏以其一贯的风格,其他各处译文同样处理得较为谨慎。如gentleman一词在当时已普遍被译为"绅士",鉴于白璧德使用该词时多关乎人格修养层面,《学衡》中往往将这个词译为"君子"。不过,这个词在徐氏译文中第一次出现的时候,并没有直接译为"君子",而是译作较少见的"君子人"("君子人"这个说法本身在《论语》中仅出现过一次,出自《论语·泰伯第八》,曾子曰:"可以托六尺之孤,可以寄百里之命,临大节而不可夺也,君子人与? 君子人也!")这似乎表明译者最初曾试图做出"陌生化"外来语的尝试。特别是,徐氏译文甚少"借题发挥"的成分,每个译法各有所本,彼此无涉,不像胡氏译文那样,一批译名互相指涉,彼此联系,并由此集中指向了共同的主旨:修身之工夫。

徐氏译文也出现了"工夫"二字。第一次,对应于 cura 一词,此系拉丁文,兼具"关切""烦忧""苦恼""工作""责任""管理"诸义,从而兼及对内心以及外在的关切,其英文对应词一般为 care 以及 work。译者在此将 cura 译为"工夫",兼顾了"内在"与"外在"之意,实为不可多得之妙译。白璧德曾特别指出 work(工作)分为两种,一种为"外在的工作"(to work outwardly),一种为"内在的工作"(inner working),凭借后者才可获得(亚

---

① 胡先骕将 busybody 一词译作"芸人之田者",徐译为"无事忙",二者均借用了中国文化元素。另,"无事忙"显然借自《红楼梦》,这个译法虽然扣住了一"忙"字,但与这个词相联系的鲜明的艺术形象也会随之出现在读者脑海,从而"驱逐"尽净原文 busybody 的含义,因此并非佳译。我们知道吴宓深谙《红楼梦》,或许通过这个译名,亦可看到译文中吴宓的身影。

里士多德之意义上的)幸福(happiness)①。由此看来,work 即是白璧德心目中 cura 的对应英译。吴宓此后在其译文《白璧德论欧亚两洲文化》(载《学衡》1925 年 2 月第 38 期)中将动词 work 译为"用工夫",由此更可见出吴宓在徐震堮译文中大力校改的痕迹。

此后徐氏译文中再次出现"工夫"一词,不过原文并非 cura。译者将"精约的美德"(the virtues of concentration)译作"内心精约之工夫",看来出入比较大。译者将文中的 era of concentration 译为"精约时期"(笔者沿用了这一定译),当 concentration 的概念与人的完善("造成完人")相联系的时候,译者便增加了"内心"这一修饰语,并继承了此前的"工夫"说,合成为"内心精约之工夫"。徐译中的"工夫"一词仅出现了两次,远远比不上胡先骕译文中铺天盖地的"士君子""修身""克己""知命""修养""中庸之道""中和""礼让"诸说法合力之下产生的效果。

胡先骕为什么要沿着"工夫论"的脉络来阐释白璧德这篇文章呢? 答案就在我们此前提到的胡氏《说今日教育之危机》一文中。质而言之,"今日教育之危机"为何? 在胡先骕看来,随着西学涌入,社会中人一拥而上尊奉"物质科学"而忽视"人文学问",这种功利主义的态度无可挽回地导致了"道"与"术"的分离,国内的在位者(即"政府官僚")由此日趋"腐败","国民道德"亦整体"堕落",当前社会"人欲横行,廉耻道丧,已至於极点"。欲挽救之,首先应强调教育的"修身"功能。唯有社会的领袖("吾欧美留学生")在"求物质学问之外,复知求有适当之精神修养",注重道德修养,提倡"节制"之工夫,并进行"克己复礼"这种"人生所不可缺之训练",才可改善社会的现状。总之,"修身"乃是"领袖""治国"的先决条件。

---

① Irving Babbitt, *Rousseau and Romanticism*, pp. 330-331.

本章在讨论白璧德人文教育观之初,指出其中有二条线索,一者围绕人文教育—文化的脉络进行,一者沿着文明—人类政治社会生活的脉络展开。白璧德"Humanistic Education in China and in the West"一文重在强调教育的后一脉络,指出知识分子应参与并主导人类文化政治社会生活。胡氏在自己的《说今日教育之危机》一文中亦指出"夫教育之陶冶人才,尝有二义":一为治学/六艺/学术技艺,一为修身/文章政事/正心诚意修身齐家,并将重心毫无疑义地置于后一层面。胡氏的译文虽然并未像他的论文那样明确地表现出这一倾向,但是,其中一再出现的"修身""工夫""治国""天下治"等字眼已经再清楚不过地反映出了这种心态。因而,当我们看到译文中这些"中国化"的表述,不可笼统理解为胡先骕对"儒家传统思想"的宣扬,更不可简单视作白璧德对"儒家传统思想"的宣扬,而应视为译者弥合教育中分裂之"道"/"术"的努力,及其对自身政治理想的间接表达。看来,胡氏的译文看似改造颇多,其精神实质却与原文极为贴合,沿着"工夫论"的脉络翻译—阐释白璧德的教育论述,或许是貌离而神合。

"学衡派"中,恐怕不仅胡先骕对白璧德这篇文章作如是解读。我们不妨参照张其昀《中国与中道》(载《学衡》1925 年 5 月第 41 期)一文比较研读之:"我中国……二千年来,绵延不绝,呜呼,岂偶然哉。……中国者,伦理之社会也。自元首至於庶民,是皆以修身为本。故以目的言,政治即道德,道德即政治。以手段言,政治即教育,教育即政治。……我中国古代政治,即君子政治也(春秋之时,理想执政者称为君子。秦襄仲曰:不有君子,其能国乎?[《左传》文十二年])。"这一段话可作为胡先骕译文及论文的最佳注脚。不过,共同的思想资源并不保障相同的认识。胡适曾批判中国古代的道德"也大抵注重个人的修养",但由于"无力实行","只好仍旧回到个人的身心上用工夫,作那向内的修养。越向内作工夫,越看不见外面的现实世界；越在那不可捉摸的心性上玩把戏，越没有能力应付外面的实际问题"。① 这番言论恰好出现在胡适讨论"文明"问题的文章中，与胡先骕等人论究"文化"的文章中对"修养工夫"的强调相映成趣，很可比照阅读。

问题是，一个本身已包括大量译入国原典材料的译文文本，如果再加上"归化"的成分，无疑会极大地影响读者的阅读感受。确实，该译文不但从内容、使用的词语与典故而言，甚至从句法、表达法等方面来看，全都是中国（古典）式的，阅读这样的文章，读者可能都会忘记原作者是一个外国人，更不会想到这个外国人其实是不懂中文的。② 那么，这何异于阅读一篇中国传统读物？进而，如此译介白璧德学说的意义何在？

"学衡派"引入白璧德思想，本是为了论证"我"的合理性，然而，结果却是白璧德及其思想在很大程度上被"我"同化了。从吴宓 1921 年 1 月将"人文主义者"(humanist) 译为"儒者"开始，"学衡派"人士在《学衡》中屡称白璧德为"西儒"或"美儒"，③并在各自译介白璧德思想的文章中大量羼入中国传统思想元素，以至于直到今天仍有研究者称白璧德为"白老夫子"，④白璧德的"儒者"形象在整个阐释链条中贯穿始终。事实上，正是从这篇"儒家工夫论"开始，白璧德及其思想开始了"中国化"的进程，

---

① 胡适，《我们对于西洋近代文明的态度》，载《胡适文存》（三集卷一），黄山书社，1996 年，第 7 页。

② 梅光迪在追忆先师的文章中记载，白璧德曾说，如果年轻三十岁便会学习中文，见 Irving Babbitt: Man and Teacher, p. 121；可见这位精通西方多国文字的大师并不懂中文。

③ 如梅光迪《评提倡新文化者》（载《学衡》1922 年 1 月第 1 期）一文中说："美儒某氏曰，授新思想於未知运思之人，其祸立见。"這里的"美儒某氏"即白璧德。吴宓《我之人生观》（载《学衡》1923 年 4 月第 16 期）说："西儒谓通观前史，精约之世 Age of Concentration 与博放之世 Age of Expansion 常交互递代而来。"这里的"西儒"显系白璧德。柳诒徵更是在《送吴雨僧之奉天序》（载《学衡》1924 年 9 月第 33 期）当中直称白璧德为"美儒"："宣城梅子迪生，首张美儒白璧德氏之说，以明其真，吴子和之。"

④ 朱寿桐，《欧文·白璧德在中国现代文化建构中的宿命角色》，第 122 页。

他的"儒者"形象亦由此确立了下来。这是胡先骕在该篇译文中"代圣人立言"的结果,也是在《学衡》同人合力作用下的产物。

后世研究者当然也可以像"学衡派"人士一样见出白璧德学说与中国传统思想之间的内在联系,不过,与"学衡派"人士不同的是,后者不是通过亲熟白璧德思想原典亲身发现其与中国传统思想的契合之处,而往往是通过《学衡》的译文/阐释水到渠成地作出如上判断的。如有论者指出:"白璧德的新人文主义与儒教影响下的传统中国文化之间有许多类似之处",并举例说明:"白璧德在1921年为美国东部之中国留学生年会上发表的演说中,也已经提到东西方文化在文化与道德传统上的相似性,并说:'吾每谓孔子之道有优于吾西方之人道主义者,则因其能认明中庸之道,必先之以克己及知命也。'"①——须知经过"学衡派"阐释的白璧德,已不再是"美国的"白璧德,而成了中国的,特别是《学衡》中的白璧德,具体到该篇译文,便只是胡先骕的白璧德了,而唯有这个"白璧德",才能说出"中庸之道,必先之以克己及知命也"之类的话来。论者显然把胡先骕对白璧德学说的"阐释"当作了这一学说本身,由此胡先骕的翻译——阐释便对此后的再阐释悄然产生了巨大的影响。事实上,这一情况可谓屡见不鲜:胡先骕(及《学衡》其他译者)的译文经常会非常自然地嵌

---

① 王晴佳,《白璧德与"学衡派"——一个学术文化史的比较研究》,载《"中央研究院"近代史研究所集刊》,2002年6月第37期,第68页。作者引文有误,将"人文主义者"写成了"人道主义者",此系转引自孙尚扬、郭兰芳《国故新知论——学衡派文化论著辑要》,第47页。胡氏译文为"吾每谓孔子之道有优于吾西方之人文主义者",对应"人文主义者"的原文为 humanists。我们知道,白璧德是不会把孔子与"人道主义者"相提并论的。另,王晴佳认为"白璧德对融合东西方文化兴趣很大",并以白璧德该篇演讲译文为例,指出白璧德"希望中国留学生中,多一些学人文学科的人,同时也希望美国的大学中,多开设有关东方文化的课程,'如此则东西学问家可以联为一体'"。见以上论文,第70页。看来"东西学问家"这一说法也已深入人心了。王晴佳这篇论文自有其学术价值与参考价值,但有时不免过于依赖《学衡》译文。该文只是例证之一,事实上,当前的诸多研究者仍对此缺乏足够的意识,把他人的"阐释"当作阐释对象本身的情况仍相当普遍。

套在后世研究者的文本当中,行使原文文本才能行使的职能,享受原文文本都未享受到的尊荣,传递着自己创造的形象,并左右着后世研究者的想象。

看来,《学衡》译文对此后整个白璧德阐释链中各环节的影响可谓不言而喻。如果说,有一个读者,便会有一个白璧德;那么,我们接下来不妨看看吴宓眼中的白璧德复又如何,这一形象将如何干预后世研究者的想象?

第四章
从"人文主义"到"保守主义":
《学衡》吴宓译文研究

第一节 "为我"还是"为他"?
——吴宓译文的双重样态

《学衡》全部七篇白璧德译文,吴宓一人独揽了其中四篇;此外,所有七篇译文按语及大部分注解与点评亦出自吴宓之手,即《学衡》全部白璧德思想译文的整体风格在很大程度上是由吴宓来统筹、定调的。作为《学衡》主编与白璧德"人文主义"学说最主要的译者,吴宓对白璧德及其学说的中国形象的塑造与传播发挥了最为重要的影响。

《白璧德之人文主义》是吴宓第一篇白璧德思想译文,载1923年7月第19期《学衡》,原文题为"L'Humanisme Positiviste d'Irving Babbitt",系以法文写就,载法国《周刊》杂志(*La Revue Hebdomadaire*,吴译"《星期》杂志")第30卷第7号,1921年7月出版。[①] 作者马西尔是白璧德在哈佛法

---

① Louis Mercier, "L'Humanisme positiviste d'Irving Babbitt", *La Revue Hebdomadaire*, Trentième année, Tome VII, Juillet 1921. 吴宓按语作"星期杂志第三十卷第二十九号,一九二一年七月十六日出版",出版号应有误。

语系的年轻同事,因钦服白氏学说而广为著文加以宣传,这些著述亦成为宣扬"人文主义"学说的名作。①

为何吴宓译介本师学说,不从白璧德本人著述开始,而先之以马西尔的介绍性文章?实际上,《学衡》一直希望系统介绍白璧德学说,但苦于"原著繁多,翻译需时,若仅及一二种,又不足见其学说之全",原计划由梅光迪"汇集各书中之精意,分章讨论,为一有统系之介绍",②但梅氏未能实现这一计划,而此前出版的白璧德思想译文仅有《白璧德中西人文教育谈》一篇,当然"不足见学说之全"。从《学衡》出版直至第18期始终没有相关文章面世,刊出一篇高质量的综述性文章成为当务之急。相比之下,马西尔在法国传播白璧德思想的工作显然更加卓有成效:除了该篇概要,同期《周刊》还登载了马西尔翻译的白璧德《卢梭与浪漫主义》最后一章,题为"L'Humanisme et l'imagination"(《人文主义与想象》),并在卷首刊出了白璧德的相片。马西尔的概述文章得到了白璧德本人的高度评价,后者亲自向吴宓推荐并寄发了此文,于是吴宓在1923年4月收到文章后立刻译出刊登《学衡》,③并同样在卷首登出了白璧德的相片(此系

---

① Louis J.-A. Mercier,今译梅西埃,被吴宓译为"马西尔"之后,在中国以吴宓译名行世。马西尔,教育家,生于法国,幼年移民美国,1911年至1946年在哈佛教授法语与教育学,是白璧德法语系的年轻同事(白璧德自1894年直至1933年去世前始终在哈佛法语系任教)。马西尔在法语系期间,与白璧德、穆尔等人相识相交,并对他们提倡的"人文主义"学说深有认同,不但在法国《周刊》杂志大力译介白璧德"人文主义",并著有 Le Mouvement humaniste aux Etats-Unis(Paris: Hachette, 1928),The Challenge of Humanism: An Essay in Comparative Criticism(New York: Oxford University Press, 1933),及 American Humanism and the New Age(Milwaukee: Bruce Publishing, 1948)等三部探讨美国"新人文主义运动"及美国20世纪20—30年代思想史的专著,其中 Le Mouvement humaniste aux Etats-Unis 一书使作者获得了the French Academy(法兰西学院)的褒奖,对白璧德"人文主义"在法国的译介与传播发挥了巨大的作用。
② 梅光迪,《现今西洋人文主义》,载《学衡》1922年8月第8期。
③ 见白璧德1922年9月17日致吴宓信,信中称"马西尔教授作了一篇非常高明的撮要",以及吴宓1923年7月6日致白璧德信,信中云"文章于本年4月收到,已译出刊登"。Wu Xuezhao, "The Birth of a Chinese Cultural Movement: Letters Between Babbitt and Wu Mi", Humanitas, vol. XVII, Nos. 1&2, 2004.

《学衡》登出的第一幅仍在世的思想家的图像)以及白璧德哈佛大学西华堂(Sever Hall)讲学处的照片。

吴宓在译文按语中是这样交代翻译缘起的:"按本志自第三期译登《白璧德中西人文教育谈》之后,接到各处来函纷纷,佥以白璧德等人之学说裨益吾国今日甚大,嘱多为译述介绍,以窥究竟。本志亦亟欲为此,惟以梅光迪君於《近今西洋人文主义》篇中将详述而精论之,故未另从事翻译。今此篇……作者马西尔君以白璧德先生之学说,撮要陈述於法国人之前,使其国人皆知有白璧德,皆知有人文主义,吾人从旁逖听,益深景慕之思矣。且其叙述简明赅括,故不嫌明日黄花,特为译出。《星期》杂志该期亦刊登白璧德先生像,并由马西尔君将白璧德《卢梭与浪漫主义》一书之卒章,译为法文载登,题曰《人文主义与想象》L' Humanisme et l'imagination。今从略,后此仍当续为译述。"

从按语看来,马西尔此文中选因素有三:第一,读者希望深入了解白璧德学说;第二,梅光迪未能实现"详述而精论"白璧德学说之计划;第三,马西尔的综述文章恰好可以满足这一需要,于是吴宓便"特为译出"。

不过,在这些看来简单直接的说法之下,我们或可读出另外一些信息。首先,"各处来函纷纷,佥以白璧德等人之学说裨益吾国今日甚大",这显然与"学衡派"的观点"不谋而合"。当然,很可能确有部分读者与"学衡派"立场趋同,不过由于缺乏相关来函记录的支持,我们只能暂时把这理解为吴宓的一种宣传策略——确实,应"读者之请"介绍白璧德学说比译者直接推介要主动得多了。其次,吴宓在不露痕迹地批评了梅光迪之后,特别指出这篇文章是作者"陈述於法国人之前"的,从而"其国人皆知有白璧德,皆知有人文主义"。要知道,当时"法国"二字在"新文化运动者"中间有着无比巨大的号召力,如果法国人都知道白璧德的学说,那么中国人是否也应就此认真了解一番呢?——这可能才是接下来"吾人从旁逖听,益深景慕之思矣"一句的真实所指,而非赞美马西尔氏这篇综述写得非常"高明",以致令吴宓听后"益深景慕之思",实际上此后"且其叙述简明赅括"一句才是对这篇综述的简单评价。最后,吴宓还特别提到"《星期》杂志该期亦刊登白璧德先生像",表示马西尔翻译的白璧德《卢梭与浪漫主义》一书最后一章"今从略,后此仍当续为译述"。——我们实在不必对这句话过于当真,因为《学衡》尚无足够的人力翻译白璧德本人的著述,哪里会再去转译马西尔的法文译本;不过,最后这几句话并非可有可无,其实倒是紧扣主题:译者不厌其烦地一一列举《周刊》杂志译介白璧德的工作,自然是为了告诉读者法国人对白璧德是何等重视,这恐怕才是译者在此的"醉翁之意"。

吴宓此后翻译的三篇文章,亦各有其不同的翻译意图,以下一一分述之。

《白璧德论民治与领袖》是吴宓的第二篇白璧德思想译文,载1924年8月第32期《学衡》,原文为《民主与领袖》(1924)一书"导言"(Introduction)。这篇译文按语字数多达二千三百余字,系全部七篇按语之最(《白璧德中西人文教育谈》按语字数约一千零八十字,位列第二),按语中又包含按语与点评,完全可以作为相关论文独立成篇。在第32期发刊之前,正值吴宓即将离开南京东南大学就聘东北大学之际,此时"心情极苦,而事务又甚忙"①,译者竟作此长篇按语,足见他对该篇译文的重视了。

关于翻译该篇之缘由,译文按语云:"本志以先生之学说,在今世为最精无上,而裨益吾国尤大。故决将其所著各书,悉行译出,按序登载。"——问题是,《民主与领袖》一书恰是白璧德最后一部著作,这无论

---

① 《吴宓自编年谱》,第256—260页。其中记载了吴宓1924年6—7月间的计划,谱主除了要完成当月《学衡》的编辑任务(第32期)之外,还得提前编成第33、34期,此外尚需主持完成各项杂务等等。

如何不能说是"按序"而行。吴宓随后在按语中预告"《文学与美国大学教育》一书,已由徐震堮君译成数章,下期登出",并撮述了《民主与领袖》"全书之大旨"而"推阐其意",其间并未说明为何将该篇先行译出。

其实,本文的翻译或许与作者主动赠书不无关系:1924年《民主与领袖》甫一出版,白璧德便将新著寄给了吴宓,后者立刻译出该书"导言",并加以全书内容撮要登出,其间只用了不到数月的功夫。①

我们发现,《学衡》刊登的前三篇白璧德译文(即胡先骕译《白璧德中西人文教育谈》、吴宓译《白璧德之人文主义》与《白璧德论民治与领袖》)都是白璧德本人将文章选寄主编吴宓之后,始由译者"立即译出"的。被译介者本人的意向与选择极大地影响、左右着译者的选择,这可以说是《学衡》白璧德系列译文的一大特点。

至此吴宓一直忠实遵照白璧德的意见登载相关译文,但他对这些译文的效果却似乎并不满意。《学衡》第四篇白璧德思想译文(徐震堮《白璧德释人文主义》)按语便是以吴宓的自我批评开始的:"按本志於美国白璧德先生之学说,已屡有所称述。惟念零星介绍,辗转传说,未免失真,而不见其思想之统系条贯。故今决取白璧德先生所著各书,由徐君震堮依序译其全文,以谂读者。"

其中"零星介绍"指的可能是《白璧德中西人文教育谈》与《白璧德论民治与领袖》;而"辗转传说,未免失真"一句,则恐怕只能是针对《白璧德之人文主义》一文了。然而,在第四篇译文之后,《学衡》第五篇白璧德思想译文,即吴宓译文《白璧德论欧亚两洲文化》,却仍旧走上了"零星介

---

① 见白璧德1924年7月24日致吴宓信,信中询问"不久前"寄去了新书《民主与领袖》,不知吴宓是否收到,可见白璧德来信前未及看到吴宓的去信,因为吴宓早在1924年7月4日便致信白璧德,称书已收到,"绪论"译文并已登入第32期《学衡》,见 Wu Xuezhao, "The Birth of a Chinese Cultural Movement: Letters Between Babbitt and Wu Mi",由此足见吴宓动作之神速。

绍"的老路——《学衡》的预告再次落空。该篇载1925年2月第38期《学衡》,原文为《民主与领袖》一书之第五章"欧洲与亚洲"(Europe and Asia)。何以没有"依序译其全文",该篇按语说得明白:"《民治与领袖》一书……惟以其第五章 Chap. V-Europe and Asia 论欧亚两洲文化,与吾国及东洋关系尤切,故先取而译之。"看来,该篇虽然同样取自白璧德寄来的《民主与领袖》一书,却有着与《白璧德论民治与领袖》一文不同的翻译意图。

到目前为止,《学衡》白璧德思想译文的翻译意图一直在"为我"(引入白璧德学说为我所用)与"为他"(系统介绍白璧德学说本身)两维之间摆动:从《学衡》"其论特为吾国人而发"的第一篇译文开始,到第二、三、四篇力求系统介绍白璧德学说的文章("亟欲""多为译述介绍"白璧德学说;"决将其所著各书,悉行译出";"今决取白璧德先生所著各书""依序译其全文"),再到"与吾国及东洋关系尤切,故先取而译之"的第五篇译文,两重意图之间的几番往返,充分显示出了《学衡》因人手不足而首尾难顾的两难境地。

《白璧德论今后诗之趋势》是吴宓最后一篇白璧德思想译文,原文题为《弥尔顿还是华兹华斯?》(Milton or Wordsworth?),系白璧德为年轻的"战友"埃里奥特(吴宓译为"伊略脱")论文集《现代诗歌的循环》(*The Cycle of Modern Poetry*,1929)所作的书评,载《论坛》杂志(*Forum*)1929年10月第82卷第4号。该篇译文最早刊载于1929年11月18日第97期《大公报·文学副刊》,后转载于第72期《学衡》,①也就是说,原文出版一

---

① 第72期《学衡》出现了严重的拖期,版权页标明的出版日期(1929年11月)与实际出版时间不符。该期在1930年7、8月间始编成,而直至1931年2月以后才得以出版。据《吴宓日记》(V)"1930年8月13日"记载,"计七、八两月中,共编成《学衡》六期(69—74)之稿,悉寄中华",本期编成之日已远在1929年11月之后。其后"1931年2月25日"记载:"接浦江清函……知《学衡》69、70期已出版",以及"1931年5月16日"(转下页)

个月后,译文便得以面世,从而是吴宓系列译文中出版最快捷的一篇。

吴宓前三篇译文分别发表于1923、1924与1925年,而第四篇译文直至1929年才出版面世,与上一篇译文发表时隔四年之久。其间白璧德曾屡次寄示重要文章,[①]但吴宓均未动手译出,他为何在多年之后唯独选译了白璧德这篇看来毫不起眼的书评?要知道,原文仅千字有余,登载于《论坛》(Forum)杂志《书籍意见》(Opinions About Books)一栏,其间充斥着各种大幅广告,文章本身仅占该页不到三分之一的版面,此后未收录于任何一部白璧德论文选或文集,几乎不为西方研究者所征引。

实际上,吴宓选择该文或许不是出于文章内容上的考虑,而是与文章"之外"的因素有关。该文系白璧德为埃里奥特著述所作书评,埃里奥特是白璧德的后辈学人,当初曾抱着挑战的心态来到白璧德的课堂听讲,当时他已是一位年轻的英语文学教授,对白璧德的文学观念并不认同,结果见到白璧德本人之后,转而对后者的思想学说钦服无比,[②]此后不断著文加以宣传与解说,成为新一代(相对于白璧德、穆尔等"老一代")学者当中宣传"人文主义"的中坚之一。——埃里奥特的"皈依"经历与白璧德的中国学生梁实秋颇有相似之处。《现代诗歌的循环》一书即是埃里奥特根据白璧德学说展开的文学阐释实践之一,白璧德本人则特为撰写书评一篇,在为其增加影响的同时,借机再次强调自己的"人文"与"人道"之

(接上页)所记"读浦(江清)寄来之《学衡》69—74期……实令人喜悦"云云,可知本期1930年7月后始编成,直至1931年2月仍未出版,不过,至少在1931年5月16日之前,本期终于得以出版,比刊出的出版日期要晚一年半左右。

① 如吴宓曾于1927年5月16日收到白璧德寄来的"Humanist and Specialist"一文,见《吴宓日记》(III),第339页;另有1928年收到了白璧德寄来的"The Critic and America"一文,见《吴宓日记》(IV),第49页。后一篇文章已有中文译本,题为《批评家和美国生活》,译者文美惠,《西方二十世纪文论选》第4卷,胡经之、张首映主编,中国社会科学出版社,1989年。

② 见埃里奥特在白璧德去世后所写的回忆文章,载 *Irving Babbitt: Man and Teacher*, pp. 144-164。

分、"人性二元"(doubleness of human nature)诸观念,①与自己的门徒大演双簧。吴宓选择译入这篇文章,一则可令读者知晓国外信服"人文主义"者大有人在,还可借机再次宣传白璧德的"人文主义"思想——白、埃师徒二人之外,再加上白氏中国"门弟子"吴宓的宣传译介,其实大家已是在上演一出"三簧"了。至于吴宓这篇译文究竟是出于"为他"还是"为我",已很难考辨,其实,此前各译文又岂非多少同时混杂了"为他"与"为我"两种意图?

第二节 译文中的译者
——"复古派"还是"古学派"?

近年来,关于吴宓的新材料与研究著述层出不穷,除部分材料由于某些原因永久遗失,或暂不为人所知之外,②大部分资料已为研究者们所熟

---

① Irving Babbitt, "Milton or Wordsworth? —Review of The Cycle of Modern Poetry", *Forum*, October, 1929, Vol. 82, no. 4, pp. xviii, xx, xxii, xxiv.

② 这些材料主要包括:1.吴宓少年时与汤用彤合著的《崆峒片羽录》(共有缘起回与前三回)遗失,见《吴宓日记》(I),1912年8月以下诸条日记及《吴宓自编年谱》1912年内所记;2.《吴宓自编年谱》中1924年7月以后的手稿在"文化大革命"中被抄走(见《吴宓自编年谱》吴学昭"后记");3.某些年份的日记丢失,或因故未能公之于众(详见《吴宓日记》吴学昭"整理说明");4.吴宓的某些诗作在1958年"拔白旗"展览和"文化大革命"中查抄批判后遭毁弃,还有些则为作者本人惧祸而毁,此外"文革"时期的诗作全部遗失(见《吴宓诗集》吴学昭"整理后记",商务印书馆,2004年);5.吴宓在清华所教授的《中西诗之比较》课程的全部讲义,为其姑丈陈涛(伯澜)笺注的《审安斋诗集》(四卷本),详为考证评注的近世名人诗选《采风录》以及众多师友的诗词集刊,均在"文革"中为西南师范学院中文系某学生(1965年毕业)强占不还(见《吴宓诗话》吴学昭"整理后记",商务印书馆,2005年);6.吴宓在清华所教授的《文学与人生》课程的成文手稿,在"文革"中交西南师范学院中文系某学生"保管"而被强占不还(《文学与人生》吴学昭"后记",清华大学出版社,1993年)。已出版的《文学与人生》一书系根据吴宓讲授提纲编辑整理,并非完整的手稿。

知。不过,还有一些文本,尽管被广为引用、论说,但其文献意义或许还未穷尽,吴宓译文便是其中之一。特别是吴宓这四篇白璧德思想译文,以往主要被用以说明、论述白璧德的思想,然而,这些译文事实上仅代表了译者吴宓对白璧德学说的理解与接受,确切地说,仅是对白璧德学说的一种阐释,实不应与这一学说本身等同视之。这些译文固然可以反映出原作者白璧德的部分思想风貌,但更多地反映出了译者吴宓当时的文化心态。也就是说,这些译文最为充分地展现了译者的文化形象,译者并非在译文"之外"或"背后",而是处于译文的"中心",此之谓"译文中的译者"。

一、"复古派"吴宓与"礼教"

吴宓作为"学衡派"核心人物,首当其冲地与之一道背负了"封建复古派""守旧复古势力"等名号;①进入 90 年代之后,不少学者转而纷纷著文论述吴宓在"新文化运动"时期对中国传统文化及道德的热爱与坚守,舆论顿时为之一变。不过,吴宓所处的时代及其研究者所处的时代有着不同的文化语境,今天认为他并非"复古",是否意味着当时认为他"复古"便不能成立?或者说,我们是否必须"推翻"当年的旧案,才能在今天重新认定吴宓的"文化品格"?至少,如不"回到"吴宓所处的那个时代,"推翻"是否成其为可能?

确实,吴宓本人从未宣传过"复古",甚至还在《学衡》有关文章中表

---

① 《学衡》停刊(1933 年 7 月)之后,周作人曾以"复古运动"称之,见《〈现代散文选〉序》,载 1934 年 12 月 1 日《大公报·文艺副刊》;郑振铎亦称之为"复古派",见《中国新文学大系·文学论争集》"导言"。从此"复古派"的称号如影随形,牢牢跟定了"学衡派"。

示不赞成"复古"①(但并不排除部分"学衡派"人士确有宣传"复古"的文字见诸《学衡》),②似乎是因"学衡派"而连坐此罪,"复古"的帽子戴得冤枉。但事实上,吴宓的确表现出了"复古"的倾向,而且这一倾向远较其他"学衡派"成员为甚。这不但在其本人当时的著述中公然表露出来,在其译文中亦多有反映,实际上与其著述深有联系而互为表里。

以"礼教"一词的翻译为例。该词频繁出现在吴宓的白璧德思想译文中,且均呈褒义。如在《白璧德论民治与领袖》(以下简称《民治》)一文中,屡次出现了这样的说法(着重号为笔者所加,下同):"自然主义……思潮之起源,实远在文艺复兴时代。然其战胜古来相传之礼教而代之,则十八世纪中事也"(第5页),"然在今日,奉行个人主义者,既将古昔礼教所定为人之标准完全破坏……","在昔之时,此标准可得之於古昔传来之礼教"(第10页),"……于内政既个人立身行事,乃始逐渐蔑弃古来礼教法律之拘束"以及"……非可赖彼遵恪古来礼教之人"(第17页);以及在《白璧德论欧亚两洲文化》(以下简称《欧亚》)中,有"彼希腊人,甫推翻古来礼教之标准,即不能把持,而下堕於理智主义之渊"(第16页),"由古昔之礼教,变革而为近世之新说"(第25页)等说法。

在一个美国人笔下,"礼教"二字频频出现,这实在令人感觉有些怪

---

① 如吴宓在《白璧德中西人文教育谈》(载《学衡》1922年3月第3期)按语中说:"不必复古,而当求真正之新,不必谨守成说,恪遵前例,但当问吾说之是否合於经验及事实。"这番话简直像是出自纯粹的"新文化派"之口。
② 有若干"学衡派"人士与吴宓的口风并不统一,如胡稷咸《敬告我国学术界》(载《学衡》1923年11月第23期)一文言道:"然则我国学术界宜如何确定其方针,始可有独立自主之精神耶。吾敢应之曰,在复古不在维新。"虽然作者解释了自己所谓的"复古"的含义并非"读六经语孟,盲从古人之习俗制度",而是在于"恪守数千年来圣哲崇尚之精神生活,而以道德为人类文明之指归耳",但后者其实正是"新文化派"急欲打消的"传统"之真谛。此外,对"复古"表同情者亦有之,如吴芳吉《四论吾人眼中之新旧文学观》(载《学衡》1924年6月第42期)等文章。不过,吴宓作为杂志主编,这些文章能够登载,自然得到了他的默许与助力。

异。实际上,当我们对照白璧德原文来看,便会发现"礼教"云云,其对应词原来不过是 tradition(传统)一词或 traditional、traditionalist 等派生形式而已。

须知 tradition 的含义绝非"礼教"一词可以尽之,至少在《学衡》白璧德思想系列译文中,该词及其派生词的译法不一而足:最早在胡先骕的译文中,形容词 traditional 被译为"古昔之旧说""古来伟大之旧说";此后徐震堮译文中 traditional 一词被译作"从古相传之……"或"从古传来之……";最后在张荫麟的译文中,traditional 的译法开始走向规范化,统一译作"传统"。也就是说,在全部白璧德的译者中,采取"礼教"译法的唯有吴宓一人而已。

须知"礼教"在 20 世纪 10 年代便已成为"新文化派"猛烈攻击的对象,至 20 年代早已名誉扫地。如陈独秀曾一再指出:"孔教问题,不独关系宪法,且为吾人实际生活及伦理思想之根本问题也。……伦理问题不解决,则政治学术,皆枝叶问题。……孔教之精华曰礼教,为吾国伦理政治之根本",①"孔子生长封建时代,所提倡之道德,封建时代之道德也。所垂示之礼教即生活状态,封建时代之礼教,封建时代之生活状态也。所主张之政治,封建时代之政治也。封建时代之道德礼教生活政治,所心营目注,其范围不越少数君主贵族之权利与名誉,於多数国民之幸福无与焉"。②

在此,"礼教"与"封建时代"的整个"生活状态"被捆绑起来集中对待,成了亟待破除的"传统"的核心内容。看来,"新文化派"之批判"礼

---

① 陈独秀,《宪法与孔教》,载《新青年》1916 年 11 月 1 日第 2 卷第 3 期。
② 陈独秀,《孔子之道与现代生活》,载《新青年》1916 年 12 月 1 日第 2 卷第 4 期。除陈独秀这些触及根本问题的文章之外,亦不乏吴虞等人对这一话题极富情绪化的表述,如吴虞著名的《吃人与礼教》(载 1919 年 11 月 1 日第 6 卷第 6 期《新青年》),以及陈独秀的《随感录:七一,调和论与旧道德》等文章(载 1919 年 12 月 1 日第 7 卷第 1 期《新青年》)。

教",系从它与(旧式)"伦理""道德"以及"政治"的关系入手,借此便可将之连根拔起。此后陈独秀更加关注"礼教"与政治的关系,至将"提倡礼教国粹"与"主张复古"相提并论,并将之视为帝制再次复辟之征兆。①当"礼教"进一步与"复古",甚至是"复辟"画上等号,一时之间更是人人喊打,处境岌岌可危。

然而,在这种氛围之下,吴宓却"八风不动",不仅在其译文中,而且在其刊载于《学衡》的论文、书评、诗歌、译文按语及注解中,都时常以充满同情的语气论及"礼教",甚至与"新文化派"针锋相对,为"礼教"抗辩不已。

如吴宓在论文《论新文化运动》(载《学衡》1922 年 4 月第 4 期)中指出:"吾国言新学者""于西洋文化""专取糟粕","则必反而痛攻中国之礼教典章文物矣"。在《我之人生观》(载《学衡》1923 年 4 月第 16 期)一文中,吴宓更以纯粹的观念论者的精神说道:"吾信有各种绝对又曰纯正观念 Absolute or Pure Ideas 之存在,但必附丽於外物实体,而后吾人能知之。……彼因惑於各世各邦各族风俗制度仪节之不同,而遂於道德礼教等一概屏弃,甚且强指不道德为道德,礼教力之所不及者为礼教之目的及结果",这在他看来,是由于人们混同了"道德礼教等之本体(即观念)"与其"实例外物"的结果,"不特道德礼教然也"。

其书评有《评杨振声玉君》(载《学衡》1925 年 3 月第 39 期),评论云:"书中人之理想亦非甚高,攻诋礼教、教育平民等,不出寻常新派学生之见解。……我之境遇拂逆,岂可遂归罪礼教。……不承认礼教规矩之价值。……又或专务攻诋礼教,鄙弃道德"等等。

诗文有《西安围城诗录序》(载《学衡》1926 年 11 月第 59 期),叹曰"礼教衰微,雅化灭绝"。

---

① 陈独秀,《袁世凯复活》,载《新青年》1916 年 12 月 1 日第 2 卷第 4 期。

诗歌则有《西征杂诗》,①其中第三十六首有"岂但围城同地狱,中原礼教久沈沦"句,以及第六十首之"千古圣王垂礼教,今来何故费周章"句等等。

在《白璧德论今后诗之趋势》(以下简称《诗之趋势》)译文按语中,吴宓曾云:"威至威斯(按即华兹华斯)固甚注重道德者。彼虽为卢梭之徒,主张与自然交接,然谓旧日之礼教风俗极当保存,不可轻言破坏。彼以与自然交接为一种道德训练,其诗中於道德反覆致意,其 Ode to Duty 一诗,已明白承认人性二元为道德之本之说。"

不仅如此,吴宓在为学生陈钧译文《福禄特尔记阮讷与柯兰事》以及徐震堮译文《圣伯甫评卢梭〈忏悔录〉》所写的长篇按语中,也一再指责"继卢梭而起者……攻击社会习俗及礼教之弊,几欲灭绝文明而崇尚野蛮,与卢梭互为倡和","所谓打破礼教、摆脱拘束、儿童公育、恋爱自由,凡此种种,皆无非承袭卢梭之遗言遗行"云云。②

甚至在《学衡》文坛"报道"这样的体裁中,吴宓也不忘论及"近今欧美之新派文人(吾国亦多起而仿效之者)自号为波希米人(Bohemians)者,尤务为离奇乖僻,痛攻道德礼教"云云。③

"礼教"这一敏感的字眼在吴宓各种类型的著述中频频露头,这在当时自然格外引人注目。细看这些例证,我们注意到,吴宓经常在文中将"礼教"与"道德"并提,有时甚至将二者根本混为一谈。吴宓与"新文化

---

① 这些诗作于 1927 年 1 月至 2 月间,记载了作者赴西安途中及在西安之所闻见。然而根据所刊第 59 期《学衡》版权页的记载,这些诗发表于 1926 年 11 月,与实际写作日期相悖。事实上,本期杂志样稿 1927 年 5 月 27 日始发出,11 月 27 日才得以出版,见《吴宓日记》III。可见《学衡》在此时的拖期状况已经非常严重了。
② 二文均见于《学衡》1923 年 6 月第 18 期。
③ 吴宓,《一九二八年西洋文学名人纪念汇编(录天津大公报文学副刊各期)》,载《学衡》1928 年 9 月第 65 期。

派"一样,都认识到了"礼教"与(旧式)"道德"、"伦理"和"政治"(相比之下,吴宓显然较少关注"政治"方面的因素)的关系,其不同之处仅在于,前者以(旧式)"道德"、"伦理"来支援"礼教",而后者则以批判(旧式)"道德"、"伦理"来进一步批判"礼教"。相应地,吴宓对"新时期"形成的"新道德"始终心存芥蒂,认为当世功利主义的盛行,导致了"新道德"的产生,从此社会中善恶颠倒、道德堕落以及世风败坏成为普遍存在的现象,①这与白璧德以二元划分新、旧道德的做法一脉相承。②

《新青年》于1922年7月出至第9卷2号之后停刊,"复古派"们顿时减轻了一些压力。然而,复刊后的《新青年》对"礼教"的批判愈发猛烈,刊登于第1期的《新青年之新宣言》(1923年6月15日A卷第1期)断然宣称:"新青年乃不得不成为革新思想的代表,向着千万重层层压迫中国劳动平民的旧文化,开始第一次的总攻击。中国的旧社会旧文化是什么?——是宗法社会的文化,装满着一大堆的礼教伦常,固守着无量数的文章辞赋;礼教伦常其实是束缚人性的利器,文章词赋也其实是贵族淫昏的粉饰……"——这预示着"分裂"后的"新文化派"对"礼教"已经失去了先前的理性批判的维度,而逐渐走向了意识形态化。

在当时的语境下,公然宣称支持这一"传统"恐怕已经成了一种禁忌。但有趣的是,此前吴宓的白璧德思想译文中尚未出现"礼教"二字,如这一时期的《白璧德之人文主义》(以下简称《人文主义》)一文中,③法文 tradi-

---

① 见吴宓译文《班达论智识阶级之罪恶》按语,载《学衡》1931年3月第74期。《新青年》会使用"旧道德"与"新道德"等字眼来讨论"道德"问题,而吴宓在抨击"新道德"之外,却从未使用过"旧道德"这一说法。即,凡是吴宓论及道德之处,所指的便是"旧道德"。这个有趣的现象说明,"旧道德"在吴宓心中才是道德的"本体"或"观念"。
② 关于白璧德对"新道德"的批判,主要可参见其批判浪漫主义思潮的名著《卢梭与浪漫主义》(1919)一书中讨论"新道德"即"浪漫主义的道德"的两个重要专章。
③ 该文登载于《学衡》1923年7月第19期,吴宓最迟6月须统交全部稿件,自然未及见到《新青年》1923年6月15日登载的《新青年之新宣言》。

tion 的译法千变万化,曾被译为"古来文化","古来习俗""往古教化",甚至还有一处被增译为"从古相传之义理",traditionnel 一词被译作"旧传之……",还有一次被译作"旧传统",①但无一次出现"礼教"这种译法。恰恰是在此之后(《新青年之新宣言》发表之后),吴宓译文中才开始频频出现这个敏感的字眼,前文曾提及的《民治》与《欧亚》两篇译文,便都是在这个时期(1923 年)之后出现的。

吴宓为何甘冒天下之大不韪,在"新文化派"不遗余力猛烈抨击"礼教"之际,力主"礼教"有理?在其译文《论循规蹈矩之益与纵性任情之害》(该文与《欧亚》一文同期发表)按语中,吴宓曾为"礼教"如是正名:"又按吾中华号称礼教之国,优秀之先民,聪睿之圣哲,於人生之真理,窥察至深,是非利害之际,见之极明,故设为种种礼教规矩。……夫既为吾国之国粹,则研究国学者,首当力求了解礼教之精意。……破坏礼教斯诚大可悲者已。夫礼教者何?简言之,道德之标准耳。今所亟欲申明者,即精神之标准固不可忽略;而形式之标准,亦不容蔑弃。……呜呼!今人之攻讦礼教规矩,可谓极烈。然而人类之需有礼教,需有规矩。礼教规矩之造福人类,明眼人皆能见之,且深信之。今世诚有志切爱国,心存救世之士乎?愿……拥护礼教,中国及西洋之礼教之菁华皆当一体保存。……盖当今日滔滔横流之中。尚有为人类之道德精神尽力之人。"

这段话是整个《学衡》杂志中"礼教"二字出现频率最高的文段,与此前注重"说理"的段落相比较,是最见作者真挚情感的"言志"文字。这段文字的重要性在于,它前所未有地明确道出了吴宓对于"礼教"的态度及根本立场:在他看来,"礼教"便是"道德之标准",在今日的"滔滔横流"当

---

① "旧传统"的译法与常见译法最为接近,此系吴宓相关译文中的一个孤例,但它或可说明吴宓在当时已经注意到了"传统"这一译语,至少在《新青年》杂志中,"传统"一词已广泛见诸诸多译文。

中,维护"礼教",便是维护"人类之道德精神"。

其实,这还不是最能表明吴宓对于"礼教"之热爱与深信的文字。事实上,吴宓私人日记中的记载更为明白深入,只是当时并不为人所知罢了。1927年是一个集中出现相关记载的年份——当年6月2日王国维自沉,这一事件对吴宓造成了极大的刺激。吴宓当日记曰:"今王先生既尽节矣,……若夫我辈素主维持中国礼教,对于王先生之弃世只有敬服哀悼已耳。"次日吴宓与众人瞻视王氏遗体,随众送殡设祭之时,"随同陈寅恪,行跪拜礼","学生等亦踵效之",当日吴宓复在日记中写到,"宓固愿以维持中国文化道德礼教之精神为己任者,今敢誓于王先生之灵,他年苟不能实行所志,而溘忍以没;或为中国道德文化礼教之敌所逼迫,义无苟全者,则必当效王先生之行事,从容就死。惟王先生实冥鉴之",语气可谓至为沉痛。此后在6月4日、6月10日、8月3日、10月17日诸日记中,吴宓就此反复致意,表明自己对于"道德礼教"的认同,乃至以身相殉的决心。

看来,吴宓之认同"礼教",维护"礼教",至于死生从之,乃是出于一种宗教信仰般的内在肯认。事关人生根本信念,自然不容存有丝毫让步之余地,这可能便是吴宓不惜与世皆违,在"礼教"行遭灭顶之际,反挺身而出加以襄助的原因了。

虽然吴宓并未主张"复古",但是当我们从"礼教"这一译语入手,对这一关键词加以考察,便可见出他与当时的主流话语相抗,极力支持备受批判的"礼教"与"旧道德",确系不争的事实,而这种行为本身在当时的语境下确有"复古"的意味。如此说来,其时吴宓被加以"复古派"的罪名,原非枉致?

事实上,复刊后的《新青年》宣布将针对"礼教"开展"第一次的总攻击"之后,我们发现,在吴宓这一阶段的译文中,不单是白璧德,还有哈佛大学教授葛兰坚(Charles Hall Grandgent)、美国吉罗德夫人(Mrs. Katherine Fullerton Gerould)、德国人雷赫完(A. Reichwein)、英国人穆莱(Gilbert Murray)、赖斯德(Hugh Last)、亨勒(R. F. A. Hoernlé)等世界各国人士均起而大谈"礼教",且显然对之深具同情。① 吴宓在《学衡》杂志中,虽有柳诒徵、刘永济、水天同等同人的声援,但总体力量未免仍嫌孤弱,②且柳氏诸人碍于情势,很多话并不能说透说尽,然而,在译文中情况则大不相同,译者一则可以较为"自由"地处置译文,二则可借助注脚点评大胆发出赞同之声,以补足原文"未尽之意"。确实,有了"外援"的加入,"复古"一方顿显声势大壮,且由于"文责自负"的关系,读者并不能向远在欧美的作者本人讨教说法,因此借这些外国人士之口声援"礼教",或许是最有效而无后顾之忧的良策。

有趣的是,早在《学衡》借白璧德等人之口声援"礼教"之前,《新青年》早已在借杜威等人之口对"礼教"痛加抨击了,如在《杜威博士讲演录:社会哲学与政治哲学》一文中,③杜威批判在"欧洲中古"势力极大的教会"尽力保存礼教","以为他们的利益便是社会的利益,同他们冲突便是同社会冲突。凡做科学运动的,凡主张独立思想的,在他们看将起来,

---

① 见吴宓译葛兰坚之《但丁神曲通论》(《学衡》1925年5月第41期),吉罗德夫人之《论循规蹈矩之益与纵性任情之害》(《学衡》1925年2月第38期),雷赫完之《孔子老子学说对于德国青年之影响》(《学衡》1926年6月第54期),穆莱之《希腊对於世界将来之价值》(《学衡》1923年11月第23期),赖斯德之《罗马之家族及社会生活》(《学衡》1925年1月第37期),以及亨勒之《物质生命心神论(Matter, Life, Mind, and God)现代思想之趋势》(《学衡》1926年5月第53期)诸文。

② 如刘永济《今日中等教育界之紧急问题》(载《学衡》1923年8月第20期)、柳诒徵《明伦》(载《学衡》1924年2月第26期),以及水天同《加斯蒂辽尼逝世四百年纪念(Count Baldassare Castiglione, 1478—1529)》(录天津大公报文学副刊)》(载《学衡》1929年5月第69期)诸文曾对"新文化派"批判"礼教"有所反驳,但均点到为止;此外仅有马承堃与景昌极二人曾提及"礼教"二字,其余"学衡派"成员则对之只字未提,是以吴宓的表现格外突出,而愈显势单力孤。

③ 本文载《新青年》1920年1月1日第7卷第2期,标题下署名高一涵,实为高一涵记录,胡适翻译。

都是乱党,都是叛徒,都是社会利益的对头。其实是他们自己把持社会,保持他们自己所说的社会利益。他们不承认新发生的要求,说这种要求都是社会利益的反对;这就是他们自私自利的铁证"(着重号为笔者所加)云云。需要说明的是,由于杜威在中国的演讲原稿已经散失,现在美国学者研究杜氏中国系列演讲尚需转译胡氏等人当年的译本,①从而杜威原文为何,已经不得而知,而美国人将如何还原"礼教"二字,亦足令人颇有兴味与好奇。也就是说,胡适的译文竟成为当前最终的文本依据,"杜威博士"曾经批判"礼教"不容置疑。由此观之,在各种西方思潮同时迅速涌入中国的时代,翻译竟拥有这样一种无与伦比的功能,这实应引起后世研究者的重视。

二、"古学派"吴宓与"古学"

1. 关于"古学"与"古学派"

吴宓对"古学""古学派"至为推崇,这从他不时将之与"人文主义"或"人文派"相提并论便可见出:他曾盛赞美国古典派画家柯克斯(Kenyon Cox,1859—1919)"为古学派、奉行人文主义之画家,与白璧德、葛兰坚诸先生所谓志同道合"(着重号为笔者所加,下同),②这一评价可谓至高无上;论及法国作家、文学批评家圣伯甫则曰:"综其一生,年渐长而学识愈进,则愈倾向古学派之作家,而持论愈益精确严正。虽其始偏於自然派,

---

① 杜威在华讲演内容及相关材料见《民治主义与现代社会——杜威在华讲演集》(袁刚等编,北京大学出版社,2004年),由于当时条件所限,没有保留英文原稿,只有经过翻译的中文讲稿,该书将相关中文文献全部收入,是目前最全的材料集。英文版杜威演讲集 *Lectures in China, 1919-1920* (Honolulu: University Press of Hawaii, 1973)一书系由 Robert W. Clopton 与 Tsuin-chen Ou 从中文译入并加以编辑而成。
② 见吴宓为徐震堮译文《柯克斯论古学之精神》所撰按语,载《学衡》1923年9月第21期。

而终则进於人文派,力言规矩格律及道德修养之要"云云,"古学派"渐与"人文派"并为一谈。

吴宓认为"新文化运动"时期的中国与狂飙突进时期的德国多有相似,然而中国无人能及"葛德"(即歌德,Goethe)与"许雷"(即席勒,Schiller)者,二人"精研古学,以人文主义为倡",遂能够"秉其雄厚之天才,虽由狂飙运动入,而旋即脱弃之",吴宓由此质询"今日中国","其孰以精美纯正镕铸一切之人文主义为倡,其孰能为古学渊博之近世模范思想家及文艺创造者"云云,①"古学"在吴宓心目中之崇高地位无可置疑。

那么,何谓"古学""古学派"?

"古学派"一词最早出现在胡先骕《评〈尝试集〉续》(载《学衡》1922年2月第2期)中,系classical school(古典学派)的译名,同时classicism(古典主义)一词被译作"古学主义"。

在吴宓译文及按语中,"古学""古学派"及各相关词汇更是随处可见:如在《人文主义》一文中,la tradition classique(古典传统)被译为"旧传之希腊罗马古学派",les Grecs et les Latins(古希腊与罗马)被译作"希腊拉丁古学";吴宓曾译出白璧德《文学与美国的大学》一书的回目,其中第六章"合理的古典研究"(The Rational Study of the Classics)被译为"古学之合理研究";②他将The Classic Point of View(古典主义的观点)译为"古学家之见解",将The Classic Spirit(古典主义精神)译为"古学之精神"③,并将Classicism(古典主义)译为"古学精神";④此外,他还将neo-classi-

---

① 《弗列得力希雷格尔逝世百年纪念(录天津大公报文学副刊)》,载《学衡》1929年1月第67期。
② 见徐震堮译文《白璧德释人文主义》吴宓按语。
③ 见徐震堮译文《柯克斯论古学之精神》吴宓按语,载《学衡》1923年9月第21期。
④ 见吴宓译文《中国欧洲文化交通史略》,载《学衡》1926年7月第55期,原作者为德国人雷赫完(A. Reichwein),注明由"吴宓撮译"。

cism、neo-classicists、neo-classical school 诸词相应地译作"新古学派",并将 pseudo-classicism 一词译为"伪古学派"①,等等。

可见,在吴宓心目中,"古学"在此专指古希腊罗马经典(the classics),而"古学派"则兼指主张研习这些西方传统经典的"学派"(the classical school,古典学派)或这一"学派"中人(the classicist,古典主义者)。也就是说,吴宓在《学衡》中大力推崇的"古学""古学派",其实脱胎于西方的 the classics、classicism、classicist 诸义。②

吴宓有时甚至会将心目中的"古学"等同于"人文主义"。《学衡》1923 年 2 月第 14 期《报道》栏目的《文坛消息》中,吴宓曾介绍美国留学生张鑫海的博士论文题为《安诺德(Arnold,按即阿诺德)之人文学说》,而原题为《马修·阿诺德的古典主义》(The Classicism of Matthew Arnold),在此吴宓将 Classicism 一词直接译为"人文学说",颇值得注意。他的《一九二八年西洋文学名人纪念汇编》一文中出现了这样的说法:"文艺复兴时代磅礴璀璨之希腊拉丁古学(Humanism)",这表明在他心目中,文艺复兴时期的希腊拉丁"古学"与人文主义正相等同③,无怪乎后世学者会将"学衡派"与"新古典主义"拉上干系。④

此外,在《民治》一文中,吴宓曾将原文 the humanist in the Graeco-Roman tradition(希—罗传统下的人文主义者)译为"希腊罗马古学派之人文

---

① 例证极多,见吴宓《人文主义》《民治》《欧亚》诸译文。在陈钧译文《记阮讷与柯兰事》按语中,吴宓曾区分 Neo-Classicism 与 Pseudo-Classicism 二词,称前者为"后起摹仿之古学派",后者为"鱼目混珠"之"伪古学派"。
② 吴宓对希腊罗马古典的重视与偏爱与"白师"一脉相承,《学衡》杂志中刊载了大量相关译介文章,参看本书"附录"之"附表 4《学衡》杂志《述学》栏目译介人物列表"。
③ 吴宓日记中还有一则很好的例证:他曾自述内心冲突难以调和,感叹"端正平和之心境,Classicism(Humanism)殊未易言"云云,见《吴宓日记》(IV),"1928 年 1 月 28 日"条。
④ 如李怡认为,以白璧德的"人文主义"定义而论,"五四新文化运动"者的"人文主义"是"人道主义",而在"五四新文化运动"者看来,白璧德的"人文主义"是不折不扣的"新古典主义",见《论"学衡派"与五四新文学运动》,第 126—148 页。

学者",增译了"古学派"这个术语。与之相映成趣的是,徐震堮译文《白璧德释人文主义》中 the classical doctrine(古典主义的信条)被译作了"人文古学之信条",此番增译的则是"人文"二字。徐震堮的另一篇译文《圣伯甫评卢梭〈忏悔录〉》中亦一再出现"古学派人文主义"这种说法——"古学""古学派"与"人文主义"在徐氏译文中屡次合二为一,作为同一个概念出现,这似乎可以再次证明编者吴宓对徐氏译文的影响。

需要说明的是,虽然"古学""古学派"二词均与 classic、classical、classicism、classicist、the classics 等概念相联系并对应,但这两个词就其产生、使用等方面而言情况并不相同:"古学派"一词首先是在译文中作为译语出现的,此后逐渐在《学衡》其他文章中得到了广泛使用,但一般仍特指西方"古学派"(包含真正的"古学派"与"新古学派"两支)。① 而"古学"一词,则在对译 classic 诸词前早已有之,在《学衡》诸文中兼及"国学"与"西学"二支:在"国学"者,有时泛指中国一切传统学问,如吴宓在短文《孔诞小言》中"西国学者研究孔子及中国古学者日众"一句所指,②更多时候专指兴盛于汉代之"汉学",③此类用法多见于各"通论"文章;在"西学"者,则特指西方"古典"文化,即希腊罗马文化"经典"(the classics),此类用法多见于诸译文及相关按语。

关于"新文化运动"时期的新旧(或曰古今)之争,人们通常具有这样一种见解:所谓的"新旧(古今)之争"其实质乃是"中西之争",中国文化

---

① 见胡先骕《评〈尝试集〉续》(《学衡》1922 年第 2 期)、《文学之标准》(《学衡》1924 年 7 月第 31 期)与缪凤林《文情篇》(《学衡》1922 年 7 月第 7 期)等文章。
② 《孔诞小言》原载《大公报·文学副刊》1932 年 9 月 26 日第 247 期,后收入《学衡》1933 年 7 月第 79 期,作为"附录二"载于美国人顾立雅(Herrlee Glessner Creel,系梅光迪的学生,梅光迪时任哈佛大学研究院汉文教授)所撰《原语字与彝字之哲学意义》一文之后。
③ 见马承堃《国学摭谭(诗)》(《学衡》1922 年 3 月第 3 期)、柳诒徵《论近人讲诸子之学者之失(录史地学报)》(1931 年 1 月第 73 期《学衡》)、蒙文通《井研廖季平师与近代今文学》(《学衡》1933 年 7 月第 79 期)诸文。

代表了"古"之"旧文化",而"西方文化"代表了"今"之"新文化"。不过,这一看法显然不能涵括"学衡派"对于这个问题的看法,至少在吴宓那里,the classics 专指古希腊罗马经典,而这些古代经典作为西方文化的基石之一,与中国的传统学问一样,乃是一种"古学"。当然,西方"古学"在进入中国之初,在国人眼中其实与各种现代思潮一样同属"西学/新学";不过,"新文化派"试图引入的"西学",侧重于各种西方现代思潮,目的是"革"中国传统文学/文化的"命",而"学衡派"试图引入的"西学",则是古希腊罗马经典,目的是为中国传统文学/文化寻找继续生存的契机。在《一九二八年西洋文学名人纪念汇编》(载《学衡》1928 年 9 月第 65 期)一文中,吴宓曾颇为曲折地表达过这一意思:"今日中国文字、文学上最重大急切之问题乃为'如何用中国文字、表达西洋之思想;如何以我所有之旧工具、运用新得於彼之材料'。(旧指中国固有者而言,新指始由西洋传来者而言。非今古之谓,亦无派别之见。)"换言之,只要是"西洋传来者"便是"新",那么西洋"古学"对于"今日"中国而言,也是一种"新学"了。由此吴宓首先消除了对"古学"心存芥蒂的国人可能产生的抵触情绪。接下来,吴宓总结了这一"最重大急切之问题"目前所有的解决方案,这些方案都涉及如何运用"旧工具"的问题。其中《学衡》"主张用明畅雅洁之文言,只求作者具有才力、运用得宜,固无须更张其一定之文法、摧残其优美之形质者",而这与"法国七星社运动及马勒尔白之事业深相类似是也"。"七星社诸子皆热心爱国之士,其致力之目的(一)以发达法国之文字,创造法国之文学;(二)则竭力吸收文艺复兴时代磅礴璀璨之希腊拉丁古学(Humanism)以入本国。"这时吴宓曲折道出了《学衡》的解决方案——以本国文字创造本国文学,同时吸收"希腊拉丁古学"以入本国——至此亮出了吸收所谓"新学/西学"中之"希腊拉丁古学"的主张。文章最后,吴宓点出"七星社诸子之主张行事以及继起之马勒尔白所持以救其弊者,大可供今日吾国人士解决上文所谓'最重大急切之问题'之参考及借鉴,此则本副刊郑重纪念马勒尔白逝世三百年之初意也"。

总之,就"新文化派"而言,"古今之争"的实质可以说便是"中西之争";而在"学衡派"看来,"中西之争"并不能覆盖世界范围内的新旧/古今之争,东西方的人文主义者(此即"古学派")应"联为一体","告成人文的、君子的国际主义",与功利及感情主义者(此即"培根、卢梭之徒",信奉各种现代学说的"新学家"①)"决最后之胜负"——一言以蔽之,应在世界范围内展开"古学共同体"与"新学阵营"之间的战斗,而这正是《白璧德中西人文教育谈》卒章之"乱"的要义所在。

2. "古学派""古文派"与"古典派"

classicism 一词一般被译为"古典主义",这一译语在当时已得到广泛的接受与使用,吴宓已经注意到了此节,不过他起初并未采用这一通常的译法。在徐震堮译文《圣伯甫释正宗》②按语中,吴宓曾如是道出其中原委:"所谓 classique 者,即文章中极精美之名篇杰作,可永为后人诵读揣摩者是也。徐君译为'正宗',吾意以为甚合。盖犹吾国旧所谓古文正宗、骈体正宗之意也。……classicism 今人译为'古典主义',谬甚。classicists 行文最重简洁明显,岂以堆积典故为工者,故此译名急宜改正。……则用古学派或古学主义以释 classicism,比之'古典'之名,总觉差强人意也。"

也就是说,吴宓并不赞成使用"古典主义"这一译语,认为它不能对应

---

① "新学家"一词兼指中国与西方宣扬"新学"之人,如聂其杰《论教有义方》(载《学衡》第 52 期)一文中"新学家教人废伦理、弃礼教,以求其所谓解放、发展个性、尊重权力、崇尚恋爱"一句所指的是中国的"新学家",而吴宓在《圣伯甫释正宗》(载《学衡》第 18 期)一文按语中"十八世纪之人,过重理性,以当时所谓新学家之道理,衡论一切,其武断尤甚"指的是西方的"新学家"。
② 本文载《学衡》1923 年 6 月第 18 期,原文系以法文写就,题为"Qu'est-ce qu'un Classique?"。

classicism 的义涵。这段表示"不赞成"的文字很有意思,至少有两点值得我们注意:第一,如其所述,吴宓不取"古典主义"一词,是由于该词容易使人产生"堆积典故"之联想,而他急于打消 classicism 与"典故"的联系,在一定程度上恰恰反映出了"新文化派"胡适提出的文学改良"八事"(其中之一便是"不用典",见《文学改良刍议》)对他已经产生了某种影响。

第二,吴宓一方面为 classicists 辩护,说他们"行文最重简洁明显,岂以堆积典故为工",然而论及"正宗",又以"盖犹吾国旧所谓古文正宗、骈体正宗之意也"释之,这立刻便暴露了吴宓本人在解释 classique 一词上面的矛盾。须知"吾国古文"行文固然可以"简洁明显",然而"骈体"如何能够"不用典"呢?它又岂能与吴宓竭力回避之"谬甚"的"古典主义"脱开干系?

此外,如果"古文"是"正宗"(classique,吴宓此前将之译为"古学派,古学主义")的话,"古文"与"古学"就立刻产生了直接的联系。还不仅如此,此后又突然出现了"古文学"一词,亦与"古学"诸词搅在一处。如在《人文主义》一文中,便有这样一处译文:"白璧德欲使学生先成为人文学者,而后始从事於专门也。夫为人类之将来及保障文明计,则负有传授承继文化之责者,必先能洞悉古来文化之精华,此层所关至重。今日急宜保存古文学,亦为此也。自经近世古文派与今文派偏激无谓之争,而古文学之真际全失,系统将绝。故今急宜返本溯源,直求之於古。盖以彼希腊罗马之大作者,皆能洞明规矩中节之道及人事之律,惟此等作者为能教导今世之人如何而节制个人主义及感情,而复归於适当之中庸,故诵读其书而取得其精神,为至不可缓也。"

在此"人文学者"(humaniste)的事业与"古文学"紧密联系了起来,承载着"古来文化之精华"的"古文学"看来与"古学"的内涵极为接近,同时"古文派"也似乎发挥着与"古学派"相近的作用与影响。事实上,此处所谓的"古文学"一词,其原文为法文 les études classiques,意为"古典学",或"关于古典的研究"等等,而这一向是被译作"古学"的。就在同一篇译文中,吴宓将 la tradition classique(古典传统)译作"旧传之希腊罗马古学派",并将 pseudo-classique 译为"伪古学派",也就是说,在一篇译文中吴宓同时将 classique 与"古学"和"古文学"相对应,从而便将"古学"与"古文学"诸义混同了起来。①

这种做法多少有些成问题,这似乎不能简单地解释为译语对译上的混乱,而很可能与吴宓本人认识上的混淆有关。须知"古学"与"古文学"的内涵并不尽相同,至少根据本土资源来说,"古学"一词可能会令当时国内的读者产生"汉代之学"的联想,而"古文"一词则会使读者联想到中国唐代的"古文运动",二者实无内在的联系。上述例证犹可说也;仍在《人文主义》一文中,吴宓径将下一句中的 les anciens et les modernes(古人与今人)译作了"古文派与今文派",并在陈钧译文《福禄特尔记阮讷与柯兰事》按语中亦将 La Querelle des Anciens et des Modernes(意为"古人与今人之争",通译作"古今之争")译作"古文派与今文派之争",这种译法便很成问题了。此时"古文"一词除了会令读者产生"古文运动"的联想之外,又新增了一种义涵,即汉代相对于"今文经学"而言的"古文经学"之"古文"。同时,吴宓在徐震堮译文《白璧德释人文主义》按语中,复将 Ancients and Moderns(古人与今人)译作了"古学派与今学派",可见吴宓实际上把"古学派"/"今学派"和"古文派"/"今文派"混为一谈,从而问题变得愈发复杂起来。

---

① 将 classic 释为"古文"并非吴宓一人之见解,夏崇璞曾在《明代复古派与唐宋文派之潮流》(《学衡》1922 年 9 月第 9 期)一文中,将"西洋"之 classic age 译为"古文时代",认为"秦汉散文"即"中国之古文时代",明前后七子"剽窃秦汉,未加融化","复古派固为悖谬",而今之"覆古派"则"不待他人之绝灭吾华国粹,而先自摧残之,其智又出七子下万万矣"云云,可与吴宓意见比照参考。

须知古人不必尽是"古文派",今人也不尽是"今文派";"古文派"不一定与"古学派"是天然的盟友,"古学派"也不一定与"今文派"毫无同情。一言以蔽之,"古文自古文,古学自古学",这一点其实在《学衡》蒙文通《井研廖季平师与近代今文学》一文里分说得再清楚不过,①只是吴宓未及在该文发表之前看到罢了。②

吴宓曾这样谈论"古文派与今文派之争":"欧洲新旧之争,实始于十七世纪之末,而终于十八世纪之末。……所谓旧者,即欧西古来之旧文明,其中有二原素:一为希腊罗马之学术文艺,属于人文之范围;二为耶稣教,属于宗教之范围。所谓新者,即是时发生之新思想新学说,其中亦有二原素:一为科学,即自然科学,如物理化学天文生物之类;二为感情的浪漫主义,以卢梭为始祖、为代表,二者皆属于物性(或曰自然)之范围",此即"从古相传之礼俗教化(Tradition)与进步(Progress)之新说之争","就法国论之",此即所谓的"古文派与今文派之争"。③

可见,吴宓认为发生在欧洲的 tradition(传统)与 progress(进步之新说)之间的"新旧之争"便是"古文派与今文派之争"。关键在于,说欧洲的"新旧之争"是一场"古今之争"可能没有问题,然而,却并不能将之等同于"古文派与今文派之争"。事实上,中国的"古文派与今文派之争"这

---

① 本文载《学衡》1933 年 7 月第 79 期。文中说道:"今古究两汉之学","刘歆以来始有今古之争。""古学徒以古文为名,而不以之为实。佚书本出自鲁壁,自为鲁学。与鲁诗穀梁之类,同为今学而非古学甚明,则壁中古书非古学。古学之立,初不依於壁书,故佚书佚礼皆不传,别取周官以为宗,周官实无关於鲁壁,则古文自古文,古学自古学","今古两学之分,在礼制之差,非徒以字文佚篇为别","乃今之言学者,不思今古学决非坚固不可破坏之学派而别求本始之学,不知今古徒为两汉之学","徒争今古学,而不知今古之自身早已成不一致之学,即学术中决无所谓今古学,尤不能持以上概先秦,况於不探两汉今古文之内容而专事近代今古家之空说"等等。
② 按《学衡》第 75 期以后不再由吴宓负责(《吴宓日记》[V],1933 年 8 月 13 日日记),他或许因此未能在该文出版之前见到此文。
③ 见陈钧译文《福禄特尔记阮讷与柯兰事》按语。

一深具历史意涵的表述,不但不能传达出欧洲"新旧之争"的内容,甚至也不能承载中国"新文化运动"时期之"新旧之争"的内涵。吴宓有意无意地把"古文派""古学派"一同拉入"古人"的阵营,其实是为了共同对抗所谓"今人"之阵营。由此吴宓才会将"古文""古学"混为一谈,并用"吾国旧所谓古文正宗、骈体正宗"云云来解释 classique 一词,从而造成了前引文中的自相矛盾。

问题还不止于此。1928 年以后,吴宓译文以及各文章中忽然颇为密集地出现了"古典派""古典主义"等词汇。① 特别是在《弗列得力希雷格尔逝世百年纪念》一文中,吴宓写道,"十八世纪为古典主义盛行之时代,其在德国亦然,惟此为古典主义之末流,过重形式而偏于功利。及雷兴(Lessing,按即莱辛)始图所以改良而矫正之,发明希腊亚里士多德等之立说之精意,以求归于真正之古典主义或曰人文主义。雷兴始肇其端,其后经葛德晚年之提倡与致力,人文主义乃确立"云云。——不知吴宓为何突然在 1928 年后开始接纳并使用自己此前反感的"古典主义"这一译语,从而"古典主义"亦与"人文主义"等同起来,结果便是,"古学派"正与"古文派"混作一团,"古典派"又悄然加入了进来。

总之,在吴宓 1928 年以前的文章中,"古学"与"古文"等词常常会出现在同一篇文章中,这便造成了 classical 诸义在界定上的混乱;在 1928 年以后,吴宓的文章中甚至会同时出现"古学""古文"与"古典"等三种表述,而三者均指向 classical 这同一个西文能指,情况变得愈发复杂,这就更需要我们因时因地加以辨析了。

---

① 见吴宓《一九二八年西洋文学名人纪念汇编》(《学衡》1928 年 9 月第 65 期)、《弗列得力希雷格尔逝世百年纪念——德国浪漫派哲学家兼文学批评家(录天津大公报文学副刊)》(《学衡》1929 年 1 月第 67 期)、《德国大批评家兼戏剧家雷兴诞生二百年纪念(录天津大公报文学副刊)》(《学衡》1929 年 3 月第 68 期)以及《薛尔曼评传》(《学衡》1931 年 1 月第 73 期)等文章与译文。

至此，我们大致可以得出这样的结论：吴宓在《学衡》各译文及文章中，经常混用"古学""古文""古典"等译语来对译 classical 及各相关概念，可见，在吴宓心目中，这三者实质上是统摄在 classical 范畴下的一组近似的概念。接下来，我们不妨以"古学派"一词来提领"古文派""古典派"诸义，并由此讨论吴宓的"定位"问题。

三、吴宓：两难的身份

"复古派"云云，毕竟只是"中国道德文化礼教之敌"加诸吴宓之封号；吴宓曾称"安诺德"为"古学派"，①并有诗云"我是东方安诺德"，②看来，他本人恐怕是以"古学派"自命的。

1. "古学派"（人文主义者）？

吴宓译文《人文主义》中曾云，"真实之创获，要必为汇萃精思之结果。夫前此之摹仿古文学者常不免为奴从，考近世（十七、十八世纪）之复古派，原为个人主义初起方盛时（文艺复兴时代）之反动。……复古派志在发明古代文艺之理想，力趋纯正。……艺术之范围既经复古派强为斩削而小之，则激烈之反动为不可免矣。……故复古派趋一极端，今人反之而又趋他极端"等等。

在此，"古文学"一词的原文是 les classiques，而"复古派"一词的原文为 le néo-classicisme（新古典主义）以及 les néo-classiques（新古典主义者），此即后来才出现的"新古学派"这一译语的前身。值得注意的是，"复古派"一词在当时显然带有贬义，但是在这段文字中却频繁亮相，共出

---

① 吴宓称阿诺德为"奉行古学派之人"，其"所以为古学派者"，在于他"用古学派之法程""生平奉行古学派之旨训"等等，见《学衡》1923年2月第14期《英诗浅释》一文。
② 此诗作于1935年5月，见《吴宓诗集 卷末 空轩诗话 补录二》。

现了四次,而事实上对应的原文仅有两处。说到其他两处,其中之一为代词,译文中完全可以代词"其"对应之,另一处则系译者根据文意自行补出,其实并不必体现在译文中,如果删去也不会影响文理的通畅。

"复古派"是"志在发明古代文艺之理想"的人,这与"精研古学,以人文主义为倡"的"古学派"或"希腊罗马古学派之人文学者"其实没有什么区别。虽然这段文字对"复古派"不无批评之意,但我们很快便在接下来的文段中看到了对于"又趋他极端"之"今人"更为严厉的批判。文中指出,为摆脱这种"大乱之境","於是遂有倡复古之说者,卜龙铁即主张复古,而其行事甚可称者也"。至此对"复古派"的评价忽然一转而为褒义,文中甚至开始赞美提倡"复古"的"卜龙铁"(Ferdinand Brunetière,今译布伦蒂埃,1849—1906)"行事甚可称者"!然而,当我们比照原文,却发现曾出现两次的"复古"一词并无相关对应词。原文只是说:"Mais voici qu'on essaie de retourner en arrière. Du moins Brunetière donne un vigoureux coup de barre(于是有人尝试着转向过去;至少布伦蒂埃便给出了强有力的一击)。"前一句译为"於是遂有倡复古之说者"尚不算牵强,后一句译作"卜龙铁即主张复古"却多少增添了原文所无的内容,特别是"行事甚可称者"一句全属子虚乌有。

那么,当我们回头细看吴宓所推崇的"古学派"及相关诸义之内容,便会发现它们无一不与"复古"(以及与之相关的"礼教")等主题紧密相连。

关于"古学派",吴宓曾在陈钧译文《福禄特尔记阮讷与柯兰事》按语中称"福禄特尔"(即伏尔泰,Voltaire)在文学方面"主张遵依前人之成法与定程,且悬格极高,而取予惟严。又重摹仿,重凝链,重修琢。此盖由其幼年在学从师时,于拉丁古文学曾下切实工夫,故遵从古学派,而异于其时勃兴之浪漫派文人也"。然而,伏氏的议论见解"虽有合于真正之古学派之处",但由于他"攻击旧有之礼俗制度",并"力倡维新与破坏","常流于伪古学派(pseudo-classicism)矫揉造作之恶习"。须知"真正之古学派,目的必高尚,精神必庄严,格调必雅正。岂若福禄特尔之痛攻礼教,矢口谩骂,时入以媟亵淫秽之词者。故福禄特尔在当时虽以力保文学之旧格律自任,而终成其为伪古学派而已"。也就是说,该篇译介文章的主人公"福禄特尔"虽然"遵从古学派",但由于他"痛攻礼教",终被吴宓谥为了"伪古学派"。从而,吴宓的立场一望可知,已经非常明确了。

关于"古文派",此前吴宓在论及 classique 时曾提到"盖犹吾国旧所谓古文正宗、骈体正宗之意也",这说明吴宓将"古学派"与"古文派"混为一谈。在"新文学家"痛诋"桐城谬种"与"选学妖孽"的时期,公然主张"古文正宗、骈体正宗",这种举动简直无异于授人以柄。如果"新文学家"把这一主张与"古文运动"联系起来,将之附会为一种意在恢复前代儒学道统的"复古"运动,其实倒是颇为顺理成章的事情。

我们还有更进一步的例证。在钱堃新译文《西塞罗说老》(载《学衡》1923 年 3 月第 15 期)按语中,吴宓曾说过这样一句话:"降至文艺复兴时代,诸复古派文士(The Humanists)所竭力提倡而摹拟者,西塞罗之文体也。"吴宓竟然在此将"诸复古派文士"与"人文主义者"等同了起来,吴宓对于"复古派"的态度岂非不言自明?

有趣的是,早在 1920 年 1 月 1 日出版的《新青年》(第 7 卷第 2 期)中,便有译者将 Ecole Classique(古典主义流派)译作"复古派",[①]看来,《新青年》与《学衡》同人就这一问题(classic 诸义 = "复古")意见暗合,只是二者对于"复古派"一则以贬、一则以褒而已。难道说,吴宓虽然自命为"古学派"(人文主义者),但他从"新文化派"那里得到"复古派"这一称

---

① 见宋春舫《戈登格雷的傀儡剧场》一文,其中言道"到了十六世纪的时代,法国'复古派'(Ecole Classique)又想了许多方法出来;什么'三一律'(Théorie des Trois Unités)、亚力山大诗体(Alexandrins),种种苛律,无非是要想束缚人家思想的自由"等等。

号,并非枉致?

2. "复古派"(保守主义者)?

吴宓对"葛德""许雷"和"安诺德"等"古学派"、弥尔顿等"古文派",①以及"雷兴"等"古典派"至为推崇,均为之撰写过长短不等的介绍与评传。阿诺德可以说是其中最受关注的一位。

吴宓曾在《英诗浅释》(《学衡》1923年2月第14期)中论"安诺德之诗",指出"安诺德之诗才,常为其文名所掩"。他的诗具有"历史及哲理上之价值,盖以其能代表十九世纪之精神及其时重要之思潮故也"。阿诺德之诗,写出了"近世之过重物质及权力","世变之来,宗教道德失其信仰","另求新信仰而不得"之苦况,吴宓由此而叹曰,"安诺德等之所苦,皆吾侪之所苦,而更有甚焉。且中国近三十年来政治社会学术思想各方变迁之巨,实为史乘所罕见。故生于今日之中国,其危疑震骇,迷离旁皇之情,尤当十倍于欧西之人。则吾侪诚将何以自慰,何以自脱,何以自救也耶。呜呼! 此吾之所以读安诺德之诗而感慨低徊不忍释卷也。世有高明之士,尚乞有以教我哉"。看来,吴宓之论阿诺德,乃是针对自身境遇有感而发。

吴宓指出,19世纪中叶"世变"之际,"破坏之局已完而建设难期,旧者已去而新者未立","安诺德之诗,即专写此种伤感者也","旧宗教既衰歇,无新信仰以代之,己心欲信一教而己之理智又不许为。于是郁苦惶急之至,而一写之于诗"。吴宓认为,阿诺德之诗有两个特性:一则"皆托辞以寄慨,实写宗教信仰之已失而不可复得耳","二曰常深孤独之感,……既不能与世中各派之人勉为同调,而亦不为各派之人所谅,横遭诽诋"。总之,"安诺德托物寓意,以写一己曲高和寡,守道行志,终身孤独之情况

---

① 吴宓曾称弥尔顿为"古文派巨子",见《诗学总论》,载《学衡》1922年9月第9期。

也"。细读这几句话,实无异于吴宓之自况,或许这便是吴宓自称"我是东方安诺德"一句所指。

吴宓进而评论"安诺德之诗之佳处,即在其能兼取古学浪漫二派之长"。——这时问题出现了,在《学衡》中大受批判的"浪漫派"在此忽然获得了正面的评价,甚至与"古学派"相提并论起来!"哀伤之旨,孤独之感,皆浪漫派之感情也,然以古学派之法程写出之。""故安诺德所以为古学派者,乃以其诗之形式,非以其诗之材料也。"——原来吴宓此前大费笔墨所说的阿诺德诗之特点,全系"浪漫派"之方面,也就是说,在"材料"上是否"浪漫派"并无关系,只要在"形式"上是"古学派"就可以了。那么,为何在"形式"上是"古学派"的伏尔泰,只因为在"材料"上是"伪古学派",便不能最终获得"古学派"的称号呢?

事实上,这种种难以自圆其说之处,实与吴宓本人对自己的"定位"密切相关。吴宓本人的诗作便是以"古学派之法程写出",而又时常充满"哀伤之旨,孤独之感"等"浪漫派之感情",① 这实际上便是"形式"上的"古学派""材料"上的"浪漫派"。说起吴宓的"浪漫"事迹,几乎人尽皆知;曾有不少研究者专门就此展开研究,并围绕这一课题完成了若干部专著。我们在此不拟窥测吴宓的私人生活,而仅希望围绕相关研究下一点"知人论世"的功夫。单从吴宓所谓"情变"之后时人对他的种种臆测与评说,亲友诸生对他的百般规劝与讽谏,或许便可多少反映出他的真实性情了。

如清华的同事、好友温特(Winter)教授认为吴宓不当受"浪漫之爱"的影响,或为"求己清闲安乐",不如"自行浪漫"。此为好友之劝谏,但从语气看来,盖已认定吴宓系"浪漫派之徒"。其他人如叶崇智则责备吴宓"何可今者更存浪漫之理想,而不以宓之室家为满足乎?"② 事实上,吴宓

---

① 见《吴宓诗集》作者"刊印自序",特别是其中"碧柳曾谓诗人可分三等"一段。
② 见《吴宓日记》(IV),1929年4月24日、9月8日之日记。

在产生离婚念头之初,曾与好友陈寅恪谈及此事,陈氏认为吴宓"感情所激、理性全无","应严持道德"云云。吴宓遂在日记中自我辩解道:"宓今昔性情并未改变。宓本具浪漫之特质。"——在好友指责之下,吴宓干脆承认了自己"本具浪漫之特质",而此前吴宓对于"浪漫派"的认同之意,仅朦朦胧胧地在论阿诺德之诗的文章中有所透露。

此后吴宓仍坚持与发妻离异,他在1929年3月27的日记中再次为自己辩解说:"欲合于真道德之标准,而不妄遵一偏之礼教及世俗之意见。"——值得注意的是,这里第一次出现了"真道德"这种说法。如前所述,"旧道德"在吴宓心中才是"道德"的"本体"或"观念",因此凡是论及"道德"之处,所指的都是"旧道德"。问题是,在此所谓的"不妄遵一偏之礼教及世俗之意见"的"真道德"无论如何不能说是"旧道德",而其实与时下宣扬的"新道德"无异。在此"新道德"才是"真道德",并一举僭越了"旧道德"原有的崇高地位。

关于这个话题,不乏其他有力的例证:吴宓在1930年5月11日的日记中曾云,自己离婚乃是为了追求"感情与道德一致",甚至自己离婚"乃合于真道德,本于真感情,且当因此而受赞誉者也"。而这些陈述正合乎白璧德所批判过的"新道德"的本质,即将"感情"与"道德"合二为一。① 同时,吴宓此前曾竭力维护的"礼教"(1927年,即王国维自沉之年,是吴宓日记中集中就此致意的年份)这时也变成了"一偏之礼教"。然而,仅仅一周之后(同年4月3日),吴宓很快又在日记中痛陈"平生重感情,行道德,结果如斯,岂不可伤哉!"似乎感到自己之前认定的"真道德"又不在"道德"的范围之内了。

当然,这种百转千回,仅见于《吴宓日记》中私人性的言说;在《学衡》

---

① Irving Babbitt, *Rousseau and Romanticism*, Chap. IV, Chap. V.

1931年3月第74期吴宓译文《班达论智识阶级之罪恶》按语中,他仍旧对"新时期"形成之"新道德"进行了严厉的抨击(如社会从此善恶颠倒、道德堕落以及世风败坏等等)。这种种的反复与摇摆,说明吴宓内心时刻处于极度的矛盾之中,而且这种矛盾不仅表现在他的日记中,在他的诸多论文、论著中也均有所体现。

1929年9月12日,吴宓与发妻陈心一协议离婚之后,在《大公报》登载"离婚声明"一周,并请人在上海《申报》或《新闻报》代登本则启事。吴宓一方面担心"日内离婚广告登出,不知此诸君对我作何评论也",另一方面仍大张旗鼓地公布此事,①致使舆论纷纷,一时成为众人之谈资。结果,称其"浪漫"之评语滚滚而至:陈福田称吴宓为"浪漫派中最浪漫之人",邓以蛰则当面称吴宓"甚 romantic",萧纯锦则谓"昔已猜定"其"性情中有浪漫之一方面,今知其果然"。此外,朱自清还曾对吴宓说过,外人大都以其离婚"为奇怪",以为与之"平日之学说不合",吴宓就此在日记中评论云:"此只知其表而未知吾之心性之言也。"②至此吴宓似乎已经坦然承认自己的"心性"乃是"浪漫"的——这并不是一件容易的事情,须知白璧德毕生所批判者便是"浪漫主义",《学衡》数十期连篇累牍所攻击者也是"浪漫主义",如今白璧德的入室弟子、《学衡》主编要行"浪漫"之事,自然会人心鼓荡,甚至令"亲者痛而仇者快"。

此后吴宓诸友好的批评日益严酷:彼时正在哈佛受学于白、穆二先生的郭斌龢来信,谓吴宓"离婚有损人文主义之进行",而吴宓的父亲则谓之"无情无理无法无天,以维持旧礼教者而倒行逆施",这均令吴宓"痛苦至极"。陈寅恪对此的态度则远为超脱,认为吴宓"本性浪漫,惟为旧礼教、

---

① 见《吴宓日记》1929年9月12日、9月15日诸日所记。
② 见《吴宓日记》1929年9月16日、10月24日、12月31日,1930年2月11日诸日所记。

旧道德之学说所拘系","谓宓近来性行骤变者,实未知宓者也"。① 此系知者之言,可视为对吴宓心性之最后判词。

此后郭斌龢曾再次致信吴宓,要求他"为《学衡》计,为白师计,为理想道德事业计,均应与心一复合",并指责吴宓"近来思想行事,皆是 romantic,实应省戒",口气已经极为严峻,形同训斥。须知郭斌龢虽然同为白璧德入室弟子,是吴宓的同门师弟,但他毕竟是后辈学人,最初系由吴宓好友温特先生引见于吴氏,虽然不至于对吴持弟子礼,但他跨越重洋而如此疾言厉色地训斥吴宓,仿佛是在替白师"清理门户",当然于礼未合。吴宓自然不能接受这样的指责,乃回信反驳云,"宓之为此,乃本于真道德真感情",若不离婚,"则是乡愿小人","不配提倡人文主义之道德。至于 romantic,乃系生性,未游美前即已如此"②云云。看来,搬出"白师"亦难以奏功;吴宓自云"生性""未游美前即已如此",其实便一笔抹杀了"内在制约"之可能,夫复何言哉? 此后郭斌龢不再来信,而其他诸友好对吴宓的正面规劝亦就此打住。

温源宁在他那篇著名的人物素描中写道:"更可悲者,则是吴先生完全不了解自己的个性。他自认是一名热诚的人文主义者和古典主义者,但他的气质却是彻头彻尾的浪漫主义者。……对于他的这个矛盾,别人都不难理解,只有他自己意识不到。"③如前所述,吴宓对自己的"浪漫""心性"深有意识,并且很早便在《学衡》中自承迹近"浪漫派"。④ 不过即

---

① 见《吴宓日记》1930 年 4 月 15 日、4 月 22 日、5 月 22 日诸日所记。
② 见《吴宓日记》1930 年 5 月 15 日日记。
③ 温源宁,"Mr. Wu Mi—A Scholar and A Gentleman"(《吴宓先生——一位学者与绅士》),载《回忆吴宓先生》,黄世坦编,陕西人民出版社,1990 年,第 24—28 页。这里采用了黄世坦译文。
④ 见 1923 年 4 月第 16 期《学衡》吴宓《我之人生观》一文,其中说道"若论今世思想清乱、精神迷惘、信仰丧失、行事无所依据之苦,吾本身即为感受最深之一人。……且凤昔行事,所悔已多。虽崇奉人文主义,而浪漫派自然派之思想言行,吾皆曾身历而躬为之"云云。

便如此，他仍对温源宁的这一评价深感不满。① 其实早在吴宓婚变期间，温氏作为吴宓自述情事的对象之一，当时便曾有意无意地向吴宓述及"今世新派知识阶级中人理性与情感冲突之苦"，而吴宓则在日记中评述云"此吾侪所心历身受者也"。② 似乎在不经意间，吴宓对自己的定位已悄然开始向"新派"靠拢，而对温氏的判断产生了某种认同。

我们要强调指出的是，从《吴宓日记》中的自述看来，吴宓与"新派"的相近，不仅仅表现在性情与行事上，主要还表现在观念上。他似乎具有两种不可调和的观念体系，一者为传统的"礼教"（旧道德）观念，一者则为现代的"新道德"观念，二者彼此对决冲突，每每令吴宓深感痛苦。我们看到，他在《日记》中不断对自己的行为加以辩护，而这些自我解说与开脱，无一不是针对观念而非具体事件而展开的。只有一种观念首先得到确认，吴宓才会问心无愧地据之行事，比如，吴宓曾向妻子提出"欲效娥皇女英故事"，他自己的态度是于此"中心求之不得"，此后他曾向陈寅恪问计，陈氏断然否定了"双妻制度"的主张，认为"应严持道德"，吴宓于是感到"烦闷激躁甚"；然而，几个月之后，当与友人畅谈婚姻问题时，吴氏竟表示主张"应严守一夫一妻制"，说得兴高采烈，浑然忘了自己此前的态度，并在《日记》中表示"现决就此行事"。③ 之前我们曾提及，吴宓在论述道德问题时，颇有些纯粹的观念论者（idealist）的倾向，而在现实道德生活中，他也会先确立一种观念，再据之行事，这其实倒是在真诚"践履"自己的人生信条，只是如果这种观念在此后的具体实施过程中与其他固有的观念相违背，他便会在《日记》中对自己展开新一轮的解说与辩护。

---

① 1937年2月28日吴宓看到有人重译这篇《小传》，至发出"呜呼，温源宁一刻薄小人耳"之叹，见《吴宓日记》（Ⅵ）。
② 见《吴宓日记》1929年4月22日所记。
③ 见《吴宓日记》1928年11月21日、1928年11月27日、1929年3月13日诸日所记。

在这个新旧观念不断冲突、磨合的过程中,吴宓逐渐"发明本心",一步步向"新派"靠拢;他的"新派"观念与"旧道德"之间的裂隙由此日益凸显,这便是他在《日记》中虽然不断自我开脱,却始终为自己内心的种种矛盾与冲突深感痛苦的原因。此后在清华的同事们对吴宓议论纷纷之时,曾经严厉批评过吴宓的叶崇智却表现出了一种难能可贵的宽容。他的理由是:吴宓之离婚,"乃本于 execution of ideas(观念的实施)",他人"不宜妄猜"①——他对吴宓的认识不可不谓知己,显然超于时人之上。

看来,吴宓虽然自命为"古学派",但其整体品格却与"浪漫派"乃至"新派"极为接近。"新派"指责吴宓为"复古派",然而他无论从性情、行事或是观念上而言,其实却可能是一名不折不扣的"新青年"!

如前所述,吴宓曾首当其冲地与"学衡派"一道被"新文化派"谥为"复古派",此后便与"复古""反动",以及新时期以来更为常见的"保守"等判语难脱干系。通过分析吴氏的白璧德思想译文及其相关著述,我们看到,吴宓与当时的主流话语相抗,极力支持备受批判的"礼教"与"旧道德",确系不争的事实,这种行为本身在当时的语境下的确具有"复古"的嫌疑,致使"为我所用"的白璧德"人文主义"学说也相应地获得了"复古""反动"以及后来的"保守"意味。同时,吴宓本人以"古学派"(人文主义者)自命,然而其整体品格却与白璧德等"人文主义者"痛加批判的"浪漫派"乃至"新派"极为接近。是以"新文化派"对于吴宓之"复古"的指责固然不完全站得住脚,吴宓自命"古学派"也有些自我定位不清。在20世纪中国那场"新旧(文化)之争"中,知识分子的身份晦暗不明,伴随着世局的千变万化呈现出错综复杂的样态,从外界新、旧文化的激烈冲突,到内心新、旧取向的几番取舍、徘徊,身份定位进入两难境地,这恐怕不仅是

---

① 见《吴宓日记》1929 年 9 月 16 日所记。

《学衡》译者的命运,也是"五四"那一代学人的宿命。

以上讨论仅大致勾勒了"译文中的译者"的矛盾面相,其他各个层面的问题还未能一一触及。然而我们只能就此打住,以下便进入译文文本,探讨其中重复出现的一个主题——"以理制欲",希望通过此一个案研究,展示出吴宓所阐释的白璧德"人文主义"思想在此后中国学界的影响与流变,特别是勾勒出白璧德的"人文主义"在中国一变而为"保守主义"的曲折踪迹。吴宓译文中蕴含着大量的材料信息,在本章无法尽述,在此我们仅举此一例证加以探究,或有助于读者略见一斑云。

第三节　走向"保守主义"
——吴宓译文中"以理制欲"主题个案研究

一、关于"以理制欲"

在吴宓翻译的《民治》一文中,"高上意志"(the higher will)一词——白璧德"人文主义"思想的核心概念之一——首次出现在了《学衡》杂志,并第一次为国人所知。① 在白璧德这里,"意志"分为"高上"与"卑下"两

---

① the higher will 这一概念本身系在《民主与领袖》一书中第一次出现。《学衡》是当时在中国宣传白璧德思想的唯一阵地。吴宓在写给业师白璧德的信中,曾提到"除了《学衡》的专栏,我从没见过任何关于您的思想的讨论、您的姓名的出现"(《欧文·白璧德与吴宓的六封通信》,载《跨文化对话》第 10 辑,第 160 页)。吴宓在《民主与领袖》一书出版数月之内便选译了该书的绪论部分,《民治》一文是《民主与领袖》在中国的第一篇译文,从而在《学衡》中首次出现的"高上意志"的概念,亦属首次在中国为人所知。the higher will 在《学衡》中还有其他中译名,如此后《白璧德论班达与法国思想》(1931 年 3 月第 74 期《学衡》)一文中,译者张荫麟将其译作"更高意志"或"更高的意志"。

种类型,其中"高上意志"决定人的"内在生活"(inner life),对于人的"一般自我"(the ordinary self)表现为一种"约束的意志"(a will to refrain),乃是一种"使人之为人"并"最终使人具有神性"的特质①,相对于理性以及情感而言,它无疑居于首要的位置。吴宓在文中"高上意志及卑下意志之对峙"(the opposition between a lower and a higher will)一句下面作了两行夹批:"吾国先儒常言'以理制欲'。所谓理者,并非理性或理智,而实为高上之意志,所谓欲者,即卑下之意志也。"吴宓以极具本土特色的表述("以理制欲")来比附"高上意志"对于"卑下意志"的对峙与制约(此即"内在制约")之义涵,使得对这一概念的阐释从一开始便获得了某种强烈的"归化"意味。

有趣的是,到了新时期,在本土文化语境发生了极大变化的情况下,"以理制欲"这种理解却一脉相承,在新时期研究者的论著中延续了下来。如有研究者曾论及梁实秋与"新人文主义"的接受影响关系,认为白璧德一再强调的"新人文主义的核心"就是"依赖自己的理性"或所谓的"更高的意志"来对个人的冲动和欲望加以"内在的制约",而梁实秋与白璧德一样,也强调"以理性节制情欲",是以"梁实秋文艺思想的真正核心,应该说是理性与理性制裁,或者更确切地说,是一种以理制欲的人性论"。②我们注意到,虽然新时期研究者与吴宓均将"高上意志"对于"卑下意志"的对峙与制约(此即"内在制约"的过程)解释为"以理制欲",但二者所指的"理"并不是一个概念。如前所述,吴宓重点强调了"理""并非理性或理智",而新时期研究者将"以理制欲"等同于"以理性节制情欲",从而"理"在这里指的显然就是"理性",是以与吴宓的观点正相矛盾。

---

① Irving Babbitt, *Democracy and Leadership*, pp. 6-7.
② 罗钢,《历史汇流中的抉择——中国现代文艺思想家与西方文学理论》,中国社会科学出版社,1993年,第165—168页。

或许吴宓当初已预见到"以理制欲"这一批注可能会造成某些误解，所以在该篇译文的长篇按语中特别说明了"理者，并非理性或理智"的道理(着重号为笔者所加，下同)："白璧德先生以为政治之根本，在於道德。……欲求永久之实效，惟有探源立本之一法，即改善人性、培植道德是已。……宗教昔尝为道德之根据，然宗教已见弃於今人，故白璧德提倡人文主义以代之。……令各人反而验之於己，求之於内心。更证之以历史，辅之以科学，使人於善恶之辨、理欲之争、义利之际及其远大之祸福因果，自有真知灼见，深信不疑，然后躬行实践，坚毅不易。惟关於此点，白璧德先生则融合中西，自辟蹊径。大率东方主行，西方主知。耶稣乃东方之人，耶稣与孔子皆主行，即视道德为意志之事。希腊苏格拉底等三贤皆主知，后世宗之，即视道德为理智之事。惟释迦我佛似能兼之，即二者并重。白璧德先生确认道德为意志之事，非理智所能解决。……想象可补理智之不足，而助意志之成功。此又白璧德先生异乎西方道德学家之处也。其与东方耶孔异者，在虽主行而并不废知。其与西方道德学家异者，在用想象以成其知，而不视理智为万能。就其知行并重一层言之，似与佛法为最近。……故夫以想象窥知道德之真，而以意志实行道德，人咸能自治其一身，则国家社会以及世界，均可随之而治。此白璧德所拟救世救人之办法也。"

吴宓在这段按语中讲了两个问题：第一，政治的根本在于个人道德的培养，由此"则国家社会以及世界，均可随之而治"——这种理解可以说仍旧未离"修齐治平"的基本思路。第二，道德的培养"为意志之事，非理智所能解决"，理智尚需依赖"想象"的力量以补其不足，由此"窥知道德之真，而以意志实行道德"。

正是出于对白璧德学说的这种认识，吴宓在译文注解中着重强调了自己所说的"以理制欲"之"理"并非"理性或理智"。应该说，吴宓对于白璧德的这种解读是符合原义的：白璧德曾指出，"理性"(reason)对于"冲动"(impulse)或"欲望"(desire)具有某种制约作用；①但他进一步强调说，适度的法则乃是人生最高的法则，希腊作为人文程度最高的国家之一，其文明却由于"理性"高度发达，以至于走向怀疑主义而遭受到了巨大的痛苦。② 也就是说，"理性"如果走向极致，亦会破坏人文主义者应当保持的平衡。总之，"人文主义"并不否认"理性"的作用，但认为"理性"如果走向极端，发展成为"理性主义"(rationalism)，则是根本无法制约"欲望"的，③甚至过分的"理智"(intellect)还会堕落成为一种"欲望"——知识之欲(libido sciendi)，从而"理智"和"欲望"一样，同样必须受到"意志"的制约。④

由此看来，将"高上意志"对"卑下意志"的"内在制约"阐释为"以理性克制欲望"似乎并非一种稳妥的解释。不仅如此，上述新时期研究著作指出，"天理人欲论与白璧德的善恶二元论，在程度上或有差别，各自的思想背景也不同，但其理论实质是十分接近的。它们都力图把特定社会的道德要求，行为规范凝聚转化为某种普遍必然的'理性'或'天理'，用以扼杀人的感性存在和自然欲求，并通过这种理性对人欲的压抑，来实施和加强社会对个人的控制"，文章还提到林语堂"一针见血地指出了二者的相似"，并引用林氏的话说(着重号为笔者所加)，"白璧德的新人文主义，

---

① Irving Babbitt, *On Being Creative and Other Essays*, "Introduction", pp. xiv-xv.
② Irving Babbitt, *Literature and the American College*, pp. 23-25.
③ Irving Babbitt, *Democracy and Leadership*, pp. 173-174.
④ 白璧德认为，人有三大欲望，即知识欲、情感欲与权力欲(the lust of knowledge, of sensation, and of power)，他曾引用帕斯卡尔(Pascal)的判断，指出高上意志将对自然人(the natural man)的这些欲望发挥制约的作用。见 Irving Babbitt, *On Being Creative and Other Essays*, p. 195。白璧德还曾说过：伟大的宗教导师们坚持认为人应当屈从于某种高上意志之下，最重要的是，人的理智需要承认某种这样的制约，因为不加管束的理智(intellectual unrestraint, 此即 libido sciendi 知识之欲)很可能将会带来最大的危险。见 Irving Babbitt, *Democracy and Leadership*, p. 182。

与通常所谓 humanism,文艺复兴时代的新文化运动不同,他的 humanism 是一方与宗教相对,一方与自然主义相对,颇似宋朝的**理性哲学**"①(按林语堂原文为"性理哲学"②)云云。

从上文对林语堂评述的误引来看,作者似乎在不经意间表露了自己对于"以理制欲"说的认识,即"以理制欲"便是"以理性克制欲望"。关于宋明理学话语系统中的"以理制欲"是否可用"以理性克制欲望"来解释、沟通,我们暂且不论;关键在于,梁实秋对于白璧德学说的解读——"以理性克制欲望"——本身便是一种大胆的"改写"与"挪用",③然而作者却似乎认定梁实秋强调"以理性克制欲望"的文学批评观乃是符合白璧德学说之原义的,从而毫不犹豫地据之对白璧德学说进行了批判。至此"高上意志"对"卑下意志"的"内在制约"渐由"以理性克制欲望"演变成了"存天理,灭人欲"的"天理人欲论",这种论说方式不免令人生疑。

我们之前曾讨论过白璧德对"理性"的态度:信奉"中道"的"人文主义"不会主张"扼杀人的感性存在和自然欲求",亦不会主张"理性对人欲的压抑",同时就其"内在制约"的主旨来看,恐怕还会特别反对"实施和加强社会对个人的控制"。因为白璧德的"人文主义"强调的是"个体的完善"与个人的"内在生活",与社会维度相比,它更看重个体之维度;④它

---

① 罗钢,《历史汇流中的抉择——中国现代文艺思想家与西方文学理论》,第170页。
② 林语堂编译,《新的文评》,北新书局,1930年,"序言",第2页。
③ 梁实秋素来强调"理性"的作用,他曾大量借用白璧德学说对此加以论述。如他曾说,"按照古典主义者的理想,理性是应该占最高的位置";"文学的力量……在于节制。新古典派所订下的……那些规律乃是'外在的权威'(outer authority)而不是'内在的制裁'(internal check)。……所谓节制的力量,就是以理性(reason)驾驭情感,以理性节制想象";"伟大的文学者所该致力的是怎样把情感放在理性的缰绳之下";"文学……须不反乎理性的节制";"文学的态度之严重,感情想象的理性的制裁,这全是文学最根本的纪律";等等。见《浪漫的与古典的·文学的纪律》,人民文学出版社,1988年,第14、117—119、124页。
④ Irving Babbitt, *Democracy and Leadership*, "Introduction", p. 8.

认为"善与恶之间的斗争,首先不是存在与社会,而是存在与个人"①,"在人文主义者的眼中,对于人来说,重要的不是他作用于世界的力量,而是他作用于自己的力量"②,个人就是要依靠这种"作用于自己的力量"而非外在的律法与约束而达于"内在制约"的。从而,追求"适度"的"人文主义"并非宣扬"以理性克制欲望",其精神实质与"存天理,灭人欲"亦无瓜葛。

从"高上意志"之"内在制约"到"以理性克制欲望"再到"天理人欲论",这一系列的比附与联想涉及了白璧德的"人文主义"学说,宋明理学,"学衡派"对于"人文主义"的阐释,梁实秋对于"人文主义"的阐释,新时期研究者对于"学衡派"和梁实秋之阐释的接受及由此出发对白璧德学说的再阐释。多个向度的题目在此彼此纠结,构成了一个复杂的问题场域,大大增加了本节所讨论之主题的复杂程度。问题的核心在于,"人文主义"何以一来二去竟与千里之外的"以理制欲"论勾扯在一处,并且直至新时期都与之难脱干系?要知道,"以理制欲"说在"新文化运动"时期显然具有否面意义,和它画上等号,只会导致"人文主义"与之一损俱损,那么,吴宓为何还要在"高上意志"一词出现的文句中加以"以理制欲"之批注?看来,问题首先是从吴宓那里而非新时期研究者那里开始的。

二、"以理制欲"抑或"以'礼'制欲"?

吴宓是白璧德"人文主义"学说在中国最有力的宣传者,作为白璧德的得意门生,他通读过本师所有著述,堪称深悉"人文主义"精义。不知在

---

① Irving Babbitt, *Democracy and Leadership*, p. 251.
② Irving Babbitt, *Literature and the American College*, p. 56.

白璧德本人看来,"内在制约"说是否与"以理制欲"说有着内在的相似性呢?

一般来说,在1889年之前,西方对中国理学的研究未见明显成效,此后逐渐出现了一些有影响的研究者,不过直至朱熹研究的真正先驱卜道成(Percy Bruce)发表了两部有关朱熹及其前辈的著作(1922—1923)之后,西方对理学较为严肃的研究才正式开始。① 不过,"吾国古籍之译成西文者靡不读""凡各国人所著书,涉及吾国者,亦莫不寓目"的白璧德似乎对性理之学很早就有一定的认识与研究。早在1921年为美国东部中国留学生年会所作的讲演中,白璧德就曾提到"有一位作者曾在《哲学》杂志(Revue Philosophique)中指出,当圣阿奎那(即《学衡》中的"圣亚规那",或"亚昆那")沿着经院哲学的路数在其《神学大全》(The Sum of Theology)中统合了亚里士多德与耶稣之说,与之大致同时之中国的朱熹(Chu Hsi)亦在其伟大的集注中以一种经院式的做法将佛学与儒学元素结合了起来"②。白璧德并在此后出版的《民主与领袖》一书中再次将朱熹与圣阿奎那并举:"我们注意到,当圣阿奎那试图在其《神学大全》中结合亚里士多德与耶稣之智慧,朱熹(Chu Hsi)大致与此同时也在其伟大的集注中将佛学与儒学的元素混合了起来,二者形成了有趣的类比。"③——看来白璧德对朱熹所做的工作相当熟悉且极为欣赏。

不过,白璧德在自己的著作中提及孔子的次数远较朱子为多,对孔子

---

① 〔法〕雅克·布罗斯,《发现中国》,耿昇译,山东画报出版社,2002年,"西方对中国程朱理学的发现",第183—233页。
② Irving Babbitt, "Humanistic Education in China and in the West", p. 86. 文中提到的"有一位作者"不知所指何人,疑系白璧德自指。
③ Irving Babbitt, *Democracy and Leadership*, pp. 163-164. 不过,白璧德并不是西方唯一使用这一类比的人。《学衡》1929年5月第69期中《古代中国伦理学上权力与自由之冲突》一文的作者美国人德效骞(Homer H. Dubs)博士亦将朱熹称为"儒教之圣亚规那",不知这一类比是否西方理学研究的"套话"之一,值得留意。

的推崇亦远较朱子为甚。在白璧德眼中，朱子是融合东方智慧的集大成者，而孔子则"是人类精神史上四大杰出人物之一"①，甚至"由于孔子清楚地认识到了适度法则（the law of measure）本身服从于谦卑法则（the law of humility），他要优于诸多西方的人文主义者"②。

事实上，白璧德本人曾根据孔子的学说来沟通"高上意志与卑下意志之对峙"："亚里士多德是'认识'方面的宗师（a master of them that know），而孔子则与之不同，他是'意志'方面的宗师（a master of them that will）。孔子试图用'礼'或云'内在制约的原理'（the decorum or principle of inner control）来制止膨胀的欲望，在此'礼'显然是一种意志品质。孔子并非蒙昧主义者，但是在他看来，理智是附属于意志且为其服务的。"③白璧德这段极为关键的表述出现在《民主与领袖》一书第五章，值得强调的是，该章曾被译出刊载于《学衡》，而译者就是吴宓。

在吴宓该篇译文中，我们找到了这段文字："诚以亚里士多德者学问知识之泰斗，而孔子则道德意志之完人也。……孔子尝欲以礼（即内心管束之原理）制止放纵之情欲。其所谓礼，显系意志之一端也。孔子固非神秘派之轻视理智者，然由孔子观之，理智仅附属於意志而供其驱使。二者之关系，如是而已。"译文与原文无甚出入，吴宓忠实地译出了白璧德这段关于"内在制约"的解释。

其实，早在"Humanistic Education in China and in the West"一文中，白璧德便将孔子之"礼"（li）对译为 law of inner control 了。④ 这说明在他看来，孔子之"礼"与"内在制约"说存在着某种内在的一致性。也就是说，

---

① Irving Babbitt, *Democracy and Leadership*, p. 163.
② Irving Babbitt, "Humanistic Education in China and in the West", p. 90.
③ Irving Babbitt, *Democracy and Leadership*, p. 165.
④ 白璧德曾注明这个译法借自翟林奈的《论语》英译本（*The Sayings of Confucius*），见 Irving Babbitt, "Humanistic Education in China and in the West", p. 89。

在白璧德眼中,儒家学说与自己的"内在制约"说相通之处恰恰在于"以'礼'制欲"。《欧亚》译文中说得明白:"孔子尝欲以礼(即内心管束之原理)制止放纵之情欲,其所谓礼,显系意志之一端也","制止放纵之情欲"的"礼"在此显然便是"高上意志"。不过,这并不妨碍该篇译文的译者吴宓将"高上意志"行使的"内在制约"自行发挥为"以理制欲"。

其实,一般论者都倾向于用儒学而非理学来阐释/沟通白璧德的"人文主义"思想,其中见出白璧德"内在制约"说通于儒家"克己复礼"之旨的研究者不在少数,如台湾地区沈松侨曾明确提出,"'内在克制'(inner check)……就是儒家所谓的'克己'之道",白璧德那种"尊崇传统的态度,相当于儒家所谓的'复礼'"等等。[1]

如前所述,吴宓最早在《民治》译文中以"以理制欲"说来解释"高上意志"的概念,随后在其《欧亚》译文中又出现了"以'礼'制欲"这一解释。两篇译文均出自吴宓手笔,且均译自白璧德《民主与领袖》一书,前后两文的刊载时间仅隔六个月(1924年8月—1925年2月),翻译时间或许还更接近,何以严谨的译者吴宓会在自己的译文中出现这样的矛盾?我们暂且不论白璧德对孔子之"礼"的简单定义是否精准("内心管束之原理"),以及他本人提出的孔子之"礼"即"高上意志"(即"制止膨胀的欲望"的"一种意志品质")的见解是否得当,也不论其他研究者用儒家"克己复礼"说来沟通白璧德的"内在制约"说是否合理,在此我们特别关注的是,吴宓为何要舍弃更为"相通"的儒学"克己复礼"之旨,转而去强调白璧德思想与理学之"以理制欲"说的关系?

看来,"就事论事"地处理眼前的问题,很可能收效甚微。只有从当时的时代氛围与知识界的心态入手,方可找到吴宓对"高上意志及卑下意志

---

[1] 沈松侨,《学衡派与五四时期的反新文化运动》,第128—131页。

之对峙"作如此解读的原因。

三、"科玄之争"的时代背景

从 19 世纪末 20 世纪初涌入中国的各种现代思潮观念中,我们特别要强调"科学"观念在中国价值体系转换及意识形态冲突中所起到的关键性作用与影响。特别是在"新文化运动"期间,科学获得了无上的尊严与战无不胜的神奇力量,诸多传统的攻击者都通过与"赛先生"联手而获得了批判、取代传统价值体系的权力与势能,并由此向承载着旧价值的旧秩序发起了致命的攻击。有论者认为,中国对"科学"的热衷贯穿了 20 世纪整个前半叶,这种"在与科学本身几乎无关的某些方面利用科学威望的"倾向可称为"唯科学主义"(scientism),"由于儒学为思想和文化提供参考框架的功能衰退,……科学精神取代了儒学精神,科学被认为是提供了一种新的生活哲学",它作为"一种意识形态实体,被引进取代旧的文化价值",由此"在中国文化与意识的连续性问题上爆发了一场激烈的论争",此即 1923 年的科学与人生观的论战(或科学与玄学之争),亦即"传统世界观与科学世界观之间的一场战斗",正是在这场战斗中,唯科学主义取得了最终的胜利。①

当科学成为中国当时的核心价值取向之一,一切旧的价值体系都在这种摧枯拉朽的力量面前一败涂地,其中首当其冲的就是所谓的"传统世界观"——"玄学"。

关于"玄学",陈独秀在《科学与人生观》序言中说,"社会科学中最主要的是经济学、社会学、历史学、心理学、哲学",并在"哲学"一词后加括

---

① 〔美〕郭颖颐,《中国现代思想中的唯科学主义(1900—1950)》,雷颐译,江苏人民出版社,1998 年,第 1、8、9、12—13、109、140 页。

弧说明"这里所指是实验主义的及唯物史观的人生哲学,不是指本体论宇宙论的玄学,即所谓形而上的哲学",并根据孔德(Auguste Comte,1798—1857)对人类社会三个时代的划分,认为"我们还在宗教迷信时代","全国最大多数的人,还是迷信巫鬼符咒算命卜卦……,次多数像张君劢这样相信玄学的人",还有就是"像丁在君这样相信科学的人",而"由迷信时代进步到科学时代,自然要经过玄学先生的狂吠"云云,① 从而"玄学"成了人类进步道路上的一块绊脚石,自然便是这场论战矛头直指的对象。

如果"玄学"指的就是"本体论宇宙论的玄学"或"所谓形而上的哲学",那么在中国当得起这一名号的,自然便是宋明理学了。② 吕思勉在《理学纲要》中论及"晦庵之学"时说:"人类之思想,可分为神学、玄学、科学三时期。神学时期,恒设想宇宙亦为一人所创造。……玄学时期,则举认识之物分析之,或以为一种原质所成,或以为多种原质所成。……玄学之说明宇宙,至此而止,不能更有所进也。宋学家以气为万物之原质,与古人同。而又名气之所以然者为理。此为当时之时代思想,朱子自亦不能外此。"③

吕思勉在此理所当然地把"宋学家"即"理学家"归入了"玄学"一类,尤其值得我们注意的是,他所使用的正是陈独秀在"科玄之争"中使用的

---

① 陈独秀,《科学与人生观序》,载《科学与人生观》(一),辽宁教育出版社,1998年,第2—3页。
② 关于"理学"与"形而上学"的关系,可参见钱穆对朱子思想的论述:朱子思想主要有两部分,一为理气论,略当于今人所谓之宇宙论及形上学,一为心性论,乃由宇宙论形上学落实到人生哲学上,并且"朱子此项理气一体之宇宙观,在理学思想上讲,实是一项创见,前所未有"。见钱穆,《朱子学提纲》,生活·读书·新知三联书店,2002年,第32—37页。
③ 吕思勉,《理学纲要》,东方出版社,1996年,第94页。《理学纲要》是吕思勉于1926年在上海沪江大学教授中国哲学史时的讲义,成文时间距离"科玄之争"(1923)大约三年。

分类话语。尽管吕思勉本人不乏为"理学"辩护之意①,但从他自觉运用上述分类话语的情况看来,我们可知"科玄之争"对当时以及后世影响之剧,同时亦可窥见那些已经深入人心的话语将如何长期陷"理学"于不利的境地。

　　吴宓在学成归国以前,已经强烈地感受到了国内的这种氛围,自觉未归之时国内大局已定,时势已无可挽回。② 由于家庭背景和所受教育的关系,吴宓很早便萌生了回国与"势焰熏天""炙手可热"的"胡适、陈独秀之伦"鏖战一番的想法,他主动站到了当时席卷国内的"新文化"和"新文学"运动的对立面,从一开始便选择了传统文化卫护者的角色。③ 同时,就吴宓的个人秉性而言,他又有着强烈的浪漫主义的、诗人的气质,当他认为自己已经"洞见"到了回国后将面临的种种"苦恼磨折"和黑暗的前途,心中无比郁积与愤懑,在这种长期的心理压力之下多次想到自杀,甚至还有一次自杀未遂。④ 在这种心态驱使下,当吴宓突然在1921年5月

---

① 如吕思勉曾云:"宋儒所谓理者,……其说自成一系统;其精粹处,确有不可磨灭者,则固不容诬也。"《理学纲要》,第197页。
② 吴宓在1919年11月12日的日记中写道"近见国中所出之《新潮》等杂志,无知狂徒,妖言煽惑,……殊宓等孜孜欣欣,方以文章为终生事业,乃所学尚未成,而时势已如此"等等,见《吴宓日记》(Ⅱ),第91页。
③ 见吴宓1920年2月18日日记所载:"昨接梅张诸君函,述国中邪说风行之情形。晨,与巴师(此即白璧德,吴宓因初将Babbitt译为"巴比陀",故在日记中称之为"巴师",自胡先骕译为"白璧德"之后,乃改称"白师")略谈及之",见《吴宓日记》(Ⅱ),第130页。又如吴宓在1920年3月28日的日记中提到,张幼涵来信谈及自己由于不附和白话文学一流,于是在胡适、陈独秀的"挑拨"下,遭到排挤,遂卸去《民心》报总编辑职务一事。吴宓就此在日记中写道:"幼涵来书,慨伤国中现况,劝宓等早归,捐钱自办一报,以树风声而遏横流。宓他年回国之日,必成此志(着重号为吴宓所加)。"《吴宓日记》(Ⅱ),第144页。
④ 如吴宓在1919年12月29日的日记中说:"忧患千劫,感慨万端。值郁悒之极,每欲自杀,此人之常情,而宓时亦不免。"见《吴宓日记》(Ⅱ),第112页。又见1920年2月2日的日记:"……宓最易发心病之原因,(一)与知友谈中国时局种种。(二)阅中西报纸,载中国新闻。(三)读书而有类中国情形,比较而生感伤者,……(四)计划吾所当行之事,如何以尽一身之力,而图前途之挽救。(五)悬想中国将来之复亡,此日之茶苦。……每至不能解决之时,终觉得寻死为最快乐。……呜呼,吾尽吾力,终（转下页）

中旬接到梅光迪的"快函",急召他回国"发展理想事业",吴宓仅"略一沉思",便同意就聘东南大学,并于同年6月中开始办理回国手续,①真可谓迫不及待,归心似箭。

但吴宓归国后面临的形势,正如他在美国求学期间所预见到的,"新文化派"已经一统天下,"新文化运动"也走向了辉煌胜利的尾声,任何"新文化"的反对者在这时都已无力回天。吴宓归国创办《学衡》(1922年1月)仅一年之后,1923年便爆发了科学与人生观之大论战。以丁文江为代表的唯科学主义者们坚持科学与人生观不可分,精神科学与物质科学并无分别;以张君劢为代表的传统主义者则认为,人生哲学属于内在世界的"我"所要解决的问题,"决非科学所能为力,惟赖诸人类之自身而已"②。一方坚持科学进步能够解决一切问题,一方则强调关乎人之内心生活的人生哲学问题断非科学所能为力,可以想见,在吴宓眼中,这场论战用白璧德的经典话语来说,实质上代表了"物律"与"人律"之间的斗争,而前者对后者取得了压倒性的胜利。"学衡派"人士当时并未加入战团,不过这并不意味着《学衡》对此完全没有反应。缪凤林在《阐性(从孟荀之唯识)》(载1924年2月第26期《学衡》)一文中,曾以"唯识论"对质"西洋哲学科学所有之因果论",其中谈道:"曩有争辩玄学与科学者。主科学之士,咸主因果,谓心理现象之起,必有其因。此诠因果二字,诚属无误。惟其所以说明之者,仍不外一'刺击与反应'S—R之公式。……乃彼

(接上页)不知何时死耳?"见《吴宓日记》(II),第127页。并在同年4月19日的日记中记述了自己念及国内形势"忧心如焚","同心知友,偶见面谈及,亦只楚囚对泣,惨然无欢。更思宓一身之进退,回国以后,当兹横流,何以自处? 种种苦恼磨折,此时皆以洞见。……呜呼,前途黑暗如彼,……吾生何乐? 诚不如自戕其生,疾驰至Charles河畔"而自杀未遂的经过。见《吴宓日记》(II),第154—155页。

① 《吴宓自编年谱》,第214—215页。
② 引文分别见张君劢,《人生观》,载《科学与人生观》,第33—35页;丁文江,《玄学与科学》,载《科学与人生观》,第41—43页。

犹欣然自得曰,此西洋博士之实验也,差足尽人世问学之能事。"我们看到,这篇在"学理层面"就"西洋哲学科学所有之因果论"提出批评的论文,在很大程度上是指向"科玄之争"中提出的问题并给出了自己的答案。

与对手相比,唯科学主义者们的论争姿态则要激烈得多了:当梁启超认为人生大部分问题应用科学方法来解决,然而有一小部分(或许还是最重要的部分)是超科学的,他的这种较为平和的提法亦被陈独秀毫不留情地斥为"骑墙态度"。①——我们从中赫然可以见出"科学"或任何一种口号及话语意识形态化之后所具有的专制力量。以梁启超在学界地位之尊、影响之大,温和地提出相对执中的意见尚且会遭到严厉批判,可想而知其他人不免噤若寒蝉。还有胡适也在自己的文章中大力渲染"科学"具有"无上尊严的地位",提出自己所理解的"科学的人生观"其实就是"自然主义的人生观"。② 这样一来,"自然主义"在这场论战中借重"科学"之力迅速"得势","物律"就此彻底战胜了"人律"。

吴宓对此自然不会全无感触。他在1924年《民治》这篇译文中,将"高上意志及卑下意志之对峙"比附为"以理制欲",现在看来,这寥寥数字的批注中蕴含了多少言外之意!要知道,白璧德学说分明与先秦儒学"甚通",在这二者之间相互阐发或许是更为明智的做法,然而,在当时对"玄学鬼"的一片谩骂声中,吴宓却一定要使用理学家的话语来激发人们对白璧德"人文主义"和宋明理学之间的联想,这在当时的情况下,无异于"顶风作案",这种行为之"反动"、之"复古",或用新时期以来更为常见的批评话语来说——之"保守",自是可想而知。在时人眼中,至少从《学衡》旨在宣扬白璧德学说的目的来看,此时将白璧德"人文主义"解释为在国内已恶名昭著的"以理制欲"论,可以说大为失策。在"科玄之争"胜

---

① 陈独秀,《科学与人生观序》,载《科学与人生观》,第5页。
② 胡适,《科学与人生观序》,载《科学与人生观》,第22页。

负已判、尘埃落定之时,再作无关痛痒的发言,发出一些微弱的反抗之声,可以说是"慢了半拍",不但于事无补,还徒显得是在争戴一顶人人避之唯恐不及的"玄学鬼"的帽子。事实上,吴宓与时势对抗的苦心为大多一同留学的好友所不解,例如当年意气勃发、宣称"定必与若辈(指胡适与陈独秀)鏖战一番"的张鑫海,回国后转而成了与胡适过从甚密的朋友,认为吴宓办《学衡》是"吃力不讨好,不如不办",①甚至当《学衡》面临停办,吴宓为之奔走至陈寅恪处,陈寅恪也直言不讳地说"《学衡》无影响于社会,理当停办"。面对一生经营之事业终将被毁的厄运,吴宓是夜不能成寐,"怅念身世,感愤百端"。②

四、立足于"我":"五四"学人的特有心态

然而,吴宓"以理制欲"这一注脚绝非随意攀扯。吴宓可以说很早就对宋明理学深具同情,而他对理学最初的同情与理解很大程度上来自导师与挚友的影响:白璧德盛赞中国儒家文化,对朱子有着极高的评价,这对吴宓产生了极大的影响;同时好友陈寅恪亦曾多与倾谈对中国儒家哲学、佛学的见解,特别是对融合二者义理的程朱理学体会极深,吴宓曾在日记中不惜笔墨全篇详录陈寅恪的谈话(着重号为吴宓本人所加):"佛教于性理之学 Metaphysics,独有深造,……宋儒若程若朱,皆深通佛教者。……采佛理之精粹,以之注解四书五经,名为阐明古学实则吸收异教,……佛之义理,已浸渍儒染,于儒教之宗传,合而为一。此先儒爱国济

---

① 见吴宓1925年5月25日日记,《吴宓日记》(III),第28页。
② 吴宓在1926年11月16日的日记中说:"接中华书局来函,言《学衡》60期以后不续办云云。不胜惊骇失望。……寅恪并谓《学衡》无影响于社会,理当停办云云。"见《吴宓日记》(III),第251页。

世之苦心,至可尊敬而曲谅之者也。……故宋、元之学问、文艺均大盛,而以朱子集其大成。朱子之在中国,犹西洋中世之 Thomas Aquinas,其功至不可没。而今人以宋、元为衰世,学术文章,卑劣不足道者,则实大误也。……程、朱者,正即西国历来耶教之正宗,主以理制欲,主克己修省,与人为善。"①

虽然吴宓对理学的理解不限于耳学陈氏,但从这些大段的引文可见,陈寅恪的见解应该给他带来了不小的触动。② 从这些线索可知,吴宓自会认为当时国内对理学的批评有失公正。他的这种心态在《学衡》创办早期已有显露,如他在《学衡》1922 年 4 月(即"科玄之争"爆发之前)第 4 期《论新文化运动》一文中就已经在为宋明理学"以理制欲"说进行辩护了(着重号为笔者所加,下同):"道德之本为忠恕,所以教人以理制欲,正其言、端其行,俾百事各有轨辙,社会得以维持,此亦极美之事也。以上乃宗教道德之根本之内律也,一定而不变,各教各国皆同也。当尊之爱之,而不当攻之非之者也。"他还说道:"凡人之立身行事,及其存心,约可分为三级。……中者为人界 Humanistic level,立乎此者,以道德为本,准酌人情,尤重中庸与忠恕二义,以为凡人之天性皆有相同之处,以此自别于禽兽。道德仁义,礼乐政刑,皆本此而立者也。人之内心,理欲相争,以理制欲,则人可日趋于高明,而社会得受其福,吾国孔孟之教,西洋苏格拉底、柏拉图、亚力士多德以下之说,皆属此类。……下者为物界 Naturalistic level,

---

① 见吴宓 1919 年 12 月 14 日日记,见《吴宓日记》(II),第 102—104 页。
② 吴宓目陈寅恪为人中之"龙",多次在日记中不遗余力地盛赞这位朋友,如"陈君(寅恪)学问渊博,识力精到(着重号为吴宓所加)。远非侪辈所能及。而又性气和爽,志行高洁,深为倾倒。新得此友,殊自得也",以及"近常与游谈者,以陈、梅二君为踪迹最密。陈君中西学问皆甚渊博,又识力精到,议论透彻,宓钦佩至极。……故超逸出群,非偶然也"等。见《吴宓日记》(II),1919 年 3 月 26 日、4 月 25 日所记,第 20、28 页。而且吴宓经常在日记中大段记录与陈寅恪的谈话,由此可见陈寅恪对吴宓某些思想的形成具有不小的影响。

立乎此者,不信有天理人情之说,只见物象,以为世界乃一机械而已。……物竞天择,优胜劣败,有欲而动,率性而行,无所谓仁义道德等等,吾国受此潮流,亦将染其流毒"等等。

吴宓在《学衡》1923 年 4 月第 16 期发表的《我之人生观》一文,首次明确地就科学与人生观之争给出了意见,虽然采取的是远离论争中心的一种非论辩式的态度(着重号为笔者所加):"主张人性二元者,以为人之心性 Soul 常分二部,其上者曰理(又曰天理)Reason①,其下者曰欲(又曰人欲)Impulses or Desire,二者常相争持,无时或息。欲为积极的,理为消极的;欲常思行事,而理则制止之,阻抑之。故欲(笔者按此应为"理"之误)又称为 Inner Check 或 Will to Refrain。……彼欲见可求可恋之物近前,则立时奔腾激跃,欲往取之。而理则暂止之,迅为判断,如谓其物而合於正也,则任欲之所为而纵之。如谓其物之不合於正也,则止欲使不得往。此时,欲必不甘服,而理欲必苦战一场。理胜则欲屈服,屡屡如是,则人为善之习惯成矣。若理败,则欲自行其所适,久久而更无忌惮,理愈微弱,驯至消灭,而人为恶之习惯成矣。……理所以制欲者也,或疑所谓理者,太过消极,不知理非不许欲之行事,乃具辨择之功,於所可欲者则许之,於所不可欲者,则禁之而已。……人能以理制欲,即谓之能克己,而有坚强之意志。不能以理制欲,则意志毫无,终身随波逐流,堕落迷惘而已。故曰,人必有所不为而后可以有为也。……人之所以异於禽兽者几希,所谓几希者,即心性中之理也,即以理制欲之'可能性'也。""克己复礼……盖即上节所言以理制欲之工夫也。能以理制欲者,即为能克己。……能常以理制欲,则能勤於省察而见事明了。"

---

① 注意吴宓在此注明"理"即是 reason(1923 年 4 月),而在一年多以后,他在《民治》(1924 年 8 月)一文中又特别强调了"理""并非理性或理智",看来吴宓对于白璧德学说的认识始终处于发展变化之中。

"以理制欲"在吴宓这篇论述自身"人生观"的文章里,成了一个贯穿始终、频繁出现的关键话头。甚至在吴宓《民治》译文中出现"以理制欲"注解的同一个段落里,吴宓不失时机地再次为"今夫人之放纵意志(即物性意志)与抑制意志(即人性意志)常相争战"一句加注曰,"前者即吾国先儒之所谓理,后者即其所谓欲",对"以理制欲"说的强调已是无以复加,真可谓用心良苦。

此后在吴宓1929年11月发表的译文《诗之趋势》中,仍可见到这样的说法:"须认明人性中实有互相冲突之二成分,其一为放纵之欲,其二为制止之理。其一为被动而成形者,其二能选择而使形成者。其一乃尘秕,其二则圣神也。"并且吴宓在其后加以按语解释云:"按其一为人性中卑下之部分,其二为人性中高上之部分。东西古今凡创立宗教及提倡人文道德者,皆洞见此二者之分别,而主张以其二宰制其一,各家之说,名不同而实则无异也。"

而原文的表述大致是这样的:"应认识到人的内心存在着一种对立,即'欲望的力量'(the power of appetite)与'制约的力量'(the power of control)之间的对立,一者主动塑造,而另一者被动成形,二者仙凡有别。"[①]无须多言,吴宓对原文的"扭曲"一望而知。

吴宓为何要逆流而动,大力支持当时已被众人弃如敝屣的"以理制欲"之说?事实上,吴宓对"以理制欲"这一宋明理学关键话头的反复申辩与陈说,已绝非单纯为对抗"新文化运动"展开的论辩,而是与其救国救世的热忱紧密联系在一起的。

忧国忧世,可以说是"五四"学人的特有心态,[②]引入西学,往往是为

---

① Irving Babbitt, "Milton or Wordsworth? —Review of The Cycle of Modern Poetry", p. xx.
② 单就吴宓而言,他在日记中多次记述了自己的忧国之苦,亦曾数次谈及诸同学友好感伤国事的情形,如他在1919年7月24日日记中写道:"今日中国之危乱荼苦,尽(转下页)

了"为我所用"。有论者认为:"学衡派受新人文主义的影响,其表现与其说是一种内容上的接受,毋宁说是一种思想上的认同。"① 吴宓等人全身心认同白璧德的"人文主义"学说,奉之为圭臬,在很大程度上是由于他们认为这一学说能够有力地支援国内日渐失势的旧有传统价值体系。在吴宓等人看来,那些学习工程、实业的留学生不过是学了一些末技,环境稍有改变,便"不复能用",唯有"天理人事之学"是历久不变的,"救国经世,尤必以精神之学问(谓行而上之学)为根基"。② 因此,"科玄之争"中对于"玄学"的批判,在吴宓眼中,可能无异于在动摇"救国经世"之本。

这样看来,与其说吴宓是在力图宣扬"人文主义"而不得其法,是以不免"昧于时事"之讥,毋宁说吴宓是在极力声援国内大受批判的宋明理学而孤军奋战,知其不可而为之。为了支持国内大遭批判的"形而上之学",吴宓祭出了白璧德的"人文主义",将之作为一种权威学说,转来佐证理学的合理性,指出"以理制欲"正通于"高上意志及卑下意志之对峙"这一"人文主义"的核心概念,这可以说是"六经注我"的典型做法。也就是说,吴宓一方面是在用"以理制欲"为白璧德师的"高上之意志与卑下意志之对峙"概念加注,另一方面更是在发挥白璧德学说的核心概念

(接上页)人所为痛哭而长太息者也。"日记间有几行小字曰:"每日读报,中国之新闻,无一不足摧心堕魄。明思,性气雄厚活泼之人也。然明思告我云,'今某之幸不致疯狂者,亦几微之间耳'。可见忧国之苦,无术解脱也。"见《吴宓日记》(Ⅱ),第39—40页。又见其1920年2月2日日记:"……宓最易发心病之原因,(一)与知友谈中国时局种种。(二)阅中西报纸,载中国新闻。(三)读书而有类中国情形,比较而生感伤者,……(四)计划吾所当行之事,如何以尽一身之力,而图前途之挽救。(五)悬想中国将来之复亡,此日之茶苦。……每至不能解决之时,终觉得寻死为最快乐。"见《吴宓日记》(Ⅱ),第127页。并在同年4月19日的日记中记述了自己念及国内形势"忧心如焚","同心知友,偶见面谈及,亦只楚囚对泣,惨然无欢"的情状。见《吴宓日记》(Ⅱ),第154—155页。

① 王晴佳,《白璧德与"学衡派"——一个学术文化史的比较研究》,第73页。
② 见吴宓1919年12月14日所记陈寅恪述谈之大旨,《吴宓日记》(Ⅱ),第101页。

来为"以理制欲"说作注！这样一来，一个不可避免的附带结果便是，白璧德的"人文主义"思想文本进入中国的文化语境之后，其间不免充斥了诸如"礼教""复古"及"以理制欲"等敏感字眼，其"保守"面相遂由是奠定。

由此可见，我们须从译者吴宓所处的时代背景及其特殊的文化心态入手对译文加以理解，才会看出译文在"为我"与"为他"两种意图之间那种微妙的游走往还，以及其中反映出的"五四"学人立足于"我"的特有心态，由此后世研究者才能避免对当时学人"有意的扭曲"产生"无心的误读"，并且不再任由这些误解在此后的研究中延续下去。

事实上，我们这里讨论的"误解"并非孤例。始自吴宓的"以理制欲"这一阐释流传之广，或许超出了人们的想象：新时期的研究者广泛继承了这一说法，有人泛泛而论"宋代新儒家理欲的划分以及对理的强调和新人文主义'人性二元'的观点与对理性的推崇是相通的"①，还有人直接将"新人文主义"概括为"'一、多'融合的认识论，'善恶二元'的人性论，以理制欲的实践道德论"②。由此看来，如果不加辨析地接受吴宓译文，白璧德"人文主义"思想的实质乃是"以理制欲"这一古怪论断就会成为定论。近百年前吴宓的一番苦心，当时固然几乎无人理解，在近百年后的今天，人们却多是吴宓"忠实的叛逆"，顺理成章地将"人文主义"的"内在制约"的概念坐实为"以理制欲"，从而误解了白璧德"人文主义"学说的本义，也误解了吴宓在文中批注"以理制欲"的真实用意。不论是《学衡》后期"人文主义"思想更有力的阐释者梁实秋，还是同时期《学衡》的反对者林语堂，他们根据不同的需要，或作出"理性克制欲望"的阐释，或"别有用心"地沿着吴宓的思路继续发挥、给出"颇似宋

---

① 旷新年，《现代文学与现代性》，上海远东出版社，1998年，第237—238页。
② 郑师渠，《在欧化与国粹之间——学衡派文化思想研究》，第44—47页。

朝性理哲学"的论断,无论是支持者还是反对者,都很清楚自己是在什么层面上言说的,针对的是何对象,处理的又是何问题。而新时期的研究者却不时表现出缺乏相应的历史感,对全部阐释不加分辨"照单全收",从而造成了对"人文主义"所谓"误读"的误读,这难道不足以令人深思吗?

结语
《学衡》中的白璧德:"保守"与"自由"之辨

一、引子:"学衡派"的"帽子"问题

《学衡》杂志及随之得名的"学衡派"从诞生之日起,便没有受到严肃的对待。不论是自鲁迅《估〈学衡〉》①之后的各种批判文章,还是自胡适《五十年来中国之文学》②之后的各种现代文学史(论),多以"搭击新文化"的"反对党"目之,而草草一笔带过。新中国成立之后,《学衡》及"学衡派"的名誉再创历史新低,如在王瑶极具影响的《中国新文学史稿》③当中,"学衡派"人士成了"标准的封建文化与买办文化相结合的代表"。进入"新时期"之后,《学衡》的声誉每况愈下,直至1989年仍被目为"恣意诋毁新文化运动"的"守旧复古势力"。④ 不过,到了90年代,随着"保守主义"思潮在全球"复兴",人们开始对"文化保守主义"焕发出极大的同情,相应地,对《学衡》的热情亦随之高涨,不少研究者开始站在"学衡派"的立场批驳当时的"激进派",从而陷入了与先前的论战模式相同的逻辑

---

① 原载《晨报副镌》1922年2月9日,署名风声。
② 本文作于1922年3月3日,原载《申报》1923年2月五十周年纪念刊《最近之五十年》。
③ 王瑶,《中国新文学史稿》(上册),开明书店,1951年。
④ 鲍晶、孙玉蓉,《"学衡"派》,载《中国现代文学社团流派》(上),第189页。

理路,不免同样沦为意气之争。① 这一时期出现了为数不少的"翻案"文章,事实上,这种以"翻案""摘帽"为题眼的文章在历史进入新千年后屡见不鲜,2002年还出现了《八十载沉冤案要翻》②这种戏剧性的题目,为"学衡派"激情抗辩。

历史进入21世纪,人们对《学衡》的学理探究逐渐增多,但同时"新文化运动"时期的主流批判话语仍旧势头强劲,并活跃在各种批评文章与现代文学史中。以"现代文学史"为例,自50年代以来出版的各种现代文学史中,一般都会为"学衡派"开辟一个专章,而这些专章的题目往往一成不变——"对封建复古派和资产阶级右翼文人的斗争";事实上,"学衡派""专享"的这一题目本身已经"经典化",作为一种"套话"代代相传,沿用至今。进入新千年之后,我们仍可看到这一整套的批判话语几乎原封不动地出现在此时出版的形形色色的现代文学史中。据笔者目力所及(2002—2006年撰写博士论文期间),最晚近的例证是2003年出版的一部《中国现代文学史》,③相信现在已经出现了更"新"的版本。

也就是说,直至进入21世纪,人们对《学衡》及"学衡派"的讨论仍有不理性的成分在。一方面,今天"新文化派"的精神后裔们不假思索地继承了当年的主流批评话语,愤怒声讨当年所谓的"保守派",坚持"五十年不变"的同时,丝毫没有意识到自己已经成功转型,实际上已成为今天当之无愧的真正的"保守派"。另一方面,今天那些为"学衡派"激情申辩的"翻案"文章,其运思理路主要不外以下两条:第一,为"学衡派"辩护,证

---

① 20世纪90年代末,学者李怡曾针对"先前的近于粗暴的批评"及90年代以来对"学衡派""近乎理想化的提升",就其与"五四新文学运动"的关系作了极为出色的"重新检讨"。见李怡,《论"学衡派"与五四新文学运动》,载《中国社会科学》,1998年第6期。
② 这是一篇颇有影响的网文的题目,作者为李汝伦,文末注明日期为"二〇〇二年九月二十六日"。
③ 吴军,《中国现代文学史》,北京广播学院出版社,2003年。

明其并非"保守的",从而其潜台词似乎是说"保守"确实是不好的,这实际上便与"新文化派"的价值取向趋同;第二,或进而为"保守"辩解,说明"保守"本身其实并不坏,那么"学衡派"的"保守"也就是好的,从而"激进"就是不好的,结果便一笔抹杀了当年社会思潮转向"激进"背后之巨大的合理性。这些辩护各有其道理,但认真想来,当我们说"学衡派"是"保守的"外加"反动的",或者反之,是"前瞻的"甚且"超越自身所处时代的","帽子"戴得"莫须有",固然令人不平,可如果旧帽子摘得潦草,转而又匆匆戴上了另一顶新帽子(当然这回是具有正面意义的帽子),这是否也令人生疑?——如果"帽子"的"戴"与"摘"成为人们注意力的焦点,那么背后的实质性问题就可能会遭到忽略。

二、美国的自由主义传统

一般来说,与世界社会文化思潮相对应,现代中国社会文化思潮也具有"保守""自由""激进"等若干面相,且最能彰显转型期时代特点的是,这些思潮中都各有某些思想成分可以找到其远在西方的"祖庭",当那些源自西方的思想元素进入中国与中国本土元素相结合,产生出新的思想文化形态之后,这些新的形态复与其西方"原型"构成了一组组相映成趣的镜像。如胡适等"自由派"即"新文化派"的"右翼",继承了其美国导师杜威的"实用主义",而"新文化派"的"左翼"即李大钊、陈独秀等"激进派",则选择了"马克思主义",此外,尚有"新文化派"的"反对党",如"学衡派"等现代"文化保守主义者"引入了其美国导师白璧德的"人文主义"。中国现代思想史上"自由""激进""保守"的三重变奏,实系通过汲引不同的西方思想元素,针对中国现实提出的同一个题目——中国社会文化的现代转型问题——给出的相异的甚至是相互对立的解决方案,这在今天已成为学界的共识。不过,要提请大家注意的是,以上"激进""自由""保守"的三分法,仅是为我们论述方便而给出的一种用以宏观审视世界(包括中国)现代思想格局的大致构架,不能当作某种固定不移的最终表述。

比如,作为现代中国自由主义以及"文化保守主义"思潮来源地之一的美国,本身并不存在"真正"的或云欧洲意义上的"保守主义"传统。[①]不但保守主义在美国没有立足之地,激进主义也从未在这片土地上产生过实质性的影响,事实上自由主义作为美国唯一的思想传统,早已成为美国社会的主流意识形态,在美国本土自始至终占据着绝对的统治地位。美国思想史家钱满素曾如是描述"美国的自由主义传统":"与欧洲相比,美国从未存在过普遍的封建和教会的迫害,故而既缺少真正的反动传统,也缺少真正的革命传统,欧式的保守主义和社会主义都与美国无缘","而这种没有敌人的美国自由主义显得如此与众不同,乃至有时被称为'保守主义'"。[②]也就是说,如果一定要讨论所谓的美国的"保守主义",首先要明确它并不具有一整套固定不变的政治原则与意识形态,而仅仅涉及一个不固定人群的态度、情感与倾向,它仅代表了人们维持现状的愿望与

---

① 美国历史上曾存在过严格意义上的英国式的"保守主义",如美国独立战争前夕(乃至战争期间)出现了一批数目可观的少数派,这些经济、社会乃至心理等方面的既得利益集团站在英国一方与殖民地同胞对立,这些"殖民地时期的保守主义者"(colonial conservative)被当时愤怒的殖民地人民斥为"托利党"(Tories,即可支持英国王室的"保王党"Royalists),但这所谓的"托利精神"(the Tory mind)在独立战争之后便彻底失去了市场。见 Leonard Woods Labaree, *Conservatism in Early American History*, Ithaca, New York: Great Seal Books, 1959, pp. 143-170。
② 钱满素,《美国自由主义的历史变迁》,生活·读书·新知三联书店,2006年,第1—2页。该书令人信服地论述了整部美国历史亦是一部自由主义思想在美国的发展史,如"内战",原是"自由主义清理门户","新政"无非是"自由主义由古典向现代的转折",而"新左派"的出现则代表了"自由主义的继续左倾"等等,种种精彩论述不一而足。至于美国何以始终没有产生一个强大的工党,社会主义亦从未进入过美国思想的主流,根据钱满素的分析,原因之一就在于"自由主义思想的深入人心,使美国面对社会主义表现出明显的保守态度"(第137页)。

"保守"既定习惯、秩序与价值的心态,而在美国这片土地上,人们要"保守"的正是自由主义的基本信念与价值,从而美国式"保守主义"的核心实为自由主义。因此,当人们试图区分美国的"保守主义"与"自由主义"的时候,便会注意到在美国这两种"主义"的核心理念发生了奇特的错位现象:"保守主义"的核心理念乃是"自由",它"保守"的乃是古典自由主义的基本信念;而所谓的"自由主义"的核心理念则是"平等",它代表了美国自由主义思想体系中较为"激进"的一个分支——"新自由主义"(new liberalism)的根本信仰。①

在美国成就了"大一统"的自由主义,一开始便在内部具有两种对立而又互补的倾向,这是它得以生存发展的内在保险机制。以社会生活中最具典型性的政治生活为例,美国的政党通过长期的演变最终发展为稳固的两党制,自由主义亦由此分身为二:一方是通常被视作较为"保守"的美国共和党,此即自由主义在政治领域的"右派";另一方则是较为"激进"的民主党,此即自由主义的"左派"。共和与民主两党的轮流执政无非代表了自由主义内部两种倾向的此消彼长,二者貌似彼此对立,但其实质却并无二致。

其实,早在美国建国之初,这一原则便已基本确立。如白璧德所见,美国从一开始便具有两种不同的政府观,一方是以华盛顿为人格代表的承载了"传统标准"的"宪政民主"(constitutional democracy),另一方则是以杰斐逊-杰克逊为人格代表的具有"平等主义"性质的"直接民主"(direct democracy)。正如个人具有克制其"普通自我"的"更高自我",国家也应具有某些代表"更高自我"的机构,对其"普通自我",即"众意"(the popular will)形成约束,此即"宪政民主"与"直接民主"这两种政府观的对

---

① Claes G. Ryn, "Dimensions of Power: The Transformation of Liberalism and the Limits of 'Politics'", *Humanitas*, vol. XIII, no. 2, 2000, pp. 6-7.

立之处,显然白璧德对这两种民主制度有非常明确的倾向性。白璧德进一步指出,这两种不同的政府观起源于不同的自由观(views of liberty),并最终着落于不同的人性观,而美国式的民主试验必将在华盛顿式的自由(Washingtonian liberty)与杰斐逊式的自由(Jeffersonian liberty)二者之间不可抑制的冲突与斗争中找到答案;如果把握住了这两种自由观之冲突的全部意义,便掌握了开启美国历史的钥匙。①——这段论述取自白璧德的政治学名著《民主与领袖》,这部集中讨论"民主制"的著作在行文过半之后,突然"出人意料"地开辟了一个新的章节"真假自由主义者"(True and False Liberals),其实当我们了解到,白璧德这部著作一方面固然是在讨论"现时代民主制应该是怎样的",另一方面更是在阐述"现时代民主制下真正的自由何以可能"时,便会明白这一貌似突然的转折其实是该书逻辑发展的必然要求。

三、白璧德的自由观

在继续展开讨论之前,我们不妨再来回顾一番白璧德本人的自由观。首先,自由在他这里具有双重含义(读者对此应该已经司空见惯了):其一为柏克式的自由,它意味着对更高权威(authority)的服从(subordination),这乃是"真正的自由"(genuine liberty)的基础;另一为卢梭式的自由,它的核心不复为自由,而是平等(equality),它属于无视等级与权威的世界,同时为卢梭式的无政府主义乌托邦与集体主义乌托邦(his anarchistic and his collectivistic Utopia)所共享。②

白璧德在这两种自由之间作何取舍,一望而知。他郑重指出,这真假

---

① Irving Babbitt, *Democracy and Leadership*, pp. 246-248.
② Ibid, p. 108.

两种自由主义(a true and a false liberalism)之间的斗争在共和国(指美国)建立之初便已展开,那种与法国大革命相联系的"新自由"(new liberty)不同于"真正的自由",后者乃是道德努力(ethical effort)的奖赏,如果人们将自由视为"自然"(nature)的慷慨馈赠,"真正的自由"便会消失无踪。① 白璧德引用阿克顿爵士(Lord Acton,1834—1902)的话说:力图结合自由与平等,只会导致恐怖主义,并由此指出法国大革命之后拿破仑的崛起绝非偶然事件,其实拿破仑才是法国大革命真正的继承者与执行人。②

在白璧德这里,柏克式的自由(亦即英国式自由)与卢梭式的自由(亦即法国式自由)构成了一组真假、优劣有别的二元对立项。白璧德所说的这两种自由,借用甘阳的分类话语来说,正是"前民主时代"的"英国自由主义"与法国大革命以后(民主时代)"欧洲自由主义"之间的区别,亦即"反民主的自由主义"与"民主的自由主义"之间的区别:对待民主制的态度成为两个时代两种自由主义之间的分水岭,须知柏克仍是从欧洲旧式贵族自由主义的立场来评判民主制的,而法国自由主义系统中的托克维尔则是首先"站在民主一边"来批判检讨民主的,因此后者对民主的批判与柏克式的保守主义批判有着本质差别。③

从白璧德对"众意"的不信任,及其对与法国大革命相联系、以"平等"为核心特质的"新自由"(即他眼中的"假自由")的憎恶,以及他在字

---

① Irving Babbitt, *Democracy and Leadership*, pp. 220, 295, 312.
② Ibid, p. 127. 我们以"后见之明"的眼光来看,白璧德对历史发展的这一判断有其深刻的洞见,同时我们也要看到,他亦无非承袭了一种"古典"的政治观点:僭主政治(tyranny)是从民主政治产生出来的,平民领袖将攫取国家最高权力,由一个保护者变成十足的僭主独裁者(tyrant)等等,见〔古希腊〕柏拉图,《理想国》,郭斌龢、张竹明译,商务印书馆,1997年,第8卷,第339、346页。以及此后我们将看到的柏克的相关论断(法国的政权扬言是一种纯粹的民主制,但却正在沿着一条笔直的道路迅速地变成寡头政治)亦属于同一传统。
③ 甘阳,《反民主的自由主义还是民主的自由主义?》,载《二十一世纪》1997年2月号第39期。

里行间毫不掩饰地表达出的对"自然的贵族"的尊崇①,对"等级"(hierarchy)社会的青睐以及对"菁英"统治的热衷②来看,他主张的自由似乎明显具有"反民主"的特质,从而确实是"保守主义"的。

不过,要提请大家注意的是,虽然白璧德在自己的著述中一再以肯定的语气引述柏克,这却并不意味着他完全认同后者的政治制度选择。

柏克认为,法国大革命之后,英法两国政治制度最大的区别在于,英国式的"旧的机构"(old establishments)不是"依据任何理论而建立的,毋宁说理论是从它们那里得来的",而法国人则打算根据"一种坏的形而上学""制订一部宪法",并据之全力摧毁那个古老的国家(指法国)在宗教、政体、法律以及风俗上的一切遗迹。③ 也就是说,英国是先有其深厚的历史传统作为依据,后有其"顺其自然的幸福结果",即英国宪法从《大宪章》到《权利宣言》之一贯政策的;而法国则是先预设了一种未经历史检验的形而上学观念,并强行命令现实符合这一观念,从而使活生生的传统本身成为这一人为观念的殉葬品。因此,在柏克眼中,世间最完美的政治制度便是英国1688年"光荣革命"之后确立的君主立宪制,他在《反思法国大革命》(*Reflections on the Revolution in France*,1790)一书中曾多次饱含深情地阐述君主立宪制的好处,并在反复对比英法两国政体的"优劣"之后,进而向"邻居"法国人推荐英国宪法的"样板"(the example of the British constitution);而与之相对应的法国政权,根据柏克的判断,则"装作

---

① 白璧德著名的"自然贵族"说其实本乎柏克,甚至其"人文主义"思想的核心术语"道德想象"(moral imagination)亦由柏克始创。
② Irving Babbitt, *Democracy and Leadership*, p. 202. 相关表述随处可见,我们在此仅信手提供一处例证。
③ Edmund Burke, *Reflections on the Revolution in France*, New York: Rinehart & Company, 1959, pp. 212-213,225-226. 相关译文参考了该书中译本,下同:〔英〕柏克,《法国革命论》,何兆武等译,商务印书馆,2003年。

是一种纯粹的民主制"(affects to be a pure democracy),但却"正在沿着一条笔直的道路迅速地变成""寡头政治"。"因此完美的民主制,"柏克断言道,"就是世界上最无耻的东西(the most shameless thing in the world)。"①

正是在对待民主制的问题上,白璧德与柏克有着本质的不同。英国人柏克在法国大革命爆发一年之后,自豪地向"邻居"法国人推荐了英国的君主立宪政体;然而四十年后,法国人托克维尔经过慎重的考察与对比之后,却转而选择了美国的民主制度;近九十年之后,美国人白璧德面对英国与法国两种参照物,进而又选择了与英国式自由相联系的"宪政民主"。不过,历史绝非在原地画了一个圆圈,"回到英国"只是表面现象。白璧德从未在根本上反对民主制,他反对的从来都是"不加限制的民主"(unlimited democracy)、"直接民主",或"平等主义的民主"(equalitarian democracy),即与法国大革命政体相联系的民主制,但绝非民主制本身。其实,只要当我们意识到《民主与领袖》一书讨论的主题并非"要不要民主",而是要"怎样的"民主(即在"宪政民主"或"直接民主"两个选项中作一取舍),便可看到白璧德与柏克的根本区别了。须知美国是以"平等""自由"诸观念立国的共和国,一向缺乏欧洲国家那样的建立在世袭或阶级基础上的官方统治集团,几乎没有社会等级或阶级,"民主""平等""自由"等观念构成了美国建国以来的思想传统,可谓深入人心;直至南北战争之后的半个多世纪里(1865—1917),美国早几代的国民生活特征——异乎寻常的流动性和多面性始终保留着,这使等级和阶级观点难以确立,同时整个时期最有力的民主化影响——教育,也一直在起着重要

---

① Edmund Burke, *Reflections on the Revolution in France*, pp. 113, 152, 306.

的作用。① 事实上,"民主"已成为白璧德不得不面对的"传统",他可以对之加以批判,却不会主张将之连根拔除。一如柏克对君主立宪制的偏爱与英国的贵族传统密不可分,白璧德倾向于"宪政民主"亦与美国的民主传统紧密相关。当柏克说"完美的民主制就是世界上最无耻的东西",白璧德却说"宪政民主"或许是"世界上最好的东西"(the best thing in the world),②这两种判断真是相映成趣。正是出于这个背景,白璧德才会在自己的政治学名著中指出:在当前环境下(即美国自建国以来形成的"民主"大环境)成功捍卫真正的自由主义(true liberalism),仅通过柏克的方法(Burke's method)是不够的。③

事实上,在对待民主制的问题上,白璧德没有站在柏克一方,而是与托克维尔站在了一起。众所周知,托克维尔在亲身考察美国的民主制度之后得出的结论是:"民主即将在全世界范围内不可避免地和普遍地到来","企图阻止民主就是抗拒上帝的意志"。④ 在托克维尔这里,"要不要民主"已经不复成其为问题,问题转而成为是要"民主的自由"还是"民主的暴政",即如何"对民主加以引导"。⑤ ——这其实已预告了此后白璧德的"两种民主"之分。虽然白璧德在其"人文主义"系列著作中仅提及托克维尔两次,但这两次均系引述托氏对民主制的基本判断,且对这些判断给予了毫无保留的肯定与赞赏,⑥这一情况颇能说明问题,很值得我们注意。白璧德与托克维尔一样,深知现代/民主潮流不可逆转,却仍对民主

---

① 〔美〕梅里亚姆,《美国政治思想(1865—1917)》,朱曾汶译,商务印书馆,1984 年,第 20—21 页。
② Irving Babbitt, *On Being Creative and Other Essays*, p. 206.
③ Irving Babbitt, *Democracy and Leadership*, p. 116.
④ 〔法〕托克维尔,《论美国的民主》(下卷),董果良译,商务印书馆,2002 年,第 1、8 页。
⑤ 同上,第 2、8—9 页。
⑥ Irving Babbitt, *Literature and the American College*, p. 105, 110.

制提出了相当严厉的批评,这自然会导致人们的误解。面对广泛的质疑,在《美国的民主》上卷(Démocratie en Amérique,1835)出版五年之后,托克维尔在该书下卷(1840)中申辩道:"正是因为我不反对民主,我才会认真地谈论关于民主制的问题。"①而白璧德亦深知时人对他的误解,曾如是自明心迹:"人文主义者的目标不是否认他的时代,而是完成他的时代",②"批评家的任务便是与其所处的时代搏斗,并赋予这个时代在他看来所需要的东西"③。——白璧德不是像柏克那样站在民主的对立面对之展开批判,而是像托克维尔那样站在民主一方对之加以审视与检讨,从而他的批判不是沿着柏克式的保守主义脉络展开,而是由此进入了托克维尔式的自由主义的统系。

四、如何看待"现代"——白璧德与柏克的根本歧异

白璧德与柏克思想的"亲缘性"是如此显著,人们往往会由此忽略二人之间的本质差异。实际上,他们的根本歧异还不止于"民主"问题,或者说,"民主"问题只是他们所面对的"现代"这个大问题的一个主要方面,这个大问题的另一个重要方面便是"个人"问题。

白璧德的"人文主义"思想具有一个突出的性质,即其中贯穿了一条深深的"个人主义"的脉络。白璧德强调指出,个人主义的精神与现代精神密不可分,成为"现代的"(modern)不仅意味着成为"实证的"(positive)、"批判的"(ciritcal),还意味着要成为"个人主义的"(individualis-

---

① 〔法〕托克维尔,《论美国的民主》(下卷),第514页。
② Irving Babbitt, *Literature and the American College*, pp. 258-259.
③ 见 George A. Panichas & Claes G. Ryn eds., *Irving Babbitt in Our Time* 一书扉页之编者引言。

tic),①同时他的"人文主义"亦"不但是实证的、批判的",而且是"个人主义的",②从而其"人文主义"无疑是"现代的"。

白璧德认为,批判精神(the cirtical spirit)即个人主义精神(the spirit of individualism)的出现导致了欧洲旧式统一性(older European unity)的丧失,成为"现代的"意味着个人日益成为"实证的""批判的",并拒绝接受来自任何"之前的、之外的、之上的权威"(an authority "anterior, exterior, and superior")给予的东西。③

我们此前曾提到过,白璧德对"柏克式的自由"情有独钟,而"柏克式的自由"意味着对"更高之权威"的"服从",这乃是"真正自由"的基础。不过,需要明确的是,"权威"概念的内涵在此其实已经悄然遭到了置换:白璧德所说的"权威",与柏克所说的由"古老的政府体制"及"祖先的遗产"所代表的"权威"④不同(白璧德称之为 outer authority,外在的权威),白璧德的"权威"虽然"高于"、但同时无外乎"自身",其标准得之于个人的"内在生活",⑤并由"高上意志"从内部向个人发出"绝对命令"。

柏克当然并非无视于"个人"的维度,他曾说过:"所有自然的权利都是个人的权利,……人是一些个人,不是其他任何东西。"他还说过:"凡是个人能独立去做的事,只要不侵犯他人,他都有权去做。"⑥不过,当柏克说"人是一些个人"的时候,其实他是在用"自然的个人"来对治"原则上的人",并由此来批驳法国大革命的基本理念,即所谓的"自然权利"(Natural Rights)论,正是在这个意义上,柏克才会特别指出"所有自然的权利

---

① Irving Babbitt, *Rousseau and Romanticism*, p. xii.
② Irving Babbitt, *Democracy and Leadership*, p. 8.
③ Ibid, p. 142.
④ Edmund Burke, *Reflections on the Revolution in France*, p. 35.
⑤ Irving Babbitt, *Democracy and Leadership*, p. 9.
⑥ 〔英〕柏克,《自由与传统》,蒋庆等译,商务印书馆,2001年,第39、68页。

都是个人的权利"。同时,虽然柏克认为"凡是个人能独立去做的事,只要不侵犯他人,他都有权去做",但在这有限的让步之后,接下来话锋立转,"社会"要求个人的"意志应该加以控制","情感应该加以驯服",而这只有通过他们"自身之外的力量"(a power out of themselves)才能做到,①归根结底,"个人"仍需服从"外在的权威"。相比之下,柏克的"个人"显然并非"个人主义的"个人,而是"小心翼翼地"遵从"先例、权威和典范","满怀感激地"继承"古老的政府体制"及"祖先的遗产"的个人,这与白璧德之拒不承认任何"之前的、之外的、之上的权威"的"个人"有着显著的区别。

　　需要补充说明的是,白璧德亦非无视于个人的"社会"维度,这里有一个颇为典型的例证:密尔此后在《论自由》(On Liberty, 1859)一书中提出了与柏克的观点(即"凡是个人能独立去做的事,只要不侵犯他人,他都有权去做")看似一脉相承的命题,②但二者关键性的区别是,密尔的提法显然遗漏了柏克相关论述"话锋一转"之后的层面。有趣的是,白璧德对密尔的做法并不"领情",此后他曾专门针对密尔的提法提出了批评,指出密尔未能见出人性中关注他人与自身利益的成分实难判分,此外还有一个道理居然是,密尔未能见出"甚至从社会角度来说","人性中关注个人利益的成分"亦"更为重要",③从而将好不容易开辟出一片"私密空间"的个人又重新拉回到了社会领域中来。——白璧德这种"神龙摆尾"般的招式在其论著中比比皆是,一切成熟复杂的思想原本都会尽力弥缝自身的漏洞。

---

① Edmund Burke, *Reflections on the Revolution in France*, pp. 71-72.
② J. S. Mill, *On Liberty and Other Writings*, Cambridge: Cambridge University Press, 1989, p. 94.
③ Irving Babbitt, *Democracy and Leadership*, p. 201.

白璧德进而指出,柏克是"反个人主义的"(anti-individualistic),他的"个人"过多地倚重于权威性的因袭习惯(prescription),这可能会导致人们对传统的宿命论式的默认(fatalistic acquiescence),并由此放弃针对不断变化的情形而作出的合理调整。长此以往,个人可能会无法保持"自主"(autonomy),失去独立的意志,并最终成为"具有无上权力的国家"(the all-powerful State)的一件工具,此即柏克思想的偏颇之处。①

　　相应地,白璧德认为自己乃是"彻底的个人主义者"(a thoroughgoing individualist),而"彻底的个人主义者"是"现代"的特有产物;他之所以反对某些"现代人"(the moderns),乃是因为他们"不够现代",他们仅根据19世纪的理想主义与浪漫幻想与此前的传统决裂,其实称不上是"现代人",只是"现代主义者"(modernist)而已,然而这个时代最需要的便是彻底的、完全的现代人,《民主与领袖》一书便是写给那些投身于现代实验(the modern experiment)的同道的。② 因此,不能再遵循"旧式的偏见与不理性的习惯",这正是"柏克的方法"弱点所在,而应通过"实证"与"批判"的方式,即与"现代精神"相一致的方式,以重新获得并保持西方历史发展过程中遗失了的关键因素,③这便是白璧德此前未曾明言的柏克"之外"的方法。

　　在当前情形下(白璧德总是不忘强调环境与时代的"当下性",即其"现代"性),具有"实证""批判"精神的"现代人",即"健全的个人主义者"(sound individualist)应从"内在生活"中获得真理,而与过去彻底决裂(breaking completely with the past)。——且慢,当我们听到这句话居然出

---

① Irving Babbitt, *Democracy and Leadership*, pp. 100-101.
② Ibid, pp. 143-145, 317. 比较吴宓对"今人"(the moderns)的批判态度,则完全是站在传统的角度立言的。
③ Ibid, p. 157.

自白璧德之口,可能会怀疑引文有误,然而,白璧德接下来继续意犹未尽地说道:内在生活需要标准(standards),标准在过去来自传统,而如今的个人主义者要想获得标准,就必须依靠批判的精神,与传统对生命的统一规划(the traditional unifications of life)彻底决裂。① 也就是说,白璧德不但站在了民主一方,并且最为关键的是,他决定性地站在了现代一方。此时如果由柏克来评判白璧德,后者不但不能说是"保守的",反而甚至应该是"激进的"了。(顺便一提,吴宓对白璧德这句话的译文是:"内心生活……必遵从一定之标准。在昔之时,此标准可得之於古昔传来之礼教,……然在今日,奉行个人主义者,既将古昔礼教所定为人之标准完全破坏,欲另得新标准,须由自造,而惟赖乎批评之精神。"②译文对原文的"改造"显而易见,而这种"改造"最直接的效果便是,白璧德鲜明的"现代"立场变得模糊起来,而由此重新踏上了"保守"的旧轨。)与柏克存在着一百三十余年时代落差的白璧德理所当然地选择了"现代",并在这个"大问题"上就此与之分道扬镳了。

五、"保守"与"自由"之辨

迄今为止,我们一直在讨论白璧德与柏克之"异同",并着力将柏克设定为白璧德之"保守的"参照物,似乎通过举出二者之间的"根本歧异",便可证明白璧德与"保守"并无干系了。为了消弭这种可能的误解,不妨在此作几点说明:首先我们不会任由自己掉头回到此前诸多"翻案"文章的论述逻辑中去,这种简单的逻辑是根本无法覆盖、解释复杂的现实情况的。

其次,本节论述的目的当然不是辨析白璧德与柏克之"异同",否则这

---

① Irving Babbitt, *Democracy and Leadership*, pp. 8-9.
② 《白璧德论民治与领袖》,载《学衡》1924年8月第32期。

篇文章的题目就该改成"白璧德与柏克"了。我们举二人的"异同"为例,是希望传达如下一个观点:对于在思想史中发挥过巨大影响的历史人物,只能将之"放回"各自具体的历史情景中加以评判。白璧德与柏克虽然同具"保守"之名,但这"保守"二字在不同地域、不同情景下将具有不同的内涵,我们显然不能因为一个本身尚需因时因地进行辨析的名目而将相关人等"一网打尽"。

比如,就柏克时代之英国的整体氛围而论,恐怕很难以"保守"一词概括柏克的整体立场。不要忘记,在法国大革命爆发之前,柏克始终都是英国辉格党的主要发言人(1765—1790),大革命爆发之后,柏克始与托利党政见趋同,政治姿态日益"右"转。虽然柏克的基本思想始终一贯,并不以法国大革命为"转折点",但其影响巨大而备受争议的《反思法国大革命》(1790)一书,毕竟是他晚年渐趋保守之后的著作。

相应地,尽管白璧德的"人文主义"与柏克的思想相比,乃是不折不扣的自由主义思想,或者说,是批判继承英国古典自由主义以及大陆自由主义的某些成分,进而在美国土壤中自行"开出"的一脉的自由主义学说体系,但就其所处的国家与时代而言,在美国"自由""民主"的整体大环境下——这显然不能与素来具有保守气质的英国,特别是柏克时期的英国相提并论,自由主义的"右翼"观点自然便充当起了美国的"保守主义",钟情于"英国式自由"的白璧德自然便成了美国"保守"倾向的代表。不但诸多"自由派"批评者称之为"保守主义"的典型,还有不少"保守派"将之奉为美国"保守主义"的先驱,如"共和党历史学家"乔治·纳什(George Nash)认为白璧德等人开创了美国保守主义的传统;[1]另有著名当代保守

---

[1] 除了白璧德,还有穆尔、艾略特等与"新人文主义运动"相关的人士均被称为美国保守主义思潮的"老一代先驱"。见 George Nash, *The Conservative Intellectual Movement in America—Since 1945*, New York: Basic Books, Inc. , 1976, p.58。

主义思想家罗素·柯克(Russell Kirk)在其梳理"保守主义"源流的名著《保守的心灵》一书中开辟了一个专章讨论白璧德的"人文主义"思想,通篇以肯定语调大量引述白璧德的观点,甚至以毫无保留的赞美语气说道:"亚里士多德、柏克与约翰·亚当斯是他(按即白璧德)的导师,……在他身上,美国保守主义臻于成熟。"①白璧德在此成了继承亚里士多德—柏克一脉"道统"的美国"保守主义"集大成者,"保守"的称号看来已无从推卸。

不过,不但素以"真正的自由主义者"②自命的白璧德本人不会认可"保守"的称号,与他同时代及稍晚的穆尔与艾略特等人也不会同意这一判断。我们此前曾提到过,白璧德的学说不但为同时代的"现代主义者"所诟病,同样也招致了"传统主义者"的不满,特别是其中还包括某些与白璧德立场趋同的"人文主义者"。如穆尔与艾略特等人与白璧德产生分歧,当然不是因为他不够"自由",而正是因为他不够"保守"。大家已熟知的他们在看待宗教问题上的矛盾,只是其根本分歧的一个主要方面。再举一例,保守主义的核心命题之一便是"所有权"问题,柯克对维护"公民所有权"不遗余力,并对法国革命政府残酷剥夺公民财产的行为深恶痛绝;③有论者曾指出,柏克在论及自由时,强调权利和义务的统一,"但是一旦涉及财产,他就只谈权利不谈义务"了。④ 在这一点上,白璧德的挚友穆尔才是柏克的真正后继者:穆尔极力维护财产权,竟老实不客气地公然表示,"对于文明人来说,财产权(the rights of property)比生存权(the

---

① Russell Kirk, *The Conservative Mind: From Burke to Eliot*, 3rd edition, Chicago: Henry Regnery Company, 1960, p. 477.
② Irving Babbitt, *Democracy and Leadership*, chap. VI.
③ Edmund Burke, *Reflections on the Revolution in France*, pp. 127-131, 186-188.
④ 陆建德,《柏克论自由》,载《破碎思想体系的残编》,北京大学出版社,2001年,第203页。

right to life)更为重要"①。——这句话成为全部"人文主义文献"中征引最广的一句"名言",更成了论敌们说明"人文主义者"群体"保守""反动"的有力证据。因为白璧德与穆尔的密切关系,人们经常将此当作白穆二人共同的立场,甚至一位"人文主义"的同情者也由此叹曰,他们(按即白璧德与穆尔)在维护财产权的问题上,完全没有了"人文主义的适度与克制",从而使得很多人"掉头而去"。②然而,"人文主义者"之群体及观点并非铁板一块,穆尔这一表态当然不能代表白璧德本人的观点。上述研究者没有看到,白璧德一方面严厉批判卢梭对私有财产的攻击,但另一方面则特别批评了"今日保守主义者"(the conservative nowadays)往往"为了财产本身而保护财产",而不是像柏克那样,保护财产是为了达成"个人自由"(personal liberty),③从而他们将财产看作了目的本身,而非达成目的之手段。④白璧德言下固然是在泛指"今日保守主义者",但具体所指为谁,穆尔应该心中雪亮。以此而论,白、穆二人之分判然矣。

至于艾略特,对白璧德竟尔斥拒"之前的、之外的或更高的权威"的个人主义立场始终意不能平,甚至在白璧德去世后仍不能释怀。⑤英国当代保守主义理论家罗杰·斯克拉顿(Roger Scruton)指出:保守主义与自由主义的主要区别就在于,保守主义者认为个人自由的价值并非绝对,而是从

---

① Paul More, *Aristocracy and Justice: Shelburne Essays*, Ninth Series, New York: Nabu Press, 1967, p. 136.
② J. David Hoeveler, Jr. , *The New Humanism: A Critique of Modern America, 1900-1940*, charlottesville: Univeristy press of virgina, 1977, p. 132.
③ 从白璧德对柏克"所有权"观的解读来看,他显然不认为柏克在这个问题上未能做到逻辑统一。
④ Irving Babbitt, *Democracy and Leadership*, p. 75, 272.
⑤ 如艾略特在白璧德去世次年出版的书中提到了"已故的欧文·白璧德",说他"似乎在力求通过一种赫拉克里士式的、然而又纯然是理智主义与个人主义的努力来弥补活生生之传统的丧失"云云。见 T. S. Eliot, *After Strange Gods: A Primer of Modern Heresy*, London: Faber and Faber Limited, 1934, pp.39-40.

属于另一更高层次的价值,即既定政府的权威,同时政府这一核心"权势机构"的主导理念便是"基督教社会的理念",斯克拉顿以艾略特为例指出,后者便在这个意义上对英国国教秉持了一种"高度自觉的态度",因此不能把艾略特看作是"通常意义上的笃信宗教者"。① 确实,白璧德与艾略特的这一分歧不仅代表了二人在宗教态度上的歧异,更表现为自由主义者与保守主义者在广泛的政治、文化、宗教诸社会生活领域中整体价值观的差异。当白璧德站在美国本土思考"那些英国人"不仅将"宗教"、还将"实际上的教会机构"视为"他们的国家"及"宪法之根本"的时候,艾略特则干脆加入了英国国籍,并率尔自称为"文学上的古典主义者"、"政治上的保王党"(此即英国托利党)与"宗教上的英国国教高教会派教徒",②以鲜明的姿态宣告了与(美国)自由主义决裂。

从白璧德两面受敌的情况来看,当时国内比他远为"保守"者大有人在。可见,即便是在"民主""平等"的美国,即便是在这样一个国家的"现代转型期",白璧德也并不能充任美国"保守主义"的代表。也就是说,白璧德的思想并非"保守主义"的,"学衡派"引入中国的原是最正宗不过的美国自由主义"右翼"思想。只不过,当这一思想在 20 世纪 20 年代被译介到中国的时候,那个曾经无比传统、守旧的国度已经以最大胆的姿态拥抱了自己的"现代转型",从而在中国"千年未有之变局"中,美国这一自由主义"右翼"思想及其传播者就此顶风而上,与中国本土传统保守力量一道,充当了"保守主义"的典型。

美国自由主义的"右翼"进入中国,成了"保守主义",胡适等人引入中国的"自由主义",则其实不过是美国自由主义的"左翼"。此前我们曾

---

① 〔英〕罗杰·斯克拉顿,《保守主义的含义》,王皖强译,中央编译出版社,2005 年,第 5 页,第 151—152 页。
② T. S. Eliot, *For Lancelot Andrewes: Essays on Style and Order*, "Preface", p. ix.

提到过,美国进入进步时代(1904—1917)之后,针对前一时代(镀金时代)产生的种种问题,在全社会展开了一场规模宏大的改革运动(即进步运动);在这个旨在"纠前代之偏"的年代,维持现有"秩序"的意识日趋让位于"改革"的冲动,整个社会思潮开始呈现出"激进"的品格。杜威主持的以"民主教育"(democratic education)为核心理念的"进步教育"便是"进步改革"中的一项重要内容。这一教育理念吸引了当时诸多知识分子,其中艾略特校长在哈佛大学展开的一系列改革便构成了"进步教育"运动的重要组成部分。以艾略特校长的改革为标志,民主教育理念开始进入大学,与此前大学中占统治地位的"自由教育"(liberal education)恰好构成了一对"反题"。白璧德作为自由教育的坚决捍卫者,针对杜威推广的教育理念提出了严峻的批评①:二人的对立当然不仅表现为教育理念上的冲突,而是在更广泛的意义上代表了"自由"原则与"平等"原则的对立,即新老自由主义之间的对立。自由主义的"右派"们认为自己才是真正的"自由主义者",指责"左派"已经走向了激进主义,如前面提到的对白璧德称服不已的柯克便曾激愤地指出杜威的思想体系与"激进主义"之间的关系:"他(杜威)根据卢梭的观点发展出了自己的教育理论","鼓吹一种平等主义的集体主义",并冠之以"马克思主义经济学说",以求获得"大众"(the masses)的满意,总之,"自1789年之后,每一种激进主义都在杜威的体系中找到了自己的位置"。②只不过,与法国、俄国的激进主义相比,杜威的"激进主义"在中国最多只能落得一个"自由主义"的名号而已。

啰嗦至此,我们已可看出,"保守""自由""激进"等名堂原本只是相

---

① 与之相应,中国一方面有《新青年》杂志正面宣传"平民教育",另一方面则有《学衡》杂志对"平民教育"提出异议。
② Russell Kirk, *The Conservative Mind: From Burke to Eliot*, p. 476.

对而言。比如英国"自由党"的前身叫作"辉格",美国"共和党"的前身之一也叫作"辉格",同是"辉格",然而由于水土不同,在英国是"左派",在美国则只能当"右派"了。由于真正的保守主义在美国没有市场,处于美国自由主义的"右翼"的白璧德有时便被当作了"保守主义"的代表;同样,由于美国也不存在真正的激进主义,处于美国自由主义"左翼"的杜威有时便被看成了"激进主义"的典型。同理,在20世纪20年代"激进的"中国,"激进的"杜威这回转而担当起了"自由主义"的代表人物(美国国内至多给他一个"进步主义自由主义者"[progressive liberal]的名号),而白璧德式的自由主义则只能退而居于"保守主义"的序列当中了。

现在回到《学衡》,我们知道,《学衡》所刊文章,包括译文在内,素因其"文言"载体而遭到世人的诟病。然而,一篇译文被接受的程度固然与其语言载体有关,但归根结底,文章的内容才是决定性的因素。如果这些译文以大力宣扬"民治"与"平民教育"为务,那么,即便是以"文言"出之,想来也不会招致那样猛烈的反对了。问题是,白璧德这些文章本身便极具"反平等主义"的特质,这种精英立场更通过胡先骕等人的译文得到了极大的强化,此外,在吴宓笔下复衍生出刺人眼目的"礼教"与"以理制欲"等提法来,从而白璧德学说的"保守"性质立刻凸现,再加上原文内容与译文载体配合得丝丝入扣,《学衡》这批译文愈发犯了"可恶罪"。更为重要的是,在20世纪初年的中国,在中国这一特殊的时代,吴宓等人引入的白璧德式的自由主义只能是"保守"的。——时代永远是判断一种思潮的风向标,看来问题并不在于"学衡派""怎样"译介,而在于他们译介了"什么",进而甚至在于他们"译介"了。他们在那个特殊的历史时期选择译介了白璧德的学说,这其实已预示了这一学说在中国的"命运"。与选择文言载体这种"可恶罪"相比,他们的"译介"行为本身,才是《学衡》这批译文的"原罪"。

我们当然不能因为某种做法有违时代思潮主流,便斥之为"不智";当整个时代的力量积聚于此,这股洪流将奔决何方,自有其"不得不然"者在,已非人力所能为之。如果——我们只能作些无谓的假设,时间仅提前十年,白璧德的思想在辛亥革命之前进入中国,那么它将不复是"保守"的,而将是"激进"的,则更无论杜威、法、俄矣;如此,后世研究者或要为"学衡派"摘去"激进"的帽子了罢。——无论是怎样的"帽子",无论这"帽子"摘掉与否,"学衡派"因为自己当年的选择,到底遭受了不幸。到底有无最终的"正义",或者这最终的"正义"对于已灰飞烟灭的当事人而言是否还具有意义,后人已无法可想,我们的研究亦到此结束了。

附　录

附表 1　"新时期"白璧德作品中译本列表

	原作名及出处	出版时间	中译名及出处	译者	出版时间
1	"Romantic Morality: The Real", Chap. V of *Rousseau and Romanticism*	1919 年	《浪漫的道德》, 载《美国文学批评选》	梁实秋	1961 年
2	"Humanistic Education in China and in the West" in *The Chinese Students' Monthly*	1921 年 12 月	《中国与西方的人文教育》, 载《从文学革命到革命文学》	侯健	1974 年
3	"The Critic and American Life" in *Forum & On Being Creative and Other Essays*	1928 年 2 月	《批评家和美国生活》, 载《西方二十世纪文论选》	文美惠	1989 年
4	Correspondence: Babbitt & Wu Mi	/	《欧文·白璧德与吴宓的六封通信》, 载《跨文化对话》	吴学昭	2002 年 10 月

续表

	原作名及出处	出版时间	中译名及出处	译者	出版时间
5	The Masters of Modern French Criticism	1912 年	《法国现代批评大师》	孙宜学	2002 年 11 月
6	"What's Humanism?" "Two Types of Humanitarians: Bacon and Rousseau" "The College and the Democratic Spirit", Chap. I, II & III of Literature and American College	1908 年	《什么是人文主义?》《两种类型的人道主义者——培根与卢梭》《学院与民主精神》,载《人文主义:全盘反思》	王琛 赵燕灵 宋念申 楼玲令	2003 年 3 月
7	Rousseau and Romanticism	1919 年	《卢梭与浪漫主义》	孙宜学	2003 年 9 月
8	Literature and American College	1908 年	《文学与美国的大学》	张沛 张源	2004 年 7 月
9	Spanish Character and Other Essays/Character & Culture: Essays on East and West	1940 年 1995 年再版	《性格与文化:论东方与西方》	孙宜学	2010 年 1 月
10	Democracy and Leadership	1924 年	《民主与领袖》	张源 张沛	2011 年 3 月

附表2 《学衡》杂志各栏目译文篇目比例表[①]

《学衡》栏目		文章篇数	译文篇数	百分比
通论		142(145)	34(35)	23.9%(24.1%)
述学		163(235)	20(43)	12.3%(18.3%)
文苑	文录	108(117)	2	1.9%
	诗录	3107	224	7.2%
	词录	338	0	0
	戏曲	4(5)	1(2)	25%(40%)
	小说	7(15)	4(12)	57.1%(80%)
杂缀		9(22)	2	22.2%
书评		24(25)	0	0
附录		6	1	16.7%

---

① 《学衡》杂志以"昌明国粹,融化新知"为宗旨,"昌明国粹"常为人所诟病,而"融化新知"的功绩又向来为人所忽视。实际上,《学衡》杂志刊载了大量国外学术思想译介文章,其中《通论》与《述学》作为杂志最重要的两个栏目,刊载的翻译文章占有相当大的比例。本表文章/译文篇数后括号内数字为刊登次数,如张荫麟译《斯宾格勒之文化论》分两次刊载,仍计作一篇,标示为1(2),余皆同。《文苑》栏目统计数字见沈松侨《学衡杂志所刊诗文分栏统计表》,载《学衡派与五四时期的反新文化运动》,第77页。

附表3 《学衡》杂志《通论》栏目译介人物列表①

人物	篇数	备注
白璧德（Irving Babbitt）	7	含马西尔介绍白璧德思想文章一篇。
葛兰坚（Charles H. Grandgent）	3	《述学》栏目亦登载葛氏文章一篇。
罗素（Bertrand Russell）	3	
柯克斯（Kenyon Cox）	3	
穆尔（Paul Elmer More）	2	
薛尔曼（Stuart Sherman）	2	含《薛尔曼评传》一篇（*Bookman* 杂志为 *Life and Letters of Stuart P. Sherman* 一书所作书评）。
韦拉里（Paul Valéry）	2	
德效骞（Homer H. Dubs）	2	
刘易斯（Wyndham Lewis）	2	
斯宾格勒（Oswald Spengler）	1(2)	译自葛达德（F. H. Goddard）、吉朋斯（P. A. Gibbons）合著《斯宾格勒之文化论》。
班达（Julien Benda）	1	译自贝尔江（Montgomery Belgion）著《班达论智识阶级之罪恶》。
雷赫完（Adolf Reichwein）	1	原文用德文写作,该篇系转译自鲍威尔（J. C. Powell）英译文。《述学》栏目亦登载雷氏文章一篇。

---

① 众所周知,《学衡》是宣传白璧德思想的主要阵地。从该表可见,白璧德思想译文占据了《学衡·通论》栏目首要位置。按此表仅统计翻译文章中涉及人物,其他文章暂不收入,如《学衡》载有杜威相关文章二篇,一为《通论》栏目刘伯明所撰《杜威论中国思想》,另一为《书评》栏目缪凤林所撰《评杜威平民与教育（John Dewey: *Democracy and Education*）》,至于白璧德相关文章为数更多,此类文章均不列入。

续表

人物	篇数	备注
柏格森(Henri Bergson)	1	译自拉塞尔(Pierre Lasserre)著《论柏格森之哲学》。
沃姆(G. N. Orme)	1	
布朗乃尔(William Gary Brownell)	1	译自马西尔著《布朗乃尔与美国之新野蛮主义》。
芬诺罗萨(Ernest Franoisco Fenollosa)	1	
吉罗德夫人(Mrs. Katherine Fullerton Gerould)	1	

附表4 《学衡》杂志《述学》栏目译介人物列表[①]

人物	篇数	备注
亚里士多德(Aristotle)	2(10)	含亚里士多德《伦理学》一篇(分八次刊载)以及埃德温·华莱士(Edwin Wallace)著"Outlines of the Philosophy of Aristotle"一篇(分两次刊载)。
柏拉图(Plato)	1(8)	柏拉图《对话录》一篇(分八次刊载)。
但丁(Dante)	2	含葛兰坚著《但丁神曲通论》一篇。
伏尔泰(Voltaire)	1	《文苑》栏目刊有多篇伏尔泰著作译文。
卢梭(Jean-J. Rousseau)	1	译自圣伯甫所著《评卢梭〈忏悔录〉》。
圣伯甫(Sainte-Beuve)	1	
葛兰坚(Charles H. Grandgent)	1	《通论》栏目载有葛氏文章三篇。
亨勒(R. F. Alfred Hoernlé)	1	
勒朋(Gustave Le Bon)	1	
雷赫完(Adolf Reichwein)	1	原文用德文写作,本篇系转译自鲍威尔(J. C. Powell)氏英译文。《通论》栏目载有雷氏文章一篇。
钢和泰(Alexander von Staël-Holstein)	1	
卡脱(Thomas Francis Carter)	1	译自戴闻达(J. J. L. Duyvendak)撮述《中国印刷术发明述略》。

[①] 《述学》栏目所载戏剧理论两篇(含洪深文章一篇),《希腊之留传》五篇,《罗马之留传》一篇,《世界文学史》三篇,以及《英诗浅释》三篇均未列入。从该表可见,《述学》栏目译介对象以古希腊经典(亚里士多德、柏拉图作品)为主。

参考文献

一、白璧德著述(按出版时间排序)

Literature and the American College: Essays in Defense of the Humanities, Boston and New York: Houghton Mifflin Company, 1908.

New Laocoon: An Essay on the Confusion of the Arts, Boston and New York: Houghton Mifflin Company, 1910.

The Masters of Modern French Criticism, Boston and New York: Houghton Mifflin Company, 1912.

Rousseau and Romanticism, Boston and New York: Houghton Mifflin Company, 1919.

"Humanistic Education in China and in the West", *The Chinese Students' Monthly*, vol. 17, 1921.

Democracy and Leadership, Boston and New York: Houghton Mifflin Company, 1924.

"Review of G. R. Elliott's *The Cycle of Modern Poetry*", *Forum*, vol. 82, 1929.

"Humanism: An Essay at Definition", *Humanism and America: Essays on the Outlook of Modern Civilization*, edited by Norman Foerster, New York: Farrar and Rinehart, 1930.

Being Creative and Other Essays, Boston and New York: Houghton Mifflin Company, 1932.

The Dhammapada: Translated from the Pali with an Essay on Buddha and the Occident, New York: Oxford University Press, 1936.

Spanish Character and Other Essays, Boston and New York: Houghton Mifflin Company, 1940.

二、"新文化运动"时期报刊

《学衡》
《大公报·文学副刊》
《新青年》
《新潮》
《东方杂志》

三、相关著述(按姓氏首字母排序,同一作者之著述以出版先后为序,著作置于编著之前)

A. 外文著述

Aldridge, A. Owen, "Irving Babbitt in and about China", *Modern Age*, Summer 93, Vol. 35, Issue 4.

Arnold, Matthew, *Cultural and Anarchy: An Essay in Political and Social Criticism*, New York: Macmillan and Co., 1883.

——, *Discourses in America*, London: Macmillan and Co. Ltd., 1912.

Bandler, Bernard, "The Individualism of Irving Babbitt", *Hound and Horn* 3, 1929.

Barzun, Jacques, *Classic, Romantic and Modern*, London: Secker and Warburg, 1962.

Blackmur, R. P., *The Lion and the Honeycomb: Essays in Solicitude and Critique*, London: Methuen and Co. Ltd., 1956.

Boller, Paul F. , Jr. *American thought in Transition: The Impact of Evolutionary Naturalism, 1865-1900*, Chicago, 1969.

Brennan, Stephen C. & Stephen R. Yarbrough, *Irving Babbitt*, Boston: Twayne Publishers, 1987.

Burke, Edmund, *Reflections on the Revolution in France*, New York: Rinehart & Company, 1959.

Chang Hsin-hai(张歆海), "Irving Babbitt and Oriental Thought", *Michigan Quarterly Review*, 4, October 1965.

Chesterton, G. K. , "Is Humanism a Religion?", *Criterion* 8, 1929.

Cowley, Malcolm, *Exile's Return: A Literary Odyssey of the 1920's*, New York: The Viking Press, 1934.

Dunn, Charles W. & J. David Woodard, *The Conservative Tradition in America*, Rowman & Littlefield Publishers, Inc. , 1996.

Eliot, T. S. , *For Lancelot Andrewes: Essays on Style and Order*, London: Faber & Gwyer, 1928.

——, "Second Thoughts About Humanism", *Hound and Horn* 2, 1929.

——, *Selected Essays (1917-1932)*, London: Faber and Faber Ltd. , 1932.

——, *After Strange Gods: A Primer of Modern Heresy*, London: Faber and Faber Ltd. , 1934.

Elliott, George Roy, "The Religious Dissension of Babbitt and More", *American Review* 9, 1937.

Foerster, Norman, *American Criticism: A Study in Literary Theory from Poe to the Present*, Boston, New York: Houghton Mifflin Company, 1928.

——, "Humanism and Religion", *Criterion* 9, 1929.

——, *Towards Standards: A Study of the Present Critical Movement in American Letters*, New York: Farrar & Rinehart Inc. , 1930.

——ed. , *Humanism and America: Essays on the Outlook of Modern Civilization*, New York: Farrar & Rinehart, 1930.

Furth, Charlotte ed. , *The Limits of Change: Essays on Conservative Alternatives in*

Republican China, Cambridge MA: Harvard University Press, 1976.

Grattan, C. Hartley, ed. , *The Critique of Humanism*, New York: Brewer and Marrow Inc. , 1930.

Griggs, Edard Howard, *The New Humanism: Studies in Personal and Social Development*, New York: B. W. Huebsch, 1904.

Grosselin, Dom Oliver, *The Intuitive Voluntarism of Irving Babbitt*, Latrobe PA. : ST. Vincent Archabbey, 1951.

Harris, Michael R. , *Five Counter-revolutionists in Higher Education*, Corvallis: Oregon State University Press, 1970.

Hindus, Milton, "The Consistency of Irving Babbitt", *Modern Age*, Spring 93, Vol. 35, Issue 3.

Hoeveler, J. David Jr. , *The New Humanism: A Critique of Modern America, 1900-1940*, Charlottesville: University press of Virginia, 1977.

——, "Babbitt and Contemporary Conservative Thought in America", *Modern Age* 28, Spring/Summer, 1984.

Hoffman, Friedrick J. , "Philistines and Puritans in the1920's: An Example of the Misuse of the American Past", *American Quarterly* 1, 1949.

Hou Chien, *Irving Babbitt in China*, Ph. D. Dissertation, SUNY/Stony Brook, 1980.

HuShih, *The Chinese Renaissance*, New York: Paragon Book Reprint Corp. , 1963.

Hyde, Lawrence, *The Prospects of Humanism*, New York: Charles Scribner's Sons, 1931.

Kazin, Alfred, *On Native Grounds: An Interpretation of Modern American Prose Literature*, New York: Reynal & Hitchcock, 1942.

Kirk, Russell, *The Conservative Mind: From Burke to Eliot*, Chicago: Henry Regnery Company, 1960.

Labaree, Leonard Woods, *Conservatism in Early American History*, Ithaca, New York: Great Seal Books, 1959.

Leavis, F. R. , *For Continuity*, Cambridge: The Minority Press, 1933.

Levin, Harry, *Irving Babbitt and the Teaching of Literature*, Cambridge: Harvard

University, 1961.

Lovejoy Arthur, "Review of Rousseau and Romanticism", *Modern Language Notes* 35, May 1920.

Manchester, Frederick & Odell Shepard eds., *Irving Babbitt: Man and Teacher*, New York: G. P. Putnam's Sons, 1941.

Matthiessen, F. O., "Irving Babbitt", *The Responsibilities of the Critic*, New York: Oxford University Press, 1952.

McKean, Keith F., *The Moral Measure of Literature*, Denver: Alan Swallow, 1961.

Mei K. T. (梅光迪), "Humanism and Modern China", *The Bookman*, June 1931.

Mencken, H. L., *Notes on Democracy*, Norwood, Mass.: Plimpton Press, 1926.

Mill, J. S., *On Liberty and Other Writings*, Cambridge: Cambridge University Press, 1989.

More, Paul Elmer, *Aristocracy and Justice: Shelburne Essays*, Ninth Series, New York: Nabu Press, 1967.

——, *On Being Human, New Shelburne Essays*, Volume III, Princeton: Princeton University Press, 1936.

Nash, George, *The Conservative Intellectual Movement in America—Since 1945*, New York: Basic Books, Inc., 1976.

Nevin, Thomas R., *Irving Babbitt: An Intellectual Study*, Chapel Hill: University of North Carolina Press, 1984.

Nickerson, Hoffman, "Irving Babbitt", *Criterion* 13, Jan. 1934.

O'Connor, William Van, *An Age of Criticism: 1900-1950*, Chicago: H. Regnery Co., 1952.

Ong Chang Woei, "On Wu Mi's Conservatism", *Humanitas*, vol. XII, No. 1, 1999.

Panichas, George A., *The Critical Legacy of Irving Babbitt: An Appreciation*, Wilmington, DE: Intercollegiate Studies Institute, 1999.

——, "Babbitt and Religion", *Modern Age* 28, Spring/Summer, 1984.

Panichas, George A. ed., *Irving Babbitt: Representative Writings*, Lincoln NE: University of Nebraska Press, 1981.

——, *Modern Age, the First Twenty-Five Years: A Selection*, Indianapolis: Liberty Press, 1988.

Panichas, George A. & Claes G. Ryn eds., *Irving Babbitt in Our Time*, Washington D. C.: The Catholic University of America, 1986.

Pascal, *Pensées*, Editions Jean-Claude Lattès, Dépôt Legal, 1988.

Ping-Ho, Kuo(郭斌龢), "The Humanism of Confucius and Aristotle", *The Bookman*, March, 1931.

Read, Herbert, "Review of Irving Babbitt's *Democracy and Leadership*", *Criterion* 3, 1924.

Rhodes, Chip, *Structures of the Jazz Age: Mass Culture, Progressive Education, and Racial Discourse in American Modernism*, London: Biddles Ltd., Guildford and King's Lynn, 1998.

Russell, Frances Theresa, "The Romanticism of Irving Babbitt", *The South Atlantic Quarterly*, vol. XXXII, Durham, North Carolina: Duke University Press, 1933.

Ryn, Claes G., "The Humanism of Irving Babbitt Revisited", *Modern Age* 21, 1977.

——, "Irving Babbitt and the Problem of Reality", *Modern Age* 28, Spring/Summer, 1984.

——, *Will, Imagination and Reason: Irving Babbitt and the Problem of Reality*, Chicago: Regnery, 1986.

——, "Dimensions of Power: The Transformation of Liberalism and the Limits of 'Politics'", *Humanitas*, vol. XIII, no. 2, 2000.

——ed., *Character and Culture: Essays on East and West*, New Brunswick: Transaction Publishers, 1995.

Sherman, Stuart P., *On contemporary Literature*, New York: Henry Holt and Company, 1917.

Sister Mary Vincent Killeen, O. P., *Man in The New Humanism*, Dissertation, The Catholic University of America, 1934.

Spingarn, Joel E., "Review of Irving Babbitt's *The Masters Of Modern French Criticism*", *Journal of Philosophy, Psychology, and Scientific Methods* 10, 1913.

Spitz, David, "The Undesirability of Democracy", *Patterns of Anti-Democratic Thought*, New York: Macmillan Company, 1965.

Sterner, George, *After Babel: Aspects of language and Translation*, Shanghai: Shanghai Foreign Language Education Press, 2001.

Tate, Allen, "The Fallacy of Humanism", *The Critique of Humanism*, New York: Brewer And Warren Inc. , 1930

Tocqueville, Alexis de, *Democracy in America*, trans. by Henry Reeve, New York: Oxford University Press, 1946.

Toming, *A History of American Literature*, Nanjing: Yilin Press, 2002.

Weili, Ye, *Seeking Modernity in China's Name: Chinese Students in the United States, 1900-27*, Stanford: Stanford University Press, 2001.

Wellek, René, *Concepts of Criticism*, New Haven and London: Yale University Press, 1963.

Wilson, Edmund, *The Triple Thinkers: Ten Essays on Literature*, New York: Oxford University Press, 1939.

——, "Notes on Babbitt and More", *The Shores of Light*, New York: The Noonday Press, 1952.

Zeitlin, Jacob & Homer Woodbridge, *Life and Letters of Stuart P. Sherman*, New York: Farrar & Rinehart, 1929.

B. 中文著述

艾恺,《文化守成主义论:反现代化思潮的剖析》,台北时报出版公司,1986年。

——,《世界范围内的反现代化思潮》,贵州人民出版社,1991年。

陈独秀,《独秀文存》,上海亚东图书馆,1923年。

陈怀宇,《白璧德之佛学及其对中国学者的影响》,载《清华大学学报(哲学社会科学版)》,2005年第5期第20卷。

陈平原,《中国现代学术之建立——以章太炎、胡适之为中心》,北京大学出版社,1998年。

陈崧编,《五四前后东西文化问题论战文选》,中国社会科学出版社,1989年。

陈子展,《中国近代文学之变迁·最近三十年中国文学史》,上海古籍出版社,2000年。

段怀清,《新人文主义:美国与中国——欧文·白璧德与〈学衡〉派知识分子群研究》,复旦大学博士论文,1999年。

——,《梁实秋与欧文·白璧德的人文主义》,载《文艺理论研究》,2000年1月。

——,《梅光迪的人文思想与人文批评》,载《浙江大学学报》,2000年2月。

甘阳,《反民主的自由主义还是民主的自由主义?》,载《二十一世纪》,1997年2月号第39期。

高恒文,《东南大学与"学衡派"》,广西师范大学出版社,2002年。

高名凯、刘正埮,《现代汉语外来词研究》,文字改革出版社,1958年。

耿云志编,《胡适年谱》,四川人民出版社,1989年。

——,《胡适遗稿及秘藏书信》,黄山书社,1994年。

耿云志、闻黎明编,《现代学术史上的胡适》,生活·读书·新知三联书店,1993年。

侯健,《从文学革命到革命文学》,台北中外文学月刊社,1974年。

——,《梅光迪与儒家思想》,载《中国现代史专题研究报告》(第7辑),台北中华民国史料研究中心,1977年。

胡逢祥,《社会变革与文化传统:中国近代文化保守主义思潮研究》,上海人民出版社,2000年。

胡适,《胡适文存》,上海亚东图书馆,1922年。

——,《胡适来往书信选》,中华书局,1979年。

——,《胡适的日记》(上、下),中国社会科学院近代史研究所中华民国史研究室编,中华书局,1985年。

胡先骕,《中国文学改良论(上)》,载《东方杂志》,1919年3月第16卷第3号。

——,《欧美文学最近之趋势》,载《东方杂志》,1920年9月第17卷第18号。

——,《胡先骕先生诗集〈忏庵诗稿〉》,谭峙军主编,台北中正大学校友会,1992年。

——,《胡先骕文存》,江西高校出版社,1995年。

黄世坦编,《回忆吴宓先生》,陕西人民出版社,1990年。

贾植芳主编,《中国现代文学社团流派》(上),江苏教育出版社,1989年。
姜义华主编,《胡适学术文集·新文学运动》,中华书局,1993年。
旷新年,《学衡派与现代中国文化》,载《中国文化研究》,1994年第4期。
——,《学衡派与新人文主义》,载《北京大学学报》,1994年第6期。
——,《现代文学与现代性》,上海远东出版社,1998年。
雷颐,《从"科玄之争"看五四后科学思潮与人本思潮的冲突》,载《近代史研究》,1989年3月。
李赋宁等编,《第二届吴宓学术讨论会论文选集》,陕西人民教育出版社,1994年。
李继凯、刘瑞春编,《解析吴宓》,社会科学文献出版社,2001年。
——,《追忆吴宓》,社会科学文献出版社,2001年。
〔韩〕李泰俊,《学衡派与五四新文学运动》,华东师范大学博士论文,1998年。
李孝悌,《胡适与整理国故:兼论胡适对中国传统的态度》,载《食货月刊》,1985年11月15卷第5—6期。
李兴芝,《胡适与宋明理学》,载《中国哲学史研究》,1982年3月。
李怡,《论"学衡派"与五四新文学运动》,载《中国社会科学》,1998年第6期。
李有成,《白璧德与中国》,载《中外文学》,1991年第12卷第3期。
梁实秋,《白璧德及其人文主义》,载《现代》,1934年10月第5卷第6号。
——,《浪漫的与古典的·文学的纪律》,人民文学出版社,1988年。
——,《梁实秋批评文集》,徐静波编,珠海出版社,1998年。
——编,《白璧德与人文主义》,胡先骕、吴宓、徐震堮译,新月书店,1929年。
梁实秋、侯健编著,《关于白璧德大师》,台北巨浪出版社,1977年。
林丽月,《梅光迪与新文化运动》,载汪荣祖编,《五四研究论文集》,台北联经出版事业公司,1979年。
林语堂,《林语堂自传》,河北人民出版社,1991年。
林语堂编译,《新的文评》,上海北新书局,1930年。
刘梦溪主编,《中国现代学术经典——鲁迅·吴宓·吴梅·陈师曾卷》,河北教育出版社,1996年。
柳诒徵,《中国文化史》,台北正中书局,1976年。
陆建德,《柏克论自由》,载《破碎思想体系的残编——英美文学与思想史论稿》,北京大学出版社,2001年。
鲁迅,《南腔北调集》,人民文学出版社,1951年。
——,《热风》,人民文学出版社,1980年。
——,《坟(1907—1925)》,人民文学出版社,1980年。
吕思勉,《理学纲要》,东方出版社,1996年。
吕效祖主编,《吴宓诗及其诗话》,陕西人民出版社,1992年。
罗钢,《梁实秋与新人文主义》,载《文学评论》,1988年第2期。
——,《历史汇流中的抉择——中国现代文艺思想家与西方文学理论》,中国社会科学出版社,1993年。
罗岗、陈春艳编,《梅光迪文录》,辽宁教育出版社,2001年。
茅盾,《我走过的道路》(上),人民文学出版社,1981年。
缪凤林,《文学上之模仿与创造》,载《东方杂志》,1921年6月第18卷第12号。
欧阳军喜,《论学衡派对新文化运动的批评》,载《清华大学学报》,1999年第3期。
浦汉明编,《浦江清文史杂文集》,清华大学出版社,1993年。
钱满素,《爱默生和中国——对个人主义的反思》,生活·读书·新知三联书店,1996年。
——,《美国自由主义的历史变迁》,生活·读书·新知三联书店,2006年。
钱穆,《朱子学提纲》,生活·读书·新知三联书店,2002年。
沈松侨,《学衡派与五四时期的反新文化运动》,台北台湾大学出版委员会,1984年。
沈卫威,《回眸学衡派——文化保守主义的现代命运》,人民文学出版社,1999年。
——,《吴宓与〈学衡〉》,河南大学出版社,2000年。
孙尚扬、郭兰芳编,《国故新知论——学衡派文化论著辑要》,中国广播电视出版社,1995年。
唐德刚,《胡适杂忆》,华文出版社,1992年。
汪晖,《人文话语与中国的现代性问题》,载陈清侨编,《身份认同与公共文化》,香港牛津大学出版社,1997年。
汪荣祖编,《五四研究论文集》,台北联经出版事业公司,1979年。
王晴佳,《白璧德与"学衡派"——一个学术文化史的比较研究》,载《"中央研究院"近代史研究所集刊》,2002 年 6 月第 37 期。

王泉根主编,《多维视野中的吴宓》,重庆出版社,2001 年。

王瑶,《新中国文学史稿》(上册),北京开明书店,1951 年。

王跃、高力克编,《五四:文化的阐释与评论——西方学者论五四》,山西人民出版社,1989 年。

温儒敏,《梁实秋对新人文主义的接受与偏离》,载《中国现代文学批评史》,北京大学出版社,1993 年。

吴芳吉,《白屋吴生诗稿》,台湾学生书局影印本,1977 年。

吴宓,《吴雨僧诗文集》,台北地平线出版社,1971 年。

——,《空轩诗话》,香港龙门书店影印本,1971 年。

——,《文学与人生》,清华大学出版社,1993 年。

——,《吴宓自编年谱》,吴学昭整理,生活·读书·新知三联书店,1995 年。

——,《吴宓日记》(1—9 册),吴学昭整理注释,生活·读书·新知三联书店,1998 年。

——,《吴宓诗话》,吴学昭整理,商务印书馆,2005 年。

吴学昭,《吴宓与陈寅恪》,清华大学出版社,1992 年。

吴虞,《吴虞文录》,上海亚东图书馆,1927 年。

徐葆耕编选,《会通派如是说》,上海文艺出版社,1998 年。

许纪霖、田建业编,《一溪集》,生活·读书·新知三联书店,1999 年。

虞建华等,《美国文学的第二次繁荣》,上海外语教育出版社,2004 年。

余英时,《从价值系统看中国文化的现代意义》,台北时报文化出版企业有限公司,1986 年。

——,《中国近代思想史上的激进与保守》,载《钱穆与中国文化》,上海远东出版社,1994 年。

——,《中国近代思想史上的胡适》,载《中国思想传统的现代诠释》,台北联经出版事业公司,1995 年。

——,《文史传统与文化重建》,生活·读书·新知三联书店,2004 年。

元青,《杜威与中国》,人民出版社,2001 年。

乐黛云,《世界文化对话中的中国现代保守主义——兼论〈学衡〉杂志》,载北京大学社会科学处编,《北京大学纪念五四运动七十周年论文集》,北京大学出版社,1990年3月。

张弘,《吴宓——理想的使者》,文津出版社,2005年。

张君劢、丁文江等,《科学与人生观》(上册),上海亚东图书馆,1923年。

张萍萍,《论〈学衡〉》,山东大学博士论文,2002年。

张文建,《学衡派的史学研究》,载《史学史研究》,1994年第2期。

张源,《新人文主义:回顾与前瞻——评美国〈人文〉学刊精选论文集〈人文主义:全盘反思〉》,载乐黛云编,《跨文化对话》第14辑,上海文化出版社,2004年4月。

郑大华,《梁漱溟与胡适——文化保守主义与西化思潮的比较》,中华书局,1994年。

郑师渠,《在欧化与国粹之间——学衡派文化思想研究》,北京师范大学出版社,2001年。

郑振铎,《中国新文学大系·文学论争集》,上海良友复兴图书印刷公司,1935年。

朱寿桐,《欧文·白璧德在中国现代文化建构中的宿命角色》,载《外国文学评论》,2003年第2期。

朱志敏,《五四运动前后Democracy译语演变之考察》,载《党史研究与教学》,1999年第2期。

周策纵,《五四运动史》,岳麓书社,1999年。

周策纵等,《知识分子与中国现代化·五四与中国》,周阳山编,台北时报出版公司,1979年。

周云,《学衡派思想研究》,南开大学博士论文,2000年。

C. 中文译著

〔英〕阿伦·布洛克,《西方人文主义传统》,董乐山译,生活·读书·新知三联书店,1998年。

〔美〕阿瑟·林克、威廉·卡顿,《一九〇〇年以来的美国史》(上册),刘绪贻等译,中国社会科学出版社,1983年。

〔美〕白璧德,《法国现代批评大师》,孙宜学译,广西师范大学出版社,2002年。
——,《卢梭与浪漫主义》,孙宜学译,河北教育出版社,2003年。
——,《文学与美国的大学》,张沛、张源译,北京大学出版社,2004年。
——,《性格与文化:论东方与西方》,孙宜学译,上海三联书店,2010年。
——,《民主与领袖》,张源、张沛译,北京大学出版社,2011年。
〔美〕白璧德等,《人文主义:全盘反思》,美国《人文》杂志社、三联书店编辑部编,多人译,生活·读书·新知三联书店,2003年。
〔英〕柏克,《法国革命论》,何兆武等译,商务印书馆,2003年。
——,《自由与传统》,蒋庆等译,商务印书馆,2001年。
〔古希腊〕柏拉图,《理想国》,郭斌龢、张竹明译,商务印书馆,1997年。
〔美〕杜威,《民治主义与现代社会——杜威在华讲演集》,袁刚等编,北京大学出版社,2004年。
〔美〕傅乐诗等,《近代中国思想人物论——保守主义》,周阳山、杨肃献编,台北时报出版公司,1980年。
〔美〕格里德,《胡适与中国的文艺复兴——中国革命中的自由主义(1917—1937)》,鲁奇译,江苏人民出版社,1989年。
〔美〕郭颖颐,《中国现代思想中的唯科学主义》,雷颐译,江苏人民出版社,1998年。
〔美〕刘禾,《跨语际实践——文学,民族文化与被译介的现代性(中国,1900—1937)》,宋伟杰等译,生活·读书·新知三联书店,2002年。
〔英〕罗杰·斯克拉顿,《保守主义的含义》,王皖强译,中央编译出版社,2005年。
〔英〕马修·阿诺德,《文化与无政府状态》,韩敏中译,生活·读书·新知三联书店,2002年。
〔美〕梅里亚姆,《美国政治思想(1865—1917)》,朱曾汶译,商务印书馆,1984年。
〔日〕实藤惠秀,《中国人留学日本史》,谭汝谦、林启彦译,生活·读书·新知三联书店,1983年。
〔法〕托克维尔,《论美国的民主》(下卷),董果良译,商务印书馆,2002年。
〔美〕韦勒克,《批评的诸种概念》,丁弘等译,四川文艺出版社,1988年。

初版后记

本书是在我的博士论文的基础上完成的,回想起那段攻博的岁月,不禁感慨系之。记得六年前兴致勃勃到北大中文系报到,那时年少无知,自觉是为了追求真知而来,却不知道人的命运充满反讽,人性无比复杂而又令人绝望地感到卑微。卑微无从超拔,唯有埋头写作,以性命相搏,而死生与之。那段自闭书斋、寂然无声的日子之惊心动魄,真有不足为外人道者。

现在论文行将出版,回过头来,我开始感谢那段人生,并由衷地感谢那些帮助我实现了自我超拔的人们。北京大学比较文学与比较文化研究所孟华教授与严绍璗教授、北大中文系陈平原教授、北大英语系刘锋教授、社科院外文所研究员盛宁先生与陆建德先生、北京师范大学外文学院刘象愚教授等诸位先生担任了论文的答辩委员,对文章的写作与论述给出了极为切实的指导与帮助,在此谨向各位先生深表谢忱!

吴宓先生的女儿吴学昭先生、北京大学乐黛云教授与美国国家人文研究所所长瑞恩(Claes G. Ryn)教授曾多次为我指点研究文献,慷慨奉送研究资料,并无私给予指导与帮助;台湾辅仁大学外院院长康士林(Nicholas Koss)教授仿佛是一位慈祥的 patron god,一路对我眷顾、爱护有加;北京师范大学刘象愚教授与北大中文系温儒敏教授和以上先生们一样,均对青年学子百般提携、爱护。以上这些温厚长者对青年的关注与佑护令我铭感于心。

　　本书对于我而言，是那段沉默岁月中爆发的生命力的凝结与见证。特别要感谢我的兄长——北大比较文学与比较文化研究所张沛副教授，如果不是他，我对学问的敬畏之心，连同那点微茫的历史感都将不知从何而来。我们每周在北大、清华校园里"行散""论道"的那些日子，穷尽一生都难以忘怀。

　　记得当年为博士论文画上最后一个句号之后，心情激荡无已，掷笔而叹曰："不窥三年惊沧海，未知五载化鱼龙！"此后说给家兄和诸位风雅的朋友，大家听到我竟尔发出这样的惊人之语，均觉造化弄人，尽皆莞尔。当年发出豪壮之语，不过是为论文余势所激；如今论文行将出版，却已无余勇可贾，只能近乎平淡地写一些白话。然而我对亲人、师友的深深谢意不随时间的流逝而减弱半分，那些美好的情感我将永远珍藏心底。这些深可敬爱的人们使曾经的艰辛苦涩变得回味无穷，并已然与那段美好时光一齐融入我的整个生命记忆中了。

张源

2008 年 6 月

（时值我的女儿小墨满月）

于北师大

增订版附识

时隔多年重读旧作，文字的通感力量超过一切色声香味，让人"浑身一震"回到了青春时代：回想起年轻时的自己为了理想奋不顾身，最终因勇敢得自由的情形，今天依旧心潮澎湃——I WAS young and foolish, and now am full of tears。

十九年前，我以第一名的成绩跨专业考入北大比较所，当时身为高校青椒，收到了北大"定向"博士生录取通知书。恩师孟华教授认定我将来必有学术造就，命我放弃教职，全身心投入学业，并以"统招"第一名为由，由北大重发通知，她老人家的霹雳手段就此改变了我的人生。北大"委培"录取通知书随即寄到，不解之下询问校方，才知"发错了"通知书，第三份北大"统招"录取通知书又接踵而至。就这样，我一连收到了三份/三种北大录取通知书，兴致勃勃到北大中文系报到，却对未来命运的反讽茫然无知。多年以后，我在北大中文系博士答辩现场，看着答辩委员们满面生辉、鼓掌通过的场景，回想起第一天报到的情形，忽然明白了那三份录取通知书的意义。

从事学术研究是为了追求真知，比较文学更是要打破学科壁垒，如果所谓"学科方法"与"学科规定"反客为主，硬要给学术研究套上枷锁，就无异于画地为牢，舍本逐末，使一门讲求"融贯"与"跨越"的学科活生生沦为对自身的反讽。对于视学术为生命的人而言，如果不能以追求真知为目的而存在，就意味着灵魂生命的死亡。就在死一般的沉默中，不屈的生命力喷薄而出，被强迫的自由意志绝地反击：一手思想史，追求真知；一手译介学，使"学科方法"与"学科规定"真正服务于学术本身。对于个人而言，笔者由此实现了自我超拔与拯救；对于学科的意义则在于，一种比较文学学科新方法及其典型范例就此产生。

毕业后，本人不再继续博士阶段的研究，大有一种"久在樊笼里""事了拂衣去"的刚烈与决绝。直到十年后，本人成为本专业博导，开辟了国内比较文学专业博士招生新方向——文学与思想史，从此也不免开始大讲"学科方法"与"学科规定"，学会了"换位思考"。已经走出幽暗深林的中年人，比起当年不肯辱身降志的倔强青年，又多了一点"落木千山天远大""前度刘郎今又来"的开阔与幽默，尽管仍会时刻提醒自己，不要忘记过去的苦难，不要让心志纯笃的青年再次经历同样的坎坷。

本书 2008 年后记一字不易，原样发出："我对亲人、师友的深深谢意不随时间的流逝而减弱半分，那些美好的情感我将永远珍藏心底。"亲人师长的深恩无以为报，唯有回报给下一代有志于学的青年：愿你们有智慧、有勇气、有力量挣脱命运的枷锁，愿你们永远年轻，痴心若愚，为了心之所爱奋力拼搏。年轻人啊！记住我的坎坷与勇敢，愿你们永远走"向上"的路！

张源
2021 年 7 月 29 日
（和我的女儿与学生小墨）
于京郊·雾灵山麓

图书在版编目(CIP)数据

从"人文主义"到"保守主义":学衡派与白璧德/张源著.—增订本.—北京:商务印书馆,2022
(古典与人文.现代中国丛稿)
ISBN 978-7-100-20891-8

Ⅰ.①从… Ⅱ.①张… Ⅲ.①学衡派—学术思想—研究②哲学思想—研究—美国—现代 Ⅳ.① I209.6 ② B712.59

中国版本图书馆 CIP 数据核字(2022)第 043497 号

权利保留,侵权必究。

古典与人文·现代中国丛稿
从"人文主义"到"保守主义":学衡派与白璧德
(增订版)
张 源 著

商 务 印 书 馆 出 版
(北京王府井大街36号 邮政编码100710)
商 务 印 书 馆 发 行
南京鸿图印务有限公司印刷
ISBN 978-7-100-20891-8

2022年4月第1版　开本 880×1240 1/32
2022年4月第1次印刷　印张 10¼
定价:58.00元